Paola Scott

Provocante

Série Provocante - Volume 1 - segunda parte

Copyright© 2015 Paola Scott
Copyright© 2016 Editora Charme

Todos os direitos reservados. Nenhuma parte deste livro pode ser utilizada ou reproduzida sob qualquer meio existente sem autorização por escrito dos editores.

Esta é uma obra de ficção. Nomes, personagens, lugares e acontecimentos descritos são produtos de imaginação do autor. Qualquer semelhança com nomes, datas e acontecimentos reais é mera conhecidência.

1ª Impressão 2016

Produção Editorial: Editora Charme
Capa e Produção Gráfica: Verônica Góes
Revisão: Ingrid Lopes
Imagem da capa: Shutterstock

Este livro segue as regras da Nova Ortografia da Lingua Portuguesa.

CIP-BRASIL, CATALOGAÇÃO NA PUBLICAÇÃO
SINDICATO NACIONAL DE EDITORES DE LIVROS, RJ

Paola Scott
Provocante - Volume 1 - segunda parte / Paola Scott
Editora Charme, 2016

ISBN:978-85-68056-36-3
1. Romance Brasileiro - 2. Ficção brasileira

CDD B869.35
CDU 869.8(81)-30

---

www.editoracharme.com.br

Capítulo 1 – Consequências

Pedro

É engraçado como a vida é cheia de surpresas. Em um instante, você está rindo, amando, se sentindo o ser mais feliz sobre a face da Terra. No outro, se sente a pessoa mais miserável, vil e descrente.

Paola se foi, deixando para trás lembranças de uma vida que eu não sabia existir até conhecê-la. A dor que me invadia o peito não podia ser descrita. Porque eu nunca a havia sentido. Assim como tudo o mais que ela havia me proporcionado, aquilo também era novidade.

Sentei-me atrás da minha mesa, olhando para o local onde há poucos minutos havíamos nos entregado um ao outro. Com paixão, fazendo juras e promessas. Seu corpo estava sempre pronto para me receber, seu coração, cheio de amor e carinho. Para, em poucos segundos, ser substituído pela decepção e pela mágoa.

Ela achava que eu era uma farsa, que inventei um personagem para conquistá-la, que estive representando todo o tempo. Quando, na verdade, foi ela quem despertou esse meu lado que eu nem sabia existir. Agora, eu precisava contornar aquela situação e fazê-la enxergar que eu era o mesmo homem pelo qual ela havia se apaixonado. Sim, porque ela me amava, disso eu tinha certeza.

Tinha consciência de que não seria fácil, mas eu provaria meu amor. Não desistiria dela. Porque fazer isso seria o mesmo que desistir da minha vida.

Ouvi batidas ao longe, só então me dando conta de Rodrigo parado à minha porta.

— Pedro? — Fiz sinal com a cabeça, indicando que entrasse. Ele veio até a frente da mesa. — O que aconteceu? Vi Paola saindo daqui aos prantos.

Contei ao meu amigo o que sua irmã havia aprontado, deixando claro que não queria vê-la na minha frente tão cedo.

— Porra, Rodrigo, que merda! Fiquei sem chão, não sei o que fazer agora.

Apoiei a cabeça em minhas mãos sobre a mesa.

— Bem, você melhor do que ninguém a conhece e sabe o que ela quer e pensa. Use isso a seu favor. E, se eu puder te ajudar de alguma forma, me avise

Provocante 5

— falou, já se levantando. — Mas vai com calma, Pedro. Não faça outra besteira da qual possa se arrepender novamente. Não aja por impulso. Pense antes de tomar qualquer atitude.

Rodrigo saiu, me deixando com meus pensamentos novamente. Ele tinha razão, eu precisava agir corretamente, saber a hora certa de abordar Paola bem como de que forma fazê-lo.

Eduardo

Alguma coisa deve ter acontecido. Paola não era irresponsável. Ela sabia da nossa reunião e jamais deixaria de comparecer se não houvesse um motivo muito forte para isso. E o fato de não ter me ligado ou enviado uma mensagem, bem como não atender seu celular, só comprovava minha suspeita. Cheguei a ligar para sua casa, mas nada. Já passava das cinco horas e eu estava preocupado.

— Eliane, a Paola comentou com você a respeito de algum compromisso que fizesse com que ela esquecesse a reunião? Não consigo falar com ela.

— Não, Eduardo. Ela sabia, até falou sobre isso hoje pela manhã. Estava tão feliz.

— Pois é, mas não é do feitio dela simplesmente faltar e não avisar. Estou ficando preocupado. Ela disse onde ia almoçar?

— Ouvi-a combinando com o Pedro de passar no escritório dele logo após o almoço.

— Você tem o telefone de lá?

— Vai ligar?

— Vou. Alguma coisa aconteceu, Eliane. Mesmo que ela estivesse com ele, teria avisado.

Peguei o número e voltei à minha sala. Não seria muito agradável ter que falar com ele, mas eu não via outra saída. Minha intuição dizia que algo estava errado. Disquei o número e aguardei até que me transferissem, para então ouvir a voz do homem que roubou o coração da minha sócia.

— Eduardo?

— Como vai, Pedro? Desculpe te interromper, mas só gostaria de confirmar se Paola esteve aí hoje.

— Por que você quer saber? — Percebi pelo seu tom de voz que havia alguma coisa estranha ali.

— Você pode me responder, por favor? Ela esteve ou está com você?

— Esteve. Ela não voltou para o escritório?

— Não! Ela saiu para almoçar e não retornou até agora. Tínhamos uma reunião importante, à qual ela não compareceu nem avisou, e esse não é o estilo dela. Estou tentando entrar em contato e não consigo.

— Merda! — Bufou do outro lado.

— O que aconteceu, Pedro?

— Nós discutimos — confessou, parecendo culpado.

— Paola não ficaria incomunicável por causa de uma simples discussão. O que você fez? O que você falou? — Minha vontade era ir até lá tirar satisfação com ele.

— Isso não lhe diz respeito, Eduardo. É um assunto meu e dela.

— Aí é que você se engana. O que fere Paola diz respeito a mim, sim, senhor! Eu sei que não foi algo tão simples. Eu a conheço, muito mais do que você, Pedro! E realmente estou preocupado. Que merda você aprontou?

— Já disse que isso não te interessa, Eduardo. O que quer que tenha acontecido nós vamos resolver. Eu vou até seu apartamento, verificar se ela está lá.

— Não! Se ela estiver, imagino que não vá querer te receber. Eu vou.

— Não venha querer me dizer o que fazer. Nem me impedir.

— Pois então tente, Pedro! Se você acha que porque é advogado está acima da lei, está muito enganado. — Desliguei o telefone, odiando ainda mais aquele sujeito. Ele tinha feito uma merda das grandes para deixar Paola incomunicável.

Saí amaldiçoando Pedro. O que ele teria aprontado? Eu já podia imaginar o estado da Paola. Ela era muito passional. Apesar de sua aparência segura, dona de si e independente, no fundo, ela era frágil. Ou melhor, era apenas uma mulher que sonha com alguém que a faça feliz, que lhe complete. Sim, eu também já a decepcionei. E me arrependo muito.

Cheguei ao seu prédio e perguntei na portaria se ela estava em casa. Fui informado que ela subiu para seu apartamento por volta das três horas. Porém, por mais que eu fosse conhecido ali, não me era permitido subir sem autorização. E ela não atendia ao interfone.

Eu estava discutindo com o porteiro no exato instante em que Alana chegou.

Provocante   7

— Edu? Você por aqui a essa hora? Aconteceu alguma coisa? — Seu olhar estava assustado, diante da minha expressão de impaciência. Eu não queria piorar a situação.

— Olá, minha princesa! Tudo bem? — Abracei-a, lhe dando um beijo fraternal.

— Tudo. Quer dizer, não sei. Minha mãe não apareceu para me buscar. Nem ligou para dizer que não poderia ir. E não consegui falar com ela.

— Alana, sua mãe está em casa, mas não atende o telefone nem o interfone. Eu não tenho permissão para subir.

— Agora tem. Venha.

Subimos para o apartamento, e eu não sabia direito como falar com ela ou o que contar, visto que nem eu sabia o que tinha acontecido.

— Mas ainda não entendi por que está aqui. Você parece nervoso.

— Sua mãe saiu para o almoço e não voltou para o escritório. Também tentei entrar em contato, mas ela não me atendeu. — Saímos do elevador e ela abriu logo a porta. — Então, resolvi vir até aqui ver se ela está em casa.

Entramos e vi que sua bolsa estava largada no chão.

— Mãe? Mãezinha? — Alana a chamou pelo apartamento, indo em direção ao quarto, enquanto eu a seguia. Só rezava para que Paola estivesse bem.

Ela estava deitada, de costas para a porta. Parecia imóvel e me senti gelar. Alana se aproximou, chamando-a novamente.

— Mãezinha? Está tudo bem? — perguntou, tocando seus cabelos.

Não consegui ficar longe e fui até elas, me ajoelhando ao lado da cama. Ela estava lá, de olhos abertos, inchados e vermelhos pelo choro, porém quieta. Toquei em seu rosto e, quando ela olhou para mim, pude finalmente soltar a respiração que até então prendia.

— Paola? Tudo bem? — Vi lágrimas surgirem em seus olhos e odiei ainda mais aquele advogado. — O que aconteceu, meu bem? Por que não atendeu o telefone? Eu fiquei preocupado. — Acariciei seu rosto e talvez aquele gesto de carinho fosse o suficiente para que ela extravasasse o choro novamente.

— Mãe, por que você está chorando? O que aconteceu? Por favor, fale! — Alana estava impaciente, nervosa também. Só então Paola se deu conta de que estávamos ali.

— Alana! Ah, meu Deus! Eu esqueci de você. — Sua voz rouca e baixa indicava sua tristeza.

— Mãe, eu sou uma adolescente e já sei me virar sozinha. Só estranhei porque você sempre avisa se não puder ir me buscar. Te liguei e não consegui falar com você. Estávamos preocupados.

Ela sentou-se na cama, as lágrimas ainda escorrendo pelo rosto, apesar do esforço para controlá-las.

— Alana, por que você não me deixa um pouquinho a sós com sua mãe? — Fiz sinal para que ela confiasse em mim, me deixando ali.

— Tudo bem.

Sentei na beirada da cama, segurando as mãos de Paola, observando seu choro contido.

— Conte-me o que houve, Paola. Por que você está assim e deixou todos nós preocupados?

— Por que você está aqui, Edu? — Ela não me encarava.

— Porque você saiu para almoçar e não retornou para nossa reunião. — Eu não queria, mas precisava tocar no nome do fulano. — Então, liguei para o Pedro, para ver se ele sabia de você.

— Não quero falar sobre isso. — Voltou a baixar o olhar.

— Tudo bem! Mas eu fiquei preocupado imaginando que poderia ter acontecido alguma coisa com você — falei, ainda mantendo suas mãos entre as minhas.

— Eu vou ficar bem. Desculpe por hoje, pela reunião e por te deixar preocupado. Foi irresponsabilidade minha. Amanhã já estarei melhor.

— Tem certeza?

— Ninguém morre de amor, Edu. A ferida pode doer um bom tempo, mas uma hora cura.

— Está certo. Precisa de alguma coisa?

— Não. Vou ficar bem, pode ir tranquilo. — Eu sabia que ela não estava nem ficaria bem, pelo menos tão cedo, mas não quis insistir.

— Ok, então, até amanhã! Ligue-me se precisar. — Dei-lhe um beijo e saí, encontrando Alana no meio do caminho.

— Então, Edu, o que aconteceu?

— Ela e Pedro discutiram, é só o que eu sei. Ela não quis me contar mais nada. — Com certeza, o motivo deveria ser sério para deixá-la naquele estado. — Se precisar de alguma coisa, me ligue, Alana. Não a deixe sozinha, ok?

— Claro, Edu. Vou conversar com ela. Quem sabe ela se abre comigo. Obrigada por se preocupar e vir até aqui.

— Imagine! Estarei em casa. — Me despedi com um abraço.

Então, eu não havia me enganado. Apesar de não saber o que aconteceu, sei que ele a magoou muito. Paola era uma mulher forte, mas, nessas questões do coração, eu sabia bem como ela reagia.

Paola

Fiquei olhando Edu, enquanto ele saía do meu quarto. Minha tristeza era tão grande que me deixou anestesiada. Sinceramente, não sei como cheguei em casa. Lembro-me de ter saído às pressas do escritório de Pedro, me trancado no carro e deixado que o choro me tomasse. Depois disso, só lembro do momento em que Edu falou comigo. Fiquei tão fora de órbita que esqueci dos meus compromissos e de Alana. Quanta irresponsabilidade. Tudo por culpa dele.

Eu não conseguia entender por que Pedro fez aquilo. Ele não era o tipo de homem que precisa desse tipo de artifício para se aproximar de uma mulher. Com certeza viu como me afetou em nosso primeiro encontro. Foi ali que ele me conquistou.

Diante daquilo, era certo acreditar que ele estava sendo verdadeiro? De que não interpretou um papel todo aquele tempo? Mas, se fosse, ele era muito bom, porque foi tudo tão real. Tudo o que ele fazia, dizia, o modo como me tratava. Seu olhar, eu via o amor em seus olhos. Oh, Deus! Eu suportaria viver sem ele? Seus beijos, seu corpo, seu sorriso? Suas mensagens de bom dia? Suas palavras me dizendo que só queria me fazer feliz? E, há poucas horas, me deixou tão triste, me magoou tanto.

Alana entrou, se aproximando da cama.

— O que houve, mãezinha? Por que você está assim?

Olhei para minha filha, ainda tão inocente, tão crente na bondade das pessoas. Ela também gostava muito do Pedro. Seria justo eu lhe contar o que fez? Mas não podia esconder a verdade dela.

— Nós discutimos, Alana, por uma coisa que o Pedro fez e que não sei se posso perdoá-lo.

Então contei todo o ocorrido. Alana era ainda muito jovem, inexperiente, nada sabia da vida e das pessoas. Talvez aquele fosse o momento de começar a conhecer as peças que a vida nos prega.

— Mas você tem dúvidas de que ele te ama? Ele me parece tão sincero nos seus sentimentos.

— Está tudo confuso na minha cabeça, estou me sentindo traída nesse momento.

— Então não pense, mãe. Não agora! Se permita esse tempo para chorar, para colocar para fora essa mágoa e essa dor. Depois, já mais calma, você analisa tudo isso. Não é você mesma que diz que a gente não deve tomar atitudes precipitadas, no calor do momento, enquanto está com raiva? Então, faça isso. E depois você vê até que ponto isso realmente pode interferir no relacionamento e na felicidade de vocês.

— Não sei se pode haver algum relacionamento ainda, minha filha.

— Já disse, não queira decidir isso agora. Eu entendo perfeitamente suas dúvidas e sua decepção.

Olhei para minha filha, que, nesse momento, parecia tão adulta e experiente.

— Tem certeza de que estou conversando com uma moça de dezesseis anos?

— Não, você está conversando com uma adolescente de praticamente dezessete anos, que por acaso é sua filha, para a qual você sempre deu muito amor e foi sempre muito honesta nas questões do coração. Acho que aprendi um pouco de tudo o que você já me ensinou a respeito, mesmo que só na teoria. — Então, me abraçou apertado, transmitindo todo seu carinho naquele gesto.

— Obrigada, meu amor! É tão bom poder falar com você, abrir meu coração.

— Eu te amo, mãe! Quero muito te ver feliz, como você estava. Estou aqui e conte comigo para o que precisar, tá?

Seu celular tocou e ela me olhou em dúvida.

— É o Pedro.

— Não quero falar com ele ainda.

— Eu sei. Mas não é certo deixá-lo preocupado. Todos estávamos, sem conseguir falar com você ou te localizar. Eu preciso atender e tranquilizá-lo. — Acenei que sim e ela se afastou.

Provocante 11

Fechei os olhos, lembrando do seu olhar e sua voz quando saí da sala. Alana, talvez entendendo minha dor, saiu do quarto para falar com ele, me deixando ali, remoendo minhas dúvidas. Eu precisava de um banho, deixar a água lavar meu corpo e quem sabe levar um pouco da tristeza embora. Amanhã seria outro dia. Mais calma, eu poderia olhar para aquela situação de forma mais objetiva.

"One Republic – Apologize"

I'd take another chance, take a fall
And I need you like a heart needs a beat

Pedro

Se eu já estava péssimo por tudo o que tinha acontecido naquela tarde, minha cabeça um turbilhão de pensamentos, dúvidas e raiva, receber o telefonema do sócio de Paola só piorou tudo. Imaginar que ele estava ao seu lado, talvez a consolando, me deixava muito puto.

Mas o pior foi saber o motivo da ligação. Paola não havia dado sinal de vida depois de sair do meu escritório. Ninguém conseguia localizá-la e eu era o motivo de seu sumiço. Minha covardia, minhas atitudes impensadas.

Tentei novamente seu celular, mas só caía na caixa postal. Enviei mensagem, mas nada de ela responder. Também tentei com sua secretária, mas ela ainda não sabia de nada. Eu estava enlouquecendo. Se alguma coisa tivesse acontecido com Paola, eu nunca me perdoaria.

Após uma hora, que mais pareceu uma eternidade, decidi ligar para Alana. Precisava ter cautela ao falar com ela.

— Alana! Tudo bem com você? — Tentei manter a voz firme.

— Estou bem.

— Você está em casa? — Como perguntar a respeito de Paola sem revelar mais detalhes?

— Estou sim. Minha mãe está aqui, pode ficar tranquilo.

Sua afirmação era o suficiente para que eu soubesse que ela estava por dentro dos fatos.

— Como ela está, Alana? — perguntei apreensivo.

— Bem, dentro do possível. Triste, magoada, decepcionada. — Suspirou.

— Sei que vocês discutiram, como também sei os motivos. E, sinceramente, assim como minha mãe, não consigo entender por que você fez isso.

— Alana...

— Não, Pedro, me deixe falar! — Deus, ela era igual à mãe. — Minha mãe deixou de fazer muita coisa na vida por minha causa, em função de criar uma filha praticamente sozinha. Não que meu pai tenha me abandonado, mas a parte mais difícil sempre ficou com ela, e eu tenho consciência disso. Nunca a vi passar alguém para trás, muito pelo contrário. Ela sempre faz tudo que está ao seu alcance para ajudar quem quer que seja. É honesta, crítica, tem um coração enorme. E, além de tudo isso, é linda, Pedro. Minha mãe é maravilhosa. Você não sabe o orgulho que sinto por ser sua filha.

Eu estava levando sermão de uma adolescente. Mas eu merecia. Tudo que ela falava de Paola era a mais pura verdade. Eu já sabia de tudo aquilo.

— E nunca vi minha mãe tão feliz em toda a minha vida, como depois que te conheceu. Acho que ela nunca havia amado alguém assim, sabe? Ela estava com medo de se entregar a você, ela me falou isso. Tinha medo de se machucar. E não é que ela tinha razão? Você acabou de provar que ela estava certa.

— Alana, em momento algum minha intenção foi essa, eu juro! Tentei explicar para sua mãe, foi um ato impensado, uma besteira da minha parte. Eu a amo. Como nunca amei alguém nessa vida. E o fato de ela estar sofrendo é o meu castigo. Se eu pudesse voltar no tempo, faria tudo diferente, mas não posso. Então, se puder fazer algo para contornar essa situação, qualquer coisa, vou fazer. Não vou desistir da Paola. Eu deixei isso bem claro para ela. Sei que ela não quer falar comigo agora, que deve estar me odiando, mas eu vou insistir.

— Ela não está te odiando, Pedro. Ela está decepcionada, magoada. Talvez eu esteja errada, mas acredito que você realmente a ama. Não é possível uma pessoa fingir tão bem assim. Mas tente se colocar no lugar dela. Ela acha que tudo o que você fez para conquistá-la não é verdadeiro, que não é você.

— Sim, entendo. E esse é o problema. Eu sinceramente não sei o que fazer para provar que esse sou eu.

— Você é inteligente, Pedro, sei que vai se sair bem. E como você me disse uma vez, se você a ama de verdade, vai lhe dar tempo, que é só o que ela precisa agora, para pensar a respeito disso tudo.

Ouvindo Alana falar daquela forma, eu só me convencia ainda mais do meu amor por sua mãe. Ela foi espetacular em sua criação.

Provocante 13

— O homem que fisgar seu coração, Alana, será um sortudo filho da mãe! Vejo você se transformando em uma mulher como Paola. Forte, decidida, independente. Sua mãe realmente fez um belíssimo trabalho. Continue assim, gatinha.

— Obrigada, Pedro. Como disse, tenho muito orgulho de ser sua filha.

— Cuide dela por mim!

— Você vai desistir?

— Em hipótese alguma. É somente pelo período em que eu não estiver ao lado dela. Como você disse, preciso respeitar o seu tempo. Não será fácil, mas eu a amo demais.

— No fundo, sei que esse homem pelo qual minha mãe se apaixonou é você mesmo, não foi uma fantasia. E quer saber mais? Bem lá no seu íntimo, ela também sabe. Ela quer acreditar, só está muito machucada nesse momento. Resta agora você convencê-la disso. Não me decepcione, Pedro.

— Prometo não te decepcionar, Alana. E obrigado pelo voto de confiança.

Desliguei me sentindo esperançoso. Eu poderia contar com o apoio de Alana. Aquela menina era definitivamente especial. Assim como com Paola, com ela, eu também estava me surpreendendo. Era inteligente, perspicaz e, além de tudo, filha de quem era. Não poderia sair muito diferente da mãe.

Como prometido, eu daria o tempo que Paola precisasse. Mas estaria sempre por perto, me fazendo presente em todos os momentos, mostrando a ela meu amor verdadeiro. Ela só precisa de um homem que a ame como ela merece. Eu provaria a ela que eu sou esse homem.

"Moby – Why does my heart feel so bad"

Why does my heart feel so bad?

Why does my soul feel so bad?

Capítulo 2 - Dúvidas

Paola

Apesar da noite mal dormida, das olheiras e dos olhos ainda inchados, eu precisava sair da cama e ir trabalhar. De nada adiantaria ficar em casa, remoendo os acontecimentos. Muito pelo contrário. Trabalhar me faria esquecer pelo menos por algum tempo as decepções vividas.

— Como você está, Paola? — Edu me questionou assim que cheguei.

— Estou bem. Já disse, ninguém morre de amor. Passei por outras, não é essa que vai me derrubar, não é mesmo?

— Vou acreditar em você. Mas, se precisar de alguma coisa, sabe que pode contar comigo.

— Eu sei e agradeço muito por isso.

— Então, para provar que você está bem, precisa aceitar um convite.

— Ah, Edu, por favor, não estou com espírito para saídas e tenho certeza de que não serei boa companhia.

— Não é uma saída qualquer. Tenho certeza de que vai gostar. Afinal, será sua oportunidade de me ver vestido de smoking e de você usar um longo exuberante — falou, agora com um sorriso divertido.

— Smoking e vestido exuberante? Do que você está falando?

— Recebemos um convite para uma festa.

— Traje a rigor? Deve ser "A" festa, então. Quando? E de quem? — perguntei, me entusiasmando um pouco.

— Nossos novos clientes. Ou melhor, o pai do Augusto está organizando uma festa para alguns fornecedores e clientes estrangeiros. Em sua própria residência, na próxima sexta-feira. E estamos convidados.

— Sério? E o que será que isso significa?

— Que causamos uma boa impressão, será? — Edu estava bastante otimista com o novo contrato. — Ou que você causou uma excelente impressão no Augusto?

Provocante 15

— Ah, nem vem, Edu! Pode parar com essas insinuações. Você tem mania de achar que todos os homens olham para mim com segundas intenções. Mas tudo bem, já me convenceu. Vou adorar fazer companhia a você vestido de smoking.

— Combinado. Trate de comprar um lindo vestido para estar à minha altura — falou sorrindo, já se retirando.

Eduardo era maravilhoso. Por que não me apaixonei por ele? Ah, não, esses pensamentos novamente não. Eu precisava trabalhar e assim o fiz.

O dia voou, para minha satisfação, e à noite resolvi ligar para Maitê e contar o que aconteceu. Eu já estava mais conformada e já conseguia falar a respeito.

— E como você está? Quer dizer, sei que não está bem, é óbvio, mas...

— Estou um caco, amiga. Sei que ele me ama. E eu também o amo, quer dizer, amo o que ele foi para mim. Sinceramente, tenho medo de estar jogando fora a grande oportunidade da minha vida de ser feliz, de amar e ser amada de verdade. Mas, ao mesmo tempo, receio estar fazendo papel de trouxa, me deixando ser enganada. Esse é o meu grande medo. — Suspirei. — Talvez realmente não tenha sido tão grave o que ele fez, afinal, quantos mocinhos não fizeram isso em nossos romances adoráveis, não é mesmo? Controladores, maníacos, ciumentos. E a gente adora isso nos livros. Mas a realidade é diferente. Nos livros, a gente sabe que tudo vai acabar bem. Já na vida real...

— Eu te entendo, Paola. Perfeitamente. E não sei o que te dizer. Fiquei puta com isso que ele fez, o modo como você ficou sabendo e tudo que isso envolveu. Mas não dá para dizer que não foi meio romântico, né?

— Ai, Maitê, não me confunda, por favor.

— Desculpe! Amiga, você sabe que vou te apoiar no que você decidir. E isso só você pode fazer, mas, como falou, não se precipite.

— Obrigada, ruiva! Eu sei que posso contar com você.

Desliguei pensando sobre o que tinha falado com Maitê. Aquela era a grande verdade: eu tinha medo de perder uma grande chance ou me deixar levar e sofrer exaustivamente no futuro.

Meu celular apitou indicando uma mensagem de voz. Era dele. Meu coração saltou no peito, um calor me invadindo, meus olhos se enchendo de lágrimas. Ele havia ligado várias vezes ontem, bem como enviado diversas mensagens, as últimas de preocupação por não saber onde eu estava. Mas, hoje pela manhã, como era seu costume, não. Confesso que senti falta do seu bom dia. E agora, vendo que ele se manifestou, minhas esperanças se renovaram. Deveria? Fiquei em dúvida se ouvia ou não. Mas eu estava morrendo de saudade da sua voz. Não resisti.

> "Boa noite, Paola. Você me deixou preocupado ontem. Fiquei feliz por saber através de Alana que estava bem. Não me perdoaria nunca se tivesse acontecido alguma coisa com você."

Ele me chamou de Paola, não de linda, ou qualquer coisa parecida. Houve uma pausa longa, durante a qual pude ouvir sua respiração pesada, como se estivesse sofrendo. Ah, Deus, aquela voz, sua preocupação comigo. Meu rosto já estava molhado pelas lágrimas.

> "Eu... Eu estou morrendo de saudade de você, minha linda. Prometi para mim mesmo que lhe daria o seu tempo, mas é tão difícil! Dói tanto não ouvir sua voz, não ver seu sorriso, não ter suas provocações... Ah, meu amor, se você soubesse o quanto eu preciso de você! O quanto minha vida é miserável e sem sentido sem você!"

Eu queria morrer! De desgosto, de tristeza. Ah, como eu queria uma luz, algo que me mostrasse o caminho certo a seguir, para acabar com aquilo de uma vez por todas ou então sucumbir ao meu amor e me render de uma vez. Eu sentia uma dor me rasgar o peito, minhas entranhas se dilacerando. Eu o amava demais! Se ele soubesse que minha vida também era sem sentido sem ele...

> "Eu falei que não desistiria de você, e não vou, Paola! Eu vou provar meu amor. E que tudo o que vivemos foi real, foi sincero... que sempre fui eu. Eu te amo minha bruxa, minha loba, minha deusa! Durma bem!"

Larguei o celular e me encolhi na cama, chorando como uma criança, maldizendo aquela mulher. O choro me acompanhou até altas horas da noite, até que finalmente o cansaço me venceu e adormeci.

A quinta-feira, por sorte, também passou muito rápido. Eu queria adiantar muitas coisas no escritório, já que, na tarde do dia seguinte, não iria por causa dos meus exames.

Após arrumarmos a cozinha depois do jantar, Alana foi deitar, assim como eu. Peguei um livro, na esperança de me distrair um pouco. Aquela era a pior hora do dia, quando eu estava com a cabeça desocupada. E como se adivinhando, Pedro me enviou uma mensagem de voz. Será que ele tinha câmeras instaladas no meu quarto?

> *"Boa noite, meu amor! Mais um dia de merda. Saudades, saudades, saudades... Estou aqui, olhando para essa bancada... Impossível não lembrar de você... Reparou como devemos ter algum fetiche por cozinhas? A sua, a minha, a do escritório, a do apartamento da praia. Nunca mais olharei para cozinhas da mesma forma. Elas sempre me trarão lembranças deliciosas e especiais."*

Ele fez uma pausa, como na noite anterior, sua voz triste e pesada. Eu sentia sua dor e não era muito diferente da minha.

> *"Sonhei com você... Foi tão bom... Você dizia o quanto me amava, o quanto eu te fazia feliz... que queria passar o resto da vida comigo..."*

Mais uma pausa e talvez estivesse enganada, mas parecia um soluço.

> *"Eu te amo, minha bruxa, minha loba, minha deusa! Durma bem!"*

Ah, Deus! Ele fez de novo! Até quando eu suportaria? E por que eu me torturava ouvindo? Era muito simples, eu poderia ignorar. Mas meu coração não queria. Ele sabia que eu ouvi a mensagem da noite anterior. E talvez por isso mesmo tivesse mandado novamente. Por que fazíamos aquilo? Por que estávamos nos machucando daquela forma? Eu principalmente, pois a minha atitude atingia a nós dois.

E mais uma vez eu me deixei vencer pelas lágrimas.

"Christina Perri – Human"

But I'm only human
And I bleed when I fall down

Pedro

Eu sinceramente não sabia se o que estava fazendo ajudaria ou não minha situação com Paola. Mas eu estava cego. Precisava colocar para fora, fazê-la saber da minha dor. E quando vi que ela ouviu minha mensagem na noite anterior, tive esperanças. Ela poderia muito bem ter ignorado, mas se dispôs-se a ouvir, era porque se sentia afetada por mim ainda. Sim, ela me amava, como sua filha falou. Mas estava sendo teimosa e dura demais consigo mesma, com o nosso amor.

Resolvi fazer o que meu coração mandava. Comecei fazendo as coisas que eu achava que a mulher da minha vida gostaria. Não lhe enviei mensagens de bom dia, apenas de boa noite, pois, assim, ela me ouviria antes de dormir, e minha voz ficaria gravada em sua mente por toda a noite, mesmo quando estivesse dormindo. Cruel da minha parte? Talvez. Mas era com a melhor das intenções, para fazê-la enxergar seu amor por mim.

Os dois últimos dias no escritório foram terríveis. E ainda havia aquela maldita festa que eu teria que comparecer na sexta-feira seguinte. Bem que tentei escapar, mas Rodrigo não me deu opção. Era ir ou ir. Um de nossos clientes organizaria um encontro com estrangeiros e nos queria lá.

Eu mal via a hora de ir embora, pelo menos em casa eu podia me afundar na bebida sozinho, remoendo minha tristeza.

Essa noite, a dor estava mais forte. Talvez por completarem dois dias inteiros sem vê-la. Também não era fácil ficar em casa. Para onde eu olhava me lembrava dela. E deixei que ela soubesse disso naquela mensagem.

Paola

A sexta-feira chegou. Fui almoçar um pouco mais tarde, indo depois direto para a clínica. Como de costume, não cumpriram o horário.

Primeiro, fui para o estica e puxa da mamografia. Em seguida, para a outra sala para as ecografias pélvica e de mamas. Eu já sabia todo o procedimento de cor, afinal, era todo ano a mesma coisa.

Estava tudo bem nas partes baixas, mas comecei a ficar tensa quando vi que a médica demorava na primeira mama e deslizava várias vezes o aparelho na mesma região, até conseguir focar uma mancha. E aquela era totalmente diferente.

Eu, como a grande maioria das mulheres, tinha cistos, alguns sólidos, outros com líquido, mas nada que preocupasse ou precisasse de outro tipo de intervenção. Alguns estavam lá há anos. Outros, assim como surgiam, desapareciam. Mas aquele era estranho, não estava ali no ano anterior.

— Você costuma fazer autoexame, Paola? — perguntou a médica, enquanto apertava e deslizava o aparelho mais uma vez.

— Todos os meses, doutora. Mas nunca senti nada. O Dr. Paulo diz que, como tenho a mama muito densa, realmente é difícil identificar somente no toque. O que houve? A senhora viu alguma coisa diferente?

Não gostei nada do modo como ela me fez aquela pergunta e da sua insistência na região. Eu tinha total confiança na Dra. Silmara, pois há anos sempre fazia os exames com ela, por indicação do próprio mastologista.

Provocante   19

— Então, Paola, identifiquei o que parece ser um nódulo. Ele não estava aqui há um ano. — Ela reviu os exames anteriores para confirmar.

— Mas é um nódulo mesmo? Não seria um cisto novo? — perguntei, já sentindo um nó no estômago.

— Não é um cisto. As características são diferentes. E como disse, não estava aqui. Apareceu neste intervalo de um ano e está bem grandinho. — Fixou a imagem, marcando de um ponto a outro das extremidades. — Está com quatro centímetros e meio.

Senti que começava a suar e tremer. Já tinha lido muito a respeito, não era totalmente desinformada, mas sempre mantive meus exames em dia, procurava levar uma vida até que bastante regrada, com atividade física e tudo que pudesse me beneficiar no intuito de evitar situações parecidas com essa. Mas a gente nunca está imune.

Dra. Silmara passou então para a outra mama. Eu sabia que ela só me daria maiores informações quando terminasse o exame, que, para meu desgosto, acabou sendo mais demorado, já que a mesma situação apareceu na outra mama.

— Temos a mesma ocorrência aqui. Também um nódulo novo, este um pouco menor, com três centímetros e meio.

Tudo bem, eu não podia me desesperar. Aguardei que terminasse o exame.

— Bem, Paola, o que encontramos hoje realmente são nódulos. Como disse, eles têm características diferentes dos cistos. E como estão com um tamanho um tanto avançado, eu gostaria de solicitar mais exames. Não quero que fique preocupada. Quer dizer, sei que não tem como não ficar, mas não é motivo para desespero. Quero ter certeza do tipo de nódulo e somente pela imagem não consigo avaliar. Sendo assim, gostaria de solicitar uma punção.

— Punção? Como funciona isso?

— Você marca um horário, aqui mesmo na clínica. Eu faço esse exame. Nós aplicamos uma anestesia local e, com uma agulha, eu retiro um pedaço do nódulo e envio para análise.

— Análise? Para saber se é benigno ou maligno, é isso? — Senti meus olhos marejarem. Aquilo não podia estar acontecendo comigo!

— Sim, Paola. Infelizmente, não posso dar certeza somente pela imagem. Tente não ficar nervosa. Pode ser somente um nódulo simples, mas eu prefiro ter certeza. Se apareceu e cresceu tanto assim em questão de um ano, mesmo sendo benigno, pode ser de um tipo que cresce muito rápido. Eu poderia recomendar que você fizesse novo exame em seis meses para acompanhamento, mas prefiro não correr esse risco. E conhecendo o Dr. Paulo, sei que ele também recomendaria.

— Tudo bem. Vamos fazer o que você achar melhor. — Eu não conseguia mais segurar as lágrimas.

— Procure se acalmar, Paola. Vamos fazer isso justamente para te dar mais segurança. Essa punção não requer corte. É uma espécie de pistola, uma agulha grossa. Vou guiar com a ecografia. Você não vai sentir dor. É rápido, o mesmo tempo de uma ecografia normal. Aconselho que venha mais para o final da tarde, assim vai direto para casa. Ou se conseguir, no sábado pela manhã. Também recomendo que não faça movimentos bruscos com os braços nesse dia. Vou te receitar um analgésico, caso tenha dor posteriormente ao exame. E gostaria que fizesse o mais breve possível.

— Claro, doutora.

Saí da sala de exames sentindo meu mundo se esvair. Eu era uma mulher informada, ciente de todas essas coisas que envolvem nossa vida. Mas a gente nunca espera que aconteça algo assim.

Eu não podia deixar que Alana soubesse. Ela iria desmoronar. Nesse final de semana, ela estaria comigo. Consegui marcar para o outro sábado, quando ela ficará na casa do Guilherme. Eu poderia fazer o exame e ficar quietinha em casa, sem levantar suspeitas.

Saí relativamente cedo da clínica, o que me dava tempo de me recompor até buscá-la. Dirigi até um parque e me deixei ficar em um banco, chorando e analisando tudo o que estava acontecendo. Há exatamente uma semana, eu estava seduzindo o homem da minha vida. Feliz, satisfeita, realizada, amada. De repente, eu me via sozinha, sem meu amor e, agora, com uma suspeita preocupante em relação à minha saúde. Não, não poderia ser nada mais grave. Eu não queria, não devia pensar nisso. Precisava ter fé e esperança de que tudo se resolveria. Eu precisava ser forte.

Consegui me recompor, peguei Alana e fomos para casa. Ela estava empolgada pelo sábado, para comprarmos meu vestido. E eu não podia tirar aquela alegria dela. Notou que eu estava mais quieta do que de costume, mas justifiquei dizendo que estava com muita dor de cabeça, junto com uma recaída por saudades de Pedro, o que não deixava de ser verdade.

Com todas essas desculpas, me recolhi cedo para o quarto. Deitei, pensando em como a vida nos passa rasteiras, no quanto nós deixamos de viver, sempre arrumando desculpas para não fazer certas coisas, ou para fazer outras que nem sempre nos satisfazem. E deixamos a vida passar.

Meu celular apitou. Ah, não, só podia ser ele. Tentei não olhar, não ouvir, mas era mais forte do que eu. Eu estava me revelando uma verdadeira covarde no que dizia respeito ao Pedro.

> *"Boa noite, minha linda! Espero que seu dia tenha sido bom. O meu foi péssimo, pior do que os dois últimos, se for possível. Alguma coisa além da saudade está me incomodando, mas não sei dizer o que é. Uma angústia, uma ansiedade, como se algo estivesse errado. Me diga que você está bem!"*

Ouvi sua respiração durante a pausa que deu.

> *"Ah, Paola, eu não vou aguentar viver assim. Essa dor é muito grande. Eu sei, estou sendo castigado pelo que te fiz. Mas eu não sei se consigo. Não sei se sou forte como você. Diz para mim o que eu preciso fazer. Eu só quero te amar, cuidar de você, estar ao seu lado. Deixa eu te fazer feliz, meu amor. É só o que te peço. Você merece isso. Eu te amo, minha bruxa, minha loba, minha deusa! Durma bem!"*

Eu achava que não era possível sentir mais dor, mas me enganei. Ele queria cuidar de mim, como se soubesse o que eu estava passando. Como seria bom dividir aquilo com ele, ter o seu carinho naquele momento, me dando forças, me amparando. Senti uma vontade enorme de responder a mensagem, de dizer que eu o amava e precisava dele. Por que eu estava me torturando daquele jeito? O que eu ainda precisava pensar? Será que lá no meu inconsciente eu estava querendo castigá-lo, como ele mencionou? Mas se fosse, não era somente ele que estava passando por aquilo. Eu estava junto. Chorei, não sabendo como ainda havia lágrimas para derramar.

Capítulo 3 - Ansiedades

Paola

Eu ouvia ao longe a voz de Alana. Fiz um esforço e abri os olhos, vendo-a ali ao meu lado.

— Mãe? Tudo bem? — Havia preocupação em sua voz.

— Alana? Sim, tudo bem, por quê? — Olhei ao redor e percebi que o sol já estava alto.

— Você não costuma dormir até tarde. São dez horas já. Pensei que talvez você não estivesse se sentindo bem.

— Ah, acho que foi sono acumulado mesmo. Essa semana foi complicada — falei, me espreguiçando. — Mas está tudo certo. Foi bom eu ter dormido um pouco a mais. Sinto-me recuperada. — Sim, e mais confiante também, afinal, nada como um dia após o outro.

— Então, o que acha de levantar, tomarmos um café juntas e irmos à caça de um lindo vestido para você? — Levantou-se toda alegre. — A gente podia esticar e almoçar fora, depois passear no shopping, ir ao cinema, o que acha? Tirar o dia para as mulheres. — Ela conseguiu me contagiar com toda aquela empolgação.

— Acho uma excelente ideia. Dê-me um tempo para um banho e podemos ir.

Saímos de casa, indo direto às lojas que vendiam o tipo de roupa que eu procurava. Alana insistia que eu precisava de um vestido exuberante, como ela dizia. Algo que chamasse muito a atenção para mim.

Experimentei vários, sempre sob o olhar atento da minha filha. Ela era muito crítica, vendo defeito na grande maioria. Confesso que, apesar de gostar daquele ritual, eu já estava cansada.

— Ai, Alana, sério? — perguntei enquanto lhe mostrava o último, um preto, discreto, mas muito elegante. — Qual o defeito desse?

— Eu concordo que preto é elegantérrimo, não tem como errar, mas pensei em algo mais alegre, com mais vida — falava enquanto vasculhava as araras. —

Uau! Mãe, olha só esse! — Virou, me mostrando o modelito.

— Muito chamativo. Concordo que seja lindo, mas talvez para uma mulher mais nova.

— Ah, não vem com esse papo. Você vai provar este, mãe. É maravilhoso. Vai ficar perfeito em você!

— Tá, eu provo, mas continuo achando demais. — Entrei no provador, tirando o preto e vestindo o achado da minha filha.

Realmente o vestido era um espetáculo. Tomara que caia, com uma fenda lateral. A saia não era justa, pelo contrário, havia pregas que a deixavam solta. E o toque final se dava pela cor. O corpo era um tom de rosa, quase um fúcsia e a saia, laranja. Bastante exótico e diferente.

— Pronta, mãe? Vamos, deixe-me ver.

Saí do provador, andando com cuidado para não pisar na barra. E a expressão de Alana era impagável.

— Meu Deus! É esse. Você tem que levar esse! Lindo, magnífico — falava e batia palmas, como uma criança que ganha um brinquedo.

— Ficou perfeito, Paola — elogiou a vendedora. — Eu gostei de outros também, mas esse ficou show.

— É lindo, apesar de continuar achando demais. Será que é uma festa para tanto, Alana? — Me olhei novamente no espelho, gostando do que via. Sim, eu me sentia muito bonita.

— Você vai levar esse, não vai?

Avaliei novamente. Sim, talvez eu devesse me dar aquele mimo, me sentir especial. Resolvi não pensar muito a respeito e seguir o conselho da minha filha.

— Tubo bem, vou levar.

Após os ajustes, fomos para o shopping. Passamos o dia todo fora. Foi ótimo poder me distrair, esquecer um pouco os problemas e a dor que continuava preenchendo meu peito.

Chegamos em casa só à noite, cansadas de tanto bater perna. Alana foi para seu quarto ligar para uma amiga, enquanto eu resolvi tomar um banho para relaxar.

Percebi que ela estava fazendo tudo aquilo no intuito de me tirar do estado de tristeza em que me encontrava. Ela não tocou mais no nome dele, bem como não fez mais nenhum comentário, mas eu sabia que ela se preocupava e queria me ver reagindo a toda aquela situação. E eu precisava colaborar com todo o seu esforço.

Pedro

Mais uma vez eu estava sozinho, remoendo minha dor, tendo como companhia apenas um copo de uísque. Até saí para correr pela manhã, mas me arrependi, pois aquele parque também me lembrava Paola e como todo aquele jogo de provocação começou.

Eu ainda estava abalado pelo dia anterior. Parecia haver alguma coisa a mais me incomodando, como se eu fosse receber uma notícia ruim, mas não conseguia identificar o que era.

O dia demorou a passar e a noite não seria diferente. Era o primeiro final de semana longe, depois de um mês juntos. Eu não tinha intenção de sair para lugar algum. Rodrigo até insistiu, mas eu realmente não tinha disposição para nada.

Meu celular tocou e me surpreendi ao ver a ligação de Alana. Teria acontecido alguma coisa com Paola? Atendi preocupado e ansioso.

— Oi, Pedro! Tudo bem? — Sua voz estava relaxada, até feliz, eu diria.

— Dentro do possível, bem. E você? Aconteceu alguma coisa? Paola está bem?

— Ela continua bastante triste, mas consegui fazer com que se distraísse um pouco hoje. — Relaxei um pouco ao ouvi-la me contar como tinham passado o dia, me deixando saber que estava tudo dentro da normalidade. — Mas o ponto alto do nosso dia foi escolher um vestido para a festa que ela vai na sexta-feira. É traje a rigor, sabe, na casa de um cliente, me parece...

— Espere um pouco, Alana. Uma festa na próxima sexta? De quem é? — Senti um frio percorrer minha espinha. Era muita coincidência.

— Ah, parece que é uma festa que o pai de um cliente novo lá do escritório vai dar para uns estrangeiros.

— Eu também fui convidado para essa festa.

— Ah, fala sério! Isso não tem nada a ver com você ficar cuidando da vida dela, né?

— Eu tenho o convite para provar. O Sr. Leonardo é nosso cliente. Na verdade, eu estava tentando achar uma desculpa para não ir, apesar de Rodrigo não ter me dado opção. Mas vejo agora que tenho um bom motivo para não faltar.

— Ah, meu Deus! Minha mãe não pode saber que você vai. Ou ela é bem capaz de desistir.

— Ela vai sozinha? — perguntei, apesar de já saber a resposta. Se era um cliente do escritório, bem provável que o seu sócio também tivesse sido convidado.

Provocante 25

— Vai com o Edu. — E ali estava a confirmação. — Pedro, você não pode deixar de ir. Ela precisa te ver.

— Eu vou com certeza, Alana.

— E tenho que te dizer: ela vai arrancar suspiros nessa noite. Tudo bem, eu sou suspeita para falar, mas ela ficou mais linda ainda no vestido. Parece uma artista de cinema, sabe? Eu tirei uma foto e até ia te enviar, mas já que você também vai, melhor que veja com seus próprios olhos.

— Vamos, Alana, me mostre. Estou morrendo de saudade. Deixe-me vê-la.

— Melhor não! Assim o impacto será mais forte. — Eu não estava acreditando no que ouvia. Era como se Paola estivesse ali, usando aquelas palavras para me provocar.

— Deus, Alana, como você pode ser tão parecida com sua mãe?

— Nunca te disse que eu quero ser igual a ela quando crescer? — E soltou uma gargalhada gostosa e inocente.

— Já tenho pena dos seus namorados. — Sorri também, talvez o primeiro sorriso sincero do dia.

— Você vai, não é, Pedro?

— Claro que sim. Você acabou de me dar um excelente motivo para não faltar a essa festa. — Eu a veria, apesar de ainda faltar uma semana, mas já era alguma coisa.

— Só, por favor, não estrague tudo. Veja lá como você vai se comportar. Ela ainda está muito chateada.

— Sim, eu vou tomar cuidado. Nunca imaginei que ouviria conselhos de uma pirralha como você. — Sorri.

— Ei, olha lá como fala comigo. Estou do seu lado, lembra? E ai de você se magoar mais ainda minha mãe!

— Obrigado, gatinha! Fique tranquila, não vou te decepcionar.

— Acho bom mesmo. Agora eu preciso desligar. Ela acha que estou conversando com uma amiga. Tchau, Pedro.

— Tchau, Alana. E obrigado mais uma vez.

Desliguei, me sentindo renovado, até mesmo alegre. Eu a veria novamente e não seria uma coisa forjada. Realmente era uma coincidência. E sim, como Alana falou, eu precisava saber como me comportar diante dela, para não piorar ainda mais a situação, principalmente porque Eduardo estaria acompanhando-a.

Merda! Eu já estava me roendo de ciúmes. Mas teria que me controlar. Até porque, como Alana confirmou, era a mim que ela amava. E contra isso não há argumentos.

Como em todas as noites naquela semana, enviei uma mensagem. Ela poderia até não responder, mas eu sabia que lia todas.

> *"Olá, meu amor. Minha saudade é cada vez maior. Fecho meus olhos e te vejo linda como sempre. Meu dia foi vazio sem você! Te amo!"*

Paola

A segunda-feira chegou e com ela a ansiedade. Eu não sabia se preferia que demorasse a passar aquela semana ou se gostaria que terminasse logo para então poder fazer meu exame no sábado e com isso me sentir mais tranquila. Não que eu fosse ter o resultado em mãos no mesmo dia, mas talvez eu me sentisse melhor por ter passado mais uma etapa do caminho de pedras que se colocava à minha frente.

Com o intuito de tentar me distrair, resolvi voltar a frequentar a academia, coisa que eu tinha abandonado nas últimas semanas devido ao meu tórrido romance. Para ajudar, havia muita coisa a ser feita no escritório, o que era bom por não me dar muito tempo para pensar nele.

Doía mais à noite. O tempo ocioso não me deixava esquecer. Até porque parecia que ele adivinhava quando eu estava sozinha e quieta para me enviar mensagens apaixonadas. Ele não falhou uma noite sequer.

Quando a sexta-feira chegou, eu diria que já estava mais conformada com a ausência de Pedro. Ou assim queria pensar. Fiz meu expediente normal, apesar de Edu insistir para que eu saísse mais cedo para me aprontar para a festa. "Sei que vocês mulheres precisam de mais tempo para se arrumar", foi o que disse logo no início da manhã.

A maquiagem ficou perfeita, nada de muito carregado, porém destacando bastante os olhos, como eu gostava. Decidi prender o cabelo em um coque frouxo, com algumas mechas soltas, realçando ainda mais o colo e o pescoço.

Alana fez questão de me ajudar nos retoques finais. Nós a deixaríamos na casa do Guilherme quando fôssemos para a festa, pois ela queria me ver pronta para tirar uma foto.

Quando a campainha soou, ela correu para atender. Era meu sócio, pontual como sempre. Eu o ouvia do quarto.

Surgi na sala, vendo um Edu extremamente elegante e charmoso. Sexy, eu diria, vestido naquele smoking impecável. Seus olhos se arregalaram um instante ao me ver, me avaliando dos pés à cabeça, demonstrando toda sua admiração.

— Realmente, Alana, sua mãe está especialmente linda esta noite. Magnífica, eu diria. — Ele veio até onde eu estava e me deu um beijo no rosto.

— Vamos, quero tirar uma foto de vocês dois.

Nos posicionamos como ela queria, permitindo que tirasse algumas fotos. E não se contentando, tirou mais algumas somente de mim.

— Você também está bonito, Edu. Aliás, vocês formam um lindo casal.

Alana definitivamente não sabia ficar de boca fechada. Percebi o entusiasmo do meu acompanhante quando ouviu aquilo e recriminei minha filha com o olhar.

— Estou pronta, você também, Alana? Acho que podemos ir — falei para desviar de seu comentário.

Pedro

Aquela semana demorou a passar. Eu estava ansioso por vê-la à noite. Há dez dias estávamos longe um do outro e a saudade corroía meu peito de tal forma que não me contive e, na intenção de buscar uma foto sua para copiar, acabei por entrar no seu perfil, novamente espionando-a. E foi aí que me surpreendi com o que vi nos comentários com suas amigas.

Ela falava das supostas investidas do seu sócio. Aquela conversa não era recente, pois elas ainda comentavam da sorte de Paola em ter dois homens como eu e Eduardo, sugerindo inclusive o quanto seria interessante ela ser compartilhada por nós dois.

O que acontecia com aquelas mulheres com relação a essa fantasia?

Meu sangue fervia de ódio ao imaginar que ele estava lá, o tempo todo ao seu lado, talvez a consolando. Só de pensar que minha loba poderia estar em seus braços, a loucura me invadia.

Mas, apesar de todo o fogo que eu sabia que ela tinha, todo seu desejo por aquelas fantasias, também sabia que ela me amava e que não cederia a um impulso como aquele. Eu confiava em Paola. Precisava acreditar nisso para não enlouquecer.

Capítulo 4 – Reencontro

Paola

O trajeto já dizia tudo a respeito da festa. Era no bairro mais nobre da cidade, com somente casas de alto luxo e mansões que ocupavam um quarteirão inteiro. Não me lembro de alguma vez já ter passado por ali. Afinal, o que eu faria em um local como aquele?

Eu sabia que nossos novos clientes eram muito bem estabelecidos. Eles eram naturalmente elegantes, cultos, educados.

A festa era promovida pelo pai do Augusto, o Sr. Leonardo Sartori, um executivo do ramo imobiliário, negócio em alta no mercado atual. Não era exatamente para divulgar lançamentos, mas sim para alavancar investimentos estrangeiros e nacionais. Sinceramente, não via o porquê de termos sido convidados.

Chegamos à entrada da mansão, onde havia manobristas. Um deles veio até minha porta, me ajudando a descer do carro, e Edu, em seguida, segurou minha mão, me conduzindo. Era possível ver algumas pessoas circulando pelo jardim, porém o agito mesmo era lá dentro.

A decoração era um luxo só. Havia uma tenda gigantesca ao lado da piscina, que estava adornada por vasos de plantas exóticas. As luzes espalhadas por todo o jardim formavam um cenário de fantasia. Eu me senti em uma história de princesas.

— Uau! Nunca estive em uma festa desse nível. Ainda bem que resolvi seguir o palpite de Alana. Já não me sinto deslocada com esse vestido. Olhe só para essas mulheres! — Era um desfile de elegância e bom gosto.

— Também estou impressionado com tanto luxo. Quanto às mulheres, você dá um show em todas elas, Paola. Já disse e não vou cansar de repetir: você está um espetáculo!

Entramos na elegante mansão, sendo recepcionados por uma jovem muito bonita, que nos acompanhou até onde estava Augusto.

Ele estava às voltas com outros convidados, muito bonito em seu traje. Os cabelos castanhos levemente arrepiados davam um toque rebelde à sua aparência, assim como seu corpo bem trabalhado, o que pude notar no almoço

Provocante 29

que tivemos quando fechamos negócio. Assim que nos viu, veio até onde estávamos simpático e sorridente.

— Boa noite! Sejam bem-vindos. Eduardo. — Apertou a mão de meu sócio, cumprimentando-o. — Paola! Permita-me dizer o quanto você está maravilhosa. — E todo cavalheiro, segurou minha mão, levando-a até os lábios. Surpreendi-me com aquele gesto, tão incomum nos dias atuais, vindo de um homem relativamente jovem.

— Obrigada, Augusto, você é muito gentil. Parabéns, a festa está linda e será um sucesso. Tudo de extremo bom gosto. — Sorri, olhando ao redor, observando o ambiente e muitas pessoas refinadas.

— Isso você precisa falar para minha mãe, que adora esses eventos e faz questão de estar à frente de tudo. Claro que ela tem várias pessoas trabalhando, mas tudo precisa passar pelo seu aval.

— Por isso tudo está tão perfeito. Não podemos negar que as mulheres são especialistas na arte de receber — comentou Edu, servindo-se de uma taça de champanhe, assim como Augusto.

— Venham, deixem-me apresentá-los aos meus pais. — Ele nos conduziu até uma bela senhora, que conversava com um rapaz que parecia ser o responsável pelo serviço.

— Mãe, conheça os contadores de que lhe falei. Este é Eduardo e esta é Paola. Minha mãe, Verônica. — Edu cumprimentou a anfitriã da mesma forma que Augusto fez comigo.

— Prazer em conhecê-la. E parabéns pela festa.

— Obrigada. Por favor, fiquem à vontade. Paola, meu filho falou a respeito de você, o quanto era bonita, e vejo que não exagerou. — Me beijou no rosto. Era uma mulher de classe e muito simpática. Seu modo de olhar nos deixava à vontade.

— Obrigada, Sra. Verônica! Augusto é muito gentil e vejo de onde vem toda sua simpatia.

— Sim, me orgulho muito dos meus filhos. Por favor, não me chame de senhora. Faz eu me sentir uma velha. E convenhamos que eu ainda estou na flor da idade. — Piscou, sorrindo.

— Claro, Verônica. — Retribuí o sorriso e ficamos alguns minutos conversando até que Augusto nos interrompeu.

— Venha, Paola, enquanto minha mãe monopoliza Eduardo, quero que conheça meu pai. — Me conduziu, com a mão em minha cintura, para onde havia um homem alto e encorpado de costas para nós.

— Pelo que conheço da minha mãe, ela vai prender Eduardo por um tempo, principalmente se ele lhe der espaço.

— Sua mãe é um amor, Augusto, de uma simpatia incrível, não tem como não se envolver numa conversa gostosa com ela. — Olhei para ele, sorrindo.

Porém, no instante em que aquele senhor, que presumi ser seu pai, se virou para nós, meu sorriso sumiu dos lábios ao me deparar com o homem parado à sua frente.

Perfeição! Essa era a palavra que o descrevia. Senti minhas pernas fraquejarem, meu coração acelerar e talvez até lágrimas inundarem meus olhos diante da emoção de vê-lo ali. Saudade! Que me apertava o peito e doía a alma. Pedro, assim como todos os outros homens, vestia um smoking. Nele, qualquer traje era especial. Mas ali estava simplesmente delicioso.

Ele não sorriu ao me ver. Pelo contrário, sua expressão era difícil de decifrar. Tristeza? Arrependimento? Seu olhar rapidamente foi de mim para Augusto, evidenciando seu ciúme. E quando retornou para mim, pude ver, no fundo de seus olhos, o amor. Sim, ele estava lá. Assim como o meu. Jamais poderia negar que o amava.

Mas, despertando daquele instante de devaneio, comecei a me perguntar por que ele estava na festa. Não era possível que ainda estivesse me seguindo. E eu nem participava mais da rede social depois que brigamos. Que diabos ele estava fazendo ali?

— Pai, esta é Paola, nossa contadora. — Eu não sabia quanto tempo fiquei muda, pensando na situação, até que Augusto quebrou o silêncio, fazendo as apresentações. — Meu pai, Leonardo Sartori.

Deixando o olhar hipnotizante de Pedro, virei-me para o anfitrião, que, assim como o filho, segurou minha mão, levando-a aos lábios.

— Encantado, Paola. Meu filho já me falou muito a seu respeito.

— Muito prazer, Sr. Leonardo. Acho que Augusto tem exagerado ao falar de mim. Conheci sua esposa e estava agora mesmo comentando o quanto ela é linda e simpática. Parabéns pela festa! Com certeza será um sucesso para os seus negócios.

— Obrigado, Paola. Deixe-me apresentá-la a um dos nossos advogados, Dr. Pedro Lacerda!

Então, ele era advogado dos Sartori? Era muita coincidência mesmo. Mas eu não tinha como saber, afinal, não havia dado nomes e detalhes desse nosso novo contrato.

Estendi minha mão, que Pedro segurou, imitando o gesto dos outros homens. Porém, seus lábios se demorando, me fazendo estremecer no mesmo instante, pois já os imaginava em outras partes do meu corpo. Senti minha pele arrepiar e meu coração acelerar mais um pouco. Seus olhos não deixavam os meus, analisando minha reação. Era óbvio que ele sabia o que estava me causando.

— Como vai, Paola? Prazer em revê-la.

— Vocês já se conhecem? — Augusto estava ao meu lado, curioso.

Então não faríamos de conta que não nos conhecíamos. Mas o que ele iria dizer? Que fomos namorados? Antes que fizesse algo que pudesse me colocar numa saia justa, resolvi me antecipar.

— Sim, atendi o Dr. Pedro Lacerda em uma questão tributária há pouco tempo. — Com isso, resumi nossa situação, sem deixar de falar uma parte da verdade.

— Por favor, Paola, apenas Pedro. — Ele lançou um olhar sedutor para mim, me fazendo lembrar do dia em que nos conhecemos. Era difícil manter a formalidade depois de tanta intimidade, de tudo o que já tínhamos vivido.

— Vejam só que mundo pequeno. Então você também atende a Lacerda & Meyer? — o Sr. Leonardo agora questionava interessado.

— Não tinha conhecimento disso — afirmou Augusto, parecendo confuso.

— Paola não atende nosso escritório. Ela prestou um serviço particular, exclusivo para mim, não é mesmo, Paola? — Me olhou sugestivo. Ah, não! Ele não ia começar com aquele joguinho ali, ou iria?

— Sim, apenas uma questão relativa ao Imposto de Renda. Nada mais.

— Ah, então você também presta assessoria neste quesito? Tenho que dizer que isso me tira o sono. Por mais que tenhamos cuidado, sempre passa algum detalhe todos os anos.

— Paola é especialista nesse assunto, Augusto. Foi extremamente competente em seu trabalho, me deixando muito satisfeito. — Tomou um gole do seu uísque, com um sorriso debochado.

Onde ele queria chegar com aquilo? Estava mesmo querendo jogar comigo? Provocar-me com aquelas palavras de duplo sentido? Ainda não tinha aprendido que eu sempre ganhava?

— Ora, é muito bom saber disso. — Augusto me olhou mais demoradamente.

— Sendo assim, creio que contratarei seus serviços para essa área também.

— Terei o maior prazer em assessorá-lo, Augusto. E espero que você também fique satisfeito, assim como Pedro. — Agora era a minha vez de sorrir, mostrando a ele que, apesar de magoada, eu não ia fugir da provocação.

Vi seu sorriso sumir do rosto, seu maxilar contrair e seus olhos soltarem faíscas. Mas antes que alguém pudesse falar mais alguma coisa, outro homem, esse mais jovem e bastante sorridente, se aproximou de onde estávamos. Muito parecido com Augusto e tão bonito quanto. Presumi que fosse seu irmão.

— Ah, Paola, conheça Júlio, meu irmão.

Estendi a mão para cumprimentá-lo, mas, ao contrário dos outros homens, Júlio apertou-a e me beijou no rosto. Deveria ter aproximadamente uns vinte e cinco anos, mas seu modo mais despojado de se comportar o fazia parecer ainda mais novo.

— Então, você é a Paola? Meu irmão não se cansa de falar de você. Acho que ele está apaixonado — falou, sorrindo, deixando todos no grupo incomodados.

— Pare de falar bobagens, Júlio — Augusto o repreendeu, visivelmente constrangido.

— Meus filhos, por favor, cadê a educação que eu lhes dei? Não veem que estão deixando a dama desconfortável?

Eu realmente não sabia o que dizer de tudo aquilo. Não me sentia bem com toda aquela atenção voltada para mim, ainda mais quando percebi o olhar de Pedro para os dois homens à minha volta. Achei melhor não comentar a respeito.

— Você trabalha na empresa da família, Júlio? — perguntei, tentando desviar o assunto.

— Sim, ao contrário de Augusto, estou seguindo o caminho do meu pai — falou empolgado. — Gosto de estar lá e participar de tudo, apesar de ter pouca experiência. Estou aprendendo ainda.

— Tenho certeza de que isso não será difícil pra você.

Júlio demonstrava ter uma empolgação típica da idade, disposição, vontade de mostrar serviço. Não que ele precisasse disso. Ou talvez eu estivesse enganada e o Sr. Leonardo não fosse o tipo de pai que passa a mão na cabeça, afinal, Augusto não quis seguir o mesmo ramo e, pelo que pude perceber, não

Provocante 33

teve a vida facilitada por ter um pai rico. Precisou correr atrás do seu sonho.

— Bem, se vocês me dão licença, preciso circular um pouco. Paola, sinta-se à vontade e não permita que meus filhos a deixem constrangida. — Virando para os dois, falou: — Comportem-se, por favor.

— Vou com você, pai. Quero te apresentar algumas pessoas. — Apressou-se Júlio. — Você também, meu irmão, preciso que venha conosco. Paola não vai se importar, não é mesmo? — Olhou para mim, questionando.

— Por favor, não se prendam — Pedro falou finalmente. — Faço companhia a ela, se não se importar é claro, Paola.

Ah, ele tinha que cutucar! Vi os três homens se afastarem, me deixando sozinha com meu advogado sexy pra cacete. Só então pude reparar melhor e vi que estava um tanto abatido e com a aparência cansada. Seus olhos não tinham o mesmo brilho e algumas rugas marcavam a testa.

— Você parece cansado — comentei em tom baixo, minha mão livre ao lado do corpo formigando de vontade de tocar seu rosto.

— Não tenho dormido bem. Quase nada, na verdade. — Tomou de um gole só o restante do uísque, olhando para o fundo do copo. Um garçom se aproximou e ele trocou o copo vazio por outro, já sorvendo o líquido.

— E acha que bebendo desse jeito vai conseguir melhorar essa situação? — perguntei, preocupada. Ele não era de beber daquela forma. Pelo menos não no pouco tempo em que estivemos juntos.

— Só uma coisa pode melhorar minha situação e tenho certeza de que você sabe o que é.

— Pedro, aqui não é hora nem lugar para discutir isso. — Já me arrependia de ter mencionado sua aparência.

— Uma vez, você me disse que a gente faz a hora e o lugar quando quer. — Bebeu mais um longo gole. Eu via que a situação não tinha perspectivas de ser boa.

— Não nesse caso. Que tal você ir devagar com a bebida? Isso só vai piorar tudo.

— Faz alguma diferença para você? Não se preocupe, Paola, eu sei o meu limite. E duvido que alguma coisa possa ficar pior. A não ser, é claro, que você resolva dar uma chance a um dos seus admiradores aqui presentes essa noite. Afinal, você está arrasando corações.

— Você sabe que eu me preocupo sim. E não fale como se eu estimulasse alguma coisa em outro homem.

— Ah, pode ter certeza que você estimula, sim. Todos os homens presentes se viram para te olhar. Augusto parece um cão babando ao seu lado. E o Eduardo, nesse exato momento, está te comendo com os olhos — rosnou, se aproximando mais, tão perto que eu podia sentir seu hálito quente, cheirando a álcool. Seu olhar fervia para mim, de raiva, de ciúme e de desejo. Senti meu estômago revirar de ansiedade por um beijo seu.

— Pedro? — Ouvi uma voz feminina chamá-lo, fazendo com que eu me virasse para ver de onde vinha.

E me deparei com uma bela jovem, de vinte e poucos anos, parada ao nosso lado, admirando o homem que afetava meus sentidos. Mais alta do que eu, esguia, olhos azuis realçados pela maquiagem e uma cascata loira que dançava pelas costas. Seu vestido preto a deixava ainda mais magra e realçava a pele alva.

— Finalmente o encontrei. — Me ignorando completamente, ela se aproximou dele, tocando seu braço e abrindo um sorriso ridículo de felicidade. Só então ele se virou para ela, notando sua presença.

— Mariza!

Ok, eu já tinha ouvido esse nome. Seria a mulher que havia ligado para ele, aquela que eu atendi em seu celular? Uma ex alguma coisa?

— Senti saudade. Você está maravilhoso, como sempre. — Ergueu a mão, tocando seu rosto e aproximando os lábios, lhe dando um beijo no canto da boca, enquanto ele me encarava e nada fazia para desviar.

Filho da puta! O que estava querendo? Mostrar que existe quem o queira? Senti o sangue subir e aquecer meu rosto, bem como minhas mãos tremerem de raiva. Ele percebeu e talvez para me colocar ainda mais em estado de fúria enlaçou a cintura dela, voltando seu olhar para a loira e sorrindo.

— Você também está linda, Mariza. — Beijou-a e voltou a olhar para mim.

Entendi qual era sua intenção. Só não tinha certeza se aquilo era deliberado ou desencadeado pelo excesso de bebida. Mas, de qualquer forma, ele sabia o que estava fazendo.

— Não vai me apresentar à sua amiga, Pedro? — perguntei, engolindo a vontade de arrancar aquela piranha dali e mantendo a postura educada.

— Mariza, esta é Paola. — Foi só o que disse, enfrentando meu olhar. Senti que ela me avaliava de cima a baixo, sem sequer se dar ao trabalho de me cumprimentar.

Provocante   35

— Você é amiga do Pedro? — perguntou, agora se pendurando em seu braço.

— Por que não pergunta a ele? — falei sem desviar os olhos do homem à minha frente.

— Talvez você mesma prefira definir, Paola.

Sim, ele queria que eu admitisse o que éramos afinal de contas. Mas o que eu podia falar? Qual era nossa situação atual? E por que ele precisava me afrontar com aquela mulher grudada nele? Senti um nó subir à minha garganta, me impedindo de falar mais alguma coisa. Eu queria sair dali. Por sorte, ouvi meu nome.

— Paola! — Era Maitê, minha amiga, que vinha em meu resgate, como que adivinhando. Me deu um beijo e parou ao nosso lado, olhando de um para outro, analisando o clima pesado que tinha se instalado. — Como vai, Pedro?

— Olá, Maitê!

Ela me olhava, me interrogando, pois, assim como eu, provavelmente não imaginava que ele estaria presente. Aproveitei sua chegada para justificar meu afastamento.

— Nos deem licença, por favor. — E puxei Maitê pelo braço, me dirigindo ao outro lado daquele salão.

— O que o Pedro está fazendo aqui? Vai me dizer que ele te seguiu? Te investigou de novo? Puta que pariu, Paola!

Eu a puxava, caminhado o mais rápido que meus saltos permitiam.

— Não creio que seja isso, Maitê. Pelo que pude entender, ele e Rodrigo são advogados da construtora. Quando cheguei, ele estava acompanhado pelo Sr. Leonardo, que nos apresentou. — Paramos no jardim da casa.

— Ai, amiga, que merda de coincidência, hein? E quem era a lambiscréia grudada nele?

— Uma ex. É a tal de Mariza. Uma vez, atendi seu celular por engano e era ela. E ele fez questão de se derreter para ela, só para me provocar.

— Pois então trate de dar o troco na mesma moeda. Se ele quer te fazer ciúme, aja da mesma forma.

— Não gosto disso, Maitê, usar alguém com esse propósito.

— Paola, você não precisa se agarrar com ninguém. Meu Deus, você está maravilhosa e linda. Basta ser simpática, como você realmente é, com um ou outro homem. Tenho certeza que ele vai subir pelas paredes e se arrepender do que está tentando fazer com você.

Olhei para minha amiga, que estava um arraso em um vestido vermelho, de um ombro só, muito agarrado às suas curvas.

— Ele já estava morrendo de ciúmes do Augusto e do Edu. Disse que eu estava arrasando corações essa noite — contei, sentindo uma pontinha de satisfação.

— Óbvio que ele está com ciúme. Definitivamente você está chamando a atenção de vários convidados. Então, te aconselho a tirar proveito de algo que já está acontecendo. Isso não quer dizer que você esteja encorajando ou dando esperanças a alguém. Vamos ver até onde ele vai com isso.

Nesse instante, vi Rodrigo se aproximando. Ele já tinha notado nossa presença ali.

— Ai, que essa noite promete, Maitê. Fique onde está. — Segurei seu braço.

— Por quê?

— Rodrigo está vindo pra cá. Uau! Gostoso demais!

— Paola! Tanto homem por aí e você vai querer fazer ciúme justo com o Rodrigo?

— Bem capaz! Só estou dizendo que ele está muito gostoso de smoking. E tenho certeza, pelo jeito como ele está te devorando com o olhar, que não vai nem perceber minha presença — murmurei, pois ele já estava muito perto.

— Se eu soubesse que essa festa estaria assim tão bem frequentada, teria vindo mais cedo. — Parou ao nosso lado, claramente comendo Maitê com os olhos. — Boa noite, Maitê! — Segurou sua mão, lhe dando um beijo leve nos lábios. Eu ainda não entendia o que realmente estava rolando entre eles. Minha amiga insistia em dizer que era apenas sexo, mas eu vi como ela ficava em sua presença. Seria só isso mesmo?

— Boa noite, Paola. Não imaginava encontrá-las aqui.

— Como vai, Rodrigo? — Retribuí o beijo. — Augusto é nosso cliente.

— Mundo pequeno, não? Somos advogados do Sr. Leonardo há algum tempo. Conheço Augusto, e ele sempre foi relutante em seguir os negócios da família.

— Pois é. Ele disse que não gosta do ramo. Até tentou, mas não dá pra coisa. Está caminhando com as próprias pernas, junto com um sócio na área de TI, que é o que realmente o realiza. É uma empresa bastante promissora.

Provocante 37

Na verdade, não nos vejo prestando serviço por muito tempo para eles. Logo precisarão de uma estrutura interna na área contábil.

— Sim, é bem provável.

— Agora me deem licença, quero circular um pouco por aí. — Olhei para Maitê para que ela entendesse o que eu dizia e me afastei.

Logo avistei Augusto. Ele estava em um grupo com vários homens, na grande maioria mais velhos do que ele. Assim que me viu, pediu licença e veio até mim, sorrindo. Pensei no que Maitê havia sugerido. Se eu colocasse em prática o plano da minha amiga, estaria sendo muito cretina, dando esperanças a um homem que nada despertava em mim, a não ser amizade. E pior, meu cliente.

— Paola! Perdida aqui fora, sozinha? — Estendeu o braço para que eu o enlaçasse.

— Não, apenas vim tomar ar e apreciar a linda decoração do jardim. Vocês têm uma bela casa Augusto — elogiei enquanto íamos para o salão principal, onde era possível ouvir a música.

— Dança comigo? — convidou, já enlaçando minha cintura e me conduzindo à pista de dança. Eu não poderia negar nem me sentir culpada, afinal de contas, não estava insinuando nada. Apenas sendo simpática e aceitando seu convite, como qualquer outro convidado.

A banda tocava uma valsa, o que não exigia tanta técnica assim. Augusto me guiava pelo salão com muita destreza, tornando fácil acompanhá-lo. Sempre simpático e sorridente, conversávamos amenidades enquanto deslizávamos pela pista.

Ao término da segunda música, vi seu sorriso morrer ao olhar para trás, às minhas costas, no mesmo instante em que ouvi a voz de Pedro.

— Me permite uma dança com a sua convidada? — Seu tom era debochado, nada típico dele.

Pensei em recusar, mas, na tentativa de evitar um escândalo, simplesmente acenei para Augusto, concordando. Ele me olhou uma última vez, se afastando e permitindo que Pedro se posicionasse diante de mim.

Seu olhar passeou pelo meu rosto, fixando-se por um momento em meus lábios, até que parou em meus olhos, como que sugando todo o ar dos meus pulmões. Seu braço esquerdo enlaçou totalmente minha cintura, puxando-me tão perto que meu peito grudou no seu, enquanto sua mão direita segurou a minha levemente afastada do corpo. Senti meus joelhos curvarem-se um pouco, devido ao amolecimento das minhas pernas. Ele percebeu e me puxou ainda para mais perto, me fazendo sentir agora seu quadril colado ao meu. Com certeza aquilo não era uma dança normal.

— Eu não poderia ir embora sem dançar com a mulher mais linda da festa — sussurrou no meu ouvido, me fazendo arrepiar. — Seu amigo te conduz assim também pelo salão?

Não, ninguém me conduziria como ele, nem no salão, nem em qualquer outro lugar ou aspecto da vida. Pedro era único, em tudo. Apesar de não estar embriagado, ele havia bebido bastante, eu podia notar. E minha preocupação aumentou, pois provavelmente ele tinha vindo sozinho, já que Rodrigo havia chegado mais tarde.

— Você veio dirigindo, Pedro? — perguntei, sem coragem de encará-lo.

— Por quê? Vai embora comigo? — Aquela fala mansa dele no meu ouvido começava a me deixar entorpecida.

— Não! Quero saber, por que você não está em condições de dirigir.

— Ah, então você se preocupa comigo?

— É claro que sim.

— Isso quer dizer que ainda me ama? — Afastou o rosto, agora olhando em meus olhos.

— Não vou conversar a respeito disso com você agora. Já disse que não é hora nem lugar.

— E quando será a hora e o lugar certo para isso, Paola? Até quando você vai ficar com esse joguinho? O que mais você precisa pensar? — Sua voz se alterou e agora ele falava alto. Olhei ao redor para ver se alguém tinha percebido, mas a música ainda abafava nossa conversa.

— Pedro, fale baixo. Acho melhor você ir para casa. Vou ver se acho o Rodrigo para te levar. — Tentei me desvencilhar dele, mas foi em vão.

— Não, Paola. Eu não vou embora sem você me dar uma resposta. — E me puxou dali, segurando firme meu braço, me levando para o jardim. Ele andava rápido e, para acompanhá-lo, eu quase precisava correr.

— Pedro, espere. Ande devagar. — Mas era como se eu estivesse falando com as paredes.

Ele não parou, nem mesmo diminuiu o ritmo, até que estivéssemos do lado de fora, mais precisamente na lateral da casa, um local escuro e afastado do burburinho e das pessoas.

Provocante 39

De forma nada delicada, me colocou contra a parede, me prendendo com seu corpo, suas mãos apoiadas ao lado da minha cabeça. Seu olhar fervia. E pude ver que era mais de raiva do que de outra coisa.

— Agora me diga, Paola. O que você quer? Me enlouquecer? Você acha que pode aparecer assim, deslumbrante desse jeito, gerando suspiros masculinos, provocando outros homens com o único intuito de me fazer ciúme e eu vou ficar quieto, apenas observando?

— Eu não estava provocando ninguém. E se tem alguém aqui que queria fazer ciúmes era você! Se derretendo todo para aquela tal de Mariza. Eu vi o que você fez, incentivando-a, só para me provocar — falei, já alterada, minha respiração falhando por ter meu peito comprimido pelo vestido e por seu corpo.

— Você estava sim se insinuando para seu novo cliente, se abrindo em sorrisos enquanto dançava com ele. Já não basta seu sócio estar dando em cima de você?

— Você está louco. Quem disse que o Edu está dando em cima de mim? Já disse que a nossa história acabou há anos.

— Talvez para você, mas não para ele. Vai negar que ele tem demonstrado isso? Que ele quer mais de você?

— Do que você está falando?

— Vai negar que isso te faz sentir poderosa, que te excita? Ter mais de um homem interessado em você, te querendo? Afinal, você não tem a fantasia de ser compartilhada, Paola? Por quantos? Por quem? Eu e o Edu apenas? Ou quem sabe o Augusto também?

— O quê? De onde você tirou isso, Pedro?

E como que em um flash, me veio a conversa com minhas amigas na rede social. Lembrei que comentei a respeito das atitudes de Eduardo e que uma delas brincou a respeito de eu ter os dois em minha cama. Pedro e Edu. Não! Eu não podia acreditar, não queria acreditar. Ele continuava bisbilhotando a minha vida?

— Diga que é mentira, Paola!

Eu via o brilho em seus olhos. De raiva, de ciúme e de desejo. Mas, naquele momento, meu ódio era muito maior. Espalmei minhas mãos em seu peito, empurrando-o, me dando a distância que precisava para me desvencilhar dele. Mas ele foi mais rápido e conseguiu segurar um dos meus braços, porém o outro ficou livre. E sem pensar, simplesmente o ergui, deferindo-lhe uma bofetada.

Senti a palma da minha mão arder e vi a marca que meus dedos deixaram em seu rosto, me arrependendo no mesmo instante.

Se antes seu olhar era de raiva, agora eu não sabia dizer o que era. Ódio profundo, fúria incontrolável. E, pela primeira vez, senti medo da sua reação, mas, apesar disso, não consegui me mexer ou sair dali. Eu estava arrependida da minha atitude, mas não podia voltar atrás.

Então, ele partiu para cima de mim, me imprensando contra a parede novamente, prendendo meus braços acima da cabeça e tomando meus lábios num beijo violento e punitivo, me mordendo, como se quisesse me castigar. Mal sabia ele que aquilo só me excitava. Ou melhor, ele sabia, tanto que lentamente soltou minhas mãos para que eu pudesse enlaçar seu pescoço.

O beijo passou de violento para apaixonado, sua língua devorando todos os cantos da minha boca. Enquanto sua mão esquerda me segurava pelo pescoço junto à parede, sua mão direita foi até a fenda da saia do vestido, se infiltrando ali e escorregando para o meio das minhas pernas, logo afastando a lateral da calcinha. Quando ele deslizou um dedo pelos meus lábios úmidos, não consegui abafar o gemido.

— Tão molhada, tão pronta para mim — sussurrou enquanto deslizava a língua pela minha orelha, mordendo o lóbulo levemente. Meu coração batia na garganta de tanta excitação. Eu não sabia se era pela saudade, o tempo que ficamos afastados, ou pela situação daquele momento, mas, quando deslizou um dedo dentro de mim, quase gozei. — Isso aqui é meu. Só meu!

— Ah... Pedro...

— Você acha que algum deles vai te deixar assim? — Seus lábios agora desciam pelo meu pescoço, chegando até o colo. — Ninguém, minha loba, ninguém vai te fazer gozar como eu faço. Você pode foder quem quiser, quantos quiser, ser compartilhada, mas nunca vai sentir com eles o que eu te proporciono.

E apesar de eu estar quase lá, aquelas palavras me trouxeram de volta à realidade. Depois de tudo o que ele sabia que eu sentia em relação a me espionar, depois de sua atitude ter nos afastado, ele continuou. Esse era o amor que sentia por mim?

Por mais que eu estivesse quase desfalecendo em seus braços de tanto prazer, consegui trazer a razão de volta. Eu precisava me desvencilhar dele e lhe dar uma lição, ou pelo menos fazê-lo pensar que estava lhe dando.

— Será que não? Só tem um jeito de saber isso. Talvez eu devesse experimentar. — Aquilo foi o suficiente para que ele afrouxasse os braços, os olhos ainda escuros de desejo. Aproveitei o momento e me soltei, afastando-me, ainda encarando-o.

— Você não seria louca, Paola!

— Você estragou tudo novamente, não é, Pedro?

— Do que você está falando? — perguntou confuso.

— O que você disse sobre Edu estar se insinuando para mim ou sobre eu ter vocês dois, de onde tirou isso? É óbvio que viu esses comentários quando eu falava com minhas amigas.

— Paola...

— Por favor, Pedro, não minta novamente.

— Eu não ia mentir. — Passou as mãos pelos cabelos, desarrumando-os, visivelmente incomodado. — Eu estava tão desnorteado, com tanta saudade que... Só então me dei conta de que não tinha uma foto sua de rosto e resolvi procurar na rede social que eu sei que você mais participa e acabei vendo seu comentário.

— Mesmo depois do que aconteceu, você não pôde se conter. Não consigo acreditar nisso, Pedro.

— Eu entendo que você teve problemas com isso no passado, Paola, assim como tenho plena consciência de que agi de forma errada, mas é para tanto? Eu te amo e sei que você também me ama, por mais que tente negar isso, dizendo que tem dúvidas sobre esse amor ser por mim ou por uma fantasia. Eu não te prejudiquei de nenhuma forma. Até porque, se eu quisesse, você me forneceu material suficiente para isso, quando me enviou fotos suas bastante insinuantes pelo celular.

— Sim, hoje eu vejo a besteira que fiz. Eu achava que podia confiar em você. — Ele tinha razão quando me falava aquilo. Realmente não pensei ao enviar aquelas imagens. Meu tesão era tão grande que me cegava.

— Você sabe que pode confiar em mim, Paola. Eu jamais faria alguma coisa para te prejudicar.

— Você não entende, Pedro. Você faz sim, quando invade meu espaço. Desculpe se para mim isso é tão importante. — Vi seu olhar murchar ainda mais.

Para mim, a festa tinha acabado. Eu não tinha mais ânimo nem disposição para ficar por ali sorrindo para pessoas estranhas. Virei-me com a intenção de voltar para o salão, mas o tom de súplica em sua voz me fez parar.

— Paola! Não faça isso com a gente. — Veio até mim. — Eu realmente me arrependo do que fiz. E não sei o que dói mais, se é ficar longe de você ou se é te ver assim tão magoada. Entendo que isso seja importante para você, só não consigo acreditar que possa ser mais do que o nosso amor. — Desviei o olhar, mas ele segurou meu queixo, erguendo-o até encontrar seus olhos suplicantes. — Se me disser que o nosso amor não pode superar isso, tudo bem. Diga que não me ama e eu te deixo em paz.

Eu não podia falar aquilo. Sim, eu o amava muito e talvez ele tivesse razão em tudo o que dizia. Mas eu ainda me sentia confusa e insegura. Ainda mais agora, com aquelas dúvidas pairando sobre minha saúde. Vi seu olhar transbordando de amor, esperando por uma palavra minha.

— Eu só preciso de um tempo, Pedro.

— O que você ainda precisa pensar, meu amor? — Seus dedos acariciaram meu rosto e aquele toque quase derrubou minhas defesas. Um nó na garganta me impedia de falar. — Tudo bem, Paola. Eu vou te dar mais um tempo. Mas não pense que vou desistir de você. — E tocou meus lábios com os seus, num beijo muito suave. Então se afastou, retornando para o salão e me deixando sozinha com meus pensamentos.

Após alguns minutos me recuperando de toda a emoção, também retornei, em busca de Edu, para que fôssemos embora. Eu estava cansada física e emocionalmente.

Fomos até onde estavam os anfitriões, nos despedindo, bem como de Maitê e Rodrigo, que encontramos pelo caminho. Pedro não estava por ali, me fazendo pensar se também já tinha ido embora.

— Boa noite, Edu. Obrigada pela companhia. Foi ótimo. — Me despedi com um beijo em seu rosto assim que chegamos ao meu prédio e me encaminhei para a portaria.

Assim que fechei a porta do apartamento, pude deixar rolar as lágrimas que há tanto segurava. A noite que tinha tudo para ser perfeita, descontraída, tinha se tornado tensa e angustiante.

Pedro tinha razão em seus argumentos. Nosso amor era maior que tudo e eu precisava superar. Agora, minha cabeça realmente doía. Tomei um comprimido, me livrando do vestido e da maquiagem, para me aninhar na cama. Amanhã seria outro dia.

Pedro

Deixei Paola no jardim e fui direto para casa. O pouco entusiasmo que eu tinha quando cheguei à festa foi substituído pela raiva e pelo desânimo. Ela estava sendo intransigente, essa era a verdade. Não havia motivo para tudo aquilo. E estava quase cedendo, pude ver quando a subjuguei no jardim. Mas eu tinha que falar demais, tive que deixar meu ciúme aflorar e fazê-la se afastar novamente.

Ela me amava, disso não havia dúvidas, mas eu não conseguia entender por que se recusava a esquecer meu delito. Como falei para ela, nosso amor era maior do que tudo aquilo.

Eu a vi assim que chegou, ao lado do seu sócio. Fiquei hipnotizado por ela. Linda era pouco para descrevê-la. Paola sorria, não aquele sorriso verdadeiro que eu tanto amava, mas ainda assim, me cativava.

Logo que entraram, vi Augusto se dirigindo até eles, visivelmente encantado com Paola. Ele era muito mais novo, na casa dos trinta anos, mas isso pelo visto para ele não tinha importância. Um homem reconhece quando outro está interessado em uma mulher. E ele definitivamente estava interessado na minha. Sim, ela sempre seria minha.

Enviei uma mensagem à Alana, dizendo o quanto sua mãe estava deslumbrante, e logo ela respondeu com uma foto de Paola. Ali sim ela sorria descontraída, provavelmente por causa de alguma coisa que a filha tivesse lhe dito. Salvei a foto, que seria o plano de fundo do meu celular.

Eu já tinha bebido algumas doses de uísque quando ela surgiu à minha frente, acompanhada de Augusto. Sua beleza doía nos olhos.

Quando a vi dançando com ele, não me contive e precisei afastá-la do anfitrião. Foi a minha perdição. Tê-la em meus braços, sentir seu corpo junto ao meu novamente, me fez perder a noção do certo e errado. E deu no que deu.

"Elvis Presley – Suspicious Mind"

Why can't you see
What you're doing to me

Capítulo 5 - Decisões

Paola

Cheguei com alguns minutos de antecedência à clínica. O trânsito estava tranquilo e o táxi foi bastante ágil. A médica já havia me explicado o procedimento, mas eu preferia garantir que chegaria bem em casa, sem incomodar ninguém. Decidi não revelar nada a respeito, nem mesmo para Maitê.

Logo fui chamada para a sala de exames, que era a mesma onde fiz o de imagem na semana anterior.

Deitei na mesa, como ela solicitou, imobilizando meus braços. Então começou o exame de imagem, idêntico ao que eu havia feito e que mostrou os nódulos.

— Como te expliquei no outro dia, Paola, vou me guiar pela imagem. Localizando o nódulo, eu aplico a anestesia local com uma injeção e então farei uma incisão com o bisturi. Fique tranquila, não requer ponto, pois é mínimo, somente para passar a agulha. Este é o aparelho que vai fazer a punção. É como uma pistola, essa agulha mais grossa vai até o nódulo e o disparo tira um minúsculo pedaço dele para enviarmos para análise. O barulho pode te assustar um pouco, mas você não vai sentir nada.

Eu não tinha medo da dor, até porque era uma pessoa bastante resistente. Meu medo todo estava no resultado do exame, que, dependendo, poderia mudar muita coisa na minha vida.

Dra. Silmara não demorou a encontrar o nódulo. Assim que o localizou, com a ajuda da sua assistente, aplicou a anestesia. Senti a picada da agulha e nada mais. Fez o micro furo com o bisturi — sim, eu observava tudo — e então, com a pistola em mãos, inseriu a grossa agulha sob a pele, até o nódulo, que ela acompanhava pela imagem.

O barulho do disparo realmente assustava, mas nada senti além de um puxão.

— Prontinho, agora na outra mama. Tudo bem? Alguma dor?

— Não, está tudo bem.

Ela realizou o mesmo procedimento do outro lado. E, como no primeiro,

Provocante 45

não senti dores.

— Muito bem, Paola. Agora vamos enviar para análise. Creio que dentro de uma semana tenhamos o resultado. Vou solicitar que seja enviado direto para o consultório do Dr. Paulo. Assim que chegar, alguém de lá entrará em contato com você para marcar uma consulta e conversar a respeito.

— Certo, doutora.

— Tente relaxar, Paola. Como eu disse, o que estamos fazendo é prevenção. Sinceramente, não creio que seja algo mais grave, mas, como não posso dar certeza, tomamos essas medidas.

— Sim, eu entendo. E agradeço muito sua atenção nesse caso.

— Recomendo que hoje você se abstenha de maiores esforços com os braços. Pode se movimentar, mas evite erguer peso ou fazer movimentos muito bruscos. Estou te receitando um analgésico. Não deixe de tomar, mesmo que aparentemente esteja se sentindo bem. Depois que o efeito da anestesia passar, você deverá sentir um pouco de dor. Mas amanhã já estará recuperada.

— Sim, vou me cuidar. Obrigada mais uma vez, Dra. Silmara.

Retirei-me, voltando ao vestiário para colocar a roupa. Dali, tomei um táxi direto para casa.

Fisicamente, eu me sentia bem, mas emocionalmente estava desgastada, pela situação em si e pelo ocorrido na noite anterior. Novamente eu havia dormido após chorar muito. E tinha que admitir que, em parte, a culpa era minha. Como Pedro falou, o que eu precisava pensar ainda?

Cheguei em casa já na hora do almoço, mas não precisaria me preocupar com nada, já que estava sozinha. Liguei para Maitê, pois precisava dividir minha preocupação com alguém e ela era a pessoa que eu mais confiava.

— Escute, por que você não descansa e vem pra cá depois para a gente bater um papo? Estou sozinha. — Não quis dizer que precisava contar algo a ela, pois, conhecendo-a bem, sabia que ela não iria ficar descansando, mas sim viria direto.

— Vou sim. Deixe só eu me recompor um pouco. Te ligo quando estiver saindo daqui, pode ser?

— Ótimo, fico te esperando. Até depois.

Desliguei e voltei meu pensamento para a noite anterior. Eu não podia duvidar do amor de Pedro por mim. Nem do meu por ele. Eu tentava me enganar dizendo que talvez tivesse me apaixonado por uma fantasia. Ele era muito bom para ser verdade, por isso parecia uma fantasia.

Lembrei-me de sua aparência cansada, abatida, sua voz apagada e como tudo isso mudou quando eu estava em seus braços, mesmo que por pouco tempo. Quando me tomou no jardim e mesmo após meu desatino de lhe esbofetear, ele não me deixou, mesmo quando eu o afastei, recriminando sua atitude de me espionar novamente; nem assim ele deixou de ser o que sempre foi. Meu adorado e apaixonado advogado. Não, não havia o que pensar. Eu o amava.

Mas agora outra dúvida pairava sobre mim: era justo que eu o fizesse participar desse episódio da minha vida? Cogitando a hipótese de que fosse algo mais do que apenas um nódulo — era preciso pensar a respeito —, seria correto eu envolvê-lo? Lágrimas acompanharam meus pensamentos novamente até a exaustão, quando peguei no sono, cansada.

Despertei com o celular tocando. Era Maitê, avisando que estava saindo de casa. Levantei, tomei um banho e logo ela estava lá.

— Olá, amiga! — Chegou já me dando um abraço, do qual precisei me afastar.

— Oi.

— O que houve? Tudo bem? — perguntou ao notar meu gesto, enquanto eu fechava a porta.

— Então, queria deixar esse assunto para mais tarde, mas não tem jeito. Senta, tenho algo para te contar.

— Ah, meu Deus, Paola. O que aconteceu? Sua cara não está boa, não. — Sentou-se no sofá enquanto eu também me acomodava.

— Quer beber ou comer alguma coisa?

— Paola, desembucha de uma vez. Estou ficando nervosa. E sem essa de o gato subiu no telhado. — Olhei para minha amiga. Com ela tudo era direto e reto, nada de enrolação.

— Eu afastei seu abraço porque não posso fazer pressão nos meus seios — falei, observando sua reação. — Me submeti a uma punção hoje pela manhã para fazer uma biópsia de dois nódulos.

Ela ficou muda, me observando, talvez digerindo a informação que eu acabara de dar. Então, como que entendendo o que eu tinha dito, virou o restante do vinho que eu havia servido em um só gole e largou a taça na mesa ao lado.

— Espera aí, acho que perdi alguma coisa. Você disse biópsia?

— Isso mesmo. Eu fui há alguns dias fazer os exames de rotina que minha ginecologista solicitou e, na ecografia de mama, apareceram dois nódulos. — Então, discorri sobre todos os detalhes, enquanto ela me olhava, incrédula.

— E só agora você me fala isso? Assim, desse jeito? — Pude ver que ela estava chateada, talvez até ofendida.

— Maitê, eu realmente não queria envolver ou preocupar ninguém, mas não sei se consigo levar isso adiante sozinha. Não quero que Alana saiba de nada, pelo menos por enquanto. Só posso confiar em você. Portanto, não comente a respeito.

— Claro que eu não vou comentar, se você não quiser. Mas, Paola, por que não me falou antes? Eu teria ido com você fazer esse exame. Somos amigas não só para falar de homens, relacionamentos, livros, sexo. Somos amigas para assuntos sérios também.

— Eu sei, Maitê. E por isso mesmo quis conversar com você hoje.

— Como você está? — Sentou-se agora ao meu lado, com o semblante preocupado.

— Fisicamente, estou bem. Não tenho nada de diferente aparentemente. O exame foi até que tranquilo, não senti nada. Não tenho dor, só preciso tomar cuidado hoje, pois não houve uma invasão ao corpo, e tomei anestesia local. Quis fazer hoje que Alana não está em casa, para que ela não percebesse nada.

— Entendo, Paola, mas você não pode esconder isso. Alana não é mais criança e ela é a sua família. De sangue, quero dizer.

— Sim, mas talvez não seja preciso preocupá-la com isso. Talvez não seja nada mais sério. — Eu precisava acreditar no que falava, para continuar com minha vida.

— Não vai ser nada mais sério. Mas mesmo assim.

— Eu sei, Maitê. Mas não é fácil. Está tudo muito confuso na minha cabeça. Sabe, é o tipo de coisa que você não imagina que vá acontecer com você. A gente lê, ouve isso o tempo todo, mas acha que está imune. — As lágrimas vieram fáceis. — E justo agora que eu achei o homem da minha vida, que eu me apaixonei de verdade. Por que tem que ser assim?

— Ah, Paola. — Seus braços me envolveram carinhosamente, com cuidado. — Não pense assim. — Ela me confortou e era bom me sentir querida e amparada. — Preciso te perguntar uma coisa. Como fica o Pedro nessa história toda? Obviamente você não contou para ele, pelo que posso perceber.

— Não. E nem sei se vou contar.

— Tá, me deixa entender as coisas. Vamos do começo. Quando descobriu os nódulos, vocês já estavam afastados?

— Sim, fiz os exames na sexta-feira passada.

— E depois disso vocês não se falaram mais?

— Não, só as mensagens que ele me manda todos os dias — confessei até um pouco envergonhada por ter escondido isso também.

— Como assim ele te manda mensagens todo dia?

Contei a insanidade a que estávamos nos submetendo nos últimos dez dias.

— Ai, Paola, não acredito nisso. Desculpa, até entendo seus motivos, mas você está sendo muito intransigente. O que você quer dele, afinal de contas? Mais do que ele tem te provado que te ama? — Por isso eu gostava tanto da minha amiga. Ela era sincera, dura até, mas de uma forma carinhosa. — Tudo bem, agora me diga, o que aconteceu que você quis ir embora tão de repente, toda abalada?

Relatei tudo que tinha acontecido entre o momento em que ele me tirou para dançar, até minha bofetada e a constatação de que ele havia me espionado novamente.

— Ai, Maitê, eu o acusei novamente. Ele confessou que viu realmente meu comentário no grupo a respeito disso, mas que nunca quis me prejudicar, que me ama, que o nosso amor é maior do que tudo isso. E que ele não vai desistir, mas, se eu disser que realmente não quero mais, vai me deixar em paz.

— E é isso que você quer? Que ele te deixe?

— Não! Não! Eu o amo tanto, Maitê, que não sei se consigo viver sem ele. É uma dor tão forte. E eu me lembro do seu olhar para mim...

— E o que você quer? O que você está esperando, amiga? Que ele realmente te deixe? Ou você acha que não pode aparecer outra mulher na vida dele? Ainda mais assim do jeito que ele está. É nessas horas que as coisas acontecem. A pessoa está tão descrente, desnorteada, que se deixa levar.

— Mas será que é justo eu envolvê-lo nisso que estou passando?

— Se fosse o contrário, você gostaria de ser deixada de fora? Que ele escondesse esse fato de você?

— Não, claro que não. Eu ia querer estar ao lado dele, amparando-o no que fosse possível e necessário.

— Então acho que você já respondeu a sua pergunta. Vamos falar bem às claras agora? Você me permite?

— É claro que sim. Por isso estou aqui conversando com você.

— Pelo que me contou, as chances são de cinquenta por cento de ser um resultado bom ou ruim. Sendo assim, a gente precisa pensar nessa hipótese. E se o resultado for positivo e esses nódulos forem malignos, Paola?

— Não sei se quero pensar nisso, Maitê.

— Ah, não, essa não é minha amiga forte, decidida, de atitude que eu conheço. Você sabe que tem que pensar a respeito. Como vai ser?

Suspirei, enxugando as lágrimas, porque ela tinha razão. Era preciso pensar sobre aquilo e talvez com ela ali ao meu lado, me dando forças, fosse o melhor momento.

— Se for positivo, eu vou precisar de cirurgia e provavelmente do tratamento de praxe.

— E você acha que pode enfrentar isso sozinha? Acha que é fácil enfrentar uma situação dessas sem o apoio das pessoas que te amam? Não há como esconder algo assim. Alana é sua filha, ela tem o dever e o direito de saber. E o Pedro também.

— Eu sei.

— Estou aqui e vou te apoiar na sua decisão, mas quero que saiba que eu não concordo em esconder isso. Não quer dizer que eu ache que seja algo mais grave. Tenho certeza de que não é amiga.

— Obrigada, Maitê! Sei que posso contar com você. E você tem toda razão. Mas eu prefiro esperar o resultado. Se Deus quiser, não vai ser nada e não precisarei preocupar mais ninguém.

— Como eu disse, vou te apoiar. Agora me diga, e quanto ao Pedro?

— O que tem ele?

— Como o que tem ele? Sério, o que mais você tem que pensar? Fiquei muito puta com o que ele fez, mas fico mais puta ainda de ver como você está sofrendo por estar longe dele. E depois, preciso concordar que ele não te prejudicou em nada. Não deixa de ser por amor o que fez. Tipo nossos mocinhos literários. — Piscou para mim, sorrindo.

Ela conseguia me fazer sorrir. Mesmo em momentos de tensão.

— Não deixa de ser romântico, né?

— Porra, põe romântico nisso. A gente não vive dizendo que queria um homem assim? Agora que surge um na sua vida, você quer pensar? Ah, Paola, enquanto você pensa, aparece outra e leva ele embora.

— Não fale assim, Maitê! — Sentia um nó no estômago de pensar em perdê-lo.

— Falo porque é verdade, Paola. Isso não é o tipo de coisa que acontece duas vezes na vida de uma mulher. Como você disse, só agora aos quarenta anos conheceu um homem que te completa. Vai deixar esse escapar e esperar por quem sabe mais quarenta anos? Se é que vai aparecer, né?

Claro que ela tinha toda razão. Eu mesma estava me estranhando.

— Vou conversar com ele, vou procurá-lo. Você está certa, coberta de razão. A gente se ama, não tem por que passar por isso.

— Agora sim, gostei de ouvir. Essa é a minha amiga! — Levantou, se servindo de mais uma taça de vinho. — Quando sai o resultado do exame?

— Provavelmente dentro de uma semana.

— Vai dar tudo certo!

— Sim, vai — falei, tentando me convencer daquilo intimamente.

Depois que Maitê foi embora, entrei na rede social. Não que eu fosse conversar com alguém, pois não tinha ânimo para isso. Mas queria vê-lo. Engraçado como todo o tempo em que ficamos juntos não nos preocupamos em tirar fotos nossas. Lá estava ele, lindo como sempre. Algumas fotos mais descontraídas, outras formais, de terno, como eu tanto amava.

Só então me dei conta de que nosso status continuava o mesmo. Nenhum de nós alterou, talvez porque fazer aquilo fosse a consumação do que estávamos vivendo e, no fundo, não queríamos. Por que eu tinha que ser tão cabeça dura? Por que não levei aquela situação mais leve, dando menos importância do que realmente precisava?

A verdade era que nós dois tínhamos errado e estávamos arrependidos de nossas ações. Porém, ele em momento algum fugiu. Eu sim estava procurando desculpas para não viver aquele amor. E por quê? Não me achava merecedora? Por que era bom demais?

Fiquei remoendo até altas horas. E surpreendentemente naquela noite ele não me enviou mensagem.

Eu faria o que falei para Maitê. Na segunda-feira, eu o procuraria e lhe pediria trégua. Abriria meu coração de uma vez por todas, expondo tudo o que estava acontecendo. Era arriscar tudo ou nada.

"Lady Antebellum – Need you now"

Picture perfect memories
Scattered all around the floor

O domingo passou lento. Fui ao parque fazer uma caminhada leve, deixando que o sol me aquecesse e me desse forças. Crianças corriam, andavam de bicicleta, passeavam com seus animais de estimação. Casais apaixonados desfilavam à minha frente, como que para me mostrar o que eu estava perdendo se não fosse tão intransigente. Eu também poderia estar ali naquele momento, de mãos dadas com o homem que amava, deixando que ele me paparicasse como só ele sabia fazer.

E isso me fazia pensar em como a vida é simples. Se a gente não complicasse tanto, ela poderia ser perfeita. Mas não, temos que bater de frente, ser orgulhosos, egoístas, donos da verdade. Criamos uma rotina e qualquer coisa que fuja dela consideramos errado, fora do padrão. Não nos damos a oportunidade de viver algo diferente, de experimentarmos o novo, de nos adaptarmos. Criamos expectativas em cima de pessoas e acontecimentos e, quando a realidade aparece, junto vem a decepção. Não porque aquela verdade não seja boa ou não te faça bem. Apenas porque não é a verdade que você queria ou esperava. E, ao invés de tirarmos proveito daquilo que nos foi oferecido, preferimos enxergar os defeitos.

Às vezes, demoramos tanto para perceber isso que as coisas simplesmente passam pela nossa vida. E não nos damos conta que podem não voltar mais. A vida é feita de momentos e cada um desses momentos, seja feliz, triste, de estresse ou calmaria, não importa. Ele pode até se repetir, mas nunca será igual ao que você já viveu um dia. E só então você se dará conta do que perdeu, do que deixou de viver. Quando ele não existir mais.

Era isso que eu estava deixando escapar por entre os dedos. Um amor que era perfeito, sim. Porque nunca mais, em momento algum da minha vida, eu conheceria um homem como Pedro. Eu sabia, lá no fundo, que nunca haveria outro como ele, que eu nunca sentiria novamente o que sinto por ele.

Voltei para casa mais esperançosa, mais forte e confiante de que conseguiríamos resolver tudo. Eu pediria desculpas por ser tão teimosa e descrente dos seus sentimentos. Como ele havia dito, nosso amor era maior do que tudo. E mesmo que talvez o destino me reservasse uma surpresa não muito agradável nos próximos dias no que se referia à minha saúde, eu não permitiria que isso me impedisse de viver aquele amor enquanto fosse possível.

A caminhada ao ar livre fez muito bem para mim, e descansei o restante do dia. Pedro não me enviou mensagem novamente e eu entendia que ele estava chateado. Eu não insistiria. Amanhã era outro dia e tudo ia se resolver. E com aquela certeza, consegui dormir bem, como há muito não fazia.

54 PaolaScott

Capítulo 6 – Desencontros

Paola

Na segunda-feira, acordei mais disposta do que nos outros dias, animada com a decisão que eu havia tomado. Só precisava verificar meus compromissos no escritório para organizar o encontro com Pedro. E pensando em vê-lo, me dediquei com mais afinco a me arrumar, como ele gostava. Escovei os cabelos, deixando-os soltos. Coloquei um vestido preto com detalhes em branco, logo acima do joelho, com um decote em V que apenas insinuava, sem mostrar demais. Finalizei com sapatos de salto e uma maquiagem discreta.

Mas como nem tudo funciona como a gente gostaria, mal cheguei e Edu já estava agitado com vários assuntos pendentes.

— Bom dia, Edu — cumprimentei-o já em sua sala.

— Bom dia, Paola — falou, enquanto remexia na mesa.

— Você está agitado, aconteceu alguma coisa?

— Ah, pelo jeito, essa semana vai ser daquelas. Já começou cedo. Augusto ligou agora há pouco e precisa que um de nós, mais precisamente você, compareça a uma reunião agora pela manhã com um investidor.

— Por que eu precisamente?

— Ah, Paola, não se faça de desentendida. E de mais a mais eu tenho que ir atrás de um processo na Receita. Sendo assim, sobrou para você de qualquer forma.

— Saiba que não estou nem um pouco contente com essa sua insinuação. Eu vou porque são negócios e não tenho como dizer não. E gostaria que você não falasse mais dessa forma, Edu. — Olhei para ele, deixando claro meu descontentamento com suas palavras.

— Desculpe, Paola. Descontei em você meu mau humor.

— A que horas é essa reunião? — perguntei, me preparando mentalmente.

— Ele acabou de ligar. Vão se reunir dentro de uma hora, nas dependências da construtora, pois parece que é um investidor em comum da construtora e da empresa de TI.

— Tudo bem. Ele mencionou algo que eu precise aprontar para apresentar? Se bem que temos poucas informações até agora.

— Não, é mais para conhecer e saber qual o verdadeiro interesse desse pessoal. Ah, você sabe, essa mania que essa gente tem de fazer reunião.

— E aqui no escritório, alguma outra coisa urgente?

— Ah, sim, hoje todos estão com pressa. Mas acho que o pessoal pode resolver. Tudo bem então para você ir até lá?

— Tenho outra opção?

— Acho que não.

— Então estou indo. Tente se acalmar. Não adianta se estressar com o problema dos outros, Edu. Você sabe como são esses empresários de hoje em dia, o urgente deles é o que deixaram para pensar na última hora e querem que a gente resolva. A gente se fala.

— Boa reunião! E não o deixe te intimidar.

— Até parece que você não me conhece, né? — Pisquei para ele, conseguindo finalmente que ele me devolvesse um sorriso.

Verifiquei os e-mails e saí. Eu não conhecia a construtora da família Sartori, mas sabia que temporariamente Augusto estava usando algumas salas de lá para a instalação da sua empresa.

O prédio ficava no mesmo bairro da Lacerda & Meyer. Passei pela frente, sem deixar de sentir uma emoção ao lembrar das vezes em que estive ali.

Assim que cheguei, a recepcionista me anunciou, indicando o andar ao qual eu devia me dirigir. Me parabenizei intimamente por ter me arrumado melhor naquele dia. Eu não fazia ideia do que iria encontrar.

Desci do elevador em uma recepção arejada, com uma secretária muito bem vestida parada ao lado da mesa. À minha frente, janelas que iam de cima a baixo, permitindo entrar a claridade do dia.

— Bom dia. Sra. Paola? — Além de elegante, era também muito bonita e simpática. Retribuí o sorriso.

— Bom dia! Sim, sou eu mesma.

— Por gentileza, o Sr. Augusto já a aguarda na sala de reunião. Aceita um café, uma água? — perguntou, acompanhando.

— Os dois, por favor — respondi enquanto ela abria a porta, me permitindo entrar em uma sala ampla e tão clara quanto a recepção, com os mesmos janelões.

56 *PaolaScott*

— Paola, bom dia! — Augusto veio até mim, me cumprimentando formalmente.

— Bom dia, Augusto! Desculpe se estou atrasada, mas vim assim que soube da reunião.

— Por favor, eu que peço desculpas por ser tão em cima da hora. Mas só agora pela manhã fiquei sabendo disso. Meu pai me deu a notícia logo cedo e tive que fazer alguns ajustes em nossos horários também. Espero não ter atrapalhado muito seus compromissos.

— Devo lhe dizer que a semana começou agitada para nós, mas conseguimos nos organizar a tempo.

— Por favor, sente-se. Meu pai também participará, ele faz questão, visto que é um investidor da construtora. Eles já estão a caminho.

Acomodei-me ao seu lado, enquanto ele relatava quais eram os tópicos a serem abordados na reunião e o que era esperado tanto do investidor quanto da empresa.

Logo a secretária entrou, conduzindo os demais participantes. Levantei-me para cumprimentar o Sr. Leonardo, que vinha até mim, muito simpático e sorridente.

— Bom dia, Paola! Que prazer em vê-la novamente.

— Como vai, Sr. Leonardo? O prazer é todo meu — cumprimentei-o, bem como os outros três homens que o acompanhavam. Se eles estavam na festa, eu não me lembrava, mas era bem provável que sim, principalmente pelo comentário de um deles.

— Bom dia! A senhorita estava presente na festa, não é mesmo?

— Sim, eu estava acompanhada do meu sócio. — Aparentava estar na casa dos cinquenta anos, bonito, eu diria, mas não gostei da forma como me olhou.

— Sim, lembro perfeitamente. Aliás, quem não se lembraria de uma mulher tão bela? — falou, ainda segurando minha mão, que fiz questão de logo soltar.

— Bem, senhores, acho que aqui ninguém tem tempo a perder, portanto vamos ao que interessa. — O Sr. Leonardo indicou para que nos sentássemos, enquanto ele se instalava à cabeceira da mesa. — Nosso advogado já deve estar chegando.

Quando ele falou aquilo, a porta se abriu, como se tivesse sido cronometrada a fala com a ação. E lá estava Pedro. Puta que pariu, só podia ser brincadeira

Provocante 57

do destino. Assim como eu, ele também não esperava me encontrar ali. Lindo, maravilhoso como sempre, me olhava entre surpreso e apaixonado. Sim, ele era transparente com relação a isso. Eu desconfiava que todos que olhassem um pouco mais atentamente poderiam notar seu amor por mim.

— Aí está ele. — O Sr. Leonardo levantou-se, recebendo-o com um aperto de mão, logo o apresentando aos demais presentes.

Levantei-me também para cumprimentá-lo, afinal, eu não podia simplesmente ficar babando. Após saudar a todos, veio até onde eu estava. Senti meus olhos marejarem lembrando toda a emoção vivida por nós na sexta à noite. A dança, os beijos, suas palavras, nosso desentendimento, a bofetada e seu olhar ao final daquilo tudo, dizendo mais uma vez que não desistiria de mim. Será que ele ainda estava convicto disso? Era minha vez de dizer que não desistiria dele.

— Oi, Pedro. — Minha voz saiu rouca pela perturbação que me envolvia. Ele percebeu isso, viu minhas lágrimas contidas e sentiu meu amor, tenho certeza.

— Paola! — Segurou minha mão, levando-a aos lábios, como fez na festa, se demorando mais do que o necessário.

Ah, Deus, eu queria gritar para todos o quanto eu o amava, o quanto o queria na minha vida. Para sempre! Mas precisava me conter. Ele, ciente de onde estávamos, se afastou, sentando-se à minha frente. Se eu achava que a semana tinha começado agitada, aquela reunião me provaria que a coisa poderia ficar muito mais. Seria difícil me concentrar, com ele ali, me olhando, analisando, me comendo com os olhos.

A conversa começou com o Sr. Leonardo expondo as questões dos investidores. Minha participação se resumiu a esclarecer alguns números constantes de relatórios contábeis e gerenciais que tínhamos até o momento. Enfatizei que aqueles eram números fornecidos pela assessoria anterior e que precisávamos de tempo para analisar as informações. Era difícil me expressar enquanto Pedro me estudava. Nunca estivemos tão formais assim, acho que nem mesmo quando tratamos da sua declaração.

A secretária nos trouxe café e água e agora era sua vez de expor sua análise do assunto. Se é que era possível, eu o achava ainda mais sexy operando em seu modo profissional. Seguro, confiante do que falava. Seu tom de voz, seu olhar atento, tudo me deixava excitada. Eu o olhava encantada e acho que Augusto percebeu isso, pois, no instante em que desviei o olhar para ele, peguei-o me analisando também. Bem, eu não tinha por que mentir ou esconder nada. Éramos livres e desimpedidos. O fato de ambos prestarmos serviço para a família era mera coincidência.

Muito foi falado e discutido até que se chegou à conclusão que Augusto teria que ir até São Paulo tratar com outros investidores do grupo.

— Nesse caso, iremos agora à tarde, para tentar participar do jantar de hoje ainda. Tudo bem para você, Paola?

Eu ainda estava enfeitiçada pelo olhar de Pedro, que não desgrudava do meu, quando ouvi meu nome e vi o olhar do meu amor mudar de apaixonado para enfurecido. Os outros participantes tinham se levantado e já estavam mais afastados, conversando.

— Desculpe, Augusto, o que você perguntou? — Me recriminei por me deixar distrair em pleno horário de trabalho, na frente de pessoas tão importantes.

— Perguntei se tudo bem para você se viajarmos para São Paulo hoje à tarde? — Ele falava como se eu fosse sua empregada. Tudo bem que era contratada para lhe prestar serviços de assessoria, mas não com exclusividade.

— Você quer que eu o acompanhe?

— Sim, afinal, você está participando desse processo aqui, nada mais natural que continue lá.

Era só o que me faltava. Justo hoje? Justo agora que eu estava decidida, pronta para conversar e acertar minha situação com Pedro? Olhei para ele, que aguardava meu comentário.

— Bem, Augusto, eu não posso decidir isso sozinha. Preciso conversar com Eduardo, verificar como estão as coisas no escritório. Talvez seja melhor ele te acompanhar.

— Paola, é você quem está aqui. De nada me adianta Eduardo lá, sem saber do que foi tratado até agora.

Não gostei da forma como falou aquilo. Ele definitivamente estava me tratando como uma empregadinha. Mas ele ia cair do cavalo. Aproveitei que os demais tinham se afastado e estávamos apenas eu, ele e Pedro à mesa e procurei deixar claro nossa relação de trabalho.

— Desculpe, Augusto, mas preciso esclarecer como funciona nosso trabalho. Somos um escritório terceirizado, prestamos serviço a várias empresas, o que não inclui qualquer possibilidade de exclusividade. Sendo assim, eu preciso sim verificar meus compromissos com os demais clientes. Não fazemos distinção entre um e outro, todos têm o mesmo mérito e merecem a mesma atenção, independentemente do tamanho ou do quanto nos pagam. Talvez você tenha necessidade de ter um contador disponível em tempo integral. Seria

Provocante 59

interessante rever a questão e talvez montar uma estrutura contábil interna. Assim, você teria alguém à sua disposição o tempo todo.

Fui educada, porém firme na minha explanação, notando a expressão de orgulho e contentamento de Pedro. Não que eu tivesse feito aquilo para impressioná-lo. Foi pelo tom usado por Augusto, que não gostei nem um pouco. Foi-se o tempo em que eu precisava me sujeitar a qualquer coisa para progredir na carreira.

Augusto, percebendo que tinha se excedido, logo se desculpou.

— Claro, Paola, você tem razão. Só achei que seria melhor se você pudesse acompanhar toda essa transação. Se tiver disponibilidade, obviamente. Isso pegou todos nós de surpresa. Nada estava planejado. Eu também terei que rever alguns compromissos, mas vale a pena, pois é uma excelente oportunidade. Ficaria imensamente grato se você pudesse participar.

Agora sim ele estava falando a minha língua, sendo educado e pedindo gentilmente. Apesar de que não mudava em nada minha contrariedade. Mais uma vez seria preciso adiar minha conversa com Pedro.

— Vou conversar com Eduardo. Quando seria essa viagem? Qual seria a previsão de retorno?

— Hoje ainda, para podermos participar da reunião da noite. No primeiro voo que conseguirmos. Creio que na quarta-feira estejamos de volta.

Voltei meu olhar para Pedro, que não estava nada satisfeito, mas não se manifestou.

— Me dê um minuto, por favor. — Levantei, me afastando para um local mais reservado para ligar para Edu e explicar o que estava acontecendo na reunião.

— Eu procurei deixar claro para ele como funciona nosso trabalho, mas quer que eu faça o que, Edu? — Senti alguém atrás de mim e, me virando, vi Pedro ali parado, me analisando enquanto ouvia minha conversa ao telefone. — Sim, eu também tinha outros planos para hoje. — E dizendo aquilo, encarei seu olhar apaixonado. — Tudo bem, eu te aviso do horário. Até mais.

— Sendo muito requisitada, Srta. Paola? — murmurou próximo a mim.

— Paola, conseguimos um voo para as quatro horas. Só preciso do seu ok — Augusto informou, ao telefone. Apenas acenei confirmando, enquanto discava para Alana. Eu teria que alterar a programação dela também.

— Oi, meu amor, te atrapalho?

— Não, mãe, estou no intervalo. Tudo bem?

— Surgiu uma viagem para São Paulo. Preciso ir hoje à tarde e devo voltar na quarta-feira. Não quero que durma sozinha, por isso vou pedir ao seu pai para que você fique lá até eu voltar.

— Ah, mãe, sério? Eu fico bem sozinha, não tem problema.

— Não, Alana, não vou ficar tranquila. Prefiro que fique com seu pai — falei enquanto admirava o homem à minha frente.

— Ela pode ficar comigo, se você quiser, é claro — ele sussurrou, me oferecendo ajuda. Eu não disse que ele era perfeito? Fiz que não para ele, afinal, ela tinha pai e ele precisava participar e me ajudar nessas horas.

— Está bem. Não vou te ver mais hoje, então?

— Não, filha. Vou ligar e avisar o Guilherme que você entra em contato para combinarem horário e local para se encontrarem. Está bem?

— Claro, mãe, fique tranquila e faça uma boa viagem.

— Te amo, querida. Fique bem! — Desliguei, maldizendo a reunião. Meus planos estavam indo por água abaixo. Eu precisaria adiar minha conversa com Pedro.

— Eu estava falando sério, Paola. Se precisar de alguma coisa para a Alana, estou aqui, posso ajudar.

— Eu sei, obrigada!

— Você tinha planos para hoje? — Pude vislumbrar certo entusiasmo em sua voz, pois certamente ele entendeu quando comentei com Edu.

— Tudo certo, Paola. Nosso voo foi confirmado — Augusto anunciou. Claro que eu não conseguiria desenvolver uma conversa ali.

— Merda de reunião! Merda de viagem! — sussurrei.

— Sendo assim, vamos almoçar — meu cliente interrompeu novamente. — Temos uma reserva, assim aproveitamos para acertarmos mais alguns detalhes. Pedro, você pode nos acompanhar?

— Claro, Augusto — afirmou, me encarando. Ah, sim, ficaríamos mais um pouco juntos, ainda que não a sós.

Tanta coisa precisava ser dita. Justo quando eu mais queria me acertar com ele, surgia esse imprevisto. Era o que eu pensava ontem, no parque. Tudo tem o seu momento, se deixarmos passar, pode não haver outro igual.

Provocante 61

Chegamos ao restaurante e logo fomos conduzidos à mesa já reservada. Nos acomodamos, Augusto ao meu lado e Pedro à minha frente. Em seguida, chegou Júlio, irmão de Augusto. Não entendi se havia um motivo específico para ele participar, mas enfim. Ele ocupou a outra cadeira ao lado de Pedro.

O início do almoço foi permeado por assuntos relativos à reunião da manhã, tópicos que seriam discutidos naquela viagem. Mais para o final, a conversa já era mais informal, variando para assuntos diversos.

— Então, Paola, o que achou da festa? — Júlio me questionou descontraído. Gostei dele. Apesar de bem novo, era o tipo de homem que faz uma mulher se sentir bem e à vontade.

— Estava linda, Júlio. Me diverti muito.

— Não foi o que pareceu. Você foi embora cedo.

— Sexta-feira não foi um dos meus melhores dias. E minha dor de cabeça voltou com tudo à noite. Por isso saí mais cedo.

— Pensei que pudesse ser culpa do meu irmão, ele sabe ser inconveniente às vezes.

— Júlio, por que você não cuida da sua vida? Aliás, nem sei o que está fazendo aqui.

— Tudo bem, Augusto. — Virei-me para o rapaz. — Seu irmão foi um perfeito cavalheiro, Júlio.

— E Eduardo, é somente seu sócio mesmo ou existe algo mais entre vocês?

— Júlio, deixe de ser indiscreto. Você está deixando Paola constrangida com todo esse interrogatório — Augusto chamou a atenção do irmão.

Apesar de estar sendo o centro das atenções com todas aquelas perguntas, eu me divertia com o jeito espontâneo de Júlio. Ele não estava sendo debochado, era pura curiosidade, coisa da idade, talvez.

— Não existe nada além de amizade e parceria profissional entre mim e Eduardo.

— Para você talvez não, mas ele com certeza gostaria de algo mais. Qualquer um podia perceber seu olhar apaixonado para você. Aliás, não só dele. Posso dizer que notei mais de um homem te admirando.

Olhei para Pedro, que se mantinha quieto o tempo todo. Claro que ele não estava gostando do rumo da conversa.

— Gentileza sua falar assim, Júlio, mas acho que está exagerando.

— Se você prefere ver assim. Então, não está comprometida?

— Meu coração está comprometido. — Desviei novamente para Pedro, que permaneceu em silêncio durante todo o tempo.

Seu olhar em mim era profundo e notei que gostou de ouvir aquilo. Virei-me para Júlio, que percebeu a troca de olhares entre nós, com certeza entendendo o que se passava.

— Mas me diga, não pensa em ter filhos?

— Tenho uma filha do meu primeiro relacionamento.

— Sério? Ah, então já foi casada.

— Não chegamos a casar. Portanto, oficialmente sou solteira.

— Eu não sabia, Paola. — Augusto pareceu admirado. — Você não comentou nada a respeito.

— Ah, não é o tipo de assunto que se discuta em uma reunião de negócios.

— Desculpe, algum problema quanto a você viajar, então? — questionou receoso. — Digo, com relação a sua filha?

— Não, Augusto, minha filha sabe se virar sozinha. Vai fazer dezessete anos.

— O quê? Você tem uma filha de dezessete anos? — Júlio me olhou surpreso.

— E é tão linda e inteligente como a mãe — finalmente Pedro se manifestou, orgulhoso.

— Você a conhece? — Augusto se pronunciou, provavelmente curioso sobre o grau de envolvimento entre nós dois.

— Sim, conheço. Alana é uma garota extraordinária. Prometi a ela uma vaga no nosso escritório, já que vai cursar a faculdade de Direito.

— Sendo assim, devo dizer que muito me interessa conhecer sua filha, Paola — Júlio falou descarado.

— Não creio que seja uma boa ideia, Júlio. — Pedro se endireitou na cadeira, falando com propriedade.

— Por quê? Você por acaso é o pai dela para falar assim? E depois, eu só disse que gostaria de conhecê-la, não estou pedindo-a em casamento.

— Ei, vocês dois! — Eu tinha que amenizar o clima que se instalou. Virei para Pedro, pedindo com o olhar que ele se controlasse. — Vou pensar no seu caso, Júlio.

Provocante 63

Augusto, talvez não gostando muito da conversa, se retirou dizendo que precisava cumprimentar uma amiga, dirigindo-se a uma mesa onde havia um grupo de pessoas.

— Ela se parece com você, Paola? — Júlio continuou interessado.

— Diga você mesmo. — Mostrei-lhe uma foto de Alana no celular.

— Uau! Pedro tem razão, linda como a mãe. É uma gata! Com todo respeito — falou, se desculpando, e não pude deixar de sorrir. Ele era muito divertido.

— Realmente, é muito parecida com você — falou, me devolvendo o aparelho.

— E não só na aparência. — Pedro insistia em demonstrar nossa aproximação. — Tem a personalidade forte igual à mãe.

— Vocês se conhecem há muito tempo? — Claro que Júlio percebeu o que havia entre nós. Só se fosse muito desligado para não ver. Resolvi deixar por conta de Pedro, já que ele tinha começado com as insinuações.

— Não muito. Tem o quê, Paola, um, dois meses, talvez? — Se dirigiu a mim, inclinando a sobrancelha.

— Creio que aproximadamente isso — respondi, não querendo estender o assunto. E para tentar colocar um fim naquilo, pedi licença para ir ao toalete.

Afastei-me, pensando na atitude de Pedro. Claro que ele queria marcar seu território.

Retoquei o batom e já estava perto da porta quando ela se abriu, revelando um Pedro muito apaixonado. Ele entrou e logo a trancou, fazendo com que um frio se instalasse em meu estômago.

— Está sozinha?

Apenas acenei que sim, paralisada diante de sua imponência.

— Quer dizer que seu coração está comprometido. — Chegou mais perto, as mãos enfiadas nos bolsos da calça, como que se contendo para não me tocar.

— Totalmente.

— E quem seria esse homem de sorte? — Ele me olhava fixamente, como se quisesse enxergar minha alma.

— Você não faz ideia de quem seja? — Minha vontade era de me jogar em seus braços, mas, depois de sexta-feira, eu não sabia como ele me receberia.

— Pensei que você precisasse de um tempo para pensar.

— Eu não tenho mais o que pensar. Aliás, eu nunca tive o que pensar.

— E quando você pretendia me contar isso? — Finalmente me tocou, seus dedos desenhando o contorno do meu rosto. Fechei os olhos, saboreando o toque.

— Hoje, Pedro. Eu ia te ligar para conversarmos. Preciso te explicar algumas coisas. É um assunto delicado, não dá para falar aqui, nem agora.

— Você está me dizendo que vai viajar na companhia daquele playboy enquanto nossa situação continua a mesma? — Voltou a mão para o bolso.

— Não. Eu vou viajar a trabalho. Você viu que eu tentei escapar, mas não teve jeito. E não, não considere que nossa situação continua a mesma. Eu só preciso te deixar a par de algumas coisas.

— E isso quer dizer o quê, no final das contas, Paola?

Agora era minha vez de tocar seu rosto. Ele fechou os olhos, segurando-a junto aos seus lábios, beijando a palma.

— Que o meu coração pertence a você, se ainda me quiser. Mas essa conversa precisa acontecer. — Me aproximei mais, meu olhar fixo em seus lábios. Mas ele não me beijou, pelo contrário, me afastou, suspirando.

— Tudo bem, Paola. Se é assim que você quer, é assim que vamos fazer. Quando você voltar, a gente conversa.

Senti meu mundo desmoronar. Ele estava me recusando? Negando-me um beijo? Será que era tarde demais, que demorei muito pensando em tudo aquilo e agora ele não tinha mais certeza de que me queria?

— Pedro! — Fui até ele, mas novamente ele me afastou.

— Não, Paola. Talvez você não tenha percebido, mas eu também saí machucado com tudo isso. Eu nunca escondi meu amor por você. Sempre fui sincero em relação aos meus sentimentos. Disso você não pode me acusar. Demonstrei de todas as formas o quanto você é importante para mim. Mas você não quis enxergar. Estava tão preocupada me julgando por um deslize meu, que, na verdade, não te prejudicou em nada, que não parou para pensar em como eu estava me sentindo. Sim, porque além da culpa por ter feito o que fiz, eu ainda sofro com seu afastamento.

As palavras dele me machucavam. Ou melhor, a dor que ele estava sentindo me machucava. Ele tinha razão, eu não parei para pensar nos sentimentos dele, não me coloquei em seu lugar. E me senti péssima.

— Eu amo você, Pedro! — Senti as lágrimas surgirem, mas fiz um esforço para contê-las.

Provocante 65

— Eu também te amo, Paola. Não imagina o quanto. Minha vida tem sido um inferno longe de você. Mas eu não quero que você tenha dúvidas em relação a nós dois, ou a mim. Portanto, faça essa viagem e, quando voltar, vamos ter uma conversa definitiva.

Baixei a cabeça, apenas acenando que concordava. O nó em minha garganta não permitia que eu pronunciasse coisa alguma. As lágrimas desceram silenciosas, transbordando a tristeza do meu coração.

— Boa viagem, meu amor! — Me deu um beijo na testa e saiu.

E tudo o que eu pensei e planejei naqueles dois dias foi por água abaixo. Minhas atitudes naquelas duas últimas semanas estragaram tudo, colocaram nosso amor em dúvida.

Mas eu não podia me dar ao luxo de ficar ali chorando, remoendo meus sentimentos. Enxuguei as lágrimas, respirando lentamente e jogando lá para o fundo o nó de decepção comigo mesma. Esperei mais alguns minutos, para que minha aparência não denotasse os acontecimentos, e voltei à mesa. Pedro não estava lá.

— Tudo bem, Paola? — Augusto se levantou, cavalheiro.

— Sim, tudo. Desculpe, precisei atender um telefonema — falei, justificando minha demora. — Pedro já foi?

— Sim, ele recebeu uma ligação e precisou sair às pressas. Deixou um abraço para você.

Claro que ele deixou um abraço. Não um beijo, uma carícia, mas apenas um abraço por terceiros.

— Bem, acho melhor eu ir também. Preciso arrumar minha mala. Nos encontramos no aeroporto, então?

— Claro, até mais tarde.

— Paola, não deixe meu irmão te importunar demais nessa viagem. — Júlio veio até mim, me dando um beijo de despedida. — Não se preocupe, você e Pedro vão se acertar — sussurrou enquanto me dava um abraço.

Olhei para ele espantada. O que eu perdi? Desde quando ele sabia a nosso respeito? E como sabia que não estávamos bem?

— E, quando você voltar, a gente marca um dia para você me apresentar sua filha. — Piscou para mim e notei que, apesar de muito novo, era mais esperto do que deixava transparecer.

66   *PaolaScott*

Com certeza ele percebeu nossos olhares durante o almoço e as afirmações de Pedro em relação a mim e à Alana. Não sei o que meu advogado lindo falou antes de deixar o restaurante, mas obviamente Júlio reparou nisso também. Por fim, sorri para ele, pelo seu modo descontraído e despretensioso de falar. E por que não até carinhoso.

Pedro

O excesso de bebida da sexta-feira à noite foi o motivo do meu sono até tarde na manhã de sábado e minha clausura no restante do dia, bem como no domingo. Não havia nada que me tirasse de casa. Eu ainda remoía as duas últimas semanas e os acontecimentos da festa. Paola fazia muita falta na minha vida. E, pela primeira vez naquele período em que estávamos afastados, não enviei mensagens para ela. Eu também precisava pensar. Cheguei a cogitar a hipótese de tirar alguns dias de folga e viajar, mas os compromissos não permitiam.

Hoje, por exemplo, era um daqueles dias que já começavam com tudo. Logo que cheguei ao escritório, fui informado de uma reunião de última hora na Construtora Sartori, resultado dos assuntos tratados na festa.

Mas eu não contava com aquela surpresa. Quando entrei na sala, meus olhos foram atraídos direto para ela, que, apesar de sentada, dominava o ambiente. Notei seu abalo também. Óbvio que nenhum de nós estava ciente daquele encontro. Mas minha surpresa maior foi sentir seu olhar apaixonado quando a cumprimentei. Diferente da festa, ela não estava reticente, eu não via dúvidas, mágoa ou receio em seus olhos. Apenas amor era o que ela me mostrava. E, apesar da felicidade em ver seu sentimento ali exposto, eu me senti confuso. Afinal, ela iria finalmente me perdoar?

Mas fiquei muito puto, quando, apesar de dizer que já tinha pensado e que seu coração era meu se eu ainda quisesse, disse que precisávamos conversar e não poderia ser naquele momento. O que eu mais queria era seu coração, seu amor, mas por que ela não me falou isso antes? O que precisava conversar comigo que necessitava de mais tempo? Era minha vez de mostrar a ela que eu também estava magoado. Com sua atitude, com suas dúvidas, com seu afastamento. E mais uma vez iríamos adiar nosso reencontro.

Não pude beijá-la. Seria impossível me contentar apenas com um beijo, sufocado que estava com tanta saudade. Então, deixei-a lá, mais uma vez sozinha, como na noite de sexta-feira. Inventei uma ligação de emergência para Augusto e Júlio e me retirei do restaurante antes mesmo que ela retornasse à mesa. Não poderia olhá-la sem me despedaçar.

Retornei ao escritório e, enquanto me dirigia à sala de Rodrigo, pensava em como agir para que tudo se resolvesse o mais rápido possível. Assim que entrei, avistei o motivo de toda aquela merda que estava acontecendo: Silvia!

— Eu volto mais tarde — falei, voltando para a porta.

— Pedro, espere — Rodrigo pediu. — É bom que você esteja aqui e participe dessa conversa. Precisamos agir como pessoas civilizadas e resolver essa situação de uma vez por todas.

— Desculpe, Rodrigo, mas não vejo situação nenhuma que precise ser resolvida. Já lhe dei meu ponto de vista.

— Pedro, você não pode me ignorar eternamente. — Era ela quem se manifestava agora.

Eu a olhava e não reconhecia. Silvia sempre foi uma amiga muito íntima, sempre participou de tudo da minha vida e, mesmo sabendo do seu interesse por mim, nunca deixei de tratá-la como a uma irmã. Mas isso não era mais possível. Não depois de tudo o que fez. Só agora eu enxergava como era mesquinha e egoísta.

— É claro que posso, Silvia. Você me traiu. Sabendo de como eu me sentia em relação à Paola, você foi lá e fez o que achou que seria interessante para você, sem pensar em mim. Esse amor que você diz sentir, para mim não vale nada, porque, quando a gente ama, mesmo que não possa ser retribuído, ainda assim você só quer a felicidade dessa pessoa. Você foi baixa e desprezível.

— Ai, Pedro, também não é para tanto.

— Não é para tanto? — Fui para cima dela. Minha vontade era voar em seu pescoço. Além do que fez, ainda tinha a cara de pau de fazer pouco caso?

— Calma, Pedro. — Rodrigo se levantou, vindo até nós, pronto para nos apartar. — Como você disse, a merda já foi feita. De nada adianta vocês ficarem se ofendendo. Precisamos agora é resolver isso. Já deixei claro para a Silvia que não concordo com o que ela fez. Isso não seria correto com ninguém, muito menos com você, que é como se fosse um irmão para nós. E para dar um fôlego nisso tudo, sugeri que ela vá passar uns tempos trabalhando com nossos parceiros em São Paulo. Isso nos ajudará em vários processos que temos por lá e assenta a poeira por aqui.

— Eu já disse, Rodrigo. Para mim, pouco importa onde ou o que sua irmã esteja fazendo, contanto que eu não precise interagir com ela.

— Não precisa ser desse jeito, Pedro. Não posso acreditar que uma amizade de tantos anos acabe dessa forma, só por causa de uma paixonite.

— Definitivamente você não sabe o que fala, Silvia. Por mim tudo bem. Façam o que quiserem, só me avisem depois — encerrei o assunto e voltei para minha sala.

Àquela hora, Paola provavelmente se aprontava para viajar, acompanhada de Augusto, aquele playboy que estava de olho comprido para cima dela.

Eu confiava em Paola, ela saberia colocá-lo em seu devido lugar, mas isso não era o suficiente para que eu me sentisse à vontade, sabendo que os dois estariam juntos por três dias. Mesmo voo, mesmo hotel, quem sabe quartos muito próximos. Um jantar, uma bebida a mais. E aquele fogo que minha loba tem, aquelas ideias, fantasias... Porra! Não era uma boa combinação. Já tinha me arrependido de tê-la dispensado mais cedo. Se eu a tivesse beijado, ela teria uma lembrança recente minha. Talvez eu devesse lhe dar algo diferente, surpreendê-la. Sim, eu precisava fazer alguma coisa.

Capítulo 7 - Mais imprevistos

Paola

— Pois é, minha filha, infelizmente as coisas se complicaram e não poderei voltar hoje. Você precisa ficar mais dois dias com seu pai — expliquei para Alana.

Aquela viagem já tinha se revelado um erro. Pelo menos para mim. Já não era mais uma questão de retorno financeiro e sim de sossego. A terça-feira foi extremamente estressante. Reuniões nas quais não se decidiam nada, alguns impasses, uma vez por parte dos investidores, outras por parte de Augusto. Minha paciência já estava se esgotando.

Desliguei e em seguida fiz outra ligação. Essa seria mais tensa. Eu não falei com Pedro nos dois últimos dias. Estávamos ambos magoados. Mas eu devia uma explicação, já que havia dito que hoje, quarta-feira, conversaríamos.

— Paola! — Percebi o alívio em sua voz. Como se ele estivesse há muito tempo esperando por aquela ligação.

— Pedro! — Senti meu mundo ruir, de angústia por ter que ficar mais dois dias longe, de saudades do seu toque, do seu amor.

— Você não me ligou. Achei que não quisesse falar comigo.

— Você também não. — Estávamos os dois sendo duros, orgulhosos. Ouvi um suspiro do outro lado, como se ele estivesse se condenando mentalmente.

— Já está a caminho?

— Então, estou ligando justamente para informar que não voltaremos hoje.

— Como assim não volta hoje? Por quê? O que Augusto está fazendo para te manter aí? — Sua voz havia se transformado de angustiante para furiosa.

— Pedro, as coisas se complicaram por aqui e precisaremos ficar até sexta-feira. Não pense que estou feliz com isso, muito pelo contrário.

— Isso quer dizer que mais uma vez não vamos conversar, Paola? O que está acontecendo?

— Como assim o que está acontecendo? É o meu trabalho. Não posso simplesmente largar tudo e voltar correndo. Você deveria entender.

Provocante 71

— Não, eu não entendo. Não, quando eu sinto tanto sua falta. Não, quando eu preciso esperar o tempo me dizer quando eu poderei ter minha mulher de volta! Nem que outro homem esteja ao seu lado, quando deveria ser eu.

Oh, Deus, ele me quebrava falando daquela forma. Seu amor e sua saudade eram palpáveis. Ele havia me chamado de sua mulher novamente.

— Por favor, Pedro, não fale como se eu tivesse culpa. — Eu ouvia sua respiração do outro lado da linha, pesada, inconformada. — Pedro?

— Tudo bem, Paola! Por favor, me avise seu horário de chegada na sexta-feira.

— Claro. — Senti que ele estava aborrecido, contrariado, mas eu não tinha o que fazer para mudar aquela situação.

— Preciso desligar. Tenho um cliente me aguardando. A gente se fala.

— Sim, Pedro. Tchau!

Ele desligou sem me mandar um beijo, sem dizer que me amava. Triste e inconformado.

Desci para me encontrar com Augusto na recepção do hotel, onde ele já me aguardava para irmos para mais uma reunião.

— Tudo bem? Conseguiu falar com sua filha? — perguntou enquanto nos dirigíamos ao estacionamento.

Acenei afirmativamente. O dia transcorreu entre reuniões, almoço e mais reuniões. Porém, infelizmente, nossa permanência ali não havia mudado. Teríamos que ficar até sexta-feira mesmo.

Retornamos ao hotel quando já anoitecia. Eu estava cansada, louca por um banho e para me jogar na cama.

— Então, o que prefere jantar hoje? — Augusto me perguntou enquanto entrávamos no elevador. Parecia não estar abalado, pelo contrário, sua disposição era de fazer inveja. Seria porque era mais novo? Ou talvez ele não tivesse outras preocupações além daquelas negociações.

— Acho que vou ficar aqui pelo hotel mesmo e pedir alguma coisa para comer no quarto. Desculpe, Augusto, mas estou bastante cansada.

— Ah, Paola, o que é isso? Garanto que um banho já te recupera. É cedo ainda e não precisamos demorar. Venha, prometo não falar de trabalho. Vamos sair e descontrair um pouco. Sei que tem sido estressante esse entra e sai de reuniões.

Sim, talvez fosse bom sair, beber alguma coisa e relaxar um pouco. Como ele disse, ainda era cedo.

— Tudo bem, mas só se você prometer que voltamos logo. Preciso de umas boas horas de sono.

— Combinado. Passo no seu quarto em uma hora, está bem para você?

— Certo. Em uma hora. — Nos despedimos e entrei já me despindo, indo direto para o chuveiro. Deixei que a água levasse o cansaço e parte do meu desânimo embora.

Augusto não disse aonde iríamos, mas com certeza seria um lugar descontraído, nada muito formal. Optei por um vestido preto, sem mangas, na altura dos joelhos. Salto e uma carteira de mão completavam o visual.

Pontualmente no horário combinado, ele estava à porta do meu quarto, me aguardando.

— Como sempre, você está linda! — Seus olhos me avaliaram com admiração.

— Você também está um gato — retribuí o elogio.

— Muito bem, vamos descontrair, deixar de lado um pouco da seriedade desses últimos dias.

Acabamos nos decidindo por um restaurante italiano. Como era cedo ainda, não foi necessário reserva. Chegamos e logo nos instalamos em uma mesa, o garçom já trazendo a carta de vinhos e o cardápio.

— Que tal um vinho? — perguntou enquanto examinava as diversas opções.

— Acho que hoje vou aceitar. Estou precisando mesmo relaxar.

— A causa do seu stress seria somente essas reuniões? Ou tem algo mais te preocupando?

Sim, havia pelo menos mais duas coisas, além daquelas intermináveis reuniões me incomodando. Pedro e meus nódulos. Mas eu não tinha intenção de falar a respeito de nenhum deles com meu cliente.

— Coisas da vida, Augusto. Impossível estar tudo cem por cento.

Ele me olhou sobre o cardápio, como que analisando meu comentário. Solicitou a bebida e voltou a me encarar.

— Você não é muito de falar, não é mesmo, Paola?

— Por que diz isso? Talvez eu não seja a mulher mais comunicativa sobre a face da Terra, mas não acho que seja introvertida. Apenas penso que tem hora e lugar para determinados assuntos.

— Muito bem, então me deixe te dizer que hoje, aqui neste restaurante, estamos como amigos, não como profissionais. Fica melhor assim? Talvez você possa me contar mais sobre você.

— E o que tanto você quer saber sobre mim?

— Qualquer coisa que me permita te conhecer melhor. Por exemplo, por que escolheu essa profissão? Gosta realmente do que faz? Por que optou pela sociedade?

Esperei quando o garçom se aproximou para servir o vinho e anotar nosso pedido. Dei um gole na bebida, sentindo-a deslizar suavemente pela garganta. Então relatei um pouco a respeito das minhas escolhas.

— E hoje, ainda gosta do que faz?

— Gosto da mecânica da coisa, sabe? Gosto de estar quieta na minha sala, concentrada, analisando números e fatos.

— Presumo que não goste então do que estamos vivenciando aqui.

— Para dizer a verdade, acho a grande maioria dessas reuniões um desperdício de tempo. Eu sou mais objetiva, sabe? Perde-se muito tempo falando, quando poderia estar fazendo.

O garçom novamente se aproximou, agora servindo os pratos. O cheiro estava maravilhoso. Só então percebi que estava com muita fome.

A bebida me deixou mais solta, me permitindo falar mais a respeito de mim e da minha vida. A companhia dele também ajudava; ele sabia como me deixar à vontade.

Contou também um pouco sobre ele, o porquê de não querer seguir os passos do pai, sua paixão pela área da tecnologia desde muito cedo e tudo mais. A conversa estava descontraída, a comida e a bebida, deliciosas. Eu estava bem mais relaxada, alegre até, por assim dizer.

— Agora, me diga, por que uma mulher como você ainda está sozinha? Difícil acreditar que não encontrou nenhum homem que te interessasse.

E lá vinha aquele assunto novamente. Por que era tão difícil as pessoas aceitarem que uma mulher pudesse viver bem sozinha?

— Simples, porque ainda não apareceu a pessoa certa. — Mentira deslavada, pois a minha pessoa certa me esperava a quatrocentos quilômetros dali.

— Acho que isso é mentira sua, mas tudo bem. Você tem uma filha adolescente de um relacionamento no qual não se casou. É uma mulher independente, linda, segura. O que te impede de viver um grande amor?

— Você tem razão. Eu encontrei esse homem recentemente, mas estamos um pouco estremecidos. — Ah, eu já estava falando demais. — Acho que eu comentei no almoço de segunda que meu coração está comprometido.

— Sim, você falou. É o Pedro, não é?

— É — concordei sorrindo, no fundo sentindo um alívio por revelar nosso relacionamento.

— Eu percebi na festa que havia alguma coisa entre vocês. O que só se confirmou na segunda-feira. Impossível não notar o magnetismo que os cerca. Pedro te olha como se não existisse mais nada à sua frente. — Tomou um gole do seu vinho, me olhando fixamente.

— Nós estamos apaixonados. — Suspirei, encantada, girando a taça em minha mão, deixando que boas lembranças de nós dois invadissem meus pensamentos.

— Mas estão afastados. Por quê? Vocês discutiram naquele restaurante, não foi? Por causa da viagem? — Augusto havia percebido tudo, mas manteve-se discreto o tempo todo.

— Coisas da vida, Augusto. Sabe como é relacionamento. Sempre haverá alguma coisa para discordar, magoar. Mas eu sei que a gente vai se entender.

— Você o ama? Digo, amor de verdade?

— Como nunca amei ninguém.

— Pedro é um homem de sorte.

— Augusto...

— Não, Paola. Como disse antes, você é uma mulher espetacular, como poucas, e acho que qualquer homem poderia se apaixonar facilmente. — Sorriu. — E devo dizer que, às vezes, penso que gostaria de encontrar um amor assim, ser correspondido com tanta intensidade como vejo que acontece entre vocês.

— Tenho certeza de que você vai encontrar essa pessoa, Augusto. Você é um homem muito bonito, gentil, bem-sucedido. Tudo acontece na hora certa. Veja só o meu caso. Demorei quarenta anos para encontrar esse amor.

Lembrei-me de Maitê falando aquelas palavras. E que, se eu deixasse Pedro escapar, quanto tempo demoraria para encontrar outro amor. Nunca, pois eu nunca amaria outro homem. Ele deve ter lido meus pensamentos, pois meu celular tocou com sua ligação.

— Se incomoda se eu atender, Augusto?

— De maneira alguma. Fique à vontade.

Inspirei fundo, meu coração já acelerando só pela expectativa de ouvir sua voz.

— Oi! — falei manhosa. Será que ele estava mais calmo?

— Paola! — Sim, sua voz denotava mais serenidade, porém não menos paixão.

— Pode falar agora, ou precisa atender algum cliente? — Não me contive e o cutuquei pelo modo como me despachou mais cedo.

— Eu tinha um cliente me esperando realmente. Não que ele não pudesse esperar.

— Mas me dispensou mesmo assim. — Olhei para Augusto, que observava nossa interação.

— Paola, liguei porque estava com saudades, não para discutir. — Notei que começou a ficar impaciente.

— Ninguém aqui está discutindo. Só fiz uma observação, meu bem.

— Observação dispensável essa. O que está fazendo?

— Jantando.

— Sozinha?

— Não, Augusto está me fazendo companhia.

— Claro que ele está te acompanhando. Deve estar muito feliz por isso, não é mesmo? — A impaciência virou ansiedade.

— Quem? Eu ou ele? — perguntei e não contive a risada.

— Você bebeu, Paola? — Ah, agora ele estava irritado. Claro, eu contribuí para isso.

— Eu precisava de uma bebida, Pedro. Estas reuniões têm sido estressantes e hoje não foi diferente.

— Quanto você bebeu? O suficiente para falar o que não deve? Eu sei bem como você fica quando passa do ponto. — Ele estava se referindo ao meu pileque quando falei sobre compartilhar e na noite da limusine.

Acenei para Augusto, me levantando e me afastando da mesa, pois não era necessário deixá-lo embaraçado com o que eu ia dizer ao meu namorado.

— Não se preocupe, Pedro. Isso só acontece quando estou na sua companhia. É a mistura da bebida e você que me deixa embriagada, em um estado de total depravação. Então eu falo e faço coisas pervertidas, porque você desperta isso em mim.

— Porra, Paola! — Pude sentir sua respiração arquejante.

Sem perceber, eu tinha começado um jogo. Me senti excitada e queria terminá-lo. Fui ao banheiro, me trancando em uma cabine, agradecendo que naquele momento não havia mais ninguém.

— Isso mesmo, meu garanhão! Como você já disse, a bebida me deixa mais solta, mais confiante. E você, a sua voz, é o suficiente para me deixar mais ousada também. Como agora. Eu queria você aqui comigo, para apagar esse fogo que está me consumindo. Ah, Pedro, eu estou tão excitada! — sussurrei, enquanto me sentava no vaso, afastando a borda da calcinha e me tocando.

— Você só pode estar louca! Não está na frente do Augusto falando essas coisas, não é?

— Claro que não! Estou sozinha, no banheiro, me tocando. Estou tão molhada, meu amor...

— Puta que pariu, Paola! Não acredito que você está fazendo isso comigo. Você é louca, definitivamente. — Ele respirava com dificuldade, sua voz rouca e sexy me deixando ainda mais extasiada.

— Sou louca sim, por você! Sou a sua loba loura e louca, lembra? Continua falando, me dá tua voz, que eu estou quase lá, amor.

— Cacete, você está me provocando e não perde por esperar. Eu vou te dar uma lição que você nunca mais vai esquecer.

— Ah, eu vou adorar receber uma lição sua, um castigo, o que você quiser me dar. E não, eu nunca vou esquecer qualquer coisa que você faça comigo. Agora diz que você quer sua sobremesa. Porque eu estou imaginando você saboreando-a agora, nesse exato momento.

— Sim, minha loba, tudo que eu queria agora era me perder nessa boceta deliciosa, te chupar até te ver desfalecida de tanto gozar. E depois te preencher da forma que você mais gosta. Forte, firme, duro.

— Ahhh... — Gozei ouvindo aquela voz, aquelas palavras sacanas, a imagem de sua boca em mim. Sua língua trabalhando incansavelmente, como ele dizia, era mais do que suficiente para que eu me deleitasse de prazer, contendo meus gemidos.

Provocante 77

— Obrigada, meu amor. Eu precisava disso. — Ainda estava ofegante pelo orgasmo que ele havia me proporcionado.

— Não agradeça, retribua.

— Não agora, eu preciso voltar. Augusto já deve estar preocupado. — Arrumei minhas roupas, saindo do cubículo para lavar as mãos.

— Você está preocupada com Augusto e não comigo? Com o estado em que me deixou?

— Pedro...

— Isso vai ter volta, Paola. Como eu disse, você não perde por esperar!

— Preciso ir... Eu te amo!

— Também te amo, minha linda! — Fechei os olhos, extremamente feliz, pois nosso amor não havia mudado naquele curto período de afastamento.

Tratei de me recuperar, voltando à mesa, onde Augusto me aguardava impaciente.

— Desculpe a demora — falei simplesmente.

— Presumo que Pedro não estivesse muito satisfeito ao saber que você estava jantando comigo?

— Pode parecer descabido, mas ele é muito ciumento.

— Não posso condená-lo. Eu também seria. — Sorriu. Não havia mais um clima tenso entre nós. Augusto percebeu que não havia espaço para outro homem em minha vida. A partir dali, percebi que poderíamos ser amigos realmente.

"10000 Maniacs – Because the night"

Without you, oh I cannot live
forgive the yearning burning

Pedro

Eu ainda me sentia muito perdido com tudo o que estava acontecendo comigo e Paola. Aquela situação toda estava me deixando atordoado, desconfortável, pois não se definia. Mais uma vez, não conversaríamos. Mais uma vez, eu não a teria em meus braços. E o pior: na sexta, era eu quem precisaria viajar, adiando ainda mais nosso encontro. Merda! O que acontecia? O destino estava conspirando contra nós?

Resolvi retornar a ligação para me desculpar pelo modo rude com que me despedi dela mais cedo. Não me surpreendi que estivesse jantando com Augusto, mas nem por isso fiquei mais tranquilo. Principalmente quando percebi que ela já tinha bebido. Eu sabia como ela ficava quando tomava algumas taças de vinho. Meu ciúme me dominou, para logo em seguida ser substituído pelo desejo e a paixão. Sua voz sexy, suas palavras ousadas, me pedindo para lhe excitar, para lhe dar prazer, ajudá-la a chegar ao orgasmo. Porra, aquela mulher era de uma audácia que me desconcertava. E quando gozou, eu achei que seria possível gozar com ela, sem nem mesmo me tocar.

Mas ela foi megera a ponto de não ficar e retribuir o momento. Ela merecia ser castigada por me abandonar naquelas condições. E eu já sabia como fazer isso.

80 PaolaScott

Capítulo 8 – Surpresa

Paola

A quinta-feira ainda prometia muita conversa e muitos ajustes que precisavam ser concluídos para que pudéssemos voltar para casa no dia seguinte. Apesar do stress que seria, eu estava bem, relaxada, provavelmente pela combinação de bebida e orgasmo, mesmo que por telefone, da noite anterior.

Voltamos ao hotel tarde da noite, após um último jantar de negócios. Fui direto para o banho, tirar o cansaço do corpo, logo me largando sobre a cama. Uma boa noite de sono e saber que amanhã eu estaria ao lado de Pedro eram o suficiente para mandar o desânimo embora.

Até que meu celular apitou, indicando uma mensagem. Ah, quem seria àquela hora? Claro que só poderia ser ele. Estiquei-me até a mesa de cabeceira, agarrando o aparelho, já ansiosa.

"Onde você está?"

"No meu quarto. Por quê?"

Digitei a mensagem com os dedos trêmulos. Ele tinha ficado sem se comunicar comigo durante todo o dia.

"Qual o número do seu quarto?"

Não entendi sua pergunta.

"508. Por que você quer saber, Pedro?"

Ele estava desconfiado de alguma coisa?

"Vou mandar uma encomenda para você. Não saia daí."

Uma encomenda? Àquela hora? O que ele estava aprontando? Fiquei ansiosa, imaginando o que poderia ser. E logo ouvi baterem à porta.

— Entrega para a Srta. Paola Goulart!

Uau! Tão rápido assim? Abri a porta, me deparando com um dos mensageiros do hotel carregando uma caixa retangular, devidamente enfeitada com um laço vermelho.

— Boa noite! — cumprimentei-o.

— Srta. Paola? Pode assinar aqui, por favor? — Me entregou uma prancheta e caneta, onde rabisquei trêmula meu nome. Ele estava me enviando um presente. Teria a ver com sua promessa de ontem à noite? — Tenha uma boa noite.

— Obrigada — agradeci, fechando a porta e levando a caixa para cima da cama.

Curiosidade e excitação me dominaram. Soltei o laço e lentamente a abri. Em cima do papel de seda que envolvia o que parecia ser uma roupa, havia uma rosa vermelha, um botão começando a desabrochar, com um longo caule, sem folhas ou espinhos. O que significava aquela flor solitária?

Coloquei-a ao lado e afastei o papel, que revelou uma lingerie preta. Puxei-a de dentro da caixa, notando que era uma peça bem diferente. Não, não era uma lingerie comum. Muito pelo contrário. Era uma peça de fetiche. Eu já tinha visto uma daquelas em sex shop e sempre tive vontade de experimentar, mas nunca tive oportunidade. Era chamado de arreio, que nada mais era do que algumas tiras de couro macio, presas por argolas de metal, que envolviam o corpo em lugares estratégicos, deixando as partes íntimas expostas. Cacete! Definitivamente aquilo fazia parte do meu castigo por deixá-lo na mão ontem.

Meu celular apitou novamente, agora indicando uma mensagem de voz. Meu coração acelerou algumas batidas, somente pela antecipação em ouvi-lo.

> *"Creio que já tenha recebido a encomenda. Vista-a e esteja pronta em meia hora. Presumo que você tenha um sapato de salto para completar o traje."*

Ah, meu Deus! Teríamos uma noite quente de sexo por telefone? Com direito a fotos e vídeos?

Eu já havia tomado banho, então era só me trocar, apesar de que o tremor percorria meu corpo e não facilitava vestir aquelas tiras. Depois de colocar e tirar duas vezes, porque tinha invertido lugares de pernas e braços, finalmente consegui me achar.

A lingerie, se é que poderia ser chamada assim, não passava de uma calcinha fio dental, com uma abertura frontal, que deixava meu sexo à mostra. Dela saíam tiras que se cruzavam no abdômen presas por uma argola bem ao centro e se estendiam para o tronco, circulando os seios, deixando-os expostos, e finalizando numa frente única, abraçando o pescoço. Atrás? Apenas o fio dental e uma única tira no meio das costas. Ah, sim, e para finalizar, *nipples* também pretos, com franjas penduradas, para cobrir os mamilos.

Me olhei no espelho e, sinceramente, se fosse possível, eu me comeria. Puta que pariu que roupa mais sexy! Fiquei ainda mais nervosa, meu estômago se retorcendo de ansiedade, imaginando quando Pedro me visse naquele traje. Por que ele tinha que fazer isso quando estávamos longe um do outro? Provocação? Claro, parte do castigo.

Procurei o sapato, calçando-o, e instintivamente me perfumei. Não que ele pudesse sentir meu cheiro pelo telefone, mas aquilo tornaria tudo mais real.

Deitei-me, deixando o celular ao meu lado, e trouxe a rosa até meu rosto, sentindo seu perfume. Eu estava pronta dentro do prazo que ele pediu. Agora era só esperar, o que fiz sem desgrudar os olhos do cronômetro. E pontualmente ele me chamou.

> **"Está pronta como eu pedi?"**

Ah, Deus, mais pronta impossível. Meu coração batia na garganta, me sufocando.

> **"Sim!"**

Muito bem, vejamos o que ele teria para mim. Estaria ele também vestido de uma forma peculiar?

Então, para minha surpresa e desgosto, bateram à porta. Merda! Quem seria àquela hora? Já passava das onze. Ah, não acredito que mais uma vez eu teria minha interação com meu lindo advogado interrompida.

Mais uma batida. Levantei da cama, procurando um roupão para cobrir aquela deliciosa indecência, que, claro, não estava à mão.

— Pois não? — perguntei, me dirigindo à porta daquele jeito mesmo, colando meu ouvido ali. Nada. Mas que porra era aquela? — Quem está aí? — questionei novamente, já desconfiada. Eu não abriria a porta, nem uma fresta sequer, estando vestida, ou nem tanto, naqueles trajes.

— Abra a porta, Paola!

PUTA QUE PARIU! Cacete! Eu não acreditava no que estava ouvindo. Pedro estava ali? Em São Paulo? No hotel? Na porta do meu quarto? Como?

— Pedro? — Minha voz saiu em um sussurro, apreensiva, surpresa, duvidosa.

— Vamos, Paola! Abra!

Com mãos trêmulas, respiração ofegante e coração saltando no peito, destranquei a porta, abrindo apenas uma fresta e colocando a cabeça ali, ainda duvidando do que meus olhos viam. Sim, era ele. Paralisei diante de sua presença, totalmente entorpecida, sem ainda crer no que via.

— Pedro!

Ele inclinou a cabeça e colocou a mão no batente, afastando a porta para abri-la. Num gesto instintivo, me coloquei atrás da mesma, de repente me sentindo envergonhada, enquanto ele entrava todo vestido em seu terno impecável, carregando outra caixa.

Eu me sentia como se tivesse sido pega no flagra, enquanto ele me analisava de cima a baixo, parado à minha frente. Fixei meus olhos nos seus, e, devido à meia-luz que estava no quarto, não pude identificar o que transmitiam. Mas só poderia ser desejo, luxúria, paixão. Eu não sabia se deveria falar alguma coisa. Tinha medo de estragar o clima.

— Pedro?

— Não! Deixe-me tomar ar primeiro — falou com a voz rouca, sussurrada, fazendo com que um líquido se acumulasse no meio das minhas pernas. E por aquela não ser uma calcinha normal, eu presumia que logo escorreria por minhas coxas.

— Você sempre abre a porta vestida assim, sem saber quem está do outro lado?

— Eu só abri porque sabia que era você, apesar de não acreditar no que ouvia. O que você faz aqui? Pensei que teríamos uma sessão por telefone — falei ainda distante dele, porém sentindo todo o calor que seu corpo emanava.

— Você acha que eu mandaria você vestir uma roupa dessas para ter uma sessão de sexo por telefone? — Largou a caixa na bancada ao lado da porta, tirando o paletó e soltando a gravata, jogando-a ao chão. E ainda sem tirar os olhos dos meus, desabotoou os punhos da camisa branca, enrolando as mangas até os cotovelos.

— Dê uma voltinha para mim, bem devagar. — Colocou as mãos nos bolsos da calça.

Ah, sim, ele se continha para não me tocar. Mesmo não me sentindo tão à vontade como costumava ficar com ele, fiz o que pediu. Eu podia sentir seu olhar me queimando. Então, parei novamente de frente para ele. Seu peito subia e descia, revelando sua respiração entrecortada.

— Fique de costas para mim.

Eu tentava decifrar o que ele queria. Sim, me comer com certeza. Mas a forma como estava me tratando me dizia que ele estava tentando me fazer sentir algo além de tesão. Medo? Ouvi-o mexer em alguma coisa e me lembrei da caixa que trouxe. E então de outra caixa, quando ele me pegou em seu apartamento. Surpresas! Puxei uma respiração mais profunda, já sentindo indícios de uma noite muito louca que viria.

O calor que senti às minhas costas denunciava sua presença, quase grudada ao meu corpo. Ele segurou minhas mãos, prendendo-as atrás com uma espécie de algema, porém macia, talvez de couro. Depois, suas mãos vieram à frente do meu rosto e foi a última coisa que vi, pois ele me vendou.

— Hoje você não me toca. — Seus dedos deslizavam muito suavemente pelos meus braços, minha coluna, me dando arrepios, enquanto sussurrava em meu ouvido, sua língua brincando com o lóbulo da minha orelha. — Hoje vai ser só para mim. Do meu jeito. No meu tempo.

Porra, nunca seria só para ele. Só aquelas preliminares das preliminares já estavam me colocando em estado de ebulição. O que dirá quando ele começasse com a brincadeira propriamente dita. Ele iria me fazer pagar por ontem.

— Você definitivamente não faz ideia do quão sexy está, não é mesmo? — Enquanto falava, num tom baixo e sedutor, eu sentia que ele me rodeava como se estivesse espreitando sua caça. Estar privada da visão aguçava todos os outros sentidos. Eu ouvia seus movimentos e sentia seu cheiro. — Sabia que eu sonhei com você assim? Nessa roupa, submetida a mim, como minha escrava sexual, me servindo?

E ele ainda dizia que o prazer seria só dele? Ele não me conhecia. Ou conhecia bem demais para fazer aquele jogo comigo. Eu apostava na segunda hipótese. Ah, porque ele jamais faria eu me sentir inferior. Seu amor por mim era grande demais para fazer algo parecido. Ele queria me dar prazer. E estava se saindo muito bem.

Senti seu corpo à minha frente, seu perfume, seu hálito quente. Ergui meu rosto na esperança de que ele me beijasse, mas não o fez. Eu podia senti-lo lutando contra si mesmo, se segurando para não me tomar de uma só vez, para prolongar o jogo, a crescente excitação que tomava conta de nós dois. Suas mãos vieram em minha cintura, firmes, para logo se tornarem suaves, deslizando para a curva dos meus seios, brincando com os *nipples*, puxando levemente as franjas que cobriam os mamilos.

— Deliciosa!

Eu me sentia muito gostosa. Ele fazia eu me sentir assim. Suas mãos partiram para os quadris e coxas, lentas, torturantes. Seus dedos mais pareciam plumas, de tão leve que era o seu toque. Sua boca desceu pelo meu pescoço, pela clavícula, em direção ao colo. Seus lábios sugaram minha pele, e eu sabia que ficaria marcada, mas não me importava. Eu queria seu amor e sua paixão tatuados no meu corpo.

Enquanto ele descia a boca para os meus seios, suas mãos foram até minha bunda, apalpando-a e trazendo-a para mais perto do seu quadril. Senti sua ereção em meu ventre, dura como rocha. Ele foi descendo os lábios, contornando meu abdômen e sentindo seu movimento tive certeza de que ele estava ajoelhado à minha frente. Seus dentes arranharam minhas coxas, enquanto suas mãos as separavam.

— Abra as pernas, coração. — Ah, não, aquela fala e o que vinha com ela já me amoleciam. — Mantenha-se firme, em pé.

Senti seus lábios tocarem muito sutilmente minha carne exposta pela roupa. Sua língua deslizou delicada pela virilha enquanto seus dedos abriam meus lábios úmidos.

— Sempre tão molhada, tão pronta para mim. — Senti apenas a ponta tocar meu clitóris, tão leve, mas o efeito foi devastador. — Era isso que você queria ontem?

Eu precisava me equilibrar em meus saltos, com as mãos atadas às costas, enquanto ele me chupava.

Para dificultar ainda mais minha tarefa de me manter firme, ele ergueu uma de minhas pernas em seu ombro, segurando forte meus quadris com uma mão, enquanto a outra ia até lá, enfiando um dedo.

— Quero sentir você me apertar. — E voltou a trabalhar sua língua em meu clitóris.

Eu achei que seria impossível não gozar. Mas ele me provou o contrário, pois, quando sentiu que eu estava chegando lá, parou com tudo, me deixando arfante, o orgasmo suspenso no meu ventre.

Entendi o que ele faria aquela noite. Ele iria me castigar docemente. Me privaria, ou melhor, retardaria ao máximo meu orgasmo. Me faria sentir o gosto amargo por tê-lo afastado naquelas duas semanas e não retribuído o orgasmo que me propiciou ontem.

— Venha. — Puxou-me pelo braço, me fazendo sentar na cama.

Ouvi que ele soltava o cinto e era como se eu o visse. Desabotoando a calça... Abrindo o zíper... Ouvi a calça cair no chão, bem como senti o movimento dele para tirar a boxer. Eu sabia o que vinha e já estava com água na boca.

86 *PaolaScott*

— Acho que faz um tempo que você não tem um aperitivo, não é mesmo? — Ele estava na altura do meu rosto e eu podia sentir seu cheiro de macho; com certeza já havia líquido ali o denunciando. Roçou a ponta do seu pau no meu rosto, me deixando sentir o quanto estava duro.

— Chupa! — Cacete, aquela forma de ele falar me deixava ainda mais molhada. Dominante, controlado.

Umedeci os lábios, abrindo-os para recebê-lo. E ele foi se infiltrando, devagar, agarrando meu cabelo para ele próprio comandar o movimento. Ele entrava e saía da minha boca, enquanto eu contraía o maxilar para sugá-lo firmemente. Como eu gostaria de ver sua expressão naquele momento, ou mesmo poder segurar em seus quadris, mas eu estava contida.

— Caralho de boca gostosa! — Ah, meu amor, eu o chuparia para que nunca mais desejasse outra em meu lugar. — Me engole inteiro, minha bruxa!

Sim, eu faria tudo o que ele quisesse, tudo o que pedisse ou ordenasse. Eu seria sua bruxa, sua loba, sua puta na cama. Começou a estocar mais forte e rápido e achei que fosse gozar em minha boca quando o senti se contrair, mas parou a tempo. Eu precisava admitir que ele estava se esforçando em seu controle.

Saiu da minha boca, ainda segurando meus cabelos, e eu podia ouvir sua respiração ofegante.

— Deite-se — ordenou, me ajudando, e já se afastando.

Minha posição não era das mais confortáveis, pois minhas mãos continuavam presas às costas. Ouvi novamente o barulho da caixa, agora mais perto da cama. Ele se posicionou ao meu lado e já não estava mais de camisa. Seu peito nu encostou em meu braço, quando senti algo roçando em meu colo e um perfume suave me invadiu. O toque passeou por todo o meu peito. Era tão macio. Deduzi que fosse a rosa. Sim, ele deslizava aquelas pétalas delicadas pelo meu corpo numa carícia leve e sensual. De repente, o modo selvagem dava espaço a um momento romântico.

Nem uma palavra, nem um sussurro ou gemido, somente a sensação das pétalas tocando agora meu abdômen, descendo em direção às minhas pernas.

— Afaste as pernas, minha linda — murmurou em meu ouvido, o arrepio tomando conta de todo o meu corpo.

Eu sentia que ele poderia me fazer gozar só com suas palavras, sua voz e todo aquele jogo de sedução, sem nem mesmo me tocar, tão intensa era minha excitação.

Ele desceu a rosa até ali, resvalando no interior das minhas coxas, tão leve, tão sutil e ao mesmo tempo tão torturante. Eu arqueava o quadril, tentando aprofundar o toque, mas ele não deixava e voltava a passear pelo abdômen, seios e pescoço, numa doce tortura.

— Tão linda... Tão perfeita... Tão minha! — Seus lábios roçaram minha face, sussurrando em meu ouvido aquelas palavras. — Não existe mulher mais quente do que você!

Ele sabia como fazer, o que fazer e o que falar. Fazia-me derreter em seus braços, me perder no momento e no espaço.

— De bruços, minha loba. — Novamente, me ajudou a ficar na posição que ele queria, agora um pouco menos desconfortável. Ou nem tanto.

Colocou-me de joelhos, meus quadris levantados e meu tronco e rosto encostados no colchão. Naquela posição, minha bunda estava totalmente empinada para ele, minhas mãos atadas e ele tinha total acesso e controle sobre o meu corpo.

— Eu estava morrendo de saudade dessa bunda deliciosa. — Me deu um tapa ardido, meu corpo deslizando alguns centímetros à frente. E mesmo minha pele pinicando, não deixava de ser excitante. — Ainda estou pensando se devo tomá-la hoje para mim. O que você acha?

Ah, eu queria que ele a tomasse. Ele poderia fazer o que desejasse com meu corpo. Eu era dele, pertencia a ele. E outro tapa ardeu em minha pele.

— Responda. Você quer? — Sua língua deslizou pelo local onde havia batido como se quisesse amenizar a dor.

— Quero. Quero tudo que você puder me dar! — falei entre gemidos.

Sua boca foi para aquele local tão íntimo, secreto, privado. Sua língua deslizava pelo orifício, seus dentes arranhavam minha pele enquanto novamente ele inseria dois dedos em minha boceta, movimentando-os lentamente. Porra, eu ia gozar a qualquer momento. Mas ele não permitiu. Novamente parou antes que eu chegasse lá.

Levantou-se, pegando algo na caixa e se posicionando aos meus pés. Me fez deitar agora totalmente, segurou em meu tornozelo, prendendo-o, fazendo o mesmo com o outro, trazendo então os dois para junto das minhas mãos. Eu estava deitada de bruços, mãos e pés atados às costas. Porra, que posição era aquela? Estava lá, mais do que exposta para ele, sem poder ver nada.

— Cacete! Você não imagina que tesão é te ver assim — rosnou enquanto suas mãos escorregavam pelas minhas coxas, indo em direção ao meio das minhas pernas, me abrindo mais ainda, me deixando escancarada. Seus dedos deslizaram pela minha umidade, me fazendo empinar o quadril em sua direção.

— Isso, empina essa delícia para mim. Quero ver você rebolar no meu pau.

Ele estava devasso. Eu não me aguentava mais. A intensidade daquele jogo era tanta que eu já estava fora de mim. Era impossível me manter imóvel ou não gemer alto de tanto prazer.

— Porra, eu bem que queria, mas não vou aguentar me segurar mais. Preciso estar dentro de você. — E assim como falou, ele me preencheu.

Devagar, foi entrando, suas mãos segurando meus quadris, ajudando a manter as pernas afastadas. Ele entrava e saía lentamente, e eu sentia seu controle para não gozar. Mas, apesar daquela tortura deliciosa, eu também não aguentava mais esperar, precisava que ele se movimentasse mais forte, mais rápido, para que eu também pudesse chegar lá. Ele não poderia me privar de um orgasmo.

— Vamos, minha loba, me suga com essa boceta molhada e macia. Aperta meu pau como só você sabe fazer e vem comigo!

Era tudo que eu precisava ouvir. Seu pedido para que gozasse com ele. E assim o fiz, contraindo meu ventre, apertei-o com meus músculos enquanto ele apressava as estocadas fortes e firmes. E assim eu gozei. Louca, apaixonada, quebrando em mil pedaços. Porém, ele não me acompanhou. Quando sentiu meu corpo retornando daquele delírio, saiu de mim, me deixando vazia, mas por pouco tempo. Eu o senti afastando minha carne, despejando ali algum líquido, um de seus dedos já se infiltrando, me preparando para recebê-lo naquele lugar tão apertado. Mais lubrificante e mais um dedo me alargando.

— Eu prometo ser gentil no início, minha loba. Mas só no início, porque depois vou te comer sem dó. — Retirou os dedos e senti a pressão da sua potência. Lentamente, foi me preenchendo, parando alguns instantes para que eu me acostumasse e o recebesse em toda a sua plenitude.

— Caralho! Estou inteirinho dentro de você.

Sim, eu o sentia todo, agora deslizando dentro e fora, ainda suave e gentil. E para me deixar mais relaxada, seus dedos foram até minha abertura, brincando com meus lábios e clitóris. Era o que eu precisava para me soltar totalmente e deixá-lo me possuir por completo. Já acostumada com toda a sua potência, comecei a remexer os quadris, levando-o ao delírio, fazendo com que ele agora estocasse vigorosamente.

— Sim, gostosa, remexe essa bunda para mim.

Era perturbador, selvagem e feroz a forma como ele cavalgava em mim. Sentia sua brutalidade, como se ele quisesse me mostrar quem mandava e quem obedecia. Naquele momento, senti que ele queria me dar uma lição. Mas era uma lição deliciosa, que eu estava adorando. Deixei que ele me tomasse daquela forma rude e ao mesmo tempo apaixonada. Sim, porque eu sentia que havia muita paixão. Me deixei levar, me soltei, acompanhei aquele momento de um sexo quase primitivo e senti um novo orgasmo se aproximando.

— Quero te ver gozar de novo, minha deusa. Vem comigo, vem!

Ele enrijeceu ainda mais, meus músculos se distendendo para comportá-lo dentro do meu corpo. Intensificou suas estocadas e o movimento dos seus dedos, me trazendo junto com ele para um orgasmo enlouquecedor, alucinante. Gozamos sem nos preocuparmos com nossos urros ou gemidos, atordoados com o que havíamos proporcionado um ao outro.

Eu estava em um estado quase inconsciente, tal era o grau de deleite em que me encontrava. Percebi que ele saía de mim, ao mesmo tempo em que soltava as algemas dos meus tornozelos e depois das mãos, massageando-os, porém, eu não me importava. Sentia-me longe, como se meu corpo não me pertencesse. Me deixei ficar ali, ainda de bruços, pois eu não tinha forças para me mexer, tão grande tinha sido meu desgaste, mais psíquico do que físico naquela sessão de sexo.

Ele soltou a venda e notei que se acomodava ao meu lado, puxando o lençol para cima de nós. Eu queria falar tanta coisa para ele, mas meu cérebro não comandava mais nada. Apenas me aninhei em seu abraço, seu corpo colado às minhas costas.

— Eu te amo! — Foi só o que consegui falar em um suspiro.

— Eu também te amo, minha deusa! Agora durma. — Beijou meu pescoço e só então me dei conta de que não havíamos trocado um beijo sequer naquela noite. Mas amanhã eu poderia beijá-lo. E o sono me venceu.

"Dido – Here with me"

And I won't go, and I won't sleep, and I can't breathe
until you're resting here with me

Ouvi meu celular me despertando. Eu queria tanto ficar mais um pouco com ele ali ao meu lado. Diferente das outras vezes que dormimos juntos, hoje ele não estava enroscado em mim. Virei-me para lhe abraçar, mas ele não estava na cama. Deveria estar no banho, mas tudo parecia muito quieto. Não vi suas roupas por ali e uma sensação de vazio me dominou.

Meu celular apitou. Uma mensagem dele. Como assim uma mensagem? Onde ele estava?

> *"Bom dia, minha linda. Não tive coragem de acordá-la para me despedir..."*

Como assim se despedir? Ele foi embora? Me largou ali sozinha depois da noite que tivemos? Por quê?

> *"Eu precisava estar em Brasília logo cedo. Fiz escala ontem em São Paulo apenas para ficar com você algumas horas. Desculpe sair assim.... mas foi preciso. Obrigado pela noite espetacular. Você nunca decepciona."*

Eu não acreditava no que lia. *Obrigado pela noite espetacular?* Ele não tinha me beijado em momento algum. Simplesmente me usou e foi embora sem falar nada? Eu me sentia uma prostituta. Aquilo também fazia parte do castigo? Ah, mas não ia ficar assim mesmo!

> *"O que foi isso, Pedro? Por que não me falou que partiria cedo? Por que não me acordou? Nem um beijo você me deu! Estava precisando de uma boa foda e decidiu parar no meio da sua viagem para me usar?"*

Ele conseguiu me deixar pior do que eu já estava. Por que não me contou antes que seriam só algumas horas?

> *"Paola, estou entrando em uma audiência. Conversamos mais tarde. Bjs."*

Merda! Conversamos mais tarde? O que estava acontecendo que a gente nunca conseguia conversar? Sempre haveria imprevistos? Pessoas, viagens, reuniões para atrapalhar? Quando resolveríamos nossa situação definitivamente? Eu estava muito puta pelo modo como ele me tratou.

Levantei da cama, indo direto para o chuveiro, deixando a água escorrer pelo meu corpo, enquanto me lembrava da noite anterior. Quente, sexy, pornográfica. Não podia negar que tinha sido maravilhosa, que ele me dominou o tempo todo, fazendo eu me sentir sua. E que, apesar de não ter me beijado, ele tinha sido carinhoso e romântico em alguns momentos.

Terminei de me arrumar e desci para o café da manhã, onde Augusto já me esperava. Finalmente iríamos embora hoje. Tínhamos conseguido resolver todos os imprevistos que surgiram logo na nossa chegada.

Estávamos no aeroporto, no início da tarde, aguardando nosso voo, quando ele finalmente me ligou. Minha vontade inicialmente era não atendê-lo, mas a curiosidade pela sua explicação falava mais alto.

— Pedro!

— Oi, minha linda! Desculpe, mas só agora consegui ficar sozinho. Você pode falar?

— Estamos no aeroporto, posso falar enquanto não embarcamos. — Me afastei de Augusto. — Por que não me acordou?

— Eu não pude, meu amor. Já foi difícil deixá-la daquela forma, tão linda ali naquela cama. Se eu te acordasse, não conseguiria te deixar.

Sua voz era terna, macia e aquecia meu coração. Merda, ele ia conseguir me dobrar com aquelas palavras?

— Você tinha que ter me chamado, Pedro. Um beijo, era tudo o que eu queria.

— Você não gostou da nossa noite?

— Nossa noite foi espetacular. Mas eu precisava de um beijo seu para saber que estamos bem.

— Nós estamos bem, Paola.

— Será? Não foi o que pareceu na segunda-feira. Você me afastou, disse que conversaríamos quando eu voltasse e então resolveríamos nossa situação. E ontem, você aparece aqui, me surpreende com um sexo fantástico e me abandona.

— Eu precisava estar em Brasília hoje, sendo que devo retornar somente na terça-feira. Íamos nos desencontrar novamente e eu não podia ficar até lá sem te ver. Eu estava ardendo de saudades, Paola. E depois do seu showzinho por telefone, só piorou. Por isso fiz escala em São Paulo ontem à noite. Eu quis te dar uma noite ardente. E se eu não te beijei, foi justamente por saber que não conseguiria parar.

— Quer dizer que estaremos juntos só na terça-feira?

— Vou tentar ir embora na segunda, mas não prometo.

— Tudo bem, Pedro, a gente se fala na terça. E eu espero realmente que nada nos impeça de conversar. Agora, preciso ir, já vamos embarcar.

— Faça uma boa viagem, minha linda!

— Obrigada! Até a volta.

— Paola?

— Sim?

— Eu te amo, minha loba!

— Até a volta, Pedro! — Desliguei muito puta com ele, voltando até Augusto, que já me aguardava.

A viagem de volta foi tranquila. Tínhamos acabado de descer do avião quando meu celular tocou. Não reconheci o número, mas logo fiquei na defensiva ao se identificarem do outro lado da linha.

Era a secretária do Dr. Paulo, dizendo que ele gostaria de conversar comigo ainda naquela tarde. E era só o que ela podia falar por telefone.

Mais um assunto delicado para tratar. E esse, além de muito delicado, era sério.

A sala de espera de um consultório nunca é exatamente agradável, mesmo quando se trata de uma simples consulta, o que dirá quando você está prestes a saber o resultado de uma biópsia. Nem as muitas revistas, flores e música suave conseguem te deixar tranquila.

Joana, a secretária muito simpática, me chamou para que eu me dirigisse até o consultório do meu mastologista. Dr. Paulo era meu médico há vários anos e sempre tive total confiança em seus diagnósticos.

Entrei naquele ambiente muito claro, límpido e, por que não dizer, frio. A única coisa que destoava ali era o homem que se levantou de sua poltrona, se dirigindo a mim. Dr. Paulo, além de muito simpático e atencioso, era um homem digno de se olhar uma segunda, terceira vez.

— Paola! Como vai? — Apertou minha mão, sorrindo.

— Sinceramente, doutor Paulo? Uma pilha de nervos — confessei enquanto me sentava à sua frente.

— Calma. Não vamos nos preocupar antes do tempo — falou enquanto retirava um envelope de cima de uma pilha de outros papéis. — Temos aqui o resultado do seu exame. Eu ainda não vi, mas quero que saiba que, independente do diagnóstico, você fez e está fazendo tudo como manda o protocolo. A medicina está muito avançada e você...

— Ai, doutor, desculpe, mas abra logo esse envelope e vamos ver o que diz aí. Depois o senhor vem com seu discurso — interrompi-o, já no meu limite.

Ele me olhou surpreso pela minha exasperação, mas não comentou nada, apenas fez o que eu pedi. E parecia que fazia uma eternidade que eu estava ali, esperando que ele lesse o laudo, sem demonstrar nada em suas feições.

— Bem, Paola, foram examinadas as amostras dos dois nódulos, sendo as mesmas características para ambos. O laudo não nos dá certeza da natureza destas características.

— Por favor, doutor Paulo, resumindo, fale em palavras que eu entenda. Afinal, é apenas um nódulo ou eu estou com câncer?

Ele me olhou e talvez fosse impressão minha, mas vi pena em seu olhar. Oh, meu Deus! Meu pior pesadelo estava se concretizando?

— Infelizmente, não temos como precisar, Paola. O laudo é inconclusivo. Isso quer dizer que pode ser qualquer uma das hipóteses. Precisaríamos de mais material para examinar para termos certeza.

Eu não sabia se aquilo era bom ou ruim. Ou melhor, era ruim. Não estava descartada a hipótese de um câncer.

— E agora? Isso quer dizer que eu terei que fazer uma nova punção?

— Não. Neste caso, eu prefiro partir direto para a cirurgia.

— Cirurgia? — Engoli em seco. — Isso quer dizer que existe uma grande possibilidade de ser maligno? É isso que o senhor está tentando me dizer? Por favor, doutor Paulo, seja objetivo, não me esconda nada.

— Calma, não é nada disso. Se solicitarmos uma nova biópsia, será necessária uma amostra maior. Para isso, você terá que se submeter a uma punção mais invasiva. No caso da cirurgia, independentemente de ser ou não maligno, eu faço a retirada deles por completo e mando para análise. — Fez uma breve pausa. — Paola, já vi casos como o seu, em que nada mais é do que um nódulo benigno, porém do tipo que cresce muito rápido, chegando às vezes a deformar a mama. O seu pode ser desse tipo. Por isso recomendo a intervenção cirúrgica.

— E quando seria isso?

— Eu gostaria que fosse o mais breve possível. Você teria disponibilidade para a próxima semana?

— Já? — perguntei, assustada com a rapidez de toda a situação.

— Como disse, já que precisa ser feito, então o quanto antes melhor. Vejo que você tem todos os seus exames atualizados. Seria só fazer um eletrocardiograma.

— E como é essa cirurgia? O que preciso fazer e quais cuidados tenho que tomar, antes e depois?

Ele me explicou como seria, o pós-operatório, a recuperação e os demais cuidados. Me deixou a par de todos os detalhes, sempre enfatizando que aquela era a melhor indicação para o meu caso. Eu não tinha o que pensar. Se era preciso fazer, eu faria. Mesmo amedrontada como estava, eu teria que enfrentar aquilo.

Ele interfonou para a secretária, solicitando sua agenda de cirurgias para a semana seguinte.

— O que me diz da terça-feira, Paola?

Obra do destino que justo na terça-feira Pedro estaria de volta. Lembrei-me de lhe dizer há pouco que esperava que nada nos impedisse de conversar. Parece que não era para ser.

— Tudo bem — concordei sucintamente.

— Costumo marcar as cirurgias para as sete horas. Sendo assim, você deve estar no hospital às seis. O procedimento não é demorado, coisa de uma hora e meia aproximadamente. Você terá alta no mesmo dia. Vou solicitar seu eletro para segunda.

Explicou-me mais outros detalhes que eu precisava saber. E saí dali pior do que todos os outros dias em que lidei com aquela situação. Eu me sentia impotente. E meu amor não estava ao meu lado.

96   PaolaScott

Capítulo 9 – Sofrer é inevitável

Alana

Quando minha mãe telefonou no início da noite, dizendo que já estava em casa, não pensei duas vezes em pedir ao meu pai que me levasse embora. Por mais que nos déssemos bem, que eu o amasse muito, eu estava morrendo de saudade dela. Foram cinco dias longe uma da outra e, para quem estava sempre junto, isso era bastante tempo. Minha mãe era minha amiga, minha melhor amiga. Algumas pessoas diziam que isso não existe, amizade entre mãe e filha. Eu discordo.

Talvez porque fôssemos sempre só nós duas esse laço era forte, mais verdadeiro.

Claro que, vez ou outra, tínhamos nossas discussões e nem sempre concordávamos em tudo. Mas isso sempre foi com muito respeito. A última vez foi há pouquíssimo tempo, quando eu pensava que estava pronta para transar com um garoto do colégio. Sei que fui injusta com ela quando conversamos sobre aquilo, afinal, sua preocupação comigo era genuína. E, no final das contas, quem me abriu os olhos? Pedro, o amor da sua vida. Ele realmente era um homem e tanto. E a fazia feliz, isso era o mais importante.

Achei que ela estaria mais animada pelo fato de estar de volta, mas senti sua voz triste. Sabia que ela estava cansada e estressada com aquela viagem que se estendeu mais do que deveria, mas seria somente isso?

Meu pai não ficou muito satisfeito com meu pedido para que me levasse embora naquela mesma noite. Ele ficava sentido por eu preferir estar ao lado da minha mãe, não entendia esse vínculo que nos prendia tão forte.

Chegamos e ele insistiu em me acompanhar até o apartamento, mesmo eu dizendo que não havia necessidade.

Larguei minhas coisas na sala mesmo e fui à sua procura, tendo o cuidado de ir falando para que ela não se assustasse.

— Mãe, cadê você?

Ouvi barulho do chuveiro, a porta do banheiro estava entreaberta e a vi sentada no chão, a água caindo sobre sua cabeça. Impressão minha ou ela estava chorando? O que teria acontecido? Seria somente por causa de Pedro? Chamei-a novamente, de mansinho.

— Mãezinha?

Ela ergueu o rosto e pude confirmar por seus olhos vermelhos que estava realmente chorando. Senti um aperto no peito, triste por ela estar naquele estado.

— Alana? O que você está fazendo aqui? — Rapidamente se levantou, tentando disfarçar sua expressão. — Por que não disse que vinha ainda hoje? Seu pai lhe trouxe?

— Desculpe se te assustei, mãe. Eu pedi que ele me trouxesse, estava com saudade. O que houve, mãezinha? Você estava chorando?

— Só cansaço, filha, já estou melhor — falou enquanto desligava o chuveiro.

— Vou lá avisar ao papai que você está aqui. Ele insistiu em subir comigo. Já volto.

Eu sabia que ela tentaria negar, me enganar, dizendo que não era nada além de cansaço. Mas também tinha certeza de que ela estava mentindo. Alguma coisa me dizia que era mais sério do que ela queria demonstrar. Só não tinha ideia se era com Pedro, seu trabalho ou outra coisa. Mas eu a faria falar.

Depois que meu pai saiu, voltei ao quarto, onde ela se vestia, ainda tentando esconder o rosto de mim, tudo no intuito de que eu não visse seus olhos inchados e vermelhos.

— Venha me dar um abraço, meu amor. — Virou-se para mim, com um sorriso sincero nos lábios.

— Me desculpe por não avisar que estava vindo. Quis te fazer uma surpresa — falei, abraçando-a apertado, sentindo seu perfume me invadir, seu cheiro de mãe me fazendo sentir protegida.

— Ah, minha filha, eu também estava com saudades.

— O que houve, mãezinha? — Me afastei, olhando seu semblante nublado.

— Só cansaço, meu amor. Foi uma semana estressante, só isso. — Ainda sorrindo, acariciou meus cabelos, sempre amável.

— Mãe, eu sei que não é só isso. Alguma coisa a mais aconteceu e eu gostaria muito que você me contasse. Por que você não pode confiar em mim e abrir seu coração? Sou sua amiga e sua filha. Posso até não contribuir de outra forma, mas, como você mesma diz, só o fato de colocar para fora já pode ajudar.

Vi mais lágrimas surgirem e quis imensamente poder fazer algo, tirar a dor que parecia estar lhe afligindo.

— Está certo, meu amor. Precisamos mesmo conversar. Mas antes vamos comer alguma coisa? Está com fome?

— Eu já comi, mas faço companhia a você.

— Não tenho vontade de comer agora. Sendo assim, venha, vamos sentar e conversar.

Eu ouvia com muita atenção o que mamãe me contava. E também com muita apreensão. Claro que ela estava tentando amenizar a situação, deixando menos séria do que realmente era. Eu percebia seu nervosismo, seu desconforto. No fundo, ela queria me privar da verdade. Não que fosse uma certeza, mas o diagnóstico poderia ser muito mais grave.

Era difícil acreditar que aquilo estivesse acontecendo. Minha mãe, uma mulher sempre tão forte, ativa, de bem com a vida. Não era justo que estivesse passando por aquilo. E bem agora, que estava apaixonada.

— Mãe, você já contou para o Pedro?

— Não, meu amor. Foram tantos desencontros. Eu ia falar com ele na segunda-feira. Aí surgiu a reunião de última hora, a minha viagem e a dele.

— Mas ele precisa saber, mãe. Ele te ama, você sabe disso. E não te perdoaria se você escondesse isso dele.

— Uma cirurgia não é uma coisa que dê para esconder, Alana. Mas não posso falar por telefone. Conhecendo o Pedro, sei que ele vai pirar. Não posso fazer isso com ele agora, estando longe, tratando de assuntos tão sérios. Ele iria se preocupar à toa.

— Não é preocupação à toa e você sabe disso.

— Alana, vai dar tudo certo. Não há de ser nada mais grave.

— Eu sei que não vai ser nada mais grave. Mas, mesmo assim, acho que você deveria contar.

— Alana, me prometa que você não vai falar nada com ele!

Como eu poderia não prometer isso a ela? Aquela situação já era delicada o suficiente para que eu ainda a contrariasse. Mesmo discordando da sua atitude, dei minha palavra de que não contaria nada.

Ela me explicou como seria o pós-operatório; sua recuperação seria em casa por quinze dias. E justo naquele período eu estaria fazendo provas. Pelo menos na parte da manhã eu não poderia estar ao seu lado.

— Eu ainda acho que você deveria ligar e contar para o Pedro.

— Alana, você me prometeu. Se eu souber que você fez isso, não vou te perdoar. Ele retorna na terça-feira. Eu já terei feito a cirurgia. Aí nós conversaremos.

— Tudo bem, mãe. Eu prometi, não vou contar. — Me aproximei mais, abraçando-a, tentando lhe dar algum conforto, se é que isso era possível. Eu sabia que ela estava preocupada. E eu estava amedrontada, ainda que tentasse não transparecer. — Vai dar tudo certo, mãezinha — falei, no fundo, mais para mim mesma.

Paola

Eu não estava preparada para ter aquela conversa com Alana. Pelo menos não naquela noite. Mas, devido à sua surpresa em voltar mais cedo para casa, não havia como esconder o motivo da minha apatia e do meu choro.

Alana não era mais criança. Apesar de muito nova, era esperta e madura ao extremo para sua idade. Portanto, não adiantava querer esconder a verdade dela. Tentei abrandar a situação, mas nem por isso inventei alguma mentira.

Claro que ela ficou assustada, preocupada, mas vi como tentou não deixar transparecer, provavelmente no intuito de me deixar mais tranquila. No final, estávamos as duas tentando aliviar a aflição uma da outra.

Era cedo ainda, mas eu estava realmente cansada. Mais emocional do que fisicamente. Me despedi de Alana, indo para a cama na intenção de dormir. Mas não era uma tarefa fácil. Os mais diversos pensamentos vinham para me tirar o sono.

Então, Pedro me ligou. Apesar da saudade, eu não estava com a mínima vontade de atendê-lo. No fundo, eu iria mentir para ele e aquilo me deixava pior ainda.

— Pedro!

— Oi, meu amor! — Sua voz sussurrada àquela altura me trancava a garganta, um nó difícil de engolir. — Como você está? Fez boa viagem?

— Sim, a viagem foi tranquila. E você, como foi o seu dia? — Eu precisava desviar a atenção para qualquer outra coisa que não fosse eu mesma.

— Tenso e tumultuado. Por isso sou obrigado a ficar aqui ainda até segunda-feira.

— Segunda? Você disse que retornava só na terça. — Não sabia se ficava contente ou não com sua volta antecipada.

— Sim, segunda é para ser meu último dia aqui. Mas é impressão minha ou você preferia que eu retornasse só terça mesmo?

— Claro que não! Seria ótimo se fosse possível antecipar sua volta. Estou morrendo de saudade.

— Eu também, minha linda. Mas a gente pode tentar amenizar essa saudade por telefone.

Definitivamente eu não estava no clima para uma sessão de sexo por telefone. Por mais sexy e gostoso que ele fosse, eu achava difícil ele me fazer mudar de ideia no estado em que eu estava. Mas o que eu poderia dizer?

— Você se importa se deixarmos para amanhã?

— O que você tem, Paola? Não é do seu feitio negar sexo. Aconteceu alguma coisa? — Claro que ele iria estranhar. Normalmente eu incentivava, na maioria das vezes, era eu quem começava com as insinuações.

— Só estou com uma dor de cabeça terrível, nada mais.

— Sério, Paola? A desculpa número um das mulheres para recusar sexo? — Realmente eu deveria ter pensado em outra estratégia. — Vamos, me diga o que está acontecendo.

— Eu simplesmente não estou bem, Pedro. Se você duvida, pode perguntar para Alana, ela está aqui. — Eu teria que envolver minha filha naquela mentira.

— Não é preciso. Você me garante que é só isso mesmo?

Mentiras e mais mentiras. Você começa com uma pequenina e, quando vê, está envolvida até o pescoço.

— Claro que é só isso, meu amor. Ou melhor, pela intensidade da dor, eu diria que é tudo isso. O que mais poderia ser?

— Você ainda poderia estar magoada comigo. Por tê-la deixado hoje cedo.

— Isso eu fiquei mesmo. Mas já passou. Agora só estou com saudade.

— Eu também. Morrendo de saudade. Esses nossos desencontros estão acabando comigo. Promete que a gente vai se entender quando eu voltar? E não vamos mais ficar longe um do outro?

Ao mesmo tempo em que estava triste e preocupada com a situação que vivenciava, eu me sentia a mulher mais sortuda do mundo por ter o amor daquele homem. Pedro era transparente em seus sentimentos. Ele me dava tudo, me mostrava seu lado mais romântico, selvagem, intenso e apaixonado. Uma dor se instalou em meu peito. Por que ele não apareceu antes na minha vida? Por que eu fui tão rigorosa com ele?

— A gente já se entendeu muito bem ontem à noite, você não acha? — relembrei, tentando deixar o clima mais descontraído.

— Você sabe do que estou falando, Paola. Você disse que precisávamos conversar.

— Eu sei o que disse. Mas não quer dizer que não tenhamos nos entendido. — A dor só aumentava, quase travando minha voz, mas eu não deixaria de lhe dizer o quanto o amava. — Eu amo você, Pedro. E nunca mais quero ficar longe. No que depender de mim, você não vai se livrar tão fácil. Eu preciso de você na minha vida. Porque você é o que eu sempre quis, sempre sonhei. Porque você é o meu melhor!

— Eu também te amo demais, minha loba. E também preciso muito de você. Só com você eu posso ser feliz! Só você me faz assim.

— Dá para você parar de ser tão lindo e romântico? — As lágrimas já desciam pelo meu rosto, mas eu tentava segurar minha voz.

— Com você, nunca! Eu já prometi que vou te fazer feliz. E vou cumprir minha promessa. — Sua voz também demonstrava o quanto estava emocionado. — Mas agora vou te deixar descansar. Já tomou alguma coisa para essa dor?

— Já. Uma boa noite de sono vai me fazer bem.

— Então durma bem, minha linda! E sonhe comigo.

— Sempre! Você também!

— Amo você!

— Também te amo! Muito!

Desligamos e deixei que o choro voltasse com força total. Mais uma vez eu refletia. Não deixe para amanhã. O hoje está aqui, à sua espera. Viva-o intensamente.

"Christina Aguilera – We Remain"

Whatever happens here
We remain

Aproveitei o sábado para adiantar algumas coisas em casa. Eu ainda precisava conversar com Maitê e com Eduardo.

Liguei para minha amiga, convidando-a para jantar e batermos um papo, afinal, era com quem eu podia contar, depois da minha filha.

— Bem, amiga, se ele acha melhor fazer a cirurgia logo, quem somos nós para questionar?

Já estávamos na segunda garrafa de vinho, jogadas no tapete da sala, enquanto ouvíamos música. Eu precisava de uma bebida para relaxar. De nada adiantaria eu ficar chorando agora. O jeito era enfrentar a situação de cabeça erguida.

— Claro, Maitê, tenho total confiança no Dr. Paulo, não questiono isso. Só que gostaria de um tempo para organizar as coisas no escritório. Não gosto de deixar o Eduardo na mão assim de repente. Serão quinze dias, sei como as coisas podem tumultuar. Mas também não quero adiar ainda mais, ficar nessa expectativa só piora tudo.

— Paola, você está em ótimas mãos. Foi visto a tempo, está seguindo à risca as recomendações de especialistas. Com exceção desse vinho aí, né? — Apontou para minha taça já vazia novamente.

— Eu precisava, Maitê! E será só hoje. Amanhã não vou beber nada — falei enquanto me servia de mais vinho.

— É sério, chega de bebida. Daqui a pouco, Pedro te liga e você não vai nem saber o que fala.

— Essa é a intenção. Ele adora me ver altinha, ou no caso de hoje, me ouvir. — Rimos alto, já alegres além da conta.

— Concordo com Alana que você deveria falar para ele. Já imaginou como vai ser quando ele chegar? Vai dar outra merda entre vocês.

Ela não deixava de ter razão, mas eu não conseguia tratar daquele assunto com ele por telefone.

— Então, você pode mesmo me acompanhar na terça-feira? Não vai te atrapalhar, Maitê?

— Já disse que não, amiga. Eu venho dormir aqui na segunda. Vou ficar com você o tempo todo no dia da cirurgia. Só precisamos ver como fazer nos outros dias. Vamos tentar conciliar com os horários da Alana, mas infelizmente não posso ficar direto com você, mas consigo vir dormir.

— Não tem necessidade, Maitê. Só nos primeiros três dias tenho que ficar sem movimentar os braços. Posso ficar sozinha. Nos horários mais complicados, Alana estará em casa. Mas vamos mudar de assunto. Quero saber de você e do

Rodrigo. Em que pé estão as coisas?

— Do mesmo jeito. — Encheu sua taça novamente.

— Só sexo mesmo? — insisti. — Por que eu acho que você está gostando dele?

— Ah, nem vem, Paola.

— Você acha que ele está saindo com outras mulheres?

— Imagino que sim. — Deu de ombros. — Você acha que um homem como ele ia ficar sozinho?

— Mas ele não está sozinho. Vocês não estão saindo?

— Sim, mas hoje, por exemplo, é sábado à noite. Onde ele está? Vai me dizer que está em casa, assistindo filme, lendo ou dormindo? Lógico que não, né, Paola!

— Desculpe, Maitê. Você poderia estar com ele, né? E eu aqui te prendendo com meus problemas.

— De jeito algum. Mesmo que ele tivesse me ligado, eu não deixaria minha amiga na mão. Só estou comentando como a coisa funciona entre a gente.

Minha amiga não era fácil. Osso duro de roer. Tinhosa, cabeça dura muitas vezes. Tudo porque não queria se envolver, se apaixonar. Mas eu duvidava que dessa vez ela conseguisse impedir isso de acontecer. Eu percebia pelo seu modo de falar que a coisa estava se encaminhando para aquilo, se já não tinha se concretizado.

Quanto a Rodrigo, eu pouco sabia a respeito. Somente que era muito, muito bonito, sedutor e galanteador. Mulherengo como todos os homens. E pelo que vi na limusine e mais o que Maitê comentava, tinha uma pegada sensacional, adepto de muitas sacanagens, brincadeiras, fetiches.

— Mas, mudando um pouco o rumo da conversa, apesar de ainda ser a respeito de homem bonito, o que é aquele seu sócio? Puta que pariu, Paola, que homem gostoso!

Maitê ainda não conhecia muito bem o Eduardo. Só o que eu já havia falado a respeito dele e uma ou outra foto da minha página na rede social. E como eu e ele saímos meio apressados daquela festa, não houve tempo suficiente para mais do que as apresentações.

— Ele é muito bonito, né?

— Porra, bonito é pouco! Sério, não me leve a mal, mas por que mesmo você terminou com ele?

— Acho que Edu seria o homem certo, porém na hora errada. Eu estava recém-separada e ele era muito mulherengo. Não precisava disso naquela fase da minha vida. Então, antes que eu me apaixonasse de verdade, achei melhor pular fora.

— Mas como ele é? Além de lindo, é claro. — Aquela curiosidade da Maitê já dizia tudo.

— Ele é muito atencioso, gentil, extremamente sedutor. Somos muito amigos, ele se preocupa comigo assim como eu me preocupo com ele. Quero vê-lo feliz, ele merece isso.

— E é o que parece ser na cama?

— Não sei dizer se ele toparia o tipo de relacionamento que você costuma ter.

— Sério? Ele não é do tipo aventureiro? Como o Rodrigo?

— Sinceramente, Maitê? Não sei. A gente nunca estendeu essa conversa. Faz tempo que não o vejo envolvido com alguém. Mas obviamente ele deve ter suas formas de extravasar, né?

— Você não respondeu minha pergunta — continuou. — Como ele é na cama?

— Porra, Maitê! Na época, ele era muito bom, muito quente. Mas isso faz treze, quatorze anos. Como posso saber agora? A tendência, creio eu, é que tenha melhorado, afinal, tem mais experiência.

— Hummm... Preciso estender meus laços com seu sócio. Você bem que podia dar um jeito de a gente se encontrar novamente. Talvez sairmos os quatro juntos, que tal?

Gargalhei daquela insanidade. Pedro e Edu juntos? Nunca que meu namorado toparia aquilo.

— Ah, amiga, posso ver alguma outra forma, menos sairmos juntos. Pedro ainda morre de ciúmes, sem fundamento, é claro. — Olhei para sua taça. — Escute, você bebeu bastante, por que não dorme aqui? O quarto de hóspedes está à sua disposição.

— Posso ficar? Estou meio tonta mesmo para dirigir. Se bem que eu poderia pegar um táxi.

— Tonta você já é por natureza — brinquei, me levantando. — Você sabe como tudo funciona. Tudo que você precisa deve estar no quarto.

— Você é um anjo, Paola! — Virou o último gole.

— Não, o anjo aqui é você, por se dispor a me ajudar. Agora, se me dá licença, vou deitar. Tenho uma sessão pela frente.

— Que sessão? — perguntou curiosa.

— De sexo! Dei o cano no Pedro ontem, estava totalmente sem cabeça. Tenho certeza de que hoje ele não perdoa. Nem sei como ainda não ligou.

— Ele ligou sim, mãe. — Alana vinha do seu quarto, trazendo o prato de sobremesa vazio.

— Alana, você estava ouvindo nossa conversa?

— Vocês ficam falando alto e eu que fico ouvindo a conversa? — Riu. — Brincadeirinha, só ouvi o que falou agora do Pedro. Ele ligou, mas você não atendeu. Então ligou para mim e eu disse que vocês estavam bebendo e num papo para lá de animado. Ele disse para não te interromper.

— Nossa, nem percebi meu celular tocar. — Peguei-o e vi que tinha uma chamada perdida dele. — Você não comentou nada com ele, não é mesmo, Alana?

— Claro que não, mãe. Eu prometi que não ia falar nada. Ele pediu para você ligar quando terminasse por aqui. Independente da hora. E que era pra deixar você beber.

Olhei para Maitê, que já desviava para o seu quarto.

— Alana, é melhor nos recolhermos e usarmos protetores auriculares. Já faço uma ideia do que vem por aí.

— Maitê!

— Ah, isso é verdade, mãe. Vocês não são muito discretos.

Ela falava sério ou estava curtindo comigo?

— Ah, quer saber vocês duas? Vão dormir. Eu vou sim me deitar e ligar para o meu homem. Boa noite!

Deixei as duas rindo na sala e fui para o quarto. Tomei mais um banho e vesti uma lingerie sexy, antes de ligar para meu namorado. Hoje ele teria direito a fotos.

— Boa noite, minha linda!

— Boa noite, Dr. Lacerda! — sussurrei. — Desculpe, eu não ouvi sua ligação mais cedo.

— Tudo bem, meu amor. Alana me disse que você estava bebendo e papeando com sua amiga. Está melhor hoje?

— Sim, bem melhor. E meio altinha, devido à bebida.

— Já percebi. Mas isso muito me interessa. Já disse como você fica ainda mais ousada quando bebe? E o quanto eu amo esse seu lado depravado?

E ali começava mais um espetáculo estrelado por mim e meu advogado sexy pra cacete. A distância não era problema quando o assunto era darmos prazer um ao outro. A ausência física era sentida ao extremo, mas nosso desejo era tão intenso, nossa fome um pelo outro tão louca, que não era preciso muito tempo para estarmos gozando loucamente.

Devido à bebida da noite anterior, dormimos as três, inclua-se Alana aí, até tarde. Não que ela tenha bebido. Depois de um farto café da manhã, Maitê foi embora, cuidar da sua vida, como ela mesma dizia. Já eu e minha filha iríamos aproveitar o resto da manhã dando uma volta no parque.

Almoçamos fora e deixei-a em casa antes de ir até a casa de Edu. Eu já tinha ligado e confirmado se ele poderia me receber. Claro que estranhou eu me convidar e ficou apreensivo quando disse que não poderia esperar até segunda-feira, que o assunto era melhor ser tratado fora do ambiente profissional. Não sei o que ele estava pensando, mas com certeza não fazia ideia do que se tratava.

Cheguei ao seu apartamento no meio da tarde. Fazia tempo que eu não o via vestido informalmente, com uma bermuda no estilo cargo e camisa polo. Claro que sempre muito bonito. Lembrei-me da minha conversa com Maitê.

— Entre, Paola — me convidou, dando-me um beijo no rosto. — Fique à vontade, a casa é sua. — Me indicou a sala.

— Obrigada, Edu. Incomoda-se se sentarmos na sacada? — O dia estava lindo e a vista ali era magnífica. Eu adorava o verde que se estendia diante da fachada do seu apartamento.

— Claro que não, vamos para lá. Bebe alguma coisa?

— Uma água apenas — falei, me dirigindo ao espaço aberto.

Ele retornou com minha água e uma cerveja. Sentou-se à minha frente, visivelmente tenso.

— Desculpe, Paola, mas você me pegou de surpresa. Não faço a mínima ideia do assunto dessa conversa, mas com certeza não é coisa boa. — Brincou com a garrafa em mãos, ainda me olhando. — Eu fiquei preocupado. Você está bem? É alguma coisa com a minha princesa?

Sorri, ele nunca deixaria de chamar minha filha de princesa, não importava que idade ela tivesse. Ele se sentia um pouco responsável por ela, sempre a protegendo.

— Alana está bem, Edu. — Tomei um gole da minha água.

Era estranho eu estar contando isso a ele, meu sócio, e esconder do meu namorado. Mas ele era mais que meu sócio, era meu amigo também.

— Mas você não. Eu posso ver, Paola. O que está acontecendo?

— Vou precisar me afastar do escritório por quinze dias. Preciso fazer uma cirurgia na terça-feira.

Vi seu semblante se transformar, uma ruga de preocupação tomar conta da sua testa e seu peito inflar numa inspiração mais profunda.

— Cirurgia?

Contei mais uma vez a descoberta dos nódulos, bem como tudo o que envolvia.

— Você não está falando que possa ser... — Deixou a frase no ar.

Era incrível como todos nós tínhamos medo até de pronunciar a palavra. Como se não dizê-la pudesse nos prevenir de ter que enfrentá-la.

— Existe sim a possibilidade de ser câncer, Edu. — Eu já falava melhor a respeito, talvez por estar lidando com aquilo há um pouco mais de tempo.

A ideia já tinha amadurecido na minha cabeça. Não adiantava me lamentar. Eu teria que enfrentar e seria mais fácil se eu não me entregasse.

— Não pode ser, Paola. — Curvou-se, apoiando os cotovelos nos joelhos, suas mãos indo aos cabelos. Baixou o olhar, como se ao me encarar revelasse seu medo.

— Edu, está tudo bem. — Larguei meu copo, indo até ele. Ajoelhei-me à sua frente, segurando suas mãos. Eu vi seu medo. Meu amigo, meu sócio, estava preocupado comigo. — Eu estou bem, e preparada para essa cirurgia. Tenho fé que não será nada mais grave.

— Por que justo com você? — Agora sim encarou meu olhar. — Não que eu quisesse que fosse com qualquer outra pessoa, mas...

— Porque era para ser. Cada um tem o seu pedaço para passar, Edu. Não fique assim. Já disse, vai dar tudo certo. Vou sair bem dessa, você vai ver.

— É claro que vai dar tudo certo. — Me ergueu do chão, também se levantando, me abraçando apertado. Retribuí seu carinho. Era um abraço de amigo, de conforto. — E você sabe que pode contar comigo para o que precisar. Qualquer coisa, Paola.

— Vou precisar ficar uns dias em casa. Por um período, não poderei movimentar os braços, levantar peso, fazer movimentos bruscos, essas coisas. Nem dirigir. Então temos que ver como vamos resolver as coisas no escritório. Por isso quis falar com você hoje. Sei que amanhã vai ser tumultuado.

— Paola, não se preocupe com o escritório. Claro que você é muito importante lá, mas a gente se vira. Nada que não possamos dar um jeito. Eu falo é de você. Quem vai te acompanhar? Alana pode ficar com você nesses dias? — questionou, se afastando um pouco do abraço.

Contei a ele como ia funcionar. Já estava tudo organizado, minha preocupação no momento era com o trabalho mesmo.

— E Pedro? Como vocês estão? Ele está sabendo?

Relatei os últimos acontecimentos desde a festa, não detalhadamente, é claro, mas alguns fatos que achei que ele precisava saber. Primeiro, por causa da interação profissional que teríamos dali em diante com a Lacerda & Meyer, pelo contrato com a empresa de Augusto. E, depois, para que ele soubesse que eu e Pedro estávamos juntos novamente e que ele só não tinha conhecimento da situação porque eu optei por não falar.

— Não concordo em esconder isso dele, Paola.

— Ah, eu sei, ninguém concorda. Nem Alana, nem Maitê, agora você. Mas eu quero que seja assim, portanto proíbo qualquer um de vocês de ligar para ele e contar. Quando ele retornar, eu já terei passado pela cirurgia. Depois me entendo com ele.

— Como você quiser.

Conversamos mais um pouco. Fiz questão de adiantar alguns assuntos do escritório, principalmente os relativos à viagem que havia feito naquela semana.

Saí de seu apartamento mais tranquila por poder deixar as coisas bem encaminhadas. Edu, ao contrário, não parecia calmo. Assegurei-o de que estava tudo bem, de que daria tudo certo. Era preciso acreditar naquilo e pensar positivo.

A segunda-feira foi um dia infernal. Em todos os sentidos. Além de tudo, eu me questionava se tinha feito a coisa certa ao não contar a Pedro o que estava acontecendo.

Ele percebeu que eu estava distante quando conversamos à noite.

— O que você tem hoje, meu amor? Estou te achando estranha, quieta demais. Está tudo bem?

— Foi um dia estressante. Minha dor de cabeça provavelmente se deve a isso — menti mais uma vez.

— Você tem estado assim ultimamente. Está precisando de férias. Ouvi dizer que um período afastada do trabalho, na companhia do namorado, faz muito bem, sabia?

— Ah, seria ótimo. Com certeza me faria muito bem.

— Então vamos providenciar isso. Nem que seja uma semana apenas, Paola. Vamos viajar só nós dois, relaxar, namorar.

— Você volta amanhã mesmo?

— Amanhã com certeza, minha linda. O horário ainda não sei ao certo, mas eu te aviso, fique tranquila. A primeira coisa que quero fazer ao chegar é ver você, meu amor.

Àquela altura, eu queria que ele só chegasse à noite, pois assim eu já estaria em casa.

— Também estou morrendo de saudade. Avise-me sua hora de chegada, está bem?

— Já está me dispensando? — Pareceu ofendido.

— Ah, meu amor, eu realmente preciso descansar. Não esqueça que você namora uma coroa. Não tenho mais a disposição de uma menina.

— Tem sim. Você só não está bem hoje. E tenho minhas dúvidas de que seja apenas por causa de um dia estressante. — Suspirou. — Não vou insistir, Paola, mas você sabe que eu estou aqui para o que você precisar, não é?

— Eu sei, Pedro! E eu amo você ainda mais por isso.

— Também te amo muito, minha loba. Agora descanse. Durma bem!

— Até amanhã!

Como não me sentir culpada depois daquela conversa? Mas já estava feito.

Eu precisava estar no hospital às seis horas para a preparação para a cirurgia. Devo dizer que aquela noite praticamente não dormi.

Alana ficou na casa do Guilherme. Maitê tinha dormido na minha casa, já que iria me acompanhar desde cedo.

Assim que eu estava pronta, vieram me buscar. Não sei por que insistiam em levar uma pessoa que ainda estava bem deitada numa maca. Aquilo era tão fúnebre, como se você já estivesse condenada. Mas era o procedimento.

— Vai lá, amiga. Fique tranquila, tudo vai correr bem — Maitê me confortou, antes de me levarem. — Estarei aqui te esperando. Temos muitos livros para comentar e, se você me permite, vou chamar as meninas do grupo para um bate-papo online mais tarde. Estão todas com saudade de você.

— Vamos sim. Daqui a pouco estou de volta. Firme e forte. Obrigada, Maitê, por estar aqui comigo.

— Sei que você faria o mesmo por mim.

Para me deixar só um pouco mais nervosa, meu celular tocou. Tive a certeza de que era ele. Olhei para minha amiga, que pegou o aparelho para me entregar.

— Só um minutinho — pedi para a enfermeira, enquanto atendia. — Pedro?

— Bom dia, minha linda! Não te acordei, não é?

Eu não tinha tempo de falar com ele e explicar o que estava para acontecer.

— Bom dia. Não, já estou acordada há algum tempo. — Inspirei profundamente, fechando os olhos. E, sinceramente, naquele momento, eu não gostaria que ele estivesse a caminho.

— Dormiu bem? Está melhor? — Eu precisava dispensá-lo.

— Pedro, não posso falar agora. Vou passar o telefone para a Maitê, ela te explica melhor. — Olhei para ela, parada à minha frente, olhos arregalados, boca aberta e gesticulando.

— Como assim não pode falar agora? O que está acontecendo, Paola? O que Maitê tem para me explicar?

— Eu preciso ir... Amo você! Muito!

— Paola! Aonde você precisa ir?

Estendi o aparelho para minha amiga, que visivelmente queria me esganar.

— Sério que você jogou a bomba para mim? Ele vai me enforcar pelo telefone, Paola!

— Desculpe, Maitê. Eu não tenho tempo de explicar nada agora. Por favor!

No trajeto do quarto até o centro cirúrgico, tentei imaginar coisas boas, pedir a Deus que me acompanhasse e que desse serenidade à minha amiga para expor os últimos acontecimentos, bem como ao meu namorado para entender tudo aquilo.

Meus últimos pensamentos antes de apagar com a anestesia foram sobre ele. Todo o amor que eu sentia por aquele homem!

Capítulo 10 – Medo

Pedro

Falei para Paola que ainda não sabia a que horas seria meu voo. Mas, na verdade, a passagem já estava comprada, apenas eu queria fazer-lhe uma surpresa chegando muito cedo, talvez até tendo a sorte de pegá-la em casa antes de sair para trabalhar. Quem sabe até poderíamos ter tempo para matar a saudade. Eu só precisava confirmar se ela estaria lá ou talvez tivesse ido à academia.

Liguei assim que desci do avião, certo de que a surpreenderia. Mas sua voz não denotava exatamente isso. Pelo contrário, senti que estava apreensiva e nervosa. Por que ela não podia falar? O que Maitê fazia com ela tão cedo?

Suas palavras ao se despedir soaram como uma despedida incomum. Um arrepio percorreu minha espinha, maus pressentimentos tomando meus pensamentos.

Parei no meio do saguão do aeroporto, atônito com o que eu não sabia que estava acontecendo. Até que Maitê começou a me explicar.

Paola estava entrando em cirurgia naquele momento. O chão pareceu ir sumindo sob os meus pés à medida que ela me relatava rapidamente o motivo de tudo aquilo. Minha amada descobriu o problema enquanto estávamos afastados. E, mesmo nestes últimos dias, já reconciliados, não me falou nada.

Por isso ela tinha ficado tão magoada quando a deixei na sexta-feira pela manhã? Quando saí sem me despedir? Merda, lembrando agora de como a tratei naquela noite, eu tinha vontade de morrer. Por mais que ela gostasse de sexo selvagem, por mais que tivesse sido de comum acordo, o fato de ela já estar ciente daquele problema e eu tê-la conduzido daquela forma me deixava péssimo.

Após pegar minha mala, me encaminhei até o estacionamento num estado de completo desespero. Peguei meu carro, deixado ali no dia em que viajei, e dirigi o mais rápido possível para o hospital. Eu precisava saber de mais detalhes e, principalmente, precisava estar lá quando ela acordasse.

Enquanto fazia o trajeto, lembrei-me de ela ter falado a respeito dos exames que tinha para fazer. Seriam feitos naquela sexta-feira, logo que nos

Provocante 113

separamos. Eu estava péssimo naquele dia, pior do que nos outros, e comentei isso na mensagem que enviei à noite. Cheguei a questionar se ela estava bem.

Por que aquilo estava acontecendo? Justo com Paola? Não que fosse justo com qualquer outra mulher, mas minha loba, tão linda, feliz e de bem com a vida. Agora que tínhamos nos encontrado? E por que não me contou? Eu ainda não acreditava que ela tinha me deixado de fora daquela situação.

Cheguei ao hospital, indo direto para a cafeteria, onde Maitê me aguardava.

— Bom dia, Pedro!

— Oi, Maitê.

— Sente-se. Acompanha-me em um café? — Olhei para ela ali sentada, com um livro na mão e uma xícara à sua frente.

— Como você pode ficar assim tão tranquila, Maitê, numa hora dessas?

— Pedro, sente-se. De nada vai adiantar você ficar aí em pé, parado ou andando de um lado para o outro. — Sentei-me à sua frente, meu nervosismo sendo denunciado pelo suor que já marcava meu rosto. — Paola está em boas mãos, fez tudo o que lhe foi orientado. Agora é pedir a Deus que corra tudo bem, o que eu já fiz. E aguardar. Não depende mais de nós.

— Sério, não consigo acreditar, não posso entender por que ela não me contou isso. O que ela estava pensando? Que poderia me deixar de fora da sua vida? Justo em um momento como esse?

— Pedro, ela ia te contar. Eu estou acompanhado tudo de perto, desde que ela descobriu. Ela fez o primeiro exame no sábado, após a festa dos Sartori. Naquele dia mesmo, ela me contou. Conversamos muito e ela estava decidida a expor o problema para você. Ela queria se acertar com você e ia fazer isso na segunda-feira. Mas então surgiu a reunião e a viagem. O resultado só saiu na sexta, assim que ela chegou de São Paulo. No mesmo dia, ela conversou com o Dr. Paulo e ele já marcou a cirurgia.

— É possível isso mesmo, Maitê? Que seja um tumor maligno? — Só de pensar naquela hipótese, um arrepio de medo percorria meu corpo. Não, aquilo não podia acontecer com ela.

— Pode, tanto é que o médico indicou a cirurgia, Pedro. Não foi possível ter certeza de nada somente na biópsia. Por garantia, independente do que seja, ele vai fazer a retirada total dos nódulos. É o protocolo.

— Mas ela tinha algum sintoma? Alguma queixa? Ela não fazia um controle anual?

— Paola nunca descuidou disso. Não tinha queixa alguma, nem mesmo sentia os nódulos no autoexame. Justamente por isso a desconfiança. Eles surgiram nesse intervalo de um ano, entre um exame e outro, e já estavam de um tamanho preocupante.

— Eu não me conformo de ela querer passar sozinha por isso. E Alana? Ela está sabendo?

— Sim, Paola não escondeu nada dela. Até porque ela vai precisar ficar afastada das atividades por quinze dias, não poderá movimentar os braços por uns dias, enfim, cuidados pós- operatórios. Então, dentro do possível, estarei com ela. Alana está em época de prova, o que vai dificultar um pouco os horários.

— Não se preocupe com isso. Vou cuidar dela. — Em hipótese alguma eu a deixaria desamparada nesse momento. Falaria com Rodrigo e tiraria uma licença do escritório.

— Pedro, estou falando de cuidados pós-operatórios. Nos primeiros dias, ajudá-la com o banho, comida, mudar a roupa.

— Já disse que vou cuidar dela, Maitê! Tudo bem, você e Alana podem estar lá também, mas eu vou me responsabilizar por estar com ela o tempo todo.

— Você acha que ela vai querer que você dê banho nela, nessas condições?

— Ela não tem que querer. Eu vou fazer e pronto. Já a vi em situações bem mais impróprias, digamos assim. Dar banho na mulher que eu amo não tem nada de constrangedor. E, de mais a mais, ela praticamente me deve isso, por não ter me contado.

— Pedro, por favor, não vá cobrar isso dela nesse momento. Ela precisa de apoio, de carinho, não de sermão, ou qualquer coisa parecida.

— Claro que não vou fazer isso. Só quero que ela fique bem. Ela precisa sair dessa. — Eu não queria nem cogitar a hipótese de ser algo mais grave. Eu não podia perder Paola. Ela era minha vida. Meu tudo!

— Ela vai sair. Paola é forte, não é mulher de desistir. Ainda mais agora, apaixonada como está. Vai dar tudo certo. Não a culpe por não te falar. No fundo, ela queria só te proteger porque sabia que você iria surtar ao saber disso estando longe. Eu, Alana e Edu fomos contra ela omitir de você.

— Eduardo está sabendo e eu não? — Até nisso ele levou vantagem? Ele estava ao lado dela nesse momento e eu não?

— Edu é o sócio dela. O que você acha que ela ia falar para ele, tendo que se afastar do escritório por esses dias? Ah, me poupe, Pedro. Ciúmes a essa altura?

Provocante 115

Você não é mais nenhum adolescente inseguro.

— Eu sempre vou ter ciúmes da Paola, independente de idade ou de quem seja. Se é ridículo ou não, não me importo. — Que mania que as pessoas têm de achar que porque você não é mais tão jovem, seus sentimentos tenham que ser diferentes, mais contidos ou menos intensos. — Que horas ela deve vir para o quarto?

— Ela saiu naquela hora que você ligou. A duração da cirurgia era em torno de uma hora e meia. Creio que já esteja terminando. Mas ela deve ficar ainda algum tempo na sala de recuperação. Mas vou confirmar, aguarde aqui.

Maitê se afastou, indo atrás de informações, e imediatamente liguei para meu amigo, explicando o ocorrido.

— Vou precisar ficar fora do escritório por essas duas semanas, Rodrigo. Não posso deixar Paola sozinha nesse momento. Quero cuidar dela.

— Já disse para não se preocupar com isso. Vai dar tudo certo. Agora tente ficar calmo, Paola vai precisar de você, mas você tem que estar bem. Tem que passar tranquilidade para ela e não nervosismo e agitação. — Suspirei, concordando com ele. Eu precisava me acalmar. — Vou tentar passar aí mais tarde. Te aviso.

— Obrigado, Rodrigo.

Levantei e fui atrás de um café. Meu amigo tinha razão, mais do que nunca eu precisava manter a calma, para passar segurança para minha namorada.

Eu não conseguia me manter parado. Fiquei ali, andando de um lado para o outro, remoendo tudo o que havia conversado com Maitê. Paola tinha sorte em ter uma amiga tão fiel e dedicada.

Pensei em Alana, em como ela deveria estar. Amedrontada, com certeza, com o que o futuro reservava para ela e sua mãe. Por que ela não me contou? Provavelmente, Paola a proibiu. E tudo no intuito de me preservar. Passando por tanta preocupação, ela ainda parava para pensar em mim, no que eu poderia sentir. Amor, era tudo o que eu sentia por aquela mulher.

Não sei quanto tempo fiquei ali, perambulando de um lado para o outro, pensando nos últimos acontecimentos, até que Maitê voltou. Eu ansiava por notícias.

— Consegui falar com uma enfermeira. A cirurgia já terminou.

— E foi tudo bem? Ela falou mais alguma coisa a respeito?

— Não, disse que não pode informar mais nada. Ela está na sala de recuperação e o Dr. Paulo deve passar mais tarde no quarto. Ele já entrou em outra cirurgia, portanto, vamos ter que aguardar.

Aquela espera só me deixava ainda mais agoniado, sem saber ao certo como tudo tinha transcorrido.

Decidimos esperar sua volta no quarto. Caminhamos pelos corredores frios, observando algumas pessoas que por ali transitavam, de cabeça baixa, olhar perdido, parecendo tão ansiosas por notícias quanto eu.

Esperar por si só já não é nada agradável em qualquer situação. Naquela então, menos ainda. Eu olhava para o relógio e era como se ele estivesse travado, os ponteiros sempre no mesmo lugar, como que me desafiando a movê-los.

Até que a porta se abriu, e me vi estático ao lado da cama, meu coração palpitando na garganta. Sentia as veias do meu pescoço pulsando como se fossem saltar, minhas pernas não se moviam, como se eu tivesse medo do que meus olhos veriam.

Duas enfermeiras traziam a maca para dentro do quarto, soros pendurados se conectavam à mão de Paola através de cateter. Cobertores escondiam seu corpo até o pescoço, permitindo-me ver apenas o rosto pálido. Seus lábios sempre tão rubros estavam sem cor. Uma dor ainda mais forte do que antes assaltou meu peito ao ver minha amada naquele estado.

Esperei até que as enfermeiras a acomodassem na cama, mexendo com seu corpo inerte, como se fosse uma boneca de pano. Ela ainda estava apagada. Então me aproximei, procurando sua mão livre. Estava gelada, sem cor. Segurei-a entre as minhas e com cuidado depositei meus lábios ali.

— Ah, meu amor, vai ficar tudo bem.

Puxei uma cadeira, me deixando cair sobre ela, enquanto apoiava a cabeça sobre a cama, ao seu lado. Deixei que todo o nervosismo, a dor e a saudade transbordassem de mim através das lágrimas. Eu não me importava se Maitê estava assistindo minha fraqueza. Nada mais importava além de Paola e sua recuperação. Ela precisava ficar bem. Tínhamos tanto ainda para viver. Eu queria lhe mostrar tanta coisa, tantos lugares. Queria tanto lhe fazer feliz!

— Bom dia. — Levantei minha cabeça ao ouvir a voz de outra enfermeira, que trazia uma bandeja com alguns instrumentos. Era uma jovem senhora, com semblante simpático e sorridente. — Ah, meu rapaz, não fique assim. Ela vai ficar bem.

Nesse momento, Paola se mexeu, tentando abrir os olhos.

— Olá, querida! Vamos ver como está essa pressão? — A enfermeira

Provocante   117

conversava com ela como se nada tivesse acontecido. Claro que para aqueles profissionais aquilo era rotina, estavam acostumados, mas para nós era praticamente o fim do mundo.

— Pedro...

— Estou aqui, meu amor. — Levantei-me, acariciando seus cabelos. Ela falava baixo, os olhos ainda fechados na maioria do tempo, como se estivesse sonhando.

— Ah, então você é o Pedro? — perguntou-me a enfermeira, enquanto ajeitava cuidadosamente o aparelho no braço de Paola.

— Sim, sou eu. Por quê?

— Foi só o que ela falou enquanto estava na sala de recuperação. Te chamou o tempo todo.

— Olha a responsabilidade, Pedro — me alertou Maitê, observando aos pés da cama.

— Estou aqui, minha linda, e não vou te deixar nem um minuto. — Continuei acariciando seus cabelos, sem saber se ela estava me ouvindo realmente. Dei um beijo em sua testa, agradecendo por ela estar bem e comigo novamente.

— Pedro! — Agora sim abriu os olhos, parecendo despertar realmente.

— Oi, amor!

E talvez entendendo que eu estivesse ali, vi que as lágrimas rapidamente a inundaram, escorrendo pelas laterais do rosto. Seu olhar estava assustado e ela começou a ficar agitada.

— Pedro, você está aqui! — Sua voz era baixa e rouca, devido ao tempo inconsciente.

— Estou, linda. Fique tranquila, vou ficar aqui com você.

— Desculpe, eu não falei. — Sua voz foi sumindo e as lágrimas vieram com mais força.

— Ai, ai, essa pressão não está boa. Vamos tratar de nos acalmar? — A enfermeira iniciou novamente o processo.

— Eu queria te contar pessoalmente. — Ela estava ficando cada vez mais agitada, preocupada com a minha reação por ter omitido de mim o que estava acontecendo.

— Calma, Paola. Está tudo bem, amor. — Mas ela só ficava mais inquieta.

— Desculpe, mas vou ter que pedir para se retirar um momento. A pressão dela está alta e desconfio que o motivo seja o senhor.

— Não vou deixá-la. — Era só o que faltava eu ter que abandoná-la naquele momento.

— Ah, o senhor vai fazer o que estou pedindo. Para o bem dela. Ou posso pedir que um segurança venha lhe tirar daqui.

— Pedro...

— Tudo bem, eu já volto, meu amor. Procure se acalmar. — A dor estava estampada em seus olhos. Não dor física, mas emocional.

— É só por um instante, querida. Vamos, precisamos normalizar essa pressão e com esse homem lindo aqui do lado eu sei que fica difícil, não posso culpá-la — falou como se o motivo fosse a minha presença. Sim, era provável que fosse mesmo. Paola deveria estar nervosa com a minha reação. Mais do que nunca eu precisava deixá-la saber que estávamos bem.

Saí relutante do quarto, deixando-a com a enfermeira e Maitê. Encostei-me na parede fria do corredor, avaliando o quanto ela estava abatida e frágil, e eu só queria amparála. Mas não podia prejudicar sua recuperação, deixando-a ainda mais nervosa. Só por esse motivo concordei em me retirar. Mas seria por um curto espaço de tempo.

Paola

Pedro! Eu chamava por ele, mas não conseguia vê-lo. Ouvia vozes e sentia meu corpo sendo movimentado para algum lugar. E frio, eu sentia muito frio. Mas então minha mão foi envolvida por um toque quente e muito suave, ao mesmo tempo em que uma voz grave, sussurrada e carinhosa chegava aos meus ouvidos. Pedro! Era ele? Mais uma voz, agora feminina. Ela falava comigo, dizendo que precisava verificar alguma coisa. Fiz um esforço para abrir os olhos e ele estava ali. Não foi um sonho.

Falou comigo, enquanto segurava minha mão e afagava meu cabelo. Era difícil manter os olhos abertos, eles pareciam pesar uma tonelada. Mas eu precisava vê-lo, falar com ele, explicar meus motivos para ter escondido a cirurgia. Ele disse que não ia me deixar, eu ouvi. Então me beijou na testa. E o calor dos seus lábios era tão reconfortante!

Mas será que ele estava bravo? Triste, magoado comigo? Meu peito doía. Eu não conseguia respirar direito.

— Desculpe, eu não falei. — A emoção não me permitia expressar tudo que

Provocante 119

estava me afligindo, as lágrimas travavam minha garganta.

A enfermeira conversava comigo, mas eu só via Pedro na minha frente. Eu tinha tanta coisa para lhe falar. Minha mente estava confusa, algumas coisas pareciam desconexas, difícil de avaliar o que era real e o que era sonho.

— Ei, amiga, calma, vai ficar tudo bem. — Maitê também estava ali, só agora eu percebi.

— Pedro! O que aconteceu? — Minha ansiedade não me deixava pensar direito.

— Se você prometer se acalmar, eu te conto tudo e o Pedro pode voltar para ficar ao seu lado. Do contrário, ele terá que ficar lá fora. É isso que você quer?

— Não! Eu o quero aqui comigo! — Minha boca estava seca e minha voz ainda saía fraca.

— Então, querida, vamos respirar, normalizar essa pressão e então eu vou pensar se o deixo voltar aqui. — A enfermeira ainda mantinha o aparelho no meu braço. Pela sua feição, era possível ver que ela manteria sua palavra.

Fechei os olhos e tentei fazer o que me pediam. Me acalmar, respirando profundamente. Voltei a abri-los e me virei para Maitê, que me analisava.

— Tudo bem. Pode me contar agora o que aconteceu? Prometo que vou me controlar.

— Depois da bomba que você jogou na minha mão — ela fez uma careta, como se estivesse muito brava comigo, mas em seguida sorriu carinhosa —, expliquei rapidamente o que estava acontecendo. Ele estava no aeroporto, tinha acabado de chegar. Veio direto para cá e então pude entrar em detalhes sobre a situação.

— Ele está muito bravo por que escondi tudo dele?

— Bem, feliz ele não ficou, mas acho que entendeu seus motivos. E depois, não é hora de pensar nisso. O que importa é que você está aqui e o pior já passou. Agora é tratar de se recuperar bem, fazendo tudo o que foi recomendado.

— Ah, e isso inclui não se estressar, querida. Não é nada saudável para uma pessoa recém-operada ficar nesse estado. — A enfermeira, Nice estava escrito em seu crachá, agora recolhia seus pertences. — A pressão normalizou, sendo assim, vou liberar a entrada daquele lindo homem. Mas você contenha-se se não quiser que eu o ponha para fora novamente.

— Vou me controlar. — Sorri para ela. Eu precisava fazer aquilo para que ele pudesse estar ao meu lado.

— Mulher de sorte você, hein? — Piscou para mim, sorridente.

— Ele é lindo, não é? — perguntei, orgulhosa do meu amor.

— Lindo? Ah, precisamos achar outra palavra no dicionário para descrevê-lo. E totalmente apaixonado. Tem coisa mais comovente do que ver um homem chorando por amor?

— Ele estava chorando? — Era difícil imaginar um homem tão seguro e confiante como Pedro se entregando às lágrimas.

— Estava amiga, como um bebê. — Maitê se aproximou mais do meu lado. — E vou te dizer uma coisa. Se você por um acaso arrumar mais algum motivo para brigar com esse homem, ficar em dúvida quanto ao seu amor ou qualquer coisa parecida, vou te dar na cara. Puta que pariu, ele é tudo o que uma mulher sonha na vida.

— O que ele fez para você brigar com ele? — Nice me questionou, indignada. — Não está satisfeita, libera ele que deve ter uma fila enorme esperando. E eu entro nela também, apesar de ser bem mais velha.

— Ei, vocês não disseram para eu me acalmar? — falei ainda fraca. — Desse jeito, minha pressão vai lá em cima novamente, com vocês me julgando dessa forma.

— Ah, meu Deus, é verdade. — Nice era divertida. Talvez fizesse parte do seu papel, para descontrair os pacientes. — E eu aqui, me metendo onde não sou chamada. Você está bem? Posso mandá-lo entrar?

— Deve! Por favor.

— Muito bem. Volto daqui a pouco para ver como você está. Se precisar de alguma coisa, é só apertar a campainha. — Virou-se, indo até a porta.

Pedro entrou assim que ela lhe falou alguma coisa. Eu não podia dizer que meu coração não acelerou quando o vi novamente. Mas não era efeito da cirurgia ou anestesia. Ele sempre causava isso em mim.

Sua aparência também era de cansaço, provavelmente por conta da viagem e agora da preocupação comigo. Estava sem o paletó, apenas a gravata pendia solta no pescoço, o botão do colarinho aberto. Aproximou-se da cama, sério, o semblante inquieto.

— Olá, meu amor, mais tranquila agora?

— Vou deixar vocês a sós um momento, mas, por favor, contenham-se. Não queremos manchete nos jornais de homem que ataca mulher semiconsciente

Provocante   121

em hospital. Ou vice-versa. — Maitê piscou, sorrindo, e se retirou.

— Senta aqui do meu lado — falei, observando seus lindos olhos verdes. Ele trouxe a cadeira até ali, mas, antes de se acomodar, deixou seus lábios muito próximos dos meus.

— Acho que estou te devendo um beijo. — Me olhou intensamente e, por mais que eu quisesse, me vi forçada a recusar. Meu hálito àquela altura não deveria ser dos melhores.

— Está, mas antes eu preciso escovar meus dentes.

— Nem pense em me afastar. Não vou mais permitir que você imponha condições para eu fazer o que tenho vontade com você. — E, sem me dar tempo, colou sua boca na minha, forçando meus lábios a se abrirem para receber sua língua num beijo suave. Eu não tinha como não retribuir.

— Prometo te cobrir de beijos apaixonados assim que você estiver mais disposta. — Sorriu agora um pouco mais tranquilo, sentando-se finalmente.

— Desculpe por não te falar, mas foi por puro desencontro. Eu não tinha intenção de esconder isso de você. Quer dizer, no início até pensei, mas, depois daquela festa, eu...

— Paola, não vamos falar disso agora. Não quero ter que sair do seu lado porque sua pressão se alterou. Mais tarde, em outro momento, nós conversaremos a respeito. Por ora, deixe-me apenas ficar aqui com você. — Ele era perfeito. Quis erguer a mão para tocar seu rosto, mas ele me impediu. — Não, nada de erguer os braços. Você sabe que não pode.

— Eu esqueci.

— Pois eu estou aqui para te lembrar. E se insistir darei um jeito de prendê-los.

— Mesmo? — Olhei para ele com um sorriso insinuante.

— Pelo jeito, está bem recuperada da anestesia, não é? — Sorriu, agora de forma mais sedutora. — Sei de várias maneiras que posso contê-la, mas por enquanto nenhuma que eu possa usar.

— Ah, essas promessas. Você sabe o que desperta em mim quando fala essas coisas.

— Vejo que minha loba já está de volta. — Acariciou meu rosto, seus dedos deslizando pelos meus lábios.

— Ela nunca foi embora. Só tirou uma folga. — Admirei seu lindo rosto, seus traços angulosos, algumas rugas em volta dos olhos. Elas não estavam ali há alguns dias. — Senti tanto a sua falta!

— Eu também, meu amor. Estava morrendo de saudade. Mas teremos quinze dias para recuperar o tempo perdido. Talvez não da forma como gostaríamos, mas...

— Como assim teremos quinze dias? Você vai viajar novamente? — Não era possível que mais uma vez íamos ter que ficar longe.

— Não vou a lugar algum. Ficarei com você durante sua recuperação.

— Como é que é? — Afastei o rosto para olhar melhor para ele. — Você não pode largar suas coisas, seu trabalho, para ficar comigo em tempo integral, Pedro.

— Não só posso como vou. Já conversei com Rodrigo e vou tirar essas duas semanas de licença do escritório. É preciso alguém para cuidar de você e esse alguém serei eu. Também já falei com Maitê.

— Ah, e vocês decidiram tudo assim, sem me consultar?

— Paola, não comece, por favor. Você não está em condições de discutir o que quer que seja. Está decidido e não se fala mais nisso.

Nesse momento, minha amiga entrou, junto com a enfermeira Nice. Acho que não era um bom momento para ela verificar minha pressão novamente.

— Tudo bem por aqui? — Veio outra vez com o aparelho. — Vamos dar uma conferida?

Pedro se afastou, visivelmente irritado, e eu tentei respirar com calma. Ainda conversaríamos a respeito.

— Menina, me conta qual é o segredo, porque vou te falar, que paciente para ter visita de homem bonito. — Olhei para ela sem entender a que se referia. — Será que terei que me submeter a uma cirurgia igual à sua?

— Eduardo e Rodrigo estão aí fora — Maitê avisou e imediatamente olhei para Pedro. Se antes ele estava irritado, agora estava furioso. — Posso mandá-los entrar?

— Acho muito homem bonito para uma mulher só. Sua pressão vai subir novamente, então acho melhor eu ficar por aqui, para uma emergência. — Eu e Maitê tivemos que rir pelo seu modo de falar e até Pedro teve que se render ao bom humor da mulher.

— Eu não vou sair daqui. — Parou ao pé da cama, os braços cruzados numa pose ameaçadora. Era um aviso e eu sabia que se devia ao fato de Edu estar ali.

Provocante 123

— Que tal um de cada vez? — Maitê tentou contornar. Olhei para Nice, que tinha um sorriso nos lábios, obviamente percebendo o ciúme do meu namorado.

— Talvez seja melhor mesmo. Quer minha presença aqui, só para assegurar que tudo fique bem? — perguntou, arqueando a sobrancelha, enquanto recolhia seus apetrechos.

— Não tem necessidade. Estou bem, obrigada — respondi e olhei novamente para Pedro, que se mantinha na mesma posição. Tão protetor, viril, me encarando o tempo todo. Ah, como eu gostaria de agarrá-lo.

Nice saiu e Maitê a acompanhou, permitindo que Edu entrasse. De repente, o ambiente ficou carregado, inundado de testosterona.

— Bom dia, Pedro. — Edu cumprimentou-o de longe. Será que um dia eles se dariam bem? Pelo menos poderiam conviver civilizadamente?

— Como vai, Eduardo? — Acenou, descruzando os braços e vindo até o lado da cama, as mãos nos bolsos da calça, de forma a demonstrar sua propriedade sobre mim.

— Então, como está minha sócia corajosa? — Edu se aproximou, tocando minha mão carinhosamente. Ele não era homem de se deixar intimidar. E de mais a mais, estava apenas sendo gentil.

— Oi, Edu. Estou bem, obrigada. Não tinha necessidade de deixar o escritório para vir até aqui — falei, apesar de saber que ele não me deixaria naquele momento.

— E ficar sem notícias suas? Em hipótese alguma. Fique tranquila que está tudo sob controle. O que importa agora é você. Está com dor, alguma coisa que precise, que eu possa fazer por você? — Ele estava ignorando Pedro completamente e eu tinha a sensação de que o clima ia esquentar naquele quarto.

— Paola não precisa de nada que eu não possa dar a ela, Eduardo. Pode ficar tranquilo que ela será bem cuidada — meu namorado se manifestou antes mesmo que eu pudesse abrir a boca.

— Bom saber disso, Pedro. E quem vai cuidar dela nessas duas semanas? Você?

— Pode ter certeza que serei eu. Vinte e quatro horas por dia.

Eu olhava para os dois homens disputando território e tinha a impressão de que a qualquer momento eles iriam se atracar.

— Ótimo. Ela vai precisar de muito cuidado. De qualquer forma, estou à disposição para o que for necessário.

— Fique tranquilo, Eduardo. Eu dou conta do recado.

Meu Deus, a cena era hilária, se não fosse constrangedora. Eu nem sabia o que falar diante daquela conversa, se é que poderia chamar aquilo de conversa. Para minha sorte, a porta se abriu, revelando Alana. Ela, a princípio, não reparou nos dois homens presentes, vindo diretamente até mim com lágrimas inundando seus olhos.

— Mãe! Oh, mãezinha, como você está? — Se debruçou sobre mim. Eu queria tanto poder abraçá-la, confortar seu coração que eu sabia que estava aflito.

— Alana, cuidado, querida, não me aperte — alertei-a. — Estou bem, meu amor, está tudo bem.

— Ah, desculpe. — Se afastou, só então se dando conta de como eu me encontrava e de quem mais estava no quarto. — Edu! — Foi até ele, abraçando-o.

— Oi, minha princesa. Tudo bem? Como você veio? Devia ter me ligado, eu te pegava no colégio e viríamos juntos. — Eduardo a abraçou também, dando um beijo em sua testa.

— Eu peguei um táxi. Não sabia que horas iria terminar as provas. — Então, se virou para o outro homem, que eu observava estar incomodado com toda a intimidade entre minha filha e meu sócio. — Pedro, não sabia que você estava aqui. Quando chegou de viagem? — Foi até ele, também o abraçando.

— Oi, gatinha! Cheguei bem cedo. Desci do avião no exato momento em que sua mãe estava indo para o centro cirúrgico. — Ele retribuiu o abraço, beijando-a também. Aquilo parecia uma competição. Primeiro, pela mãe e, depois, pela filha. Cômico!

— Ai, que merda! E você não estava sabendo de nada.

— Alana! — repreendi-a. Ela definitivamente não tinha papas na língua.

— Pois é — Pedro falou sucintamente e olhou para mim, como se quisesse me enforcar.

Eduardo, talvez percebendo o clima tenso e eu já estava ficando incomodada, se despediu.

— Eu te acompanho até lá fora, Edu. — Alana segurou em seu braço.

Assim que a porta se fechou, Pedro virou-se para mim, me deixando ver o fogo que ardia em seus olhos.

— Eu vou fazer um esforço para me controlar, Paola, mas me diga que não terei que aturá-lo fazendo visitas a você!

Provocante 125

— Pelo amor de Deus, Pedro. Edu é meu sócio e meu amigo. É natural que ele se preocupe comigo.

— É seu ex-namorado também. E tem que ser tão íntimo da Alana? Precisa chamá-la de minha princesa o tempo todo?

Eu ri descontraída, por um momento, esquecendo da minha situação.

— Está rindo do quê? — Ele ficou mais puto ainda.

— Do seu ciúme. Primeiro comigo e depois com a Alana.

— Ah, meu ciúme agora é motivo de piada, é isso?

Eu via que ele travava uma batalha interna entre seu ciúme sem fundamento e a admissão de que aquele afeto saudável entre eles sempre existiria.

Alana retornou, querendo saber mais detalhes, e aos poucos percebi que Pedro relaxava. Em seguida, Maitê e Rodrigo também entraram e logo estávamos os cinco conversando amenidades.

Meu almoço chegou e foi a deixa para Rodrigo ir embora. Aproveitei para sugerir que minha amiga e minha filha também fossem almoçar. Claro que não adiantava eu falar para Pedro também ir. Ele já tinha deixado claro que não sairia do meu lado.

Elas saíram e ele ajeitou tudo para me ajudar a comer. Ergueu a cama até que eu ficasse levemente sentada, trazendo o carrinho para perto. Mais uma discussão se iniciou.

— Pedro, eu posso comer sozinha.

— Claro que não! Esqueceu que não pode mexer os braços? — falava enquanto mexia na comida.

— Só arrume o prato aqui para mim. Esse movimento de levar o garfo até a boca eu posso fazer.

— Não teime, Paola, eu vou te dar na boca, sim, senhora. — Claro que eu não podia perder a deixa.

— Hummm... Vai me dar na boca? Vou adorar, afinal, estou com saudades. — Arqueei a sobrancelha, insinuante.

— Não adianta tentar me distrair. Eu vou te dar de comer. Agora, seja uma mulher bem-comportada.

— Mas você prefere que eu seja mal comportada.

— Se você continuar com isso, vou mostrar que eu posso ser mal comportado também e não do jeito que você gosta. — Parou com o garfo no meio do caminho, me olhando sério.

— Aí é que você se engana, meu amor. Eu gosto de você de qualquer jeito. — Para acabar com a discussão, que poderia se estender pela tarde toda, abri a boca para que ele me alimentasse. E adorei ver seu sorriso de satisfação. Fiquei pensando em como era simples ser feliz e fazer outra pessoa feliz. Por que precisávamos complicar tanto as coisas?

A bandeja ainda não tinha sido retirada do quarto quando o Dr. Paulo entrou, junto com Nice, a enfermeira que estava me acompanhando.

— Olá, Paola. Como você está? Conseguiu comer alguma coisa? — Veio até mim, segurando em meu braço, pegando minha pulsação.

— Estou bem, doutor. Comi um pouco, apesar de não estar com fome.

— Que bom. — Virou-se para o homem ao meu lado. — Desculpe, acho que não o conheço. — Estendeu a mão para cumprimentá-lo.

— Pedro, namorado da Paola. Muito prazer.

— Igualmente. — Aguardou até que Nice aferisse a pressão novamente. — Bem, Paola, podemos conversar um momento?

— Claro, doutor — afirmei, já sentindo meu estômago revirar. Ele ia falar sobre a cirurgia, é claro.

— Desculpe, mas preciso perguntar. Quer que seu namorado fique? — Olhou de mim para Pedro e meu coração acelerou. Eu o sentia bater como se fosse saltar do peito. Ah, meu Deus! Seria uma notícia ruim? Busquei o olhar do meu namorado, que estava parado ao meu lado e segurou minha mão, apertando-a firme entre as suas.

— Vou ficar — afirmou categórico. Sim, eu queria, precisava que ele ficasse.

— Sim, doutor. Pedro fica. Pode falar.

Capítulo 11 – Cuidados especiais

Paola

Mesmo angustiada pelo resultado, fiquei quieta aguardando o médico falar.

— Muito bem, devo dizer que fizemos a cirurgia na hora certa. Os nódulos estavam maiores do que mostravam os exames. — Minha apreensão aumentava conforme ele ia falando. Pedro também parecia estar mais nervoso, apertando cada vez mais minha mão. — Mas consegui retirar totalmente, inclusive parte do tecido ao redor, por garantia.

— Por garantia? Isso quer dizer que... — Minha voz sumiu, eu tinha medo de terminar minha pergunta.

— Correu tudo bem, Paola. Quero que fique ciente de que só teremos certeza com o resultado da biópsia, mas posso te dizer que eram benignos. — Senti meus ombros relaxarem, como se uma tonelada tivesse sido retirada de cima de mim. Impossível não me deixar ser invadida pelas lágrimas.

— Ei, amor, não chore. Você ouviu, não é nada grave. — Pedro me abraçou cuidadosamente. Seu corpo também tremia, eu podia sentir.

— Como eu disse, Paola, precisamos esperar o resultado do exame. Mas foi bom termos feito a cirurgia. Eram fibroadenomas, de um tipo de crescimento rápido. Era bem possível que, se esperássemos mais tempo, eles poderiam aumentar consideravelmente, dificultando a retirada sem danificar a mama.

— Que boa notícia, doutor. — Pedro prestava atenção enquanto eu agradecia mentalmente.

— Agora precisamos pensar no pós-operatório. Já expliquei os cuidados que você deve tomar. Faremos um acompanhamento semestral, a princípio, para averiguarmos possíveis surgimentos semelhantes.

— Desculpe a minha ignorância, mas há alguma coisa que possa ser feita para evitar isso? — Eu ainda estava muda, enquanto Pedro interrogava o médico.

— Não muita, Pedro. Já conversamos a respeito disso. Hoje é muito comum mulheres terem esse tipo de problema. Muito stress, vida agitada, alimentação irregular, sedentarismo, tabagismo, álcool, tudo isso contribui. E não podemos

Provocante 129

descartar o fator genético também.

Eu já tinha ouvido tudo aquilo anteriormente, no consultório.

— Sei que Paola procura levar uma vida mais regrada no sentido de alimentação e atividade física. Não fuma, bebe socialmente. — Pedro me olhou de canto de olho. Ultimamente, eu bebia bem mais do que socialmente. — Já o stress, sei como é difícil controlar. Outro detalhe, Paola: você está entrando numa fase de desequilíbrio hormonal. Isso também conta. Inclusive, seria interessante você rever seu método anticoncepcional. O que você usa hoje?

— Pílula.

— Converse com a sua ginecologista. Se não for possível parar, procure um método que seja menos agressivo, com uma taxa hormonal mais baixa.

— O senhor não pode receitar algum?

— Posso, Pedro, mas já que a Paola faz o acompanhamento há anos com a Dra. Cristina, seria melhor conversar com ela. — Virou-se novamente para mim. — Mais um detalhe importante: você tem uma filha já adolescente e não sei quais os seus planos, mas, apesar da idade hoje não ser mais um problema, no seu caso específico, seria indicado que evitasse uma gravidez.

Não que aquilo fosse um problema, afinal, eu não tinha a mínima intenção de ter outro filho aos quarenta anos. Mas o fato de saber que não podia, ou melhor, não deveria engravidar, me causava uma angústia no peito. Não olhei para Pedro, apenas senti novamente um aperto mais forte em minha mão.

Nunca cheguei a pensar nesse assunto, já que até há pouco tempo eu estava sozinha. Mas e se nós ficássemos juntos? Era o que mais queríamos. E se Pedro quisesse um filho? Eu era mãe, mas poderia privá-lo de ser pai? Agora outra dúvida pairava sobre mim. Como seria nosso futuro? Eu realmente nunca havia parado para pensar a esse respeito. Será que ele já?

— Fique tranquilo, doutor. Paola fará tudo o que for necessário para tentar evitar novos problemas como esse. Cuidarei disso pessoalmente — ele assegurou, sem, no entanto, olhar para mim.

— Muito bem. Quero te ver amanhã à tarde no meu consultório para retirarmos o dreno. Como está a faixa? Muito apertada? — perguntou, afastando o lençol de cima, expondo meu peito firmemente enfaixado.

— Está bem apertada sim. Até meio difícil de respirar.

— Mas tem que ficar assim mesmo. Amanhã trocaremos a faixa, mas você vai permanecer usando-a até o fim de semana. Depois, quero que use um sutiã firme, mas sem aro para não machucar. — Cobriu-me novamente. — Ligue ainda pela manhã e verifique um horário com minha secretária. É coisa rápida. Vou deixar sua alta já liberada para mais tarde. Se estiver tudo bem, você pode ir embora logo. Já passei a receita da sua medicação. Depois a enfermeira vai te instruir. Tudo bem? Mais alguma dúvida?

— Acho que por enquanto não, doutor.

— Pode ficar tranquila agora, Paola. O pior já passou. E o resultado foi melhor do que o esperado para todos nós. Nos vemos amanhã. — Estendeu a mão para Pedro, se despedindo.

Ele saiu, nos deixando sozinhos, e eu não sabia identificar o sentimento que me afligia. Alegria por saber que estava tudo bem, que não era nada mais grave. Ao mesmo tempo, fiquei pensando sobre o que ele falou a respeito de uma possível gravidez.

Pedro sentou ao meu lado na cama, visivelmente emocionado, analisando meu estado de total confusão. Uma mão segurava a minha, enquanto outra alcançou meu rosto, me acariciando. Lágrimas surgiram novamente, e, por mais que eu não quisesse chorar, não conseguia controlar.

— Pronto, passou! Está tudo bem agora, meu amor. — Ele também estava feliz pelo resultado.

Em momento algum demonstrou preocupação ou tristeza a respeito do que o médico havia dito sobre uma possível gravidez. Se havia alguma dúvida, ele disfarçou muito bem. Naquele momento, eu também não estava forte o suficiente para falar sobre o assunto, por isso deixei morrer.

— Obrigada por estar aqui comigo. — As lágrimas que escorriam eram de emoção e alívio.

— Tudo bem, linda, coloque para fora. Pode chorar, estou aqui com você e não vou te deixar. Nem por um minuto. — Abraçou-me com cuidado.

Era tudo o que eu precisava. Ele comigo, me amparando, me dando carinho, amor. Me permiti chorar em seu ombro, extravasando o nervosismo, a ansiedade das últimas semanas. Foi um susto e tanto, mas o pior havia passado. Agora era cuidar da cirurgia e fazer um acompanhamento mais rigoroso. E sim, aproveitar a vida de forma plena, ao lado do meu amor.

Ele se manteve em silêncio, enquanto, aos poucos, eu conseguia me controlar. Afastou-se minimamente, enxugando suavemente meu rosto molhado.

— Melhor agora? Conseguiu aliviar um pouco?

Acenei, concordando, admirando seus lindos olhos verdes, que me analisavam demoradamente. Trouxe os lábios até os meus, suave, delicado, como se tivesse medo de me machucar.

— Pelo menos esse choro serviu para trazer cor aos seus lábios. Rubros e inchados. Lindos, do jeito que eu gosto, do jeito que me deixa louco. — Era incrível como ele conseguia me transformar com suas palavras. Eu me sentia mais viva, esquecendo por um instante toda a pressão, e ele sabia disso. Era com essa intenção que agora ele me olhava com mais paixão. — Me faz lembrar de você gozando.

— Ah, Pedro, não fala assim. Hoje eu não estou em condições — murmurei, mordendo levemente seu lábio, deslizando a língua em seguida.

— Nem hoje nem pelos próximos quinze dias, infelizmente. Mas prometo que depois tiraremos o atraso.

Afastei-me, encarando-o.

— Pelos próximos quinze dias? Eu operei os seios, meu bem, o resto continua intacto, perfeito para ser usado e abusado.

— Não mesmo, meu amor. — Balançou a cabeça. — Vamos cuidar direito desse pós-operatório, para que sua recuperação seja perfeita.

— Você não está falando sério, Pedro! Acha que eu vou ficar quinze dias com você na minha casa e não vamos transar? Pode esquecer! — Voltei a me recostar no travesseiro, indignada. Só podia ser brincadeira dele.

— Paola, deixe de ser infantil. Você acabou de fazer uma cirurgia, precisa se cuidar, não ouviu o que o médico acabou de dizer? Sei que é complicado, mas não vai morrer se ficar duas semanas sem sexo.

Olhei para ele e minha vontade era de enxotá-lo dali. Ainda por cima, dando a entender que eu estava sendo o quê? Imprudente? Irresponsável? Mas era só o que faltava! Ah, mas eu ia infernizar a vida dele.

— Tudo bem. Você tem razão.

Ele me olhou desconfiado, obviamente.

— Não, você não pode ter concordado assim tão facilmente. O que foi, Paola? O que você está tramando?

— Nada, estou dizendo que você está certo. Melhor tomar cuidado mesmo. Afinal, o que são duas semanas sem sexo? Se você consegue, eu também consigo.

Para minha sorte, já que eu não queria estender o assunto, Alana e Maitê voltaram do almoço. Pedro se levantou da cama, ainda me olhando desconfiado, mas sorrindo abertamente para minha filha.

132 *PaolaScott*

— Ei, gatinha, temos ótimas notícias. — Abraçou-a apertado. — O médico acabou de passar aqui e disse que foi tudo bem na cirurgia. Apesar de ainda termos que aguardar o resultado do exame, ele já nos adiantou que são benignos.

— Graças a Deus! Ah, mãezinha, eu sabia que tudo ia dar certo. — Veio até mim, me beijando, sorrindo e chorando ao mesmo tempo.

— Está tudo bem agora, meu amor! Pode ficar tranquila. — Beijei-a também, ainda me emocionando com toda a situação.

— Puxa, que notícia maravilhosa, Paola. — Maitê também veio, segurando minha mão. — Assim que você estiver apta, vamos comemorar.

— A Paola deve evitar bebida alcoólica. O médico acabou de fazer algumas recomendações no intuito de tentar evitar uma nova situação como essa.

— Ah, sim, dentre elas, devo praticar atividade física, ter uma alimentação balanceada, não fumar, não beber, não me estressar. Engraçado, não ouvi ele dizer não transar. Acho que só você ouviu essa parte né, Pedro? Se bem que poderíamos incluir como atividade física, o que você acha?

— Uau! Acho melhor voltarmos para a cafeteria, Alana, porque o clima esquentou aqui nesse quarto. E não no melhor sentido.

— Com certeza você já se recuperou bem da anestesia, não é mesmo, Paola? Ou então o efeito voltou com força total e você não tem noção do que está falando. Esquece que sua filha está presente? — O olhar dele não tinha nada de carinhoso. Pelo contrário, ele estava visivelmente irritado agora.

Achei melhor me calar. Afinal, eu não ia lavar roupa suja na frente dos outros. Mas ele que me aguardasse. Queria ver até onde ele ia resistir.

— O Dr. Paulo ia deixar minha alta assinada. Logo eu devo ser liberada para ir para casa — falei para Maitê e Alana, enquanto ele ainda me estudava.

— Que ótimo! Nada como estar em casa. Você vai levá-la, Pedro? Se não puder, eu vou, já que tirei o dia para ficar com minha amiga.

— Vou sim. Aliás, aproveitando que você está aqui e como Paola já parece estar bem recuperada, vou dar um pulo em casa para pegar algumas roupas — falou enquanto pegava seu paletó, celular e carteira. — É coisa rápida, logo estou de volta, tudo bem?

Foi se afastando em direção à porta, sem nem se despedir de mim. Mas era só o que faltava mesmo. Ignorar-me, como se eu estivesse errada ou fosse culpada de alguma coisa.

— Será que você pode voltar aqui e me dar um beijo? — falei antes que ele abrisse a porta. — Ou vai dizer que não pode para não atrapalhar a minha recuperação?

Ele voltou, faíscas saindo dos seus olhos, e tenho certeza de que só não falou nada porque não estávamos sozinhos. Parou muito próximo, me encarando, então me deu um selinho, em seguida, mordeu meu lábio inferior de forma que eu sentisse sua raiva. Ah, meu amor, eu adorava tirá-lo do sério. Já sentia a umidade no meio das minhas pernas. Então, se afastou, indo embora em silêncio.

— Caraca, o que aconteceu aqui? Pode ter corrido tudo bem na cirurgia, mas tem algo estranho entre vocês dois, bem diferente de quando saímos mais cedo. — Maitê puxou uma cadeira para sentar-se ao meu lado, enquanto Alana se instalava sobre a cama, segurando minha mão, toda carinhosa.

— Verdade, mãe. Achei o Pedro esquisito, meio bravo. O que você fez?

— Querem saber o que aconteceu? Pois bem, ele disse que não vai encostar em mim pelos próximos quinze dias. Duas semanas! Vai ficar desfilando pela minha casa e nada! Por que eu tenho que me cuidar! Ah, vai à merda! Eu falei para ele que operei o seio. O resto está em perfeito estado.

As duas se acabaram de rir, o que acabou me contagiando também.

— Mãe, você falou isso para o Pedro? Coitado, ele todo preocupado e você pressionando ele pra transar?

— E sabe o que ele disse? Que eu não vou morrer se ficar duas semanas sem sexo. Helloo? Estou falando de ficar vinte e quatro horas por dia com um deus grego ao meu lado.

Cada vez mais elas se debulhavam de tanto rir.

— Meu Deus, Paola, Pedro está certo. Você deve estar sob efeito da anestesia para estar falando assim.

— Não, Maitê. Aí que vocês se enganam. Estou em perfeito estado mental. Nós ficamos três semanas afastados, enquanto eu achava que tinha alguma coisa para pensar. Burra, idiota. Ai, que raiva de mim mesma. Aí, vem todo esse problema para piorar. Ele me fez uma surpresa quinta-feira à noite que vocês não têm noção!

— Paola! Sua filha está aqui.

— Não falei nada de mais, Maitê. — Cerrei os olhos. — Porra, estou morrendo de saudade.

— Mãe, ele ainda está preocupado. Quer cuidar de você, só isso. Tente entender. Desculpe, mas concordo com ele.

— Alana, minha filha, nesse assunto você não tem experiência.

— Fico imaginando a cena. Ele te dando banho, te ajudando a mudar a roupa...

— O quê? Até parece que ele vai me dar banho. Alana, por favor, vou precisar da sua ajuda nesses primeiros dias.

— Claro que sim, mãe. Mas e se você precisar de alguma coisa enquanto eu não estiver em casa? Ele estará lá justamente para isso.

— Só em último caso.

Elas com certeza estavam me achando louca. Talvez eu estivesse mesmo. Louca de saudade, amor e tesão por aquele homem!

Quando Pedro retornou, eu já estava sem o soro e havia trocado a camisola do hospital por uma roupa, ajudada por Alana e Maitê. Seu olhar dizia que ele não tinha gostado de não estar junto para ajudar.

Estava com os cabelos levemente molhados e pude sentir seu cheiro de banho recém-tomado. Usava uma calça jeans e uma camiseta preta, justa, marcando seus músculos peitorais. Puta que pariu, gostoso pra cacete. E eu teria que conviver com aquela maravilha da natureza sem poder tocar?

Veio até a cadeira onde eu estava sentada, se debruçando para me dar um beijo.

— Oi, amor! — Ergui meu rosto, oferecendo os lábios, que ele tomou agora delicadamente.

— Oi! Tudo bem você ficar aqui sentada? Não quer voltar para a cama? — Apesar de preocupado, ainda estava seco.

— Não, é bom que eu não fique muito tempo parada. Preciso caminhar, moderadamente por hoje, é claro, para movimentar as pernas, fazer o sangue circular.

— Tudo bem, mas nada de exagerar.

— Claro, amor — falei doce, quase submissa. Meu tom não passou despercebido, pois ele me olhou desconfiado.

Maitê e Alana observavam de longe, obviamente entendendo o que eu estava fazendo.

Nice voltou, trazendo alguns papéis para assinar e a receita do que eu deveria tomar nos próximos dias.

— Prontinho, querida, já pode ir para casa. Só preciso que alguém assine sua alta.

— Eu assino — Pedro se prontificou, lhe dando um sorriso que a fez desmanchar. É, meu lindo advogado causava isso nas mulheres.

— Aqui está a receita. Siga as recomendações do Dr. Paulo e amanhã ligue para verificar o horário para retirar o dreno, diretamente no consultório, certo?

— Pode deixar, Nice, vou cuidar da Paola e ficar atento às recomendações.

— Sério que é você que vai cuidar dela? — perguntou, revirando os olhos. Tive que rir da forma como ela era espontânea. — Mulher de sorte você, hein, querida? Com um enfermeiro particular desses, acho que eu nunca ia querer melhorar.

Todos riram da jovem senhora bem-humorada, alegre e falante. Só seu jeito descontraído de lidar com o paciente já fazia toda a diferença na recuperação.

— Obrigada, Nice, por me atender hoje — falei quando ela veio se despedir. — Você é uma pessoa maravilhosa. Que Deus te conserve assim, sempre com muita saúde.

— Eu amo o que faço, querida. Fico feliz em poder ajudar. E você se cuide e deixe esse homem lindo te mimar. Aproveite, minha filha, não é todo dia que a gente vê um homem tão apaixonado assim.

Sorri enquanto ela se afastava e me virei para Pedro, que me olhava agora mais tranquilo. Sim, eu era uma filha da mãe sortuda por ter um homem daquele ao meu lado, se prontificando a largar seu trabalho para cuidar de mim. E eu lá, fazendo birra porque ele não queria me comer.

Enquanto Alana pegava minhas coisas, Pedro me ajudou a levantar; não que eu precisasse, mas deixei que ele me segurasse. Eu iria aproveitar cada migalha do seu toque. Ah, sim, eu precisaria muito dele me ajudando.

Chegamos em casa e já era praticamente final de tarde. Fui em seu carro, enquanto Alana seguiu com Maitê. Ela fez questão de ir até lá, conferir se estava tudo bem mesmo.

Pedro ainda não estava à vontade comigo. Senti seu afastamento e já me odiava por ter falado aquilo no hospital. Como disse Alana, ele só estava preocupado. Durante o trajeto, quase não falamos nada, apenas uma ou outra amenidade.

Confesso que estava me sentindo um pouco fraca, efeito ainda da anestesia e de ter ficado o dia todo no soro. O pouco que comi no almoço não foi o suficiente para me manter forte.

Logo que entramos, Maitê foi para a cozinha com Alana preparar uma sopa para mim. Elas insistiam que eu deveria comer algo mais leve.

— Direto para a cama? — Pedro me perguntou e tive que segurar minha língua para não responder sua pergunta com duplo sentido.

— Sim, estou me sentindo meio fraca. Acho melhor deitar.

Ele me acompanhou até o quarto, ajeitando tudo para que eu me deitasse.

— Está bem assim, confortável? — Arrumou os travesseiros, ainda desviando do meu olhar, carinhoso, mas sucinto. — Quer mais alguma coisa?

— Um beijo.

Finalmente ele me olhou. E eu me odiei. O que eu queria, afinal de contas? Estragar aquelas duas semanas? Já não bastava tudo que tinha acontecido?

— Paola...

— Desculpe! — sussurrei. — Você tem razão, eu fui insensata. Falei na impulsividade. Por favor, não fique bravo comigo. Não vamos deixar esse clima estranho. Eu só estou com saudades!

— E você acha que por acaso eu não estou? — Me encarou sério. — Eu desci daquele avião na esperança de conseguir te pegar em casa ainda, justamente para matarmos a saudade, Paola. Eu já estava com a passagem comprada ontem quando nos falamos, mas quis te fazer uma surpresa. E, no final das contas, a surpresa foi para mim. Chegar e saber que você estava indo para a sala de cirurgia, que podia ser uma coisa muito grave, esperar seu retorno, sem saber como ia te encontrar, a ansiedade de conversar com o médico e saber se tudo ocorreu bem.

Eu o ouvia e me dava conta de como tinha sido egoísta, pensando somente em mim, no meu desejo, na minha vontade, novamente esquecendo dos sentimentos dele, como já havia feito anteriormente.

— Então ele vem e fala tudo o que você deve pelo menos tentar fazer para evitar isso novamente, os cuidados que requer nesse momento e você resolve dar "piti" porque eu falei que não vamos transar nesses dias? Como você quer que eu fique? Sorrindo, feliz, achando graça?

Meu Deus, eu o feri realmente. Sem me dar conta, eu o magoei. Tive tanta raiva de mim por ser volúvel. Um nó se instalou em minha garganta.

Provocante   137

— Desculpe, por favor, me desculpe — murmurei, com uma vontade enorme de abraçá-lo. — Você está certo. Você está preocupado, nervoso e eu tendo ataque histérico. Perdoe-me, Pedro. Só não vamos ficar assim. Chega de se afastar, vamos conversar e, se tiver alguma coisa para resolver, vamos enfrentar. Não quero mais ficar longe de você. Não posso mais ficar longe de você. Eu te amo tanto!

— Eu também te amo muito, minha linda. — Finalmente ele me beijou.

Muito delicado, a princípio, aos poucos se tornando mais apaixonado. Segurou meu rosto, se aproximando mais, ainda assim sendo cuidadoso para não pressionar meu peito. Sua língua deslizava pela minha boca, suave, macia. Como era bom senti-lo novamente.

— Diz que a gente está bem — falei, interrompendo o beijo. — Diz que você perdoa a minha impetuosidade de mais cedo. Eu preciso saber que tudo voltou ao normal, Pedro.

— Claro que está tudo bem, meu amor. Esqueça isso. Vamos tirar proveito dessa situação, certo?

— Você vai dormir comigo, não vai?

— Não sei se é seguro, posso bater em você sem perceber.

— Não vai não. A cama é grande, só não poderemos dormir abraçados. Mas só de sentir seu calor aqui ao lado, já fico feliz.

— Tudo bem, vamos tentar. Mas se eu sentir que vai ser perigoso, vou para o outro quarto.

— Não vai ser perigoso. Pelo menos não nesse sentido. — Olhei para ele apaixonada, mas logo me corrigi. — Brincadeirinha. Prometo me comportar.

— Acho bom mesmo, caso contrário, te largo aqui sozinha. Agora deite, vou ver se as duas precisam de alguma coisa e já volto.

Acompanhei-o com o olhar, maldizendo minha forma de tratá-lo. Mesmo que fosse brincadeira, seria de muito mau gosto. Pedro passou o dia agoniado, numa tensão acumulada. E eu lá, ao invés de ajudar, acabei atrapalhando. O que adiantava querer poupá-lo anteriormente se agora eu me comportava daquela forma?

Não que eu tivesse desistido de me insinuar na tentativa de conseguir alguma coisa, mas precisava ser sutil, porque até então eu havia sido delicada como um mamute.

Fechei os olhos, finalmente relaxando. E a fraqueza trouxe o sono de volta.

Capítulo 12 – Situação delicada

Pedro

Deixei Paola no quarto e voltei para a cozinha, onde Alana e Maitê preparavam algo para comermos. Eu, na verdade, não estava com fome. O dia havia sido extremamente estressante para que eu tivesse vontade de comer.

— Paola dormiu? — Maitê perguntou, enquanto arrumava a mesa.

— Está deitada. Acho que logo deve embalar no sono, afinal, depois que retornou da anestesia, não dormiu mais.

— Ela estava eufórica. Acho que pode ser efeito da sedação. Cada um reage de uma forma. Não leve em consideração muita coisa que ela falar hoje. É bem capaz que amanhã ela nem se recorde direito do que disse.

— É, pode ser.

— Pedro, está quase pronto. A mamãe deixou preparada uma lasanha ontem. É só esperar gratinar. E a sopa dela também. — Alana se virava na cozinha, ajeitando tudo.

— Fique tranquila, gatinha. Não estou com fome.

Fui para a sala e minha vontade era de me servir de uma taça de vinho. Mas não queria me descuidar por causa de Paola. Maitê veio até mim, também se acomodando no sofá.

— Posso ser sincera com você, Pedro?

— Claro, o que houve?

— Não vai ser muito fácil esse período aqui com a Paola. Eu conheço minha amiga. Ela não gosta de depender de ninguém, é perfeccionista, portanto para ela ninguém faz bem feito ou do jeito que ela gosta. E o fato de ter que ficar parada, sem fazer nada, vai fazer com que se sinta inútil. E isso vai estourar e respingar em quem estiver por perto.

— Eu já fazia uma ideia disso — falei, esfregando o rosto. Eu também estava cansado.

— Então, fique bem à vontade se quiser voltar para sua casa e deixá-la aos nossos cuidados.

— Nunca. Em hipótese alguma. Vou cuidar dela sim.

— Vai ser tenso, já te aviso para você se preparar.

— Isso quer dizer que não poderíamos morar juntos, então? Não daria certo?

— É diferente, Pedro. Uma coisa é você morar com uma pessoa quando ela está bem...

— Desculpe, Maitê, mas um relacionamento não é só a parte boa. É preciso saber viver qualquer situação que a vida imponha. E é isso que vai acontecer aqui. Fácil? Não, eu sei que não vai ser, já tive um vislumbre disso, e você também, lá no hospital. Mas vamos superar.

— Tudo bem. De qualquer forma, se necessário, o que precisar me chame. E deixe a Alana te ajudar. Ela conhece a mãe melhor do que ninguém. E desculpe se isso soa meio machista, mas é mulher.

— Eu entendo. A ajuda dela será muito bem-vinda, é claro.

— Não quer jantar mesmo? — Levantou-se.

— Agora não. Talvez mais tarde eu tome uma sopa com a Paola. Podem comer. Vou levar minhas coisas para o quarto de hóspedes.

— Você vai dormir lá?

— Vou tentar ficar com ela. Tenho medo de machucá-la, sabe, esbarrar enquanto estiver dormindo. Mas vamos ver.

Passei para vê-la antes de levar meus pertences para guardar e vi que estava dormindo. Aproveitei para ajeitar tudo no outro quarto e retornei, sentando na poltrona perto da cama.

Fiquei ali, olhando-a dormir tão tranquila. Nem parecia que tinha passado por tudo aquilo. Só então me dei conta da gravidade do que tínhamos vivido. Imaginar que pudesse ser um tumor maligno, que ela precisasse de tratamentos mais agressivos ou nova cirurgia me fazia arrepiar. Correr o risco de perdê-la me fazia enlouquecer só de pensar. Mas eu estaria ali, sempre ao seu lado, porque ela era tudo para mim! Ela era o meu melhor! E eu cuidaria dela.

"Beth Hart and Joe Bonamassa – I'll Take Care of you"

I know what I want to do
I just got to take care of you

A preocupação foi cedendo espaço ao amor que eu sentia por ela. Aos poucos, me permiti relaxar e talvez esse fosse o momento que meu corpo achou para colocar para fora toda a tensão. Meus músculos estavam doloridos, minha cabeça doía e deixei que a emoção viesse à tona. O quarto estava na penumbra, apenas a luz indireta do abajur tornava possível ver o desenho do seu lindo rosto. Só percebi que as lágrimas escorriam pela minha face quando ela se mexeu, me olhando incomodada.

— Pedro? O que foi? Você está...

— Nada, meu amor, está tudo bem — falei, enxugando o rosto com as mãos, indo até ela.

— Não está bem, não. Você estava chorando?

Não havia por que mentir. Essa coisa de que homem não chora é balela. Pode ser que não chore como as mulheres, mas, em certas ocasiões, é a melhor forma de deixar que a emoção e a dor venham à tona.

— Não se preocupe. É emoção, felicidade por você estar aqui e bem. Já passou. — Me aproximei, sentando ao seu lado na cama.

— Ah, Pedro, desculpe fazer você passar por tudo isso.

— Ei, não tem nada que se desculpar. Você não escolheu isso. Foi uma fatalidade. Já aconteceu e você se saiu muito bem. Agora só me deixe cuidar de você como é preciso. — Distribuí beijos pelo seu rosto, fazendo com que ela sorrisse.

— Eu amo você! — sussurrou com a voz embargada.

— E eu amo ver esse sorriso lindo. Vou trazer sua sopa.

— Não precisa. Eu prefiro ir para a sala.

— Tem certeza?

— Sim, Pedro. Já disse, é bom que eu me movimente. Assim, fico um pouco sentada. Maitê ainda está aí?

— Sim, ela está jantando com a Alana. — Ajudei-a a se levantar, amparando-a nos braços.

— E você, já jantou?

— Estou sem fome.

— Pedro, se você não comer, eu também não vou comer. Nem pense em ficar sem se alimentar.

— Já disse, não estou com fome. É reflexo do stress do dia. Amanhã as coisas já voltam ao normal. Agora vamos.

— Ainda não. — Me olhou apaixonada. — Quero um abraço.

— Paola, não tenho como te abraçar direito. Vou te machucar.

— Tem sim e não vai me machucar. Venha, me abrace por trás, envolva minha cintura e encoste seu corpo no meu. — Ela não pedia, ela quase implorava.

Como dizer não? Posicionei-me como pediu, com cuidado, sentindo seu calor e seu cheiro me envolverem. O cheiro da minha namorada, da minha loba. Eu poderia ficar ali por horas. Afastei seus cabelos para o lado e enterrei meu rosto em seu pescoço, me deixando ter seu carinho.

— Ah, meu amor, que saudade de você! Do seu toque, seu perfume, seu corpo. De você inteira, por completo. Tive tanto medo hoje que alguma coisa ruim pudesse acontecer.

— Eu sei, eu também tive. Mas passou, Pedro, e a gente está aqui, junto. Viu só como você pode me abraçar sem me machucar? Tão bom sentir você assim. — Ela segurou minhas mãos, seu movimento calculado. — E o que é melhor, do jeito que eu adoro, me pegando por trás.

Eu tive que rir, ela era impossível. Nunca deixaria de insinuar alguma coisa ou me provocar.

— Sua depravada. Nem nessas condições se contém.

— Já disse, meu amor, com você isso é impossível.

— Agora venha. — Soltei o abraço, ficando ao seu lado. — Vamos tomar uma sopa. Acho que até eu vou me render ao que a Alana fez.

— Ótimo. Viu só, precisamos de mais abraços. Você já está com uma aparência melhor.

Sorri, amando-a mais, se fosse possível.

Por mais que ela não gostasse da ideia, eu a alimentei novamente, enquanto Alana e Maitê nos faziam companhia. Mantive-me grande parte do tempo em silêncio, apenas observando a conversa das três mulheres. Paola estava mais corada, rindo e brincando. Eu adorava vê-la assim. Nem parecia que tinha passado por uma cirurgia há algumas horas. Era uma mulher forte, de uma recuperação admirável.

Depois que jantou, acompanhei-a até o sofá, onde ficamos mais um tempo conversando. Mas logo ela começou a dar sinais de cansaço.

— O que você acha de ir se deitar, Paola? Não é sensato abusar, pelo menos por hoje — falei com cuidado, tentando não ser muito autoritário.

— Você tem razão, estou meio cansada mesmo.

— Venha, vou te ajudar com o banho e você pode dormir — falei, ajudando-a a se levantar.

— Pode deixar que a Alana me ajuda.

— Paola, eu disse que ia ficar aqui para cuidar de você. Portanto, não seja teimosa. — Será que íamos começar tudo de novo?

— Você está cuidando de mim. Só que hoje gostaria que a Alana me ajudasse. Pode ser?

— Se acharmos que não dou conta, prometo que te chamo, Pedro — Alana afirmou, se posicionando ao lado da mãe.

— Tudo bem, então.

Assim que as duas se afastaram, me deixei cair no sofá, exausto, enquanto Maitê me estudava. E esse era só o primeiro dia.

— Não pensou em desistir ainda?

— Nunca. Ela pode ser difícil, mas eu sei como domá-la. É só uma questão de me adaptar.

— Sendo assim, boa sorte. — Ela obviamente estava se divertindo.

— Vou precisar da sua ajuda.

— Claro que vai. — Sorriu. — Espere mais uns dois dias e você vai mudar de opinião a respeito de domá-la.

— Não nesse sentido. Preciso de sua ajuda para outra coisa.

— Pode contar comigo, Pedro. O que é? — questionou, agora curiosa.

— Primeiro, quero que prometa que não vai comentar a respeito do que vou te pedir com ninguém, absolutamente ninguém. Principalmente com Alana e Rodrigo.

— Ah, meu Deus! — admirou-se. — Já fiquei com medo.

— Promete, Maitê? — insisti. — Posso contar com você?

— Pode. Dou minha palavra que manterei segredo.

— Ótimo. Se formos interrompidos, dou um jeito de entrar em contato para terminar o assunto.

Provocante 143

Inclinei-me para a frente, os braços apoiados sobre os joelhos, e expus a ela o que eu tinha em mente.

Alana conseguiu ajudar a mãe com o banho. Logo elas reapareceram, Paola já vestida em seu pijama, apenas para se despedir da amiga.

Assim que Maitê saiu, a filha também se despediu para ir deitar.

— Boa noite para vocês. Pedro, se precisar de alguma coisa, pode me chamar — falou enquanto dava um beijo na mãe.

— Durma bem, gatinha. Fiquei tranquila, acho que dou conta.

Acompanhei minha linda até a cama, ajudando-a a se deitar.

— Você vem dormir comigo, não é? — falou, com os olhos sonolentos.

— Claro que venho, meu amor. Agora fique quietinha enquanto eu tomo um banho. Não demoro. — Dei um beijo em seus lábios e me encaminhei para o banheiro.

Fui relativamente rápido, mas não o suficiente para pegá-la ainda acordada. Melhor assim, poderíamos os dois descansar finalmente. E eu não teria que enfrentar uma maratona de provocações, pelo menos não por essa noite. Deitei-me com cuidado ao seu lado, observando-a dormir. Mesmo ainda um pouco abatida, continuava linda. Não me contive e me aproximei, beijando-a suavemente.

— Eu te amo! — sussurrei.

Ela se mexeu minimamente e murmurou, talvez já sonhando:

— Pedro.

Fiquei ali ao seu lado, relembrando como tudo começou. Aquele dia em seu escritório, foi ali que me apaixonei. Mas o cansaço era mais forte e o sono me venceu.

Ouvi um barulho e me dei conta de que não estava sozinho, nem em meu apartamento. Provavelmente era Alana saindo. Só então reparei que Paola, ainda dormindo, estava virada para o meu lado, o braço por cima do meu abdômen. Claro que aquele movimento foi inconsciente, mas era preciso contê-lo. Devagar, e por que não dizer muito a contragosto, tirei-o de cima de mim, tentando ajeitá-la de forma que não forçasse seus braços. Senti o calor do seu corpo e seu perfume, o que só ajudou ainda mais meu amigo a despertar. Porra, como eu gostaria de tomá-la agora. E tinha certeza de que ela adoraria também. Mas eu precisava me segurar.

Levantei-me devagar para não acordá-la e fui direto para o chuveiro. Deixei a porta entreaberta para poder ouvir se ela me chamasse. Eu tentaria me acalmar com um banho frio. Mas estar ali, tão próximo, no seu ambiente, lembrando do seu corpo, seus gemidos quando eu a fodia... Merda, eu precisaria me aliviar. E não pensei duas vezes.

Paola

Acordei sufocada, com um aperto no peito que dificultava minha respiração. E uma leve dor que eu ainda não conseguia identificar onde era. Só então me dei conta do meu estado. Ah, sim, a cirurgia, a faixa contendo meus seios. Abri os olhos e me senti aliviada por já ter passado. Todo o nervosismo e a preocupação das últimas semanas tinham ido embora.

Lembrei-me de Pedro. Ele disse que ficaria comigo e cuidaria de mim. Tinha prometido dormir ao meu lado, mas não estava mais na cama. Ouvi barulho de água. Ele já tinha levantado e deveria estar tomando banho. Como eu gostaria de fazer companhia a ele. Ensaboar aquele corpo firme, deslizar meus dedos sobre seus músculos, sentir seu membro firme entre minhas mãos. Ah, eu já estava pegando fogo.

Levantei-me cuidadosamente e fui em silêncio até o banheiro. A porta estava entreaberta, apenas uma fresta me permitindo ver alguma coisa. E lá estava ele, de costas para mim. Me mantive protegida de sua visão e resolvi observá-lo de longe. Definitivamente ele era um deus grego! Seu corpo desmentia sua idade.

Dei-me conta de que nunca havia parado para admirá-lo. Pelo menos, não quando estava nu. Nessas ocasiões, estávamos sempre ocupados nos amando, nos acariciando. Ele era muito gostoso. Ombros largos, quadril estreito, coxas torneadas. E a bunda? Ah, que bunda era aquela, firme, redonda, pedindo para ser acariciada, mordida, lambida. Sim, se engana quem pensa que só homem gosta de admirar uma bela bunda. E o efeito da água correndo pelo seu corpo tornava tudo ainda mais sensual.

Eu estava para lá de excitada com aquela visão, mas o que vi, ou melhor, percebi em seguida, me deixou de boca aberta. No melhor sentido da palavra. Ele jogou a cabeça para cima, olhos fechados, virando-se de lado para onde eu estava e apoiou uma mão na parede, enquanto com a outra se masturbava.

Puta que pariu! Que cena era aquela? Quente! Sexy pra cacete!

Sua mão deslizava para cima e para baixo, alisando o membro ereto, grosso, rijo. No início, devagar, mas logo aumentou o ritmo, forte, rápido. Os lábios estavam entreabertos, ele respirava pela boca já ofegante e tremores perpassavam pelo seu corpo, denunciando o orgasmo. Até que derramou todo o líquido, que se espalhou por sua mão e foi embora junto com a água que escorria de seu corpo. Que desperdício! Como eu gostaria de estar ali, sugando todo o seu gozo.

Eu nunca havia observado um homem se masturbar. Pelo menos não assim dessa forma, sem que ele soubesse. E sendo meu garanhão, então? Se antes eu estava excitada, agora precisava de uma calcinha nova.

Por mais que eu quisesse participar daquela cena, me dei conta de que, se eu denunciasse minha presença naquele momento, poderia constrangê-lo. Com certeza ele tinha acordado animado, fato normal para qualquer homem, como ele mesmo afirmou recentemente. E não podendo, ou melhor, não querendo usufruir de mim, decidiu se aliviar sozinho.

Tendo isso em mente, retornei à cama. Não iria comentar a respeito. Pelo menos não hoje. Talvez eu usasse isso a meu favor numa outra ocasião. Deitei-me novamente, me ajeitando com cuidado, e aguardei. Fiz de conta que tinha acabado de acordar assim que ele saiu do banheiro, com apenas uma toalha enrolada na cintura, os cabelos ainda bagunçados. Mais sexy do que nunca.

— Bom dia! — Olhei para aquela perfeição de homem, lembrando da cena que demoraria uma eternidade para sair da minha cabeça.

— Bom dia, linda! Desculpe se te acordei com o barulho do chuveiro. — Veio até mim, se debruçando e me dando um beijo casto. Merda, que vontade de erguer os braços e agarrá-lo.

— Fique tranquilo, acordei sozinha. — Retribuí o beijo e não consegui esconder o sorriso indecente que enfeitava meu rosto.

— Como está se sentindo? Dormiu bem? — Se afastou, me olhando.

— Dormi muito bem. E estou maravilhada com essa visão. — Sorri abertamente, deslizando o olhar por todo o seu corpo. — E você, conseguiu dormir?

— Desmaiei. Não tinha noção do quanto estava cansado — falou, me observando com certa desconfiança. — O que foi, Paola? Por que está me olhando assim?

146   PaolaScott

— Você ainda pergunta? Sério, Pedro, se você vai ficar desfilando assim na minha frente, sem a intenção de me deixar usufruir disso tudo, a coisa vai complicar.

— Eu não estou desfilando na sua frente. Acabei de sair do banho e já vou vestir alguma coisa. — Foi em direção ao closet. Minha vontade era de contar o que presenciei, só para ver sua reação. Retornou já vestido com um jeans, porém ainda sem camisa.

— Eu adoraria dizer que não tem necessidade de vestir nada, mas nesse caso você precisaria trocar minha calcinha de meia em meia hora.

— Meu Deus, Paola, o que te deram ontem? Você ainda está sob o efeito da anestesia por acaso? — Parou à minha frente, seu peito nu subindo e descendo com a respiração áspera.

Mais uma vez, desci os olhos por aquele corpo maravilhoso, sentindo a umidade entre minhas pernas. Eu realmente precisaria trocar minha lingerie.

— Estou sob o seu efeito, Pedro. Você sabe o que causa em mim. E nesse momento estou com um tesão que você não faz ideia. — Fixei meus olhos nos seus e vi que ele ficou mexido com o que falei, seu olhar escurecendo.

— Paola...

— Eu sei, você não vai me tocar. Entendo sua posição e vou respeitar. Mas não me peça para ficar indiferente a você. — Ele continuou me encarando, analisando o que eu tinha acabado de falar. — Agora, eu preciso ir ao banheiro.

Veio até mim, me ajudando a descer da cama. Não que eu precisasse, mas, se o fazia se sentir melhor, eu permitiria. Senti seu perfume, sua pele fresca em contato com a minha só piorando meu estado de excitação.

— Venha, eu te ajudo.

— Vou sozinha, Pedro.

— Paola...

— Não! Ou você me deixa ir sozinha ou você vai entrar naquele banheiro comigo e vai me fazer gozar, Pedro — falei séria.

— Porra, Paola, se vai ser assim, então, eu vou embora. Vou deixar que a Maitê cuide de você.

Ele estava falando sério?

— Eu não gostaria que você fosse. Mas se preferir assim, não posso te impedir. Sei que não deve ser fácil ficar de enfermeiro, mas não pense que é fácil para mim ter que depender de alguém, principalmente quando esse alguém é o homem mais gostoso da face da Terra, que eu amo loucamente e que se recusa a me tocar, como se eu fosse feita de vidro e pudesse quebrar a qualquer momento.

— Eu não vou discutir isso com você novamente. Tudo bem, use o banheiro sozinha, mas deixe a porta aberta. Vou pegar seu remédio, que já está na hora. — Me largou ali, contrariado.

Realmente aquela convivência não seria fácil.

Entrei e fiquei parada no meio do banheiro. Eu, definitivamente, precisava de um banho. Mas pedir para ele me ajudar estava fora de cogitação. Ao mesmo tempo, eu não podia molhar a faixa que envolvia meu peito. Eu não tinha dor, mas estava receosa de fazer algum movimento que pudesse prejudicar a recuperação, e ainda havia o dreno. Merda!

Ele voltou, com um copo de água em uma mão e o comprimido em outra. Parou ao me ver ali empacada e tentou disfarçar seu divertimento ao perceber que eu precisava de ajuda.

— Algum problema? — perguntou com um meio-sorriso. Ah, ele ainda não tinha vestido uma camisa.

— Sim. Eu necessito de um banho. E estou com medo de fazer isso sozinha e estragar alguma coisa — falei, desviando o olhar do seu peitoral.

— Precisa de alguma coisa? — Me entregou o copo e o remédio, agora sorrindo de forma cínica. Ele queria que eu pedisse.

— Você sabe que sim — falei, tomando toda a água.

— E o que seria?

— Ah, vai à merda, Pedro! Preciso que você me ajude, tudo bem? Pronto, pedi. Satisfeito? — falei, alterando a voz, muito puta por ter que admitir.

— Não precisa ser assim, Paola. Já disse que estou aqui para cuidar de você. É você quem está tornando as coisas difíceis — falou manso, me fazendo sentir mais culpada ainda.

— Eu sei, mas você não entende. Ah, quer saber, nem eu entendo esse meu descontrole. Culpa sua.

— Agora eu sou culpado? Posso saber do quê, exatamente?

— De fazer eu te amar tanto, te desejar como louca e ainda não acreditar que você é real. Porque você é perfeito demais. — Coloquei para fora apenas um pouco do que estava me sufocando.

Ele desmanchou com o meu comentário e veio até mim, segurando meu rosto com as duas mãos. Seu olhar terno e apaixonado me fazia arder ainda mais.

— Minha deusa loura e louca. — Me beijou, agora sim um beijo de verdade, apaixonado, quente. E ainda todo cuidadoso, chegou com seu corpo mais perto. Então, desgrudou seus lábios dos meus, me olhando intensamente. — Eu não vou conseguir fazer isso sem você. Nunca cuidei de ninguém, nunca precisaram de mim. Você precisa me dizer como fazer, Paola.

— Você está se saindo muito bem, até demais eu diria. Eu que não estou sabendo lidar com isso, porque sempre me virei sozinha. Pode parecer imaturo, descabido, chame como quiser, mas é difícil me controlar com você, Pedro. Meus hormônios devem estar surtando, só pode ser isso. Mas eu vou ter que dar um jeito. Você pode me ajudar no banho?

— Já disse que estou aqui para isso.

— Mas preciso que você vista uma camisa. Esse peitoral está me deixando tonta.

Ele riu divertido, me soltando.

— Vire-se. Deixe eu te dar um abraço, quem sabe assim você se sente melhor.

Fiz o que me pediu e ele me abraçou por trás, como na noite passada. Afundou seu rosto no meu pescoço, dando um beijo ali. Respirei lentamente, na tentativa de acalmar meu ânimo. Como era bom senti-lo assim.

Ele me ajudou a tirar o pijama e me banhou como se eu fosse uma criança. Cuidadoso, às vezes sério, outras fazendo algum comentário divertido, mas em nenhum momento com conotação sexual. Ele parecia ter vestido uma armadura que não permitia mostrar desejo algum. Eu também tentei me manter indiferente. Tarefa difícil aquela.

— Pronto. Viu? Nem foi tão difícil assim — comentou enquanto me ajudava a vestir a roupa.

— Isso é o que você pensa. Mas sobrevivemos. Obrigada!

Após tomarmos café, Pedro ligou para o consultório para verificar o horário que teríamos que estar lá. Marcou para logo após o almoço.

— O que você quer fazer, meu amor? — Uau, será que ele sempre me trataria assim? Com certeza iria me estragar.

— Não tenho muita opção, não é mesmo? Acho que vou ler.

Provocante 149

— Aconselho nada muito picante, para não te deixar mais atacada ainda.

— Engraçadinho. Pode me trazer o livro que está na gaveta da mesa de cabeceira, por favor.

— Se importa se eu ligar para o escritório? Só para ver como estão as coisas por lá.

— Claro que não, Pedro. Aliás, você não precisa ficar comigo o tempo todo. A Antônia está aqui, pode me ajudar se eu precisar de alguma coisa. Pode ir trabalhar tranquilo.

— De jeito algum. Não vamos começar essa conversa novamente, Paola.

— Tudo bem, faça como preferir. — Voltei ao meu livro e ele me lançou um olhar de censura, antes de ir fazer sua ligação.

E já que não adiantava discutir sobre aquele assunto, achei por bem desencanar. Seria assim, se não havia alternativa. Eu iria tentar aproveitar aqueles dias com ele, mesmo sem sexo. Colocaria um pouco da minha leitura em dia e, dentro do possível, o papo com minhas amigas também.

Capítulo 13 – Convivência

Paola

Logo após o almoço, Pedro e eu fomos para a clínica, onde eu tiraria o dreno e meu médico avaliaria se estava tudo de acordo. Fomos atendidos assim que chegamos.

— Boa tarde, Paola, Pedro. Então, como foi de ontem para hoje? Alguma queixa? Conseguiu dormir bem? — doutor Paulo questionou, enquanto fazia suas anotações.

— Foi tudo bem. A única queixa é essa faixa apertada. Parece que me falta ar — expliquei.

— Normal, Paola, deve ficar apertada mesmo. Venha, vamos ver como está e tirar o dreno. Pedro, você vem também?

Olhei para ele e creio que entendeu que não era necessário. Eu não queria que ele visse meus seios daquela forma. Ele poderia ficar impressionado.

— Acho que Paola prefere que eu fique aqui.

Fomos até a mesa ao lado, separada apenas por um biombo. A enfermeira que estava junto me ajudou a tirar a camisa e soltou a faixa. Só então vi o estrago. Exagero meu, claro, afinal, os cortes eram pequenos e o doutor Paulo providenciou para que ficassem cicatrizes de plástica.

Percebi que Pedro estava inquieto do outro lado e ouvi quando se levantou da cadeira. Creio que meu médico também.

— Está tudo bem, Pedro? Se quiser vir até aqui, fique à vontade. — Porra, por que ele tinha que chamar meu namorado?

Claro que Pedro não precisou ser perguntado duas vezes. Veio, parando aos pés da mesa, enquanto doutor Paulo fazia o curativo sobre as cicatrizes. Na verdade, não estava tão feio assim, apenas um pouco inchado. Portanto, nada de tão diferente, ou que ele nunca tivesse visto. A não ser...

Claro! Só então entendi seu desconforto e sua presença ali. Ele não estava satisfeito por outro homem estar me tocando, mesmo que apenas de forma profissional. Vi seu olhar descontente. E não pude deixar de me sentir lisonjeada. Ele estava com ciúmes.

Provocante   151

Fixei meu olhar no seu e ele com certeza fazia ideia do que se passava pela minha cabeça. Meu Deus, eu deveria estar chapada, para ficar pensando aquele tipo de coisa na situação em que estava.

Claro que para o médico aquilo era extremamente normal. Ele explicava como seria dali para frente, enquanto apalpava meus seios delicadamente. E Pedro ficava cada vez mais tenso.

Após todos os cuidados necessários e explicar ao meu namorado como deveria ser trocado o curativo, já que ele estava ali, o médico me deixou com a enfermeira, para que ela me enfaixasse novamente, tão apertada como da outra vez. Eu precisaria daquilo pelo menos até sexta. Claro que Pedro ficou ali e me ajudou com a roupa.

Novamente, meu médico explicou os cuidados que eu deveria tomar, bem como enfatizou a questão do anticoncepcional.

Saímos do consultório direto para casa. Pedro não estava muito falante e eu sabia o motivo.

Assim que chegamos, Alana veio querendo saber mais detalhes e ele aproveitou aquele momento para me deixar apreensiva.

— Eu preciso dar uma saída rápida. Você pode tomar conta da sua mãe?

Estranhei sua repentina necessidade de sair, já que ele não tinha comentado nada a respeito comigo.

— Claro que sim, Pedro. Fique tranquilo que eu cuido dela.

— Prometo que não demoro, amor. — Me deu um beijo rápido e saiu.

Alana aproveitou que estávamos sozinhas para me falar a respeito de alguns amigos, olhares mais atentos que estava recebendo, dentre outras coisas.

Pedro realmente não demorou. Menos de uma hora depois, estava de volta e parecia mais descontraído do que quando saiu. Não falou aonde tinha ido e também não perguntei, mas a curiosidade me consumia.

Juntou-se a nós no bate-papo e notei que sorria diferente, como se estivesse sabendo de algo que nós não tínhamos conhecimento. Mas durou pouco tempo. Edu ligou, querendo saber se podia me fazer uma visita. Claro que eu não poderia dizer que não.

Ele veio no final da tarde, depois de sair do escritório. Agradeci por Alana estar em casa, pois ela ajudava a deixar o clima mais descontraído.

— Como vai, Pedro?

— Bem, e você, Eduardo?

Eles se cumprimentaram de longe. Aperto de mão? Nem pensar. Ah, homens!

Edu veio até mim, se inclinando para me dar um beijo.

— E você, minha sócia, como está hoje?

Eduardo com certeza fazia de propósito ao me chamar de sua sócia. E isso não passava despercebido pelo meu namorado, que já me olhava contrariado.

— Estou bem, Edu. Tirei o dreno hoje e, segundo o médico, está tudo de acordo com o esperado. Bebe alguma coisa? — perguntei, sendo educada, já que Pedro se mantinha em silêncio, como uma criança birrenta.

— Não, Paola. Só passei para ver como você estava.

Sentou-se à minha frente e conversamos mais um pouco. Alguns assuntos rápidos do escritório, que, apesar de ele não querer me incomodar, fiz questão que me deixasse a par. Fazia bem ocupar um pouco a cabeça com outra coisa que não meu crescente tesão por certo homem.

— Mas vamos deixar esse assunto para quando você voltar, Paola. Agora você deve tratar de se concentrar na sua recuperação.

— Eu estou bem, Edu. Mas fiquei cismada com isso agora. Acha que Vitor pode estar envolvido em algo ilegal?

— Não sei, mas também fiquei com a pulga atrás da orelha. Achei bem suspeitos os questionamentos dele. E ele vem ostentando uma vida que não condiz com a movimentação da empresa. Tudo bem que a família dele é bem de vida, mas ainda assim.

— Eu não tenho conhecimento do patrimônio dele. Sabe que ele faz questão de fazer a declaração de Imposto de Renda com outra pessoa. Não que isso diga alguma coisa, pois poderia muito bem estar em nome de laranjas. Mas agora que você comentou esse fato, Edu, acho bom ficarmos de antena ligada.

— Sim, vou acompanhar mais de perto a movimentação da empresa. Mas esqueça isso por enquanto, Paola. — Levantou-se, me dando outro beijo. — Agora me deixe ir. Se precisar de alguma coisa, já sabe. — Se despediu de Alana e de Pedro.

— Boa noite, Eduardo — falou de onde estava, as mãos nos bolsos da calça, numa posição impaciente. Em todo aquele tempo, esteve ali, porém calado.

Assim que Edu saiu, me virei para ele, encarando-o.

Provocante 153

— Até quando você vai tratar o Eduardo com essa frieza, essa indiferença, posso saber? O que ele fez para você?

— Preocupada com os sentimentos dele? — Continuou onde estava. Alana, percebendo o clima, se afastou quieta para seu quarto.

— Por que não deveria? Eduardo é meu sócio e meu amigo...

— E seu ex-namorado que ainda é apaixonado por você — me interrompeu.

— Sério isso, Pedro? Se você nunca vai esquecer esse detalhe, isso será um problema para nós. Ele não é apaixonado por mim. Gosta de mim, claro, afinal, são muitos anos de convivência. Ele me conhece muito bem, assim como a Alana. Tem um carinho especial por ela e isso não vai mudar. Nem eu quero que mude. É uma coisa boa e saudável. Você precisa entender e aceitar.

— Desculpe, Paola, mas não é tão simples assim. Eu vejo o jeito que ele te olha, como fala com você, te chamando de "minha sócia". Ele faz de propósito, para me irritar. Sabe que isso mexe comigo.

— Acho que vou deitar um pouco — falei, meu ânimo indo embora.

Ele veio me ajudar, indo comigo para o quarto, e seu semblante denotava confusão.

Ajeitou os travesseiros e me deitou. Era cedo ainda, nem havíamos jantado, mas eu estava sem fome. Minha vontade era fechar os olhos e dormir direto até o dia seguinte.

— Pode ir, vou ficar bem. — Fechei os olhos, sem querer encará-lo. Ele me deu um beijo na testa e saiu.

Claro que eu não conseguiria dormir. Estava muito ansiosa. Fiquei imaginando se nossa vida seria sempre assim, essa tensão. Até aquele fatídico dia em que eu descobri o que ele havia feito, foram somente momentos felizes. Muito amor, sexo, diversão. Mas então a vida real se apresentou: viagens para nos afastar, ciúmes, problemas de saúde.

Eu o amava independente de todos esses imprevistos, mas a realidade estava se mostrando mais difícil do que eu imaginava. E fazia apenas dois dias que estávamos sob o mesmo teto. Talvez, quando essa fase passasse, esse meu convalescimento, tudo melhorasse. Assim eu esperava.

Não sei quanto tempo fiquei ali pensando sobre tudo aquilo, mas me surpreendi quando ele entrou no quarto, com um prato em mãos.

— Trouxe alguma coisa para você comer. — Veio até meu lado, colocando o prato sobre a mesa de cabeceira. — Conseguiu dormir?

— Dei uma cochilada — menti.

— Desculpe! — murmurou, pegando minha mão e levando-a aos lábios.

— Pelo quê, exatamente, Pedro? — Eu queria que ele falasse, que admitisse que estava sendo exagerado na sua implicância com meu sócio.

— Pelo que falei da sua relação com Eduardo, pelo modo como me comportei com ele. Desculpe, eu preciso aprender a me controlar. Prometo me comportar melhor daqui pra frente. — Tocou em meu rosto de forma carinhosa. — Eu amo você!

Então aproximou seus lábios dos meus. Era um beijo doce, manso, mas que aos poucos foi se aprofundando, se tornando mais quente e exigente. Ele chegou mais perto de mim, uma mão indo até minha cintura, me apertando, enquanto sua língua me devorava.

E eu tentava me controlar para não agarrá-lo, para não implorar novamente para ele me tomar em seus braços e me amar sem pressa. Mas era difícil com aquela sua boca maravilhosa possuindo a minha.

— Pedro!

Então, se dando conta, diminuiu a intensidade do contato, deixando ambos com a respiração ofegante. Encostou sua testa na minha, os olhos fechados, visivelmente se controlando. E achei melhor não fazer nenhum comentário a mais.

— Posso te dar de comer? — perguntou finalmente, já mais calmo.

— Por favor — falei, ainda envolvida pelo toque.

Ele me ajudou a sentar e me alimentou. Percebi o quanto ele gostava daquilo, de cuidar de mim. E era muito bom se sentir assim protegida.

Terminamos, ele foi até a cozinha levar o prato e disse que precisava buscar algo no carro. Voltou trazendo uma sacola em mãos e um sorriso malandro nos lábios. O que ele estava aprontando?

Deitou, se acomodando ao meu lado, virado para mim, a cabeça apoiada em uma das mãos, enquanto a outra acariciava as minhas.

— Posso te perguntar uma coisa sem que a gente se desentenda? — Fiquei imaginando o que seria, já que nossas últimas conversas tinham acabado assim.

— Claro.

— O que foi o seu olhar para mim, quando o médico estava te apalpando?

Não me contive e caí na gargalhada. Eu sabia que mais cedo ou mais tarde

Provocante   155

ele iria tocar nesse assunto.

— Sério, Paola, não me diga que você estava com aquelas suas ideias malucas e pensamentos obscenos num momento como aquele?

— Desculpe. — Eu tentava controlar o riso. — Mas eu não consegui controlar meus pensamentos. Não com você ali me olhando. E não adianta mentir, você estava com ciúme. Mesmo sendo um momento como aquele, totalmente profissional e sem nenhum contexto sexual.

— Não dá para ficar totalmente indiferente ao ver outro homem tocando sua mulher, por mais que seja só um exame, certo? Confesso que fiquei sim com ciúme.

— Eu vi. E por isso mesmo, não tive como não pensar o que pensei.

— Tenho uma coisa para você. — Desceu da cama, indo até a sacola. Eu sabia!

— Um presente? — perguntei, tentando disfarçar minha curiosidade.

— Não sei se pode ser considerado um presente, mas acho que pode te acalmar. — Voltou até a cama, tirando uma embalagem da sacola embrulhada em um papel brilhoso, e me alcançando.

— Posso abrir ou você acha que é um movimento muito brusco para mim? — Arqueei a sobrancelha, encarando-o.

— Melhor eu abrir. — Tomou-o da minha mão, não segurando o riso. Aquilo era alguma sacanagem. E tive a certeza quando desembrulhou e me mostrou o caixa.

— Você está de brincadeira comigo, né, Pedro? E de muito mau gosto!

— Ah, amor, diga que não gostou? Pense em como isso pode te acalmar! — O filho da puta rolava de rir ao meu lado, mas eu não achava graça alguma.

— Primeiro, você se recusa a me comer e depois me presenteia com um vibrador?

Alterei minha voz, muito puta, enquanto ele ainda ria. Era uma borboleta, daquelas para estimulação clitoriana, com controle remoto. Ah, sim, havia um mini pênis acoplado e elásticos, que, eu sabia, eram para prender o brinquedo nas coxas.

Em outra ocasião, eu teria amado o presente e me divertido muito, mas não naquela em específico, porque não era mais um acessório para brincarmos, ele estava me dando um substituto para ele!

— Eu não me recuso a te comer, minha linda, apenas nestes dias acho que devemos ter cautela. Tive o cuidado de escolher um com controle remoto, já que você não pode mexer os braços. Imaginei que, do jeito que anda atacada, seria uma boa forma de relaxar — explicou, ainda tentando segurar o riso.

Muito bem, Dr. Pedro Lacerda, vamos ver quem ri por último.

— Se você pensa assim... Uma pena não querer fazer o trabalho dele. Você poderia me chupar como só você sabe, me dando um orgasmo maravilhoso, me fazendo relaxar, e eu também não precisaria mexer meus braços — falei muito calma, como se aquilo fosse quase insignificante, enquanto tirava o brinquedo da caixa. Ele parou de sorrir, me encarando. — Poderia lavar para mim? — Entreguei-o a ele.

— Você vai usar? — perguntou duvidoso. — Agora?

— Por quê? Não foi com esse intuito que você me presenteou? Esse eu nunca usei. Deixe-me ver se é tão bom como parece. — Enfrentei seu olhar incrédulo, mas ele não se deixou intimidar, ou não demonstrou. Levantou da cama e foi até o banheiro. Voltou com o brinquedo nas mãos envolto em uma toalha.

— Você não pode colocá-lo sozinha.

— Claro que não, afinal, não posso movimentar meus membros superiores. Vou precisar da sua ajuda.

Seu olhar já denunciava seu entusiasmo e, por que não dizer, sua excitação.

Lentamente, tirou minha calça e, quando segurou nas bordas da minha calcinha para retirá-la, já não conseguia mais disfarçar o desejo estampado em seus olhos. Mas ele estava muito enganado se ia participar da brincadeira.

— Podemos deixar a borboleta para outro dia, o que você acha? — perguntou, ficando de joelho no meio das minhas pernas.

— Desculpe, mas agora você despertou minha curiosidade. — Remexi o quadril sobre a cama. Eu não iria ceder. E sabia que ele também iria se segurar, sem dar o braço a torcer.

— Como quiser. — Pegou o acessório das minhas mãos, vestindo-o em mim, o elástico envolvendo minhas coxas, sua respiração pesada enquanto acomodava a borboleta na minha abertura.

Àquela altura, estávamos ambos muito excitados, mas eu resistiria.

— O controle, por favor? — Estendi a mão em sua direção.

— Deixe que eu coordene para você. — Eu podia ver o seu controle indo embora.

Provocante 157

— De jeito algum. O brinquedo é meu! Vamos, me dê! — insisti, baixando o tom da minha voz para algo mais próximo de sexy. Porém, me divertindo intimamente. O feitiço virou contra o feiticeiro.

Ele me entregou e continuou ali ajoelhado.

— Obrigada! Agora preciso de privacidade. — Mal terminei de falar, vi seus olhos estreitarem.

— Ah, não, eu vou participar disso, não tenha dúvida. — Colocou as mãos sobre as minhas coxas entreabertas, mas eu as fechei.

— Não vai não. Se fosse assim, eu não precisaria desse acessório. Portanto, saia! Agora! — falei firme, vendo sua expressão de surpresa e indignação.

— Paola!

— Agora, Pedro! Suma daqui! Você queria me acalmar? Me ver relaxada? Pois bem, me dê alguns minutos a sós e você terá isso. — Por dentro, eu me acabava de rir, vendo a ira e o arrependimento estampados em seu olhar.

— E se eu não sair? Você não tem como me tirar daqui. — Avançou novamente.

— Tem certeza, Pedro? Alana está em casa. Em dois segundos, ela estará aqui nesse quarto se eu chamar.

— Você não faria isso!

— Tente!

— Porra, Paola!

— Estou esperando. — Me mantive imóvel enquanto ele ainda me encarava. Até que levantou da cama, visivelmente contrariado, parando na porta do quarto, voltando a me olhar.

Simplesmente arqueei a sobrancelha e acenei para que saísse e fechasse a porta, e assim o fez.

Primeiro, soltei o riso que estava preso em meu peito. Em momento algum ele imaginou que eu pudesse virar o jogo a meu favor?

Após me acalmar daquele surto, finalmente liguei o controle e uau! Gente, aquilo era bom demais! Várias velocidades, permitindo a você ir mais lento ou chegar rapidamente ao seu destino. Fechei os olhos e comecei devagar, me deixando levar, imaginando meu lindo garanhão ali no meio das minhas pernas, aquela sua língua deliciosa me saboreando, deslizando pelos meus lábios inchados... Ah, eu não ia precisar de muito tempo, mesmo numa velocidade baixa como estava. Logo senti os primeiros espasmos tomando meu corpo, me fazendo estremecer. Arqueei o quadril, tirando-o do colchão como se Pedro estivesse ali, e mordi o lábio no intuito de conter os gemidos. Ah, que delícia! Eu realmente precisava daquilo para relaxar.

— Que cena mais deliciosa!

Abri os olhos, assustada ao ouvir sua voz, e lá estava ele, parado aos pés da cama, braços cruzados, imponente, observando tudo.

— Cretino! — murmurei, a voz ainda embargada pelo orgasmo.

— Achou mesmo que eu ia ficar de fora desse show? Você não me conhece, Paola? — Nossa, seu olhar dominante me fazia ferver, mesmo após o gozo de pouquíssimos minutos atrás.

— Você trapaceou. — No fundo, eu tinha adorado saber que estava me observando.

— Sim, e não tenho vergonha alguma de admitir isso. Não quando diz respeito a você. — Descruzou os braços, engatinhando para cima da cama. — Agora, me deixe participar controlando esse brinquedo. Quero ver você gozar de novo. E quero que me diga o que está pensando.

Cacete, aquele homem acabava com as minhas estruturas, definitivamente. Eu faria tudo que ele quisesse, da forma que quisesse.

Senti a vibração começar, lenta, já fazendo com que meu quadril se movimentasse involuntariamente. E ele me olhava como se estivesse me comendo. Porra, como ele era sexy, mesmo assim, de longe, só observando. Ele controlava a velocidade, alternando entre leve, alta e moderada.

— Me conte. — Sua voz estava rouca, denunciando seu tesão.

— Você me saboreando como sua sobremesa... Sua boca me devorando... Ahhh...

— Olhe para mim!

Tentei fixar meu olhar no seu, mas era difícil devido ao meu estado de luxúria.

— Sua língua... — Ele aumentou a velocidade, e foi quase impossível segurar o gozo.

— Continue!

— Ahh... Seus dedos... Ahh... Seus dentes... Ahhh...

Encarei seus olhos vidrados de pura lascívia, quando o orgasmo me arrebatou, intenso, violento.

— Amo você! — consegui murmurar em meio aos gemidos, finalmente fechando os olhos e me rendendo ao seu domínio.

A vibração parou e senti, ainda enlevada na névoa de prazer, que ele retirava o acessório. Eu estava leve como pluma, extremamente relaxada de corpo e mente.

Deixei-me ficar ali, quieta, enquanto minha respiração voltava ao normal. Ele também estava em silêncio e percebi que se deitara ao meu lado. Ele me despiu, não só o meu corpo, ao fazer aquilo.

— Você não faz ideia de como é lindo te ver gozar — sussurrou junto ao meu ouvido, seu corpo colado ao lado do meu. Criei coragem e abri os olhos, encontrando os seus cravados em mim. — Você se entrega de uma forma tão plena. É emocionante assistir! Você não goza só com o corpo. Você goza com a alma, Paola. Mesmo nos momentos mais depravados, ainda assim seu gozo é sublime.

Totalmente impossível não amar aquele homem.

E, por incrível que pareça, conseguimos ficar ali nos beijando apenas, sem que isso nos levasse para caminhos mais ousados e perigosos. Foi uma noite tranquila, depois de um dia relativamente tenso.

A quinta e a sexta-feira até que foram calmas. Ou como ele dizia, eu estava mais calma. Claro que tivemos nossos pequenos enroscos, mas nos saímos bem. Confesso que eu não era a pessoa mais fácil do mundo. Pedro estava sendo bem paciente. Com segundas intenções, eu permiti que ele me desse banho e ajudasse a me vestir. Obviamente, eu sempre escolhia a lingerie que iria usar a dedo. Mas ainda assim ele se recusava a tocar em mim. Eu já estava subindo pelas paredes. Ainda mais que ele continuou com o seu show no banho, como na primeira manhã. E claro que eu não perdi o espetáculo, sempre escondida. Não sei por que fazia aquilo, era pura tortura.

Na manhã de sábado não foi diferente. Ele levantou cuidadosamente para não me acordar, mas eu já estava há algum tempo desperta. Esperei que ligasse o chuveiro e me dirigi até lá; a porta como sempre estava entreaberta.

Ah, meu Deus, se eu contasse, ninguém acreditaria. Tudo aquilo no meu banheiro e eu lá apenas babando, de todas as formas. Ele era muito apetitoso. Fiquei me deleitando com a exibição daquele corpo maravilhoso enquanto ele se ensaboava. Logo ele começou a se acariciar, os olhos fechados, a mão deslizando ao redor do membro ereto. Eu tinha noção de que o que estava prestes a fazer poderia estragar nosso clima de paz, mas não resisti. Empurrei a porta lentamente e, em silêncio, avancei para dentro do banheiro. Ele estava de costas para a entrada, me dando a visão de seus ombros largos, ainda movendo a mão naquela carícia erótica.

— Que tal você terminar o serviço?

Ele virou-se para mim, sério e sedutor, os olhos escuros de desejo. Senti meu rosto pegar fogo por ter sido flagrada espionando-o. Eu não sabia o que falar. Parei no meio do ambiente, apenas encarando seu olhar lascivo, enquanto ele desligava o chuveiro e saía do box, seu corpo ainda molhado. Eu também estava para lá de molhada. Ainda sem desviar do meu olhar, puxou a toalha, apenas para retirar o excesso de água do seu belo corpo.

— Vem cá!

Porra, até parecia que era nossa primeira vez, de tão ansiosa que eu estava. Parei à sua frente, já ofegante pelo que eu imaginava fazer.

— Acho que chega de ficar só espiando, não? Que tal participar da brincadeira? — Trouxe a mão até meu rosto, deslizando o polegar pelo meu lábio.

— Como você sabia que eu estava aqui? — Finalmente alguma coisa saía da minha boca.

— Eu sinto a sua presença de longe, meu amor. Hoje e nas outras manhãs também. — Sorriu cínico.

— Você está brincando que sabia que eu estava aqui? E mesmo assim continuou? — Que baita filho da puta. Fez de propósito em me deixar daquele jeito.

— Eu precisava me aliviar, meu bem. Acha que é fácil acordar ao seu lado sem poder te tocar? — Aproximou os lábios dos meus, ainda segurando meu olhar. — Mas eu adorei saber que você estava me assistindo. — Então me beijou apaixonado.

Senti sua ereção tocando meu ventre. Segurei em sua cintura, querendo trazê-lo para mais perto de mim, mas ele afastou minhas mãos.

— Sente-se aqui e me dê sua boca, minha loba. Eu preciso muito disso. — Me acomodou sobre a tampa do vaso, ficando em pé à minha frente, me dando a visão do paraíso. Eu estava com água na boca. Mas, antes que eu pudesse abocanhá-lo como gostaria, ele me conteve. — Devagar, minha linda, do contrário, isso não vai durar muito tempo.

Provocante 161

Assim como eu, ele também estava com o tesão reprimido. Como disse, não era fácil para nenhum de nós dois estarmos tão perto sem podermos nos tocar daquela forma tão íntima.

Fiz como ele pediu. Lentamente, aproximei a boca, trazendo a língua para deslizar por todo seu membro firme, as veias saltadas parecendo que a qualquer momento poderiam explodir. Que delícia era poder tê-lo novamente.

— Que saudade eu estava dessa boca maravilhosa! — Segurou meus cabelos, afastando-os do meu rosto para observar meus movimentos. Era difícil me conter e ser vagarosa. Eu o abocanhei e gradualmente fui aumentando o ritmo, chupando-o fervorosamente. Eu também estava com saudade de senti-lo daquela forma.

— Caralho! Eu disse para você ir devagar... Não vou aguentar... — E mal terminou de falar, gozou avidamente em minha boca, gemendo e urrando como um animal que há muito guardava aquele apetite. Eu me sentia mais excitada ainda por vê-lo assim, tão entregue, tão exposto.

Suguei tudo o que pude, lambendo até a última gota do seu orgasmo, enquanto ele me olhava apaixonado.

— Olha só o que você faz comigo. Quebrei minha promessa. — Se abaixou, me admirando, e logo salpicando beijos pelo meu rosto, até chegar à minha boca, sedento novamente.

— Pena não ter quebrado antes sua promessa — sussurrei muito excitada.

— Acho que precisamos cuidar de você agora. — Levantou-se e me ergueu.

— Mas você vai cuidar de mim no bom ou no mau sentido? — perguntei, já sentindo meu coração acelerar ainda mais, enquanto ele me conduzia para o quarto.

— No sentido que você quer e precisa, meu bem.

Me deitou na cama, de forma que eu ficasse com o quadril na beirada. Ui, eu sabia o que vinha pela frente. De forma lenta e sedutora, puxou o short do meu pijama para baixo juntamente com a calcinha, dando beijos pelo meu ventre, coxas e virilha.

— Mas você tem que prometer que vai ficar quietinha. Nada de se apoiar nos braços ou eu paro tudo.

— Fique tranquilo que vou te obedecer à risca — falei, já ofegante. — Você nunca me viu tão boazinha em toda a sua vida.

Senti sua risada sexy reverberar lá embaixo. E ele começou a doce tortura.

Lento, suave, comendo pelas beiradas. Sua língua descia pela virilha, passeava pela parte interna das coxas e voltava. Como era difícil me manter imóvel, quando minha vontade era erguer o tronco e observar o que ele fazia, ver seu olhar de luxúria enquanto me chupava.

Assim como ele, eu também achava que não ia aguentar muito tempo. E quando ele atingiu com a língua e os lábios o pontinho saliente, eu tive certeza de que não conseguiria segurar.

E sem fazer esforço algum para me conter, deixei que o orgasmo viesse forte, arrebatador, desesperado. Como ele disse, eu queria e precisava daquilo. Ainda estava em órbita quando ele veio para cima de mim, todo cuidadoso, obviamente, e me beijou deslizando a língua que continha meu gosto por toda a minha boca. Um beijo que demonstrava toda a sua fome e seu desejo. Afastou o rosto, me permitindo ver seu olhar apaixonado, e sorriu sedutor novamente, lentamente voltando para o meio das minhas pernas.

— Pedro, não!

— Sim, minha loba. Foi muito rápido. Você precisa de mais um.

— Pedro...

— Shhh... Quietinha. Prometo que não vai doer nada.

Voltou a me atacar com sua língua ávida e boca esfomeada. Ah, não, aquilo definitivamente nunca poderia doer. Do contrário, eu queria morrer com aquela dor. Dessa vez, eu aproveitei mais. Meu corpo teve tempo de assimilar seu toque, suas carícias.

— Você é deliciosa. Nunca vou me cansar do seu gosto.

Para completar a gostosa tortura, deslizou um dedo para dentro de mim, massageando o ponto escondido, enquanto sua língua ainda trabalhava. E ali eu me entreguei a outro orgasmo delirante, vertiginoso, quase desfalecendo de tanto prazer.

Novamente, trouxe sua boca até a minha, posicionando-se agora ao meu lado, afagando meus cabelos.

— Você não vai me comer, não é mesmo? — perguntei, ainda extasiada.

— Porra, você está reclamando? Para quem estava há mais de uma semana sem, está bastante exigente, não é? Não foi suficiente? — Continuou beijando meu rosto.

— Não estou reclamando, em hipótese alguma, por favor, não me entenda mal.

Provocante   163

— Quanto a isso, vamos esperar mais uns dias. Ainda tenho medo de te machucar com algum movimento mais brusco. Portanto, contente-se com o que temos para hoje.

— Uau, contente é pouço. Mas só para hoje? Podemos ter amanhã também? E depois e depois? — Sorri, acariciando seu rosto.

— Creio que isso seja possível. — Também sorriu. Estávamos ambos mais leves. Não era para menos.

Capítulo 14 - Entre amigos

Pedro

Eu e Paola tínhamos passado um dia maravilhoso. Depois dos últimos dias de tensão, mesmo ambos nos controlando, tentando ser pacientes, aquele foi o primeiro em que as coisas fluíram mais naturalmente. E não dava para negar que minha loba tinha razão. O sexo era uma parte muito importante do nosso relacionamento.

Eu havia percebido sua presença me espionando no banho naqueles dias. Minha primeira reação tinha sido questioná-la por estar em pé sem que tivesse ajuda para se levantar. Mas eu sabia que ela teria cuidado. E saber que ela estava ali me observando, provavelmente muito excitada com o que via, me fez deixar de lado todo o cuidado e ser egoísta no meu prazer.

Mas eu precisava dar a ela alguma coisa. Ou melhor, a nós dois. Por isso não resisti nesta manhã. E foi a melhor coisa que fiz, pois o clima melhorou muito depois da nossa sessão de sexo oral.

Porém, agora, outra coisa me tirava o sossego: a visita de Eduardo. Eu prometi me comportar melhor na presença dele. Como Maitê havia me censurado no hospital, meu ciúme não deixava de ser inadequado. Mas era mais forte do que eu. Talvez porque ele fizesse questão de ser tão íntimo não só com ela, mas com Alana também.

O fato é que eu precisaria ser educado e cordial com ele daqui por diante. Isso era importante para Paola. E se a fazia feliz, eu faria esse esforço.

Estávamos ainda deitados no sofá, após uma sessão de filmes, quando me ocorreu uma ideia.

— Maitê falou a que horas viria? — perguntei enquanto afagava seus cabelos, o perfume delicioso me envolvendo.

— Não, só que seria no início da noite.

— E Eduardo?

— Também não precisou o horário. Por que, Pedro? — perguntou já ansiosa, provavelmente preocupada com a minha reação à visita.

— Porque pensei que poderíamos jantar os quatro. Ou melhor, os cinco, já que Alana daqui a pouco deve chegar. Podemos pedir alguma coisa para comermos aqui, o que acha?

Ela virou o rosto para me olhar, com certeza admirada com a minha proposta.

— Sério isso?

— Ora, por que não? Eles vêm mesmo te visitar. Não custa combinar um horário para que venham juntos. Acho que isso facilitaria minha interação com seu sócio.

— Tem certeza, Pedro? Não há necessidade disso.

— Preciso me acostumar, não é mesmo? Afinal, vocês trabalham juntos, ele passa mais tempo com você do que eu, Paola. Desculpe, mas isso sempre vai me incomodar. Sendo assim, se você não pode com o inimigo, junte-se a ele.

— Por favor, não o veja como um inimigo. O Eduardo é uma boa pessoa, é só uma questão de você o conhecer melhor.

— Tudo bem, Paola, agradeço se puder não se desmanchar em elogios para ele. — Eu tinha ciência que meu ciúme era absurdo, mas também era quase incontrolável.

— Você é um bobo, sabia? E perfeito! — Sorriu, e eu não tinha como não me desmanchar com aquele sorriso sincero e feliz. Ela ficava ainda mais linda.

— Então? Quer ligar para eles e ver se rola?

— Vou ligar sim. Maitê vai adorar saber disso — falou, já pegando o celular.

— Por que ela vai adorar?

— Ah, Pedro, esquece.

Tomei o celular da sua mão. Ah, ela iria falar.

— Fale.

— Pedro, me dá o celular. Deixe-me ligar para eles.

— Fale ou esqueça sexo pelos próximos dias.

— Ah, amor, já estou sem. Não vai fazer muita diferença mesmo.

— Mesmo? Isso quer dizer que posso me virar sozinho amanhã? Ou quem sabe mais tarde?

— Não acredito que você vai me negar isso também? — ela perguntou e a olhei sério. Seria difícil, mas sabia que ela não ia resistir. — Eu não deveria te contar isso, afinal, diz respeito à vida da minha amiga. E você é o melhor amigo do Rodrigo. — Sua voz foi diminuindo conforme falava e agora eu estava com a pulga atrás da orelha.

— O que Rodrigo tem a ver com isso? Não estou entendendo mais nada. Explique, Paola.

— Está bem. Mas, por favor, não comente com ele. E menos ainda com Maitê. Ela quer conhecer melhor o Edu. Interessou-se por ele.

— Mas ela não está mais com o Rodrigo?

— Então, é meio complicada essa história. Ela insiste que eles não estão num relacionamento. Apenas se encontram de vez em quando para transar. Tipo, não tem exclusividade, entende?

— Sério? Rodrigo sabe disso? Digo, também pensa assim?

— Sinceramente, não sei. Só sei o que Maitê fala a respeito e não é muita coisa. Ela diz que não quer se envolver, sabe? Que funciona melhor assim. Menos chance de se decepcionar.

— Deduzo que tenha acontecido algo no passado para ela se comportar dessa forma.

— Desculpe, mas quanto a isso não posso falar. Diz respeito à intimidade dela.

— Tudo bem. Mas por que ela quer conhecer melhor o Eduardo, se não quer se envolver?

— Maitê é uma mulher muito liberal, Pedro. Gostou do Edu, o pouco que conheceu dele, claro. Acho que quer ter uma opção, para quando Rodrigo não estiver a fim ou disponível. Mas falei para ela que não sei se rola. Não vejo Edu dessa forma. Quer dizer, nunca falamos sobre isso, mas ele não me parece ser o tipo de homem que divide mulher. Mesmo sendo apenas sexo.

— Entendo perfeitamente. — Então tínhamos mais de uma coisa em comum.

— Então, será que agora pode me dar o celular para que eu possa ligar para eles? Sem que você me ameace novamente com uma greve de sexo?

— Agora posso.

Paola

Não era que eu não estivesse feliz pela atitude de Pedro em convidar Edu para jantar, mas algo me dizia que havia mais do que simples cordialidade naquele gesto. Porém, eu lhe daria um voto de confiança, afinal, ele estava se esforçando. E tudo para me agradar.

Ele ainda insistia em me ajudar no banho. Claro que não havia necessidade, mas por que eu negaria? Quanto ao sutiã, eu não tinha muita opção, já que teria que usar por um tempo um modelo mais fechado e que firmasse meu seio, requisito do pós-operatório. Mas escolhi um caleçon branco, inteiro de renda, para usar por baixo de um vestido floral.

Ele me ajudou a vestir, como sempre fazia questão. Era romântico, se não fosse tão tentador.

— Eu sei que você faz de propósito ao escolher essas lingeries sexy — murmurou enquanto deslizava a calcinha para cima, deslizando os dedos pelo meu quadril.

— Eu poderia muito bem me virar sozinha. É você quem faz questão de me vestir. — Ele se ergueu, me encarando sedutor.

— Assim como vou fazer questão de te despir mais tarde. — Manteve as mãos no meu quadril. — E bem devagar. — Aproximou a boca da minha. — Com os dentes.

Porra, que delícia de homem eu tinha.

— Não quer fazer isso agora? Porque eu acho que serei obrigada a trocar, visto que você acabou de fazer com que eu a molhasse.

— Mais tarde, minha loba. — Me beijou apaixonado, me deixando mais molhada ainda. — Agora eu preciso de um banho antes de recepcionar nossos convidados.

— É só banho? — falei, ainda flutuando por apenas aquele beijo, enquanto ele me ajudava com o vestido.

— Pode deixar. Guardo o restante para você. — Piscou, indo para o banheiro. Será que algum dia eu me cansaria daquele homem? Óbvio que não.

Eu estava no sofá quando ele veio do quarto, já de banho tomado. Os cabelos jogados displicentemente sobre a testa, calça preta muito justa no quadril e uma camisa também preta, as mangas dobradas até acima do cotovelo. Gostoso era pouco para descrevê-lo e eu soube que ele estava fazendo de propósito. E desconfiava que não fosse somente para me provocar, mas também impressionar meu sócio.

— Isso é pecado, sabia? — falei séria enquanto ele vinha em minha direção.

— Do que você está falando? — Fez cara de inocente, mas sabia muito bem

168

o quanto me afetava vestido daquela forma.

— Ser tão lindo e gostoso assim. — Eu ainda não acreditava que o tinha só para mim. — O que você acha de cancelarmos essa pizza e irmos direto para a sobremesa, só nós dois?

— Eu adoraria, mas acho que não temos mais tempo hábil para cancelar. Eles devem estar chegando — falou no instante em que a porta se abriu. Era Alana.

— Oi, gatinha! Que bom que chegou. — Abraçou-a enquanto ela retribuía. Fiquei admirando a interação deles. Como se há anos se conhecessem. — O Eduardo e a Maitê estão vindo aí. Vamos pedir uma pizza. Você me ajuda a arrumar a mesa?

— Claro, Pedro. Ah, que bom, assim você se distrai um pouco, né, mãe? Deve estar entediada de ficar trancada em casa.

— Hoje saímos para dar uma volta no parque. Sua mãe estava precisando de ar puro. Não vê como ela está mais corada, mais radiante?

Eu estava daquela forma não por causa do ar puro, mas por causa dele.

— Está mesmo. Culpa sua, Pedro. Você está me saindo melhor do que a encomenda cuidando dela. — Sorriu e piscou para mim.

Logo Maitê chegou com sua alegria habitual contagiando a todos. Reparei que ela e Pedro se entendiam bem e não soube precisar a partir de quando a interação deles melhorou.

— Não seremos apenas nós quatro? — Já bebericava seu vinho, sendo acompanhada por Pedro.

— Edu também vem — falei, piscando para ela, que abriu um sorriso surpreso e satisfeito.

— E Pedro? — perguntou, cutucando.

— O que tenho eu, Maitê?

— Você concordou com isso? Não vai ter chilique de ciúmes? — Minha amiga não tinha filtro, definitivamente. Falava o que lhe vinha à cabeça.

— Foi Pedro quem sugeriu isso. — Olhei apaixonada para ele, que me servia um suco.

— Sério, Pedro? Mas vai conseguir se controlar? Ou vai ficar um climão, tipo lá no hospital?

— Preciso me acostumar, Maitê. E prometi para Paola que faria um esforço para me entender com ele, já que é uma pessoa tão presente na vida dela.

— Uau! Amiga, me ensina a receita depois, viu? — Piscou para mim, com um sorriso solto, deixando-a ainda mais bonita.

Nesse momento, Alana veio de seu quarto, já de banho tomado, juntando-se a nós três no sofá.

A campainha logo soou e Pedro se adiantou para abrir a porta. Eu estava apreensiva por aquela noite; queria realmente que tudo corresse bem.

De onde eu estava era possível ver a expressão surpresa de Eduardo ao se deparar com meu namorado recepcionando-o.

— Boa noite, Eduardo. Seja bem-vindo. — Pedro estendeu a mão para cumprimentá-lo, que foi prontamente correspondido.

— Como vai, Pedro? Obrigado. — Ele parecia desconfiado de toda aquela gentileza, já que da última vez não tinha sido muito bem recebido.

Mas logo seu rosto mudou ao se deparar com três mulheres ali sentadas. Veio até onde estávamos, cumprimentando Alana primeiro.

— E aí, minha princesa? Tudo bem com você?

— Tudo ótimo, Edu. — Abraçou-o como sempre fazia.

— Lembra-se da Maitê? — perguntei quando parou à sua frente, cumprimentando-a com um beijo.

— Claro, nos conhecemos na festa e depois nos vimos rapidamente no hospital.

— Tudo bem, Eduardo? — Minha amiga retribuiu o beijo, muito simpática e charmosa.

Impressão minha ou notei um olhar mais demorado dele para a bela mulher à sua frente? Será? Então veio até mim, sorridente como sempre.

— E você, minha sócia, como está? — Me beijou e não tive como não olhar rapidamente para Pedro ao ouvir o modo como se dirigiu a mim.

— Estou muito bem! Melhor agora que vocês estão aqui. Tudo por conta do meu namorado, que quis tornar meu final de semana mais alegre. — Fiz questão de enfatizar que a sugestão foi dele, demonstrando sua boa vontade naquele convívio.

— Foi você quem preparou isso, Pedro? — Alana foi para o seu lado, abraçando-o. — Essa minha mãe é uma mulher de muita sorte mesmo.

— Aceita um vinho, Eduardo?

Pedro o serviu e logo estávamos conversando civilizadamente, digamos assim.

Durante toda a noite, meu namorado fez questão de estar ao meu lado, sempre me tocando, me beijando e abraçando, como que mostrando a quem eu pertencia. Claro que percebi sua intenção. Ele fazia tudo aquilo não só para me agradar, mas para deixar claro ao Eduardo como estava nossa relação. Profunda, íntima, intensa. Também percebi a reação de Edu. Não que ele já não soubesse que estávamos juntos e bem, mas nunca tinha presenciado.

E Pedro fazia isso não só comigo, mas com Alana também, sempre carinhoso e atencioso. Ela também percebeu.

— Então, Alana, rumo ao terceirão? Já se decidiu para o vestibular? — Edu a questionou enquanto jantávamos.

— Não vou mudar. É Direito que eu quero e pronto. E até já tenho uma vaga de estágio garantida — falou sorridente, olhando para Pedro.

— Mas acha uma boa ideia isso? — Edu questionou, olhando de Alana para o meu amor. — Estagiar com o namorado da sua mãe? Quero dizer, você seria cobrada e avaliada como uma estudante comum ou por ser filha de quem é?

— Lá dentro, ela será uma estagiária como outra qualquer. Terá suas responsabilidades e será cobrada de acordo — Pedro respondeu por ela, pelo visto, não gostando muito de como meu sócio colocou a questão. E para não acabar o clima amigável que havia até então, achei melhor encerrar o assunto.

— Acho que não adianta ficarmos discutindo isso agora. Temos mais de um ano ainda pela frente. — E para mudar o rumo da conversa, perguntei: — Sabia que Maitê já trabalhou em alguns projetos para os Sartori, Edu?

Aquilo fez com que o ambiente voltasse a ficar descontraído, permitindo que todos conversássemos de forma cordial, principalmente os dois homens. Aos poucos, eu sentia que Pedro ia se soltando e Edu era receptivo.

Já tínhamos jantado quando o celular de Pedro tocou. Ele se afastou para atender, mas logo voltou, com alguém ainda na linha.

— Meu amor, é o Rodrigo. Ele gostaria de passar para te dar um abraço, mas quer saber se não está muito tarde. Eu disse que veria com você. — Notei seu olhar divertido e soube o que se passava em sua cabeça.

Olhei para Maitê, que sutilmente acenou que não, mas eu resolvi me divertir.

— Claro que ele pode vir. Será muito bem-vindo. — Sorri e ele também entendeu.

Maitê percebeu o que eu estava fazendo e me fuzilou com o olhar. Eu queria ver como ela ia lidar com os dois homens, ainda mais que eu já percebia olhares mais atentos de Edu para o seu lado. Aquela noite estava me saindo melhor do que a encomenda.

Rodrigo não demorou a chegar, lindo e gostoso como sempre. Reparei em como a sala estava repleta de belos homens e lembrei-me da enfermeira Nice comentando a mesma coisa no hospital.

Eu havia me levantado, já cansada de tanto ficar sentada, e o cumprimentei ainda na porta.

— Olá, Paola? Como você está? Meu amigo está cuidando bem de você?

— Bem até demais, Rodrigo. Já penso em não devolvê-lo para você na outra semana — brinquei enquanto Pedro me abraçava. — Venha, junte-se aos demais.

Ele foi até Maitê, mas, dessa vez, talvez por haver mais alguém junto, cumprimentou-a apenas com um beijo no rosto, porém seu olhar sedutor não passou despercebido. Minha amiga parecia incomodada.

— Você já conhece o Eduardo.

— Claro, você nos apresentou na festa e nos encontramos no hospital.

— Como vai, Rodrigo? — Edu apertou sua mão, amigável.

— Acho que você não conhece minha filha, Alana. — Ela voltava da cozinha, trazendo mais uma taça.

— Conheço sim, também do hospital. Como vai, boneca? — Beijou-lhe a face, sendo retribuído.

— Bem e você, Rodrigo?

Muito bem, mais um para mimar minha filha? Princesa, gatinha e agora boneca?

— Nos acompanha, Rodrigo? — Pedro ofereceu-lhe uma taça de vinho e logo ele estava sentado conosco.

A noite estava ótima e há tempos eu não me divertia tanto. Papo variado, descontraído, Pedro muito bem-humorado, chegando até a fazer comentários divertidos com Edu. Meu sócio também parecia bem ambientado, participando ativamente da conversa. Maitê, no início, estava mais calada, coisa de se admirar, mas, talvez efeito da bebida, logo foi se soltando. Aliás, todos estavam alegres além da conta.

Alana se recolheu, alegando cansaço pela semana de estudos e por passar mais aquele dia estudando.

Ficamos nós cinco na sala, e as garrafas se acumularam em cima da mesa. Todos, com exceção de mim, é claro, bebiam e riam muito. Apesar de estar muito feliz com a reunião, eu começava a me preocupar com a volta deles para casa, afinal, os três estavam dirigindo.

— Gente, nós bebemos tudo isso? — Maitê apontou para a mesa, onde estavam as garrafas vazias.

— Sim, vocês beberam tudo isso — falei, rindo.

— Estamos em casa, então está tudo certo — Pedro falou, enchendo novamente sua taça. Ele também estava bastante alegre.

— Mas eu me preocupo com todos voltarem para casa dirigindo. Não que esteja colocando vocês pra fora, de forma alguma — tentei corrigir meu comentário. — Você poderia muito bem dormir aqui, né, Maitê?

— Ai, Paola, deixe de ser careta. Eu estou bem, posso voltar dirigindo tranquila.

— Não é questão de ser careta e sim prudente. Você bebeu bastante. O que custa ficar aqui? Não será a primeira vez — insisti, pois ela estava bem altinha.

— É bem capaz! E ser obrigada a ouvir as peripécias de vocês dois? Não, estou fora, obrigada.

— Maitê!

— É verdade. Se por telefone a coisa já pega fogo, imagine ao vivo.

— Como assim por telefone? — Rodrigo perguntou interessado, enquanto Pedro ria ao meu lado.

— Ah, esses dias que fiquei dormindo aqui. Quando foi, Paola? Tínhamos bebido também e ela disse que ia para o quarto ter uma sessão de sexo por telefone com o garanhão dela. Até Alana falou a respeito.

— Porra, Maitê, você não está alta, está bêbada realmente.

— Sério, amor? Ah, sim, não foi no sábado? — Pedro me olhou cínico.

— Podemos mudar de assunto, por favor? Está vendo como você deveria ficar aqui, Maitê? Aliás, todos vocês passaram do ponto. — Estavam falando o que não deviam.

— Uau! Está sugerindo o quê, amiga? Que fiquemos todos aqui? Uma orgia, quem sabe?

Eu não acreditava no que estava ouvindo. Arregalei os olhos para ela, que não tinha se tocado do que falara. Tudo bem que ela e Rodrigo eram adeptos dessa prática, mas Pedro não gostava nem de falar a respeito e Edu eu realmente não sabia o que pensava sobre isso. Ele não estava de todo confortável, mas, talvez pela bebida, estava se deixando levar pela conversa.

— Ah, esqueci, Pedro não compartilha. — Meu Deus, ela tinha perdido a noção do perigo.

— E você, Maitê, compartilha? — Era Pedro quem a desafiava e eu o encarei incrédula.

— Por que não? — respondeu, olhando para Rodrigo, e logo em seguida para o meu sócio, que estava visivelmente afetado pelo charme da louca da minha amiga. — Tudo depende do momento, da companhia. — Então, se virou para meu namorado, sentado ao meu lado. — Nunca pensou a respeito, Pedro? Realizar a fantasia da sua namorada?

Cacete, o que tinha naquele vinho? Não podia ser apenas álcool. Senti meu rosto pegar fogo e todos os olhares voltados para mim. Pedro se remexeu no sofá, talvez agora se dando conta da brincadeira que estava incitando.

— Você tem esse tipo de tara também, Paola? — Para piorar, agora meu sócio me questionou. O que estava acontecendo com aquela gente?

— Desde quando minha vida sexual virou tema dessa conversa, posso saber? — perguntei, me sentindo incomodada. Talvez, se eu também estivesse sob o efeito da bebida, participar daquele papo fosse tranquilo, mas não era o caso.

— Ela tem essa tara, sim, Eduardo, mas vai ficar só na fantasia. — Olhei para Pedro boquiaberta pela forma como admitia aquilo tão naturalmente e justamente para o homem do qual ele tinha mais ciúmes.

— Sério, Paola? Sempre soube que você era uma mulher quente, mas não fazia ideia desses seus pensamentos — Edu comentou, virando o restante do conteúdo da sua taça.

Eu desconfiava, pela insanidade do momento, que eles só poderiam estar de combinação para me deixar sem jeito.

— Meu Deus, vocês por acaso fumaram um baseado?

Todos riram, ou melhor, gargalharam, visivelmente se divertindo às minhas custas.

— O que foi, amor? Somos cinco adultos, conversando a respeito de sexo. Acho que todos aqui são praticantes, portanto não precisamos ser hipócritas. — Meu lindo namorado estava me provocando? Então era assim que ele queria?

— Você tem razão, meu bem. É verdade, Edu, eu tenho essa fantasia, inclusive propus mais de uma vez para o Pedro, mas ele não topa. — Sua expressão mudou imediatamente. — E se quiser dormir aqui pode ficar tranquila, Maitê, não haverá peripécias, uma vez que não estamos transando.

— Paola!

— O que foi, meu amor? Você acabou de dizer que somos todos adultos. Só estou comentando que não estamos transando, contra a minha vontade, que fique bem claro, devido à minha recuperação pós-cirúrgica.

— Ah, é verdade. Ela comentou lá no hospital a respeito disso. Que você não iria tocar nela nestas duas semanas e que ela não ia aguentar. Como foi mesmo que você disse, Paola, que você iria passar mal em ter um deus grego ao seu lado por quinze dias e não poder dar umazinha? — Mal terminou de falar, já caiu na gargalhada, levando todos junto com ela.

Eu tive que me render e me juntar àquele bando de bêbados, rindo da conversa pra lá de maluca.

O papo ainda transcorreu meio insano por mais um tempo. Eu precisava fazer com que eles tomassem um café antes de sair. Não que fosse cortar o efeito da bebida, mas pelo menos os deixaria um pouco mais despertos. Fiz sinal para que Pedro me acompanhasse até a cozinha, me ajudando na tarefa.

— Sério, Pedro, estão todos muito altos.

— E você acha que um café vai resolver? — falou, pegando a cafeteira enquanto eu separava as xícaras.

— Sei que não, mas pelo menos dá uma acordada, né? Ainda acho que a Maitê deveria ficar aqui.

— Você não sabe qual o plano deles para quando saírem daqui, Paola — sussurrou e veio para o meu lado, um olhar diferente, meio embriagado. — Já eu

Provocante 175

sei muito bem o plano que tenho para você.

— Se você estiver em pé até a hora de irmos para a cama, né? — Sorri, enquanto ele me encostava na parede.

— Não preciso estar em pé para o que pretendo fazer com você. — Puxou a barra do meu vestido para cima, deslizando as mãos pelas minhas coxas.

— Pedro, temos visita.

— Eles estão ocupados conversando lá na sala. — Sua mão subiu para o meu quadril, já se enroscando na minha calcinha. — Eu disse que iria tirar isso aqui devagar, mas acho que terá que ficar para mais tarde. Agora precisa ser rápido.

— Pedro, não seja louco... — Ele já descia os lábios pela minha clavícula, distribuindo beijos pelo meu pescoço enquanto eu me sentia desmanchar.

— Lembra daquele domingo, quando Alana estava passando mal? Da primeira vez que eu te senti como agora? — Seu dedo deslizava pelos meus lábios inchados. — Molhada, macia, deliciosa?

— Ahh... Não faz isso aqui... — Porra, ele estava levemente embriagado e mais sexy ainda, se fosse possível. Sua voz rouca, sussurrada e aqueles dedos trabalhando lá embaixo eram uma perdição.

— Vai dizer que você não quer? — Mordeu o lóbulo da minha orelha, gemendo em meu ouvido. — Não te excita saber que estamos assim aqui na cozinha enquanto tem gente esperando por nós ali ao lado?

— Pedro, eu não vou conseguir. — Eu estava entre muito excitada e nervosa, justamente por alguém poder nos pegar ali.

— Claro que você consegue. Gozar para você é uma arte, minha loba. Que eu adoro admirar. Vamos, goza para mim. Eu prometo que vai ser apenas a primeira vez de muitas essa noite.

Caralho, como não gozar daquele jeito? Seu olhar estreito, luxurioso, aquela boca me devorando, sua língua passeando pelo meu colo. Eu estava admirada por ele ainda estar sendo cuidadoso, apesar de todo o desejo que demonstrava.

Ele intensificou o movimento do seu polegar em meu clitóris, enquanto um dedo me preenchia e se movimentava para dentro e para fora. Então voltou a me olhar, puro tesão estampado em seus olhos.

— Vou fazer você gozar na minha boca logo mais, minha loba! Uma, duas, quantas vezes você quiser.

Seu olhar me devorando, seus dedos me manipulando e aquelas palavras foram minha perdição. Gozei, como sempre entregando todo o meu prazer em suas mãos. Esqueci totalmente onde estávamos, ou quem estava lá. Éramos apenas ele e eu, nos consumindo com o olhar, eu me esforçando para conter meus gemidos.

Aos poucos, ele me soltou, ainda cuidadoso, seu olhar muito intenso. Trouxe os dedos até os lábios, chupando-os lentamente. Mais erótico impossível.

— Deliciosa como sempre. Vou querer minha sobremesa mais tarde.

— Pode estar certo que você a terá. — Suspirei, ainda extasiada. Precisei de um tempo para que minhas pernas parassem de tremer.

Preparei o café, enquanto ele ia ao banheiro. E assim que levamos as xícaras para a sala, novos comentários insinuantes invadiram o ambiente.

— Hum, esse café demorou muito. O que vocês estavam aprontando lá na cozinha? — Maitê não perdia o jeito.

— Apenas proporcionei à Paola um breve vislumbre do que ela terá mais tarde — Pedro comentou, ainda me olhando sedutor. Ele estava fora de si, só podia ser. Aquilo não era do feitio dele.

— Por isso Paola está tão corada? — Edu entrou na brincadeira; eu só não sabia se estava confortável ou não.

— E nem chamou a gente para participar? — Era Rodrigo quem se manifestava, rindo.

— Você sabe que eu não sou adepto de companhia nessa situação específica. — Entregou as xícaras aos nossos amigos, vindo sentar-se ao meu lado.

— E como foi esse vislumbre, Paola?

— Maitê! Sério? — Ela estava passando do ponto.

— Se você quer saber se a fiz gozar, a resposta é sim, Maitê! — Pedro falou calmo, fazendo minha amiga se engasgar com o café.

Aliás, todos se surpreenderam pela sinceridade do meu namorado e eu, se antes estava corada, agora estava roxa. Olhei de canto de olho para Edu e vi que ele sorria, parecendo levar tudo aquilo numa boa.

— Puta que pariu! Recorde, hein? Como você consegue assim tão rápido, Paola? Mas então você quebrou sua promessa de não tocar nela, Pedro?

— Não era uma promessa, Maitê, apenas disse que precisávamos tomar cuidado nesse período. Mas é difícil me controlar com essa mulher. E quando junta a fome com a vontade de comer, é assim que funciona. Satisfeita agora? — Pedro parecia ter recobrado um pouco da sobriedade. Só um pouco.

— Tá, já entendi. Acho que agora a gente pode ir embora, né? Deixar que eles continuem o que começaram lá na cozinha. — Colocou a xícara na mesa de centro e se levantou.

— Maitê, tem certeza que não quer ficar? — insisti.

— De jeito algum. Ainda mais depois disso. — Acenou para nós dois.

— Eu vou atrás dela acompanhando, fique tranquila, Paola. — Edu também se levantou, se prontificando. Uau! Ia rolar alguma coisa ali? Imediatamente, olhei para Rodrigo, mas ele nada deixava transparecer.

Nos despedimos, todos agradecendo pela noite divertida e louca que compartilhamos.

E assim que fechamos a porta, meu sexy advogado se virou para mim, chamas em seus olhos, um andar quase felino em minha direção, me deixando em ebulição no mesmo instante. Não havia dúvidas de que aquela noite terminaria muito bem.

Capítulo 15 – Seduzida

Paola

— Direto para o quarto!

Veio andando lento em minha direção.

— Sim, senhor — afirmei, me afastando, ainda de frente para ele, sem a menor vontade de contrariá-lo. — Adoro quando você é assim mandão!

— E eu não sei? — Foi me guiando lentamente, seu olhar felino, quente como o inferno.

— Você está bêbado? — perguntei, sorrindo.

— Levemente embriagado. Pela bebida e por você!

Seu andar era arrastado, deslizando os olhos pelo meu corpo, esfomeado.

— Você está parecendo um predador avaliando sua caça. — Eu também estava faminta por ele, aquecida ao extremo.

— Ah, pode estar certa disso. Já estou salivando pela presa à minha frente.

— Essa conversa toda de hoje à noite te inspirou?

— Você me inspira!

Eu já sentia falta de ar quando ele me fez sentar na poltrona próxima à cama, enquanto ia até o aparelho ligar uma música. Desligou a luz principal e acendeu apenas a do abajur, deixando o ambiente na penumbra.

"Elvis Presley – Fever"

Never know how much I love you
You give me fever when you kiss me

Voltou até onde eu estava e começou a desabotoar a camisa lentamente. Ele iria me proporcionar um show, tirando a roupa daquela forma? Ao som de Elvis Presley? Tinha dúvidas se eu conseguiria sobreviver.

— Oh, Deus, se você vai fazer isso, por favor, faça bem devagar.

Recostei-me no encosto, cruzando as pernas, tentando me preparar psicologicamente para o que viria.

— Isso o quê? — Parou no terceiro botão, na altura do abdômen, seu olhar sedutor, pecaminoso.

— Isso que você começou. Vamos, eu tenho sido uma boa menina, mereço um espetáculo desses.

— Então, eu tirando a roupa é um espetáculo? — continuou, os gestos combinando com o ritmo lento da música.

— Definitivamente. Eu não tenho muita coisa, mas daria tudo só para ficar aqui te admirando — sussurrei, minha voz já falhando com a cena.

Pedro era demasiadamente lindo e gostoso. Será que ele tinha noção disso? Do quanto afetava as mulheres? Do quanto me tirava do eixo? Seu corpo era escultural, como que talhado à mão, tudo no lugar certo, na proporção correta. Nem demais nem de menos. E seu jeito de se movimentar, confiante e seguro, o tornava ainda mais apetitoso.

Obviamente, ele estava afetado pela bebida, pois eu duvidava que sóbrio se sujeitaria àquele strip-tease para mim. Mas ele continuou. Quando abriu o último botão da camisa, apenas afastou-a um pouco para os lados, me dando uma visão dos gomos sutilmente trabalhados do seu abdômen.

Uau! Passei a língua pelos lábios, evidenciando a água que havia se juntado em minha boca. Ah, eu também já estava com uma febre insuportável.

Deslizei meu olhar por toda aquela superfície demoradamente, subindo pelo seu tórax, fixando em seus olhos. Ah, aqueles olhos que tanto me diziam, que mostravam todo seu amor e desejo por mim.

Ele continuou me encarando, enquanto puxava a camisa para fora do corpo, me permitindo agora observar os bíceps bem torneados, aqueles braços que eu adorava sentir em volta da minha cintura, me apertando.

Largou-a ao chão, trazendo as mãos até o cinto da calça, tão justa que era possível ver sua ereção pronunciada, enquanto com os pés puxava os sapatos para fora, lançando-os para longe.

Se ele já tinha feito aquilo alguma vez, eu não sabia, mas estava se saindo muito bem. Seguro, ousado, sexy ao extremo.

Abriu muito devagar o cinto e o botão da calça, enquanto eu sentia que já segurava a respiração. Puxou o zíper para baixo e só então percebi que ele estava sem cueca.

Arregalei os olhos, encarando-o, e vi um sorriso cínico dançando em seus lábios.

— Consegui te surpreender?

Sua voz grave e baixa reverberou em meu ventre contorcido de tanta excitação.

— Você conseguiu isso o dia todo hoje.

Sim, ele havia me surpreendido de várias maneiras. Quando sugeriu aquele encontro com nossos amigos. Quando compactuou comigo na vinda de Rodrigo para se juntar a nós, sabendo dos pensamentos da minha amiga. Quando participou daquela conversa extremamente quente e mais tarde quando me fez gozar na cozinha, tendo nossos convidados tão perto.

E agora, naquele exato momento, quando me proporcionava aquele show de sensualidade e ousadia, me fazendo amá-lo ainda mais, se fosse possível.

Ainda sem desviar o olhar do meu, baixou a calça, fazendo-a deslizar pelas coxas firmes, cobertas por uma camada de pelos escuros, revelando finalmente sua ereção por completo. Seu membro firme, veias grossas saltadas, a cabeça brilhando, extremamente convidativo.

— Você é o pecado personificado, sabia disso? — gemi, já ficando na ponta da poltrona. — Vem cá!

— Por acaso você está babando?

— De ambas as formas, meu amor. Mas por enquanto me deixe babar em você.

Fiz menção de levar as mãos até seu quadril para puxá-lo para mim, mas ele foi mais rápido e me segurou.

— Nada de esticar os braços. Estou sóbrio o suficiente para ainda cuidar de você.

Ah, meu homem perfeito!

— Então venha até aqui, por favor? Ou serei obrigada a te desobedecer.

Ele trouxe o seu corpo, toda a sua potência, até mim. Era difícil controlar o ímpeto de abocanhá-lo de uma vez só, mas eu precisava me conter. Queria fazer aquilo devagar, me demorar em saboreá-lo, aproveitando ao máximo aquele homem magnífico.

Corri as mãos por suas coxas, de cima a baixo, parando em seu quadril. Deslizei para trás, apalpando sua bunda firme e redonda, que eu gostaria de

Provocante 181

morder inteira. Trouxe-as novamente à frente, as pontas dos dedos fazendo uma carícia muito leve, seus pelos se arrepiando ao meu toque. Escorreguei lentamente pela virilha, deixando-o louco de antecipação.

— Faça isso de uma vez. Você está me torturando com essa lentidão.

Ergui a cabeça, vendo seus olhos escuros de desejo, e sorri fascinada para ele.

— Quero saborear com calma.

Aproximei meu rosto, sentindo seu cheiro típico de macho, do líquido que já se acumulava na ponta. Encostei meu rosto em suas pernas, deixando que minha face corresse por ali numa leve carícia.

Voltei a encarar seus lindos olhos enquanto colocava a língua para fora, lambendo lentamente a lateral de seu pênis, de cima a baixo. E me deliciei mais ainda ao ouvir seu gemido profundo. Minhas mãos ainda acariciavam sua virilha, suas coxas, e, não resistindo mais, coloquei-o na boca, fazendo-o deslizar quase por inteiro.

— Caralho! Que delícia!

Segurou meus cabelos, colocando-os para trás, permitindo uma melhor visão a ele do que eu fazia.

Dessa vez, era ele quem estava totalmente nu, enquanto eu me encontrava ainda vestida.

Intercalei entre chupadas, leves mordidas e lambidas, às vezes engolindo-o inteiro, outras apenas me demorando na ponta reluzente de tão inchada. E eu o sentia cada vez mais rijo, suas veias pulsando em minha língua. Ele segurava firme em minha cabeça com as duas mãos, acelerando o movimento, fodendo minha boca com vontade, trazendo à tona todo o tesão acumulado.

— Porra, como você chupa gostoso, minha loba.

Intensificou as estocadas e eu segurei firme em seu quadril, sentindo todo o seu corpo se contraindo, os músculos das coxas se retesando, denunciando o orgasmo que já se aproximava. Eu queria poder ficar ali por mais um tempo me deliciando, mas ele já não conseguia mais se conter. Então gozou, gemendo, jorrando seu líquido quente e grosso em minha boca, trazendo as mãos até o meu rosto. Eu o chupei até deixá-lo completamente limpo, não desperdiçando uma gota sequer.

Ele segurou meu queixo, erguendo-o para que eu o encarasse, seus olhos ainda envoltos numa nuvem de êxtase, a respiração entrecortada.

— Você acaba comigo desse jeito.

Ele não sorria, apenas me olhava concentrado, apaixonado.

Então se abaixou à minha frente, colocando as mãos embaixo do meu vestido, erguendo-o sobre as coxas, suas mãos numa carícia que chegava a ser angustiante. Seus dedos desabotoaram-no devagar, permitindo revelar meu corpo apenas com a lingerie.

Ergueu-se, me levando com ele para a cama, me acomodando deitada no centro, enquanto posicionava seu corpo em cima de mim.

Tendo todo o cuidado para não pressionar meus seios, beijou-me apaixonado, me envolvendo com seu charme, sua língua dançando em minha boca, seus dentes mordendo meus lábios, meu pescoço, indo até minha orelha, murmurando palavras sacanas no meu ouvido.

— Acho que eu prometi tirar essa calcinha com os dentes. — Eu já estava em brasa. — Bem devagar... — E foi descendo, traçando beijos pelo meu abdômen, suas mãos acompanhando o desenho do meu corpo.

Eu sabia que ele não me tomaria por completo novamente, ainda permaneceria naquela neura de cuidados. E eu não iria insistir; não podia estragar tudo o que estávamos vivendo de tão bom. Eu seria paciente, apesar de ser uma tarefa dificílima.

Ele arrancou minha calcinha com os dentes, sendo cruelmente lento, conforme prometido. Depois, me chupou, lambeu e mordeu de todas as formas possíveis e imagináveis, me dando dois orgasmos estarrecedores, me levando à loucura de tanto prazer.

Por fim, me acomodou, deitando-se ao meu lado, se aconchegando o mais próximo de mim que a condição permitia, já sonolento, consequência da hora tardia, mas principalmente da bebida.

— Minha deusa! Amo você! — sussurrou, embalando no sono.

— Também te amo!

Acariciei seu belo rosto, com uma sombra de barba já despontando.

Eu ainda estava extasiada pelos orgasmos que ele tinha me dado e pelo dia maravilhoso que tínhamos passado juntos.

Estar ao seu lado era simplesmente perfeito. Ele era perfeito. Atencioso o tempo todo, sempre preocupado se me faltava alguma coisa, se eu estava confortável. Tudo o que fazia era para me agradar, me ver feliz e sorrindo, como ele afirmava.

O pensamento de que tudo era bom demais para ser verdade continuava a me perseguir. Difícil isso não passar pela sua cabeça, quando você tem um homem que é melhor do que nos seus sonhos. E ele era assim! Nada era forçado. Toda sua atenção era genuína e natural.

Condenava-me por tê-lo feito sofrer com nosso afastamento, com minhas dúvidas descabidas, sem fundamento, porque, como ele já havia dito, nunca escondeu seus sentimentos, não mascarou nada. Sempre foi verdadeiro e autêntico.

Eu o amava por isso. Com exceção daquele episódio, sobre o qual ainda não tínhamos finalizado a conversa, Pedro sempre foi sincero. Era gentil, cavalheiro, carinhoso e ao mesmo tempo charmoso, sedutor e autoritário, tudo na medida certa.

E adorava minha filha. Preocupava-se com ela, seu futuro, como se fosse sua também. O que mais eu poderia querer?

Avaliando tudo isso, eu me pegava pensando como seria no final daquelas duas semanas? Não dormiríamos mais juntos. Eu não teria seu corpo ao meu lado por toda a noite, seu cheiro de banho tomado me invadindo pela manhã, seu bom-dia carinhoso me cobrindo de beijos.

Senti meu coração apertar de saudade antecipada.

Olhei para ele ao meu lado, em um sono profundo, o semblante tranquilo e feliz. Oh, Deus, como eu o amava!

Pela primeira vez nos últimos dias, acordei antes do Pedro. Ele estava lá estirado, de bruços, um braço por cima do meu abdômen, ainda em um sono profundo. A barba agora estava mais pronunciada em seu rosto perfeito, os cabelos bagunçados me lembrando de quando estávamos transando, quando eu os agarrava enquanto ele estava no meio das minhas pernas.

Lentamente, me desvencilhei do seu abraço quente e, com cuidado para não acordá-lo, levantei da cama, indo em direção ao banheiro. Também com muito cuidado, lavei o rosto, escovando os dentes em movimentos calmos. Saí e ele continuava na mesma posição. Me contive para não ir até a cama novamente, levantar o lençol e apreciar aquele belo corpo nu ali estendido.

Na cozinha, me servi de um copo de suco e fui até a sacada, deixando a brisa ainda fresca da ensolarada manhã de domingo me tocar. Alana também dormia. Sentei-me na espreguiçadeira e me deixei ficar, voltando os pensamentos para a noite anterior.

Ainda não havíamos conversado sobre o que aconteceu, sobre nossa discussão, meu afastamento. Ele tinha se explicado, mas não tínhamos encerrado o assunto, ficando pontas pendentes. E eu não queria mais que houvesse falhas, que mais tarde pudessem nos afastar, magoar ou ferir.

Nos amávamos, disso não restavam dúvidas. Pedro era sincero e transparente em seus sentimentos, isso eu não podia falar ou questionar. E me tratava como se eu fosse muito preciosa para ele, me enchia de carinho, me mimava.

Mas o que o destino nos reservava? E outro assunto estava me incomodando: o que o médico havia falado a respeito de uma gravidez. Pedro nunca me questionou a respeito. Mas, como havia pensado naquele dia no hospital, quando Dr. Paulo mencionou esse assunto, Pedro tinha direito a poder escolher ter um filho ou não. E eu teria direito de privá-lo disso?

Resolvi entrar em contato com minhas amigas do grupo. Fazia um tempo que não conversávamos. Aquilo me faria bem, eu sabia que podia contar com elas e desabafar.

Vi que tinha várias notificações, e já comecei a ser chamada:

Pietra: E aí, Paola, como você está? Maitê nos mantém informadas, mas sentimos sua falta.

Paola: Estou bem, insanas, me recuperando aos poucos.

Val: Ah, essa recuperação deve estar sendo ótima. Com um enfermeiro como esse, eu queria ficar me recuperando pelo resto da vida.

Paola: Verdade, Val, não posso reclamar, né? O homem não desgruda. Me dá banho, insiste em me dar de comer. Ah, Pedro é maravilhoso.

Elis: Aproveitando para colocar a leitura em dia?

Paola: Um pouco. Confesso que ando meio preguiçosa para isso. Sei lá, tô meio angustiada já.

Suzana: Mas por quê? Com esse deus grego ao seu lado e está reclamando? Não estou te entendendo.

Paola: Eu já estou pensando quando ele for embora. Vou morrer de saudade.

Lili: Ah, Mamis, não fala assim. Ele só vai voltar para a casa dele, mas vocês estarão juntos ainda.

Provocante 185

Paola: Sim, eu sei, lindinha, mas é diferente. Eu me acostumei com ele vinte e quatro horas por dia ao meu lado. Não vamos mais dormir e acordar juntos. Ah, estou com um aperto no coração.

Pietra: Convida ele para morar com você.

Paola: kkkkkkk Bem capaz. Seria como se eu estivesse implorando por ele.

Mari: E ele não vale a pena? Abrir o coração e dizer o que realmente está te incomodando? Ou vai se fechar de novo e perder esse homem?

Luciana: Só acho, Paola, que não deve deixar de falar o que está sentindo. Seja sincera com ele e com você mesma. Não há dúvidas de que ele te ama, ou não estaria aí ao seu lado agora, cuidando tão bem de você. Pense nisso, amiga.

Paola: Sim, vou pensar. Obrigada, meninas, vocês são uns amores.

Ficamos mais um tempo por ali, trocando figurinhas, até que me desconectei, analisando o que minhas amigas tinham falado.

Estava tão absorta em meus pensamentos que não notei sua presença ali, ainda com o rosto amassado de sono, vestindo apenas uma calça de pijama.

— Posso saber o que a senhorita faz aqui? — Abaixou-se ao meu lado, deslizando o dorso da mão pelo meu rosto. — Quem disse que você podia levantar antes de mim, se alimentar sozinha e me abandonar naquela cama fria?

— Bom dia para você também. — Sorri, levando a mão até seu rosto. Ele se inclinou, beijando a palma. — Você dormia profundamente, não tive coragem de te acordar.

— Pois devia. Estou aqui para cuidar de você e não para dormir.

— Eu estou bem. Fique tranquilo, não fiz nada que não pudesse. E preciso começar a me acostumar...

Senti um estremecimento quando falei aquilo. O que estava acontecendo comigo? Por que eu me sentia daquela forma tão angustiada?

— Se acostumar com o quê, meu amor? O que aconteceu? Você estava tão alegre ontem. E hoje está com uma carinha tão triste, deprimida.

— Não aconteceu nada.

Desviei seu olhar que me estudava atento. Mas não por muito tempo, pois ele segurou meu queixo, fazendo com que eu o encarasse.

— Paola, não minta para mim. Não quero saber de segredos entre nós. Não mais.

Eu também não queria segredos. Mas não sabia como tocar naquele assunto com ele sem parecer uma maníaca desesperada. Estávamos juntos há aproximadamente dois meses. Era tudo muito recente, mas ao mesmo tempo muito forte. Nem eu sabia ao certo como lidar com o que estava sentindo. Nunca foi assim com ninguém. Nunca imaginei que um amor pudesse ser tão grande, tão desmedido, me dominando de uma forma tão compulsiva.

— Eu só estou com saudade antecipada — revelei uma parte da minha angústia, tentando não parecer tão aflita. — Já estou pensando na próxima semana, quando voltaremos à nossa rotina e não terei mais você me mimando.

Ele abriu um sorriso terno, seus olhos me estudando.

— Minha loba está parecendo uma gatinha manhosa. Levante-se.

Segurou minha mão, me apoiando para que eu me erguesse. Então se recostou na espreguiçadeira, me puxando para o seu colo, minhas costas apoiadas em seu peito nu. Seus braços vieram para minha cintura e me envolveram apertado.

— Desculpe, estou me prestando a um papel ridículo, né? Como se eu fosse uma criança birrenta e mimada. — Encostei minha cabeça na curva do seu pescoço, sentindo seus lábios muito perto do meu ouvido.

— Posso te confessar uma coisa? — sussurrou, me deixando arrepiada.

— Pode.

— Eu também me sinto assim.

Inclinei-me surpresa, encontrando seu olhar apaixonado.

— Sim, meu amor, eu também me acostumei mal, tendo você o tempo todo comigo. Mas infelizmente precisamos voltar a trabalhar, temos que retomar nossas vidas. Isso é bom, porque é sinal de que você está bem, já recuperada e disposta. Por outro lado, não deixa de ser um martírio ficar longe de você. Mesmo que apenas por algumas horas.

Então ele também se sentia assim? Eu precisava externar o que estava no meu coração. Não iria mais esconder nada dele, meus sentimentos e medos, minhas frustrações. Soltei-me do seu abraço, me virando de frente para ele, as pernas em volta do seu quadril. Eu precisava olhá-lo, deixar que visse além das minhas palavras.

— Ah, Pedro, o que é isso que está acontecendo conosco? É normal? Será

Provocante 187

que todos se sentem assim quando estão apaixonados? Dependentes, viciados? Eu não me canso de você. De te olhar, te admirar. Adoro descobrir alguma coisa de novo a seu respeito, qualquer coisa, um gesto, um olhar. Eu poderia passar o dia todo contemplando você, seu sorriso encantador, seu olhar que me aquece, seu corpo que me incendeia.

— Eu também não sei o que é isso, minha linda. Mas posso dizer que é recíproco. Também me tornei obcecado por você. Você está sempre em meus pensamentos. E já disse, não sei se é normal, mas sei que me faz bem. É maravilhoso te amar e me sentir amado por você. E é só isso que importa.

Puxou meu rosto muito próximo do seu, por um momento apenas me admirando, percorrendo-o, centímetro por centímetro, como se quisesse gravar cada detalhe em sua memória, até parar com os olhos sobre meus lábios.

Lentamente, trouxe sua boca até a minha, me beijando docemente, seus lábios tomando os meus de forma terna, carinhosa, enquanto suas mãos iam até meus cabelos, afagando-os. Sua língua percorreu suavemente o contorno da minha boca, em uma dança apaixonada e sensual. Foi um beijo demorado, mas nem por isso menos arrebatador.

Descolou seus lábios dos meus, mas ainda me manteve fixa à sua frente, seus olhos me avaliando.

— Nós vamos dar um jeito, não se preocupe. Vamos encontrar uma forma de suprir essa saudade. Só te peço para que não se deixe abater por isso. Eu quero te ver sorrir porque eu amo o seu sorriso.

— Sim, prometo que vou me controlar. Até porque agora você está aqui. E por mais uma semana inteira, terei você em tempo integral. — Sorri um pouco mais aliviada.

— É assim que se fala. Essa é a minha loba.

— Mas temos mais um assunto a tratar. — Eu precisava encerrar a situação que nos afastou, bem como saber a quantas andava seu relacionamento com Silvia.

— Podemos fazer isso enquanto tomamos café? Eu preciso de um. Acho que exagerei ontem.

— Definitivamente você exagerou. Mas eu adorei te ver alegre daquele jeito.

— Você gostou, não foi?

— Se eu gostei? Meu Deus, amei! Porra, você já é sexy por natureza, ainda fazendo um strip-tease ao som de *Fever*? Me lembre de te embriagar mais vezes, só para ter um show como o de ontem à noite.

Ele passeou com as mãos pela minha cintura, descendo para o quadril e as coxas, fazendo com que um calor subisse pelo meu corpo.

— Não comece — falei, suspirando um tanto incerta. — Você precisa de um café e precisamos conversar. Chega de deixar para depois e acontecerem imprevistos atrapalhando.

— Desmancha-prazeres.

Beijou meu pescoço, segurando em minha cintura para que eu levantasse.

Fomos para a cozinha e, já que ele não me permitia fazer nada, sentei-me, observando-o se movimentar para lá e para cá no preparo do café da manhã.

— Então, minha linda, sobre o que quer falar?

— Eu sei que você já se explicou a respeito das suas sondagens a meu respeito...

Virou-se no mesmo instante, me encarando desconcertado.

— Calma, Pedro, apenas quero colocar um ponto final nessa história. Não precisamos discutir. Como eu disse, você justificou sua atitude. E acho que eu também já expliquei por que me senti tão ultrajada e violada.

— Paola, sei que não foi correto o que eu fiz, principalmente por que menti, quando tive oportunidade de te contar. Mas não posso mudar isso.

Sua voz, que antes estava alegre, agora mostrava-se pesarosa.

— Entendo, meu amor. Assim como quero que entenda como me senti naquele momento. Foi um choque e a primeira impressão é de que tudo não passou de uma farsa, de que era só uma fantasia o tempo todo. Depois, com calma, olhando de fora a situação, eu vi que, apesar de você ter começado de uma forma nada convencional, você me amava realmente.

Senti que conforme eu ia falando, ele voltava a relaxar.

— Eu te amei desde o início, Paola. Desde aquela bendita tarde em que entrei na sua sala e coloquei os olhos em você. Eu soube ali que estava encrencado.

Seu olhar confirmava suas palavras. Eu não tinha dúvida alguma a respeito disso.

— Por favor, não fale assim comigo ou eu vou me esquecer dessa conversa e te agarrar aqui mesmo. — Suspirei. — Então, naquela fatídica segunda-feira, eu ia te procurar para conversarmos sobre isso e sobre o meu problema. Eu não

Provocante 189

tinha ainda o resultado da biópsia, mas queria que você soubesse o que estava acontecendo. O resto você já sabe.

— Eu ainda não entendo por que você não me contou, Paola. Ali mesmo, naquele banheiro. Ou depois, por telefone. Você passou por isso sozinha. — Largou a louça sobre a mesa, se ajoelhando à minha frente. — Quando eu poderia estar ao seu lado.

— Você sempre esteve comigo, Pedro, no meu coração. E agora está aqui. É isso que importa. Deu tudo certo.

— Graças a Deus, meu amor! — Deu um beijo em meus lábios.

— E quanto à Silvia? — Rapidamente ele se levantou, voltando ao que estava fazendo.

— O que tem ela?

— Ela chegou a te procurar depois daquele dia, vocês conversaram?

Enquanto tomávamos café, ele me contou a respeito da transferência temporária dela para o escritório de São Paulo, por decisão do Rodrigo, bem como um pouco sobre sua vida e a de seu amigo.

Os pais deles morreram em um acidente de carro quando Silvia tinha dez anos e Rodrigo, vinte. Foi um choque e ela nunca conseguiu superar bem. Rodrigo, assim como Pedro, já estava na faculdade e, apesar de adulto, não conseguia dar todo o suporte que ela precisava. Como cresceram juntos, frequentando sempre a casa um do outro, Silvia acabou se apegando muito aos pais de Pedro, estando dessa forma cada vez mais próxima. Provavelmente, a partir dali, ela desenvolveu essa paixão. Ou essa obsessão pelo amigo. Não era possível dizer que não fosse amor. Mas era um amor doentio, visto que ela não aceitava não ser correspondida.

Quando terminou a faculdade de Direito e foi trabalhar com os dois, a coisa se tornou mais séria. E só piorou com a ida dos pais de Pedro para a Itália, onde moram até hoje.

— No fundo, sinto pena dela. — Por um momento, me imaginei em seu lugar, amando aquele homem ali ao meu lado e não sendo correspondida. Mas eu não surtaria. Pelo menos, acho que não.

— Também sinto, Paola. Eu queria muito vê-la feliz. Silvia sempre foi amável, tranquila, uma boa pessoa. Eu realmente estranhei essa atitude dela.

— Talvez porque antes ela não tivesse visto você com uma namorada.

— Ou porque ela nunca tivesse me visto apaixonado.

— Você acha que ela ainda pode aprontar alguma coisa? Para tentar nos separar? — Aquilo já havia me passado pela cabeça.

— O que mais ela poderia fazer, Paola? Não existem mais segredos entre nós. Ela poderia inventar alguma coisa? Talvez, mas eu jamais acreditaria nela. E você?

— Nunca!

— Ótimo! Assunto encerrado?

— Sim.

— Então termine seu café. Quero tomar um banho e preciso da sua companhia. — Sorriu, com um olhar malicioso.

192 *PaolaScott*

Capítulo 16 – Estresse

Maitê

Uau! Que puta dor de cabeça. Era até difícil abrir os olhos. Claro, eu precisei exagerar na bebida ontem. Culpa da minha amiga e do seu namorado safado, que aprontaram aquela para mim.

Quando Paola falou que Eduardo jantaria conosco, me empolguei por poder conhecê-lo melhor. Achei que ela tinha planejado aquele encontro, mas me surpreendi ao saber que a ideia tinha partido de Pedro.

Ele era realmente muito bonito. Ali, mais à vontade e mais calma do que quando nos encontramos no hospital, pude reparar melhor. Extremamente charmoso, olhar sedutor, voz macia. Era alto, forte e com porte atlético. Perguntei-me por que Paola não tinha ficado com ele.

E além de todos esses atributos físicos, o homem ainda era gentil, elegante, culto e extremamente atraente.

Percebi que ele me lançou olhares mais atentos, demorados, detendo-se a observar meu corpo enquanto íamos nos sentar à mesa e depois na volta ao sofá. Mas, diferente de Rodrigo, ele era sutil.

Até que meus queridos amigos — sim, Pedro estava entrando nesta categoria — fizeram o favor de me colocar em uma saia justa, convidando Rodrigo para se juntar a nós. Mesmo eu dando algumas indiretas, eles não se tocaram, ou melhor, se tocaram, mas resolveram brincar comigo.

Rodrigo chegou como sempre muito gostoso. Aquilo era nato nele. O homem exalava sexo. Desde a terça-feira, quando nos encontramos por acaso no hospital, quando ele foi visitar Paola, não havíamos mais nos visto ou sequer conversado.

E tendo aqueles dois belos homens ali ao meu lado, cada um jogando charme de uma forma diferente, avancei na bebida. Insinuei minha fantasia de ser compartilhada e acabei por provocar Pedro e Paola naquele jogo.

Sem poder conter minha curiosidade, aproveitei quando os dois se retiraram para preparar um café, para sondar até onde ia a admiração de Edu por minha amiga.

— Que bom ver que Pedro está interagindo melhor com você, Edu. Bem diferente do hospital — comentei como quem não quer nada.

— É, ele está tentando. Por Paola, é claro. — Sorriu desgostoso.

— Pedro é uma boa pessoa, Eduardo. Só aconteceu de vocês terem um interesse em comum, no caso, uma mulher — Rodrigo cutucou, claro, defendendo o amigo.

— Quanto a Pedro ser uma boa pessoa, eu não duvido. Do contrário, minha amiga não estaria com ele.

— Não sabia que você era apaixonado pela Paola. — Eu precisava confirmar minhas suspeitas.

— Não sou apaixonado por Paola. Gosto muito dela, é verdade, admiro a mulher que é, temos uma afinidade muito grande pelo tempo que nos conhecemos e pelo que já vivemos juntos. E por tudo isso, cuido dela, mesmo que de longe. Não quero vê-la sofrer, só isso.

— Mesmo? Eu jurava que você ainda sentia algo por ela — insisti mais um pouco.

— Eu tive minha chance com Paola e a desperdicei. Agora, é esquecer o passado e mudar de ares. — Levou a taça aos lábios, me olhando mais intensamente.

— Você também é adepto do pensamento de Pedro? De não compartilhar? — Lembrei-me de nossas amigas comentando a respeito de Paola com os dois.

— Confesso que me interessa muito mais ser compartilhado. — Sorriu enigmático.

— Agora sim um homem que fala a minha língua. — Rodrigo ergueu sua taça em direção a Edu, como se brindasse àquele comentário.

— Uau! E você dá conta de duas mulheres? — Imaginei-o numa situação daquela e imediatamente me vi excitada.

— Posso te provar que sim. — Puta que pariu, nessa ele foi mais do que direto. — E você, Maitê, fala tanto a respeito de compartilhar, mas já experimentou? Você dá conta de dois homens? — Rodrigo também se virou, me encarando curioso, afinal, não tínhamos partido para essa etapa até então.

Senti a atmosfera na sala ficar extremamente carregada com o tema. Realmente estávamos todos afetados pela bebida. Porém, quando eu ia responder, nossos amigos voltaram. O assunto ficaria para uma outra oportunidade.

Saí de lá com os dois ao meu lado. Edu insistiu em me acompanhar de carro até minha casa.

Agora me lembrava que eu precisava concluir a tarefa que Pedro me deu. Mesmo tendo Paola todo o tempo ao seu lado, ele conseguiu, entre uma ida e outra à cozinha, me reavivar a memória de que eu estava lhe devendo algumas informações para o seu plano.

Com certeza minha amiga não fazia ideia da surpresa que ele iria lhe proporcionar. Eu mesma ainda estava incrédula com o que ele havia me confidenciado. E aquilo só confirmava o amor e a paixão que Pedro sentia por ela. Cheguei até a sentir uma pontinha de inveja. Que mulher não gostaria de ser tratada daquela forma? E, principalmente, ser surpreendida da forma como ela seria?

Pedro

Consegui que Paola descontraísse depois da nossa conversa na manhã de domingo. Levei-a junto com Alana para almoçarmos fora, fomos a uma exposição no museu Oscar Niemeyer, passeamos, conversamos e assim o dia passou.

Eu estava começando a ficar ansioso porque Maitê ainda não tinha cumprido sua parte no meu plano. E eu precisava daquilo para concluí-lo. Só pude conferir se ela havia me enviado o que pedi depois que Paola dormiu. Agora, eu precisaria de uma desculpa para sair nos próximos dias e terminar de aprontá-lo.

Se o domingo foi tranquilo, a segunda-feira já não pude dizer que foi igual. Percebi Paola ansiosa novamente. O que se intensificou na terça-feira. Na quarta, ela estava quase insuportável. Não consegui contentá-la com nada. Ela não queria conversar. Ler já não a satisfazia. Ofereci para sairmos, mas também não queria. Eu sabia que ela estava assim porque, além de estar cansada de ficar em casa, sem trabalhar, se aproximava o final de semana e com isso o dia em que voltaríamos à nossa rotina, ficando distantes um do outro, mesmo que por poucas horas.

Eu percebia sua dependência de mim. Não no sentido de precisar da minha ajuda para alguma coisa, mas da minha presença, do meu carinho, da minha atenção. E acho que isso a deixava ainda mais irritada. O fato de não conseguir controlar esse sentimento, sendo ela uma mulher normalmente tão autônoma.

Aproveitei que Alana estaria a tarde toda em casa para ir ao escritório finalizar meu plano e, de quebra, respirar um pouco, sair daquela atmosfera carregada que estava nos cercando.

— Tudo bem, meu amor, eu sair por uma hora? Só para assinar alguns documentos? — perguntei manso, já esperando o rojão.

— Por favor, Pedro, não precisa me perguntar se pode ir. Faça o que você precisa fazer e tome o tempo que achar necessário. Estou bem e Alana e Antônia estão aqui — retrucou mal-humorada, indo em direção ao quarto. Segui-a até lá, na vã intenção de lhe oferecer ajuda.

— Quer que eu lhe traga alguma coisa da rua? — Ela andava de um lado para o outro no quarto, como um animal enjaulado. E eu não sabia o que fazer ou dizer para tentar melhorar a situação.

— Não preciso de nada, obrigada! — Parou de frente para a janela, observando o dia lá fora.

Arrisquei chegar mais perto, abraçando-a por trás, e fiquei ali em silêncio, sentindo seu corpo responder prontamente. Ela nada falou e achei por bem também não comentar mais nada. Dei um beijo em seu pescoço e saí.

Cheguei ao escritório ainda pensando nela. Como se em algum momento eu conseguisse tirá-la da minha cabeça. Estava preocupado com seu estado agoniado. Mas eu precisava me segurar. Apenas mais dois dias.

Passei por Viviane, sendo recebido pelo seu sorriso simpático e acolhedor.

— Rodrigo está sozinho?

— Está sim. Fique à vontade.

Dirigi-me à sala do meu amigo, precisando realmente de uma conversa, afinal, no sábado, o papo foi em conjunto. Bati na porta, já entrando.

— Atrapalho? — Ele estava concentrado em alguns papéis, mas, ao levantar os olhos e me ver ali parado, sorriu descontraído, já se levantando para um abraço.

— De forma alguma. Como vai esse enfermeiro? — Voltou a sentar-se, e também me instalei à sua frente.

— Estressado — confessei, sorrindo.

— Sério? Paciente difícil? — Ele se divertia às minhas custas. — Mas sábado ela me parecia muito bem. Alegre, disposta, acessível.

— Cara, o que acontece com essas mulheres? Quer dizer, não sei se são todas assim, mas não é fácil contentá-las.

— Ih, está desistindo já?

— Não é para tanto. Mas vou te dizer, tem que ter muito amor. A Paola é uma mulher difícil às vezes.

— Se fosse fácil, será que teria te conquistado?

Olhei para meu amigo, que me conhecia mais do que a mim mesmo às vezes. Ele tinha razão.

— Não.

— E você deve dar um desconto. Por mais que agora esteja tudo bem, foi um período tenso que ela passou. Pelo pouco que a conheço e você me fala, deve estar sendo difícil ficar em casa, dependendo de outras pessoas, sem trabalhar.

— Sim, eu sei disso. Hoje ela está terrível, não há nada que eu faça que a deixe contente. Para não piorar o clima, resolvi dar um tempo a ela e a mim. Deixei-a com a Alana e vim fazer uma hora aqui.

— Tive uma ideia que pode te ajudar. Lembra do Bernardo?

— Sim.

— Ele me trouxe uma documentação de um processo do seu Imposto de Renda. Já expirou o prazo de defesa administrativa. Agora é via judicial mesmo. Talvez ela pudesse dar uma olhada nas declarações dele. Ela pode se ocupar, mas sem que isso interfira na sua recuperação, já que são apenas papéis a serem analisados. No máximo, ela utilizaria o note e, de quebra, nos ajuda. O que acha?

— É, talvez seja uma boa ideia. Posso levar e tentar.

Sim, talvez isso a fizesse se sentir útil e melhorasse um pouco seu humor.

Saí dali em direção à minha sala, ligando o computador. Acessei meu e-mail, revendo as informações que Maitê tinha me enviado. Agora, eu poderia concluir outra etapa, para poder colocar meu plano em prática na sexta-feira.

Depois de quase três horas fora, retornei para o apartamento da minha namorada, levando, além de trabalho para entretê-la, um arranjo de flores e frutas, na intenção de animá-la um pouco. Deixei a caixa com parte da surpresa no porta-malas do carro.

Àquela hora, a diarista já tinha ido embora e encontrei Alana na cozinha, já lidando com alguma coisa para o jantar.

— Me deseje boa sorte!

Pisquei para ela, pegando o arranjo e a pasta e indo em direção ao quarto. Abri a porta com cuidado, imaginando que talvez ela estivesse dormindo, mas a vi sentada na poltrona, de frente para a janela, com um livro em mãos.

Respirei fundo, indo até ela por trás e, como num abraço, envolvi-a, colocando o arranjo à sua frente.

— Sentiu minha falta? — murmurei próximo ao seu ouvido.

— Sempre. — Largou o livro e levou as mãos ao arranjo, deslizando os dedos sobre as rosas. Permaneci ali, naquela posição, acomodando meu rosto no contorno do seu pescoço, inalando seu perfume doce.

— Eu queria rosas amarelas, sua cor favorita, mas não tinha.

— É lindo! — Reparei que sua voz estava mansa, diferente de quando a deixei mais cedo. Teria se acalmado? — E delicioso. Eu estava precisando de chocolate.

— Só chocolate? — Soltei o abraço e fiquei à sua frente, inclinando-me sobre ela, as mãos apoiadas na poltrona, cercando-a.

— E de você! — Me olhou apaixonada e esqueci no mesmo instante seu mau humor e irritação. Eu só enxergava a mulher pela qual era loucamente apaixonado.

— Bom saber disso. — Sorri e dei um beijo leve em seus lábios.

— Desculpe. — Desviou os olhos, visivelmente envergonhada, com certeza ciente do seu desatino do dia. — Sei que tenho estado intragável esses dias, Pedro. E você aí todo atencioso e carinhoso. Não é justo eu te tratar assim. Aliás, não é justo eu tratar ninguém assim. Nem eu entendo o que está acontecendo.

É claro que ela sabia muito bem o que acontecia, apenas não queria admitir. Ou melhor, estava com raiva de si mesma por se sentir daquela forma.

— Acho que você entende sim. E eu também. Mas já disse que vamos resolver isso com calma. Você precisa ser paciente, Paola.

— Eu sei — murmurou, voltando os olhos para o arranjo, seu olhar se iluminando por um segundo.

— Está a fim de ocupar a cabeça um pouco? — Me levantei, indo até a cama, onde havia largado a pasta com os documentos.

— De que forma?

Veio até mim, já pegando um morango coberto com chocolate e levando-o à boca, fazendo com que o suco da fruta escorresse por seus lábios quando o mordeu. E quando os lambeu, senti uma vontade quase incontrolável de tomá-la em meus braços e sugar aquela seiva de sua boca. Mas me contive, pois começar esse jogo naquelas condições em que ela estava não resultaria num final feliz. Não naquele momento.

— Não leve a mal, mas estava conversando com Rodrigo a respeito de como você tem se sentido improdutiva esses dias e ele sugeriu que você poderia dar uma olhada nesse processo de um cliente nosso. Questão de Imposto de Renda, pelo que vi, parecido com o meu caso, porém, ele perdeu o prazo para a defesa administrativa. Então teremos que entrar agora na esfera judicial.

Ao falar aquilo, vi como seus olhos se acenderam com curiosidade e interesse. Largou de imediato as flores sobre a cama, lambendo os dedos lambuzados pelo chocolate. Mais uma vez, senti um rebuliço dentro de mim, meu amigo despertando imediatamente. Aquela combinação de mulher de negócios, olhar aguçado e língua passeando pelos lábios ainda úmidos era extremamente excitante.

— Ele não teve assessoria de nenhum contador? — perguntou séria, tomando os papéis da minha mão.

— Com certeza não de uma contadora inteligente e gostosa que eu conheço. — Não resisti, pegando-a pela cintura e trazendo-a mais para perto do meu corpo.

— Tadinho dele, poderia ter evitado tudo isso, não é mesmo? — Incrível como seu humor mudou em poucos segundos.

— Pois é, mas nem todo mundo tem a sorte que eu tive. Contratei uma contadora extremamente eficiente, que resolveu todos os meus problemas.

— Todos? — Arqueou a sobrancelha, um sorriso cínico nos lábios carnudos.

— Sim, todos. Tributários e do coração.

— Não sabia que você tinha um problema no coração. — Largou a pasta sobre a cama, tocando o meu rosto.

— Você não sabia? Meu coração era vazio, carente, destituído de sentimentos mais profundos. Então, essa contadora chegou e o arrebatou de imediato. Bastou um olhar para que ele se impregnasse de paixão, desejo e adoração. E a partir dali, nunca mais foi o mesmo. Foi totalmente curado pelo amor dessa mulher.

— Deus, como você pode ser tão perfeito? Me diga! Depois da megera

Provocante 199

insuportável que eu fui hoje, você ainda vem e fala isso para mim? E traz flores, chocolate e trabalho. Estou achando que isso vai sair muito caro.

— Pode ter certeza que eu vou cobrar. E muito bem. — Esfreguei minha ereção já pronunciada em seu ventre, fazendo com que seus lábios se entreabrissem para tomar uma respiração.

E aproveitei aquele momento para saqueá-los, apaixonado. Ela correspondeu, como sempre, avidamente, faminta, se entregando por completo ao beijo. Apertei seu corpo junto ao meu, cuidando da parte superior, mas me aproveitando da parte inferior, levando as mãos até sua bunda redonda. Porra, eu estava morrendo de saudade de tê-la por inteiro, me perder em seu corpo.

Mas, voltando à razão, fui diminuindo a intensidade do contato, antes que eu fizesse uma besteira. Se continuasse a provocá-la, teria que aguentar seu desatino por não comê-la como ela queria.

— Uau! Preciso me comportar mal mais vezes — sussurrou ainda ofegante.

— Por favor, não me diga que você se comportou dessa forma durante todo o dia apenas para ganhar um beijo apaixonado. Eu nunca nego isso a você.

— Estou brincando. — Sorriu bem mais descontraída. — Vamos, deixe-me ver o que você trouxe para mim.

Desvencilhou-se do meu abraço, voltando à pasta, já visivelmente interessada em seu conteúdo. Apesar de querer mantê-la junto a mim, gostei de ver seu entusiasmo e decidi deixá-la se concentrar naquilo.

Fiquei observando-a enquanto ela se deliciava com o doce e comentava a respeito do que estava analisando. Porém, eu não prestava atenção ao que ela dizia. Assim como naquele primeiro dia em meu escritório, ali eu também apenas me perdia em seus movimentos, suas expressões, sua beleza. Sua animação por fazer algo que gostava e conhecia, no qual era eficiente, me contagiava. Eu poderia ficar por horas apenas observando-a, amando-a, mesmo que à distância.

No final, havia sido tão fácil satisfazê-la e trazer um sorriso aos seus lábios. Eu tinha minha loba de volta. Alegre, falante, sorridente. E a amava ainda mais.

Capítulo 17 – Segredos e surpresas

Paola

Pedro conseguiu melhorar meu ânimo, trazendo aquele caso para que eu analisasse. Finalmente me senti útil, preenchendo meu tempo com alguma coisa realmente importante.

Ocupei-me com os papéis por algumas horas na quarta-feira e mais algumas na quinta, discutindo com Pedro os argumentos que seriam utilizados no processo. Meu humor tinha melhorado consideravelmente, porém, notei certo desconforto e ansiedade no meu namorado. Nada de diferente tinha acontecido, ele não tinha saído nem recebido nenhum telefonema que pudesse ser o motivo daquele comportamento.

Cheguei a questioná-lo algumas vezes, mas ele desconversou. E isso só me dava mais certeza de que algo estava acontecendo. O que ele estava escondendo? Estaria também apreensivo pelo término da semana? Assim como eu, ele também já sentia saudade de nós dois juntos em tempo integral?

Na sexta-feira, então, a coisa piorou. No sábado, ele estava visivelmente nervoso, quieto e recluso. E aquilo começou a me preocupar de verdade.

Estranhei também o fato de Alana dizer que passaria o final de semana na casa do pai. Tudo bem que ela normalmente intercalava as estadas, mas não deixava de ser suspeito, visto que estava o tempo todo me cercando de cuidados naquelas duas semanas. Talvez quisesse nos deixar a sós nestes últimos dias.

Notei que, depois de levar Alana, voltou um pouco menos tenso, porém ainda estranho, fazendo um esforço para disfarçar.

— Pedro, o que você tem? Está acontecendo alguma coisa que eu não sei? — Eu já estava angustiada com seu silêncio.

— Já disse que não é nada. Estou com algumas coisas do escritório na cabeça, somente isso. Fique tranquila, está tudo bem. — Me abraçou, mas não me convenceu. — Vamos assistir a um filme?

Novamente ele estava se esquivando. E eu já não estava mais tão tranquila com isso. Se fosse somente algo referente ao escritório, tenho certeza de que me contaria. Tinha algo de podre ali, isso eu sabia.

Apesar de assistirmos ao filme abraçados, Pedro não estava presente. Senti que sua mente voava longe.

O filme terminou cedo, por volta das dez horas. Tomei um banho, que agora ele já não implicava que eu o fizesse sozinha, e fui me deitar, ele vindo logo em seguida.

Naquela noite, diferente de todas as outras, ele simplesmente me deu um beijo casto, me abraçando e dizendo boa noite. Curto e grosso, por assim dizer. Eu não estava mais com uma pulga atrás da orelha e sim com a família inteira de pulgas. Demorei a pegar no sono, minha mente fervilhando com tudo aquilo.

Mas decidi que, no dia seguinte, teríamos uma conversa séria. Eu não ia permitir que ele me enrolasse mais. Independente do que fosse, eu ia arrancar dele, nem que recorresse à força.

Acordei com meu celular apitando. Estava escuro ainda e, olhando para o lado, percebi que Pedro não estava na cama. Alcancei o aparelho sobre a mesa de cabeceira. Duas horas da manhã. E uma mensagem dele. Como assim? Onde ele estava para me enviar uma mensagem? Um frio percorreu minha espinha, lembrando-me de como ele estava distante. Bem como naquela noite em São Paulo, quando ele me largou sozinha.

"Creio que já esteja apta a realizar esta tarefa sozinha. De qualquer forma, tome cuidado. Há uma caixa sobre a poltrona. Vista o que está lá. Trinta minutos são o suficiente? Te espero na sala!"

Soltei o ar que nem tinha percebido que estava prendendo, me recuperando do susto, aliviada por saber que ele ainda estava ali.

Era real aquilo mesmo ou eu estava sonhando? Ele me aguardava na sala, pronta, às duas horas da manhã?

A caixa estava no local indicado e então entendi o que ele planejava. Era exatamente igual à que ele me enviou naquela noite em São Paulo. Um grande laço vermelho a enfeitava e, assim como na outra, ao abrir, me deparei com uma rosa vermelha solitária. Tirei-a, inalando seu perfume adocicado, e no mesmo instante lembranças daquela noite vieram à memória. Tão quente e apaixonada. Por isso ele estava tão apreensivo nos últimos dois dias?

Afastei o papel de seda e novamente encontrei uma lingerie. Porém, dessa vez, não era algo exatamente depravado. Pelo contrário, era fina e elegante. Puxei de dentro da caixa um corpete preto, com filetes e outros detalhes em dourado, semelhante a um espartilho, mas de um tecido muito macio, sem barbatanas ou aros. Com certeza ele o escolheu daquela forma para não me machucar. Junto, havia uma minúscula calcinha que fazia conjunto com o corpete, na mesma cor e detalhes. Cinta–liga e meia-calça sete oitavos completavam o conjunto com um par de luvas longas, que deveriam ir até acima do cotovelo. Ah, e um sapato de salto altíssimo.

Será que finalmente ele iria me proporcionar uma noite de amor completa, com tudo que eu tinha direito, como uma despedida por essas duas semanas juntos? Fiquei ansiosa. Ele me mimou nestes quinze dias de uma forma que me deixou completamente estragada para a vida. Eu tinha me viciado naquele homem.

Fui ao banheiro primeiro, joguei água no rosto, escovei os dentes e me perfumei. Por sorte, meu cabelo estava domado naquele dia. Penteei-o cuidadosamente e voltei ao quarto para me vestir. Ele tinha me dado trinta minutos. O que me aguardava na sala?

Surpreendi-me com a facilidade para vestir o corpete. Tratei de terminar o processo dentro do prazo que ele me deu e encerrei vestindo as luvas. Ele não havia deixado um robe ou qualquer coisa parecida para me cobrir. Mas com certeza era assim que ele me queria.

Respirei fundo e saí, andando calmamente, meu coração já bastante acelerado em expectativa pelo que me aguardava.

Quando cheguei à sala, paralisei extasiada. Pequenas velas estavam espalhadas pelo ambiente em pontos estratégicos, tornando o clima extremamente romântico. Uma música suave tocava ao fundo e a mesa estava perfeitamente arrumada com direito a flores e uma única vela, para um jantar a dois. Para completar o cenário de fantasia, Pedro estava a poucos passos de mim, vestindo um terno escuro impecável, a mão enfiada nos bolsos da calça, me observando apaixonado.

— Desculpe interromper seu sono. Mas só assim para que eu tivesse tempo de preparar tudo — falou. Talvez fosse impressão minha, mas sua voz parecia trêmula.

— Você é louco — consegui murmurar, meus olhos fixos nos dele.

— Por você! — Ele não poderia ser mais perfeito. Definitivamente, não existia outro como ele. — Venha até aqui devagar.

Lentamente caminhei até onde ele estava me aguardando, seus olhos me devorando, fazendo eu me sentir extremamente aquecida. Parei muito perto,

Provocante 203

porém sem tocá-lo.

— Você é perfeita. A visão do paraíso! — Deu um passo em minha direção, finalmente tirando as mãos dos bolsos. Tocou minha cintura e, antes mesmo que encostasse em mim, me arrepiei. — Frio?

— Você! — respondi sucintamente, pois era ele que me causava arrepios.

— Dança comigo? — Puxou uma das minhas mãos, levando-a aos lábios.

— Acho que estou pouco vestida para isso. — Apesar de que eu poderia estar vestida da cabeça aos pés que me sentiria nua da mesma forma, pelo modo como ele me olhava.

— Já disse que está perfeita! Era assim mesmo que eu queria.

Então, enlaçou minha cintura, fazendo meu corpo grudar no seu, seus olhos me consumindo.

"Snow Patrol – Chasing Cars"

All that I am
Is here in your perfect eyes

Ele tinha o dom de escolher músicas que combinavam especialmente com a ocasião, apesar de eu não conseguir discernir exatamente qual era. Somente ele, a intensidade do seu toque e olhar e o calor do seu corpo eu conseguia identificar. Ele me conduziu num passo lento, nossos corpos se movimentando perfeitamente juntos, encaixados, se completando. Não me beijou, nem mesmo tentou outro toque mais ousado. Foi extremamente cavalheiro. E o modo como me olhava me deixava sem ar; eu sentia meu peito comprimido, nada comparável aos dias que usei a faixa.

— Te assustei te acordando a essa hora? — O tom da sua voz era baixo e sedutor.

— Fiquei com medo quando não te vi ao meu lado. E quando percebi que havia uma mensagem sua, me lembrei daquela noite em São Paulo, quando você me deixou sem se despedir. E estava tão estranho ontem e hoje, então...

— Desculpe, minha linda, não era minha intenção te deixar apreensiva.

— Fazia parte de tudo isso seu distanciamento de mim? — Eu não deixei de questionar suas atitudes, mesmo sabendo do seu amor.

— Acho que eu estava ansioso. Queria te fazer essa surpresa antes de voltarmos à vida real.

Ele também estava aflito, afinal, aquelas duas semanas foram muito intensas. Em todos os sentidos. Foi quase como um tratamento de choque aprendermos a conviver vinte e quatro horas por dia, com tão pouco tempo de relacionamento e com o agravante de minha situação delicada de saúde. Mas, apesar de tudo, nos saímos bem. Sobrevivemos e estávamos fortalecidos.

— Eu adorei! Assim como tudo que você faz para mim.

Seu olhar me estudava atento e minucioso. Tocou meu rosto, deslizando o polegar pelos meus lábios, para logo em seguida dar um beijo suave.

— Eu já disse o quanto amo você? — sussurrou próximo à minha boca, seu hálito quente me inebriando, seus olhos me desvendando.

— Já, mas não me canso de ouvir — murmurei hipnotizada.

— Eu te amo! Amo tudo em você. Sua força, determinação, lealdade. A mãe amorosa que é. Seu sorriso doce e olhar sincero. Mesmo quando você fica brava, apesar de ter vontade de te dar uma surra nessas ocasiões.

— Hum, sabe que, dependendo da surra, não é má ideia, né? — insinuei, colando mais o meu corpo no seu.

— Está vendo? Amo isso em você, essa capacidade de transformar tudo a seu favor, suas palavras de duplo sentido. E esse corpo que me deixa louco, no qual sou viciado. Amo a menina, a mulher e principalmente a loba que há em você.

— Ah, Pedro, tem certeza que você é real? Porque eu não consigo achar uma palavra que te defina. Perfeito é pouco para te descrever. — Contemplei seu rosto, suas feições viris, os olhos que tanto me diziam. — Nunca, em toda a minha vida, imaginei encontrar um homem como você. Eu te amo demais. E daria minha vida por você!

— Paola...

— Eu preciso de você, Pedro. Do amigo, do homem e do amante. Por favor, não me negue isso hoje. Eu te quero por inteiro. Preciso te sentir dentro de mim. — Eu não conseguiria aguentar mais uma noite sem ele. Meu corpo implorava pelo seu.

— Eu também preciso de você, minha linda.

Sua boca tomou a minha num beijo voraz, ardente, sugando o ar dos meus pulmões. Suas mãos apertaram minha cintura, seu quadril se colando ao meu, me permitindo sentir sua ereção pronunciada. Ah, eu ansiava por tê-lo junto a mim daquela forma, porque, além do amor que sentíamos, o desejo era muito forte, nos dominava, nos consumia.

Enrosquei as mãos em seu pescoço, puxando-o ainda mais de encontro a mim, querendo me fundir naquela boca.

Mas, como se recobrasse a consciência, foi tornando o beijo mais leve, até se afastar o mínimo possível, apenas para me olhar apaixonado.

— Eu prometo que você me terá por completo hoje, minha loba, mas antes vamos jantar.

— Não estou com fome. — Pelo menos não de comida. Nem eu sabia o que estava sentindo na verdade, de tão intenso que era tudo aquilo.

— Ah, você não vai fazer essa desfeita para mim, depois de todo o trabalho que eu tive. — Um leve sorriso apareceu em seu rosto e não pude deixar de sorrir também.

— Tudo bem, vou tentar comer alguma coisa.

— Antes de você se sentar, dê uma voltinha para mim, por favor — pediu com a voz sexy, mais uma vez me arrepiando, e se afastou para me observar.

Fechei os olhos para tomar coragem, àquela altura, já estava muito envolvida em seu charme e fiz o que me pediu, devagar. Quando estava de costas, ele avançou, grudando seu corpo no meu, me abraçando e sussurrando em meu ouvido.

— Deliciosa!

Deus! Eu me apoiei em seus braços, com a nítida impressão de que minhas pernas não suportariam o peso do meu corpo. Como era possível ele conseguir fazer aquilo comigo, apenas com a voz?

Então, me soltou, me conduzindo à mesa, afastando a cadeira, todo cavalheiro, para que eu me acomodasse. Só então percebi uma caixa no lugar do prato à minha frente. Ah, essas caixas dele. Sempre continham surpresas maravilhosas. O que esta me reservava?

Tirou uma garrafa de champanhe do balde de gelo e nos serviu.

— Hoje já é permitido que você beba.

Ergueu a taça, me incitando a fazer o mesmo.

— A nós!

— A nós! — Repeti seu gesto, dando um gole na bebida.

— Posso saber o que significa essa caixa? — perguntei enquanto ele se sentava à minha frente. A luz da vela entre nós deixava seu olhar ainda mais sedutor.

— O que acha de comermos primeiro?

— Desculpe, não quero menosprezar todo o seu esforço, mas não vou conseguir comer nada. E depois, se você quisesse realmente que eu comesse alguma coisa, não teria deixado essa caixa em cima do prato.

Havia alguma coisa diferente em seu olhar que eu não conseguia decifrar. Ele estava apaixonado sim, mas tinha algo a mais. Como se estivesse ansioso.

— Por que você não abre, então?

Era uma caixa pequena, essa também com um laço vermelho enfeitando. Fiquei imaginando se haveria ali algum brinquedo erótico. Porém, me surpreendi ao abrir e constatar que eram envelopes. Em papel branco e trabalhado.

Olhei para ele, surpresa e dúvida se misturando em minha expressão.

— Decepcionada?

— Surpresa apenas.

— Pensei que pudéssemos brincar um pouco. — Agora, eu podia ver que ele estava apreensivo, receoso até, por assim dizer. O que haveria dentro dos envelopes? Que tipo de brincadeira seria aquela? — Você deve abri-los um de cada vez, obedecendo a sequência.

Tirei com cuidado o primeiro da caixa, meus dedos trêmulos o abrindo e retirando de dentro um pequeno cartão. Era sua letra. Voltei meu olhar para ele, que estava em expectativa.

— Leia em voz alta — pediu.

Li para ele um pequeno trecho, composto por algumas frases que rapidamente reconheci. Porém, não entendi o que ele queria com aquilo. Olhei-o novamente, interrogativamente.

— Reconhece? — perguntou enquanto bebericava seu champanhe.

— Sim.

— Então me diga de onde.

— É um trecho do livro que li para você na livraria. Peça-me o que quiser.

— De quem é a fala?

— Do personagem principal, Eric Zimmerman.

— Muito bem. O próximo. Lembre-se, em voz alta.

Provocante 207

Onde ia parar aquela brincadeira? Por que justamente aquele livro? Ele não estaria pensando em finalmente ceder à minha fantasia, estaria?

Abri o segundo envelope, cada vez mais nervosa. E não era somente eu, ele também estava mais inquieto.

Outro trecho, de outro livro, que reconheci imediatamente. Olhei para ele, sorrindo.

— Então?

— Outro romance. Driven. Colton Donavan!

— Pode passar para o próximo. — Ele encheu nossas taças novamente. E não pensei duas vezes em dar um grande gole. Meu estômago já estava dando nó.

Terceiro envelope, outro trecho, outro livro, outro mocinho. Impossível não reconhecer. Voltei a encarar seus lindos olhos verdes, ainda não entendendo aonde ele queria chegar, porém adorando tudo aquilo.

Ele não falou, apenas arqueou a sobrancelha, questionando quando terminei de ler o trecho para ele.

— Crossfire. Gideon Cross.

— Muito bem. Restam dois. Deixe o vermelho por último.

— O que significa isso? — perguntei, morta de curiosidade. Eu não conseguia raciocinar, com todo aquele cenário, aquela música e ele espetacularmente lindo me observando.

— Apenas continue. — Virou sua taça, terminando-a. Ele estava visivelmente impaciente.

Peguei o penúltimo envelope e fiz o mesmo processo dos anteriores. Eu já fazia uma ideia de qual livro e personagem seria, visto o que me revelaram os anteriores.

— Cinquenta Tons, Christian Grey — falei rapidamente. Eu queria acabar com aquilo de uma vez por todas, para ver aonde ia dar.

Ele inspirou profundamente, me deixando ainda mais agoniada. O que haveria no último envelope? Por que era diferente dos demais?

— Prossiga.

Não eram só minhas mãos que tremiam. Eu sentia meu corpo inteiro sacudir em expectativa pelo que viria. Abri, retirando o cartão, e li em voz alta:

"Juro que eu tentei resistir, mas não consigo!"

Imediatamente, levantei os olhos, encarando-o admirada. Lembrei-me dessas mesmas palavras, pronunciadas por ele, antes do nosso primeiro beijo.

— Pedro...

— Por favor, não pare. Leia até o final — pediu quase em um gemido, claramente abalado.

"Eu amo você loucamente! Como nunca imaginei ser possível amar alguém! Eu disse e repito que preciso de você na minha vida. Todos os dias, o tempo todo. Quero seu corpo, seu coração, sua alegria. Quero ser seu suporte, seu amigo, seu amante. Me deixe te fazer feliz. Porque é isso que você faz comigo! E eu prometo que vou te amar sempre, aconteça o que acontecer, queira você ou não. Amo você! E prometo te dizer isso todas as noites e te provar isso todos os dias!"

Minha deusa loura e louca! Minha loba insaciável!"

Terminei de ler já com a voz totalmente embargada. Era muita emoção para uma noite só!

— Então? — perguntou apreensivo.

— Isso não é de um livro. — Minha voz saiu muito baixa devido à emoção.

— Tem certeza?

Apenas acenei com a cabeça. Era difícil falar.

— Talvez seja de um livro que ainda não foi escrito. Talvez seja de um romance real e não de uma obra de ficção. — Então se levantou, vindo até mim. — Talvez seja um mocinho de verdade e não um simples personagem.

Afastou minha cadeira para o lado, me deixando ainda sentada, ele abaixado à minha frente. Tão lindo e apaixonado. Minhas mãos trêmulas ainda seguravam o cartão, e era difícil conter as lágrimas que teimavam em escapar.

— Agora me diga o que estes trechos que você leu têm em comum? — Segurou minhas mãos entre as suas.

— Declarações de amor — sussurrei.

— Acho que você não é uma boa leitora. Não assimilou essas passagens como deveria. — Sorriu meio encabulado, agora se ajoelhando à minha frente, visivelmente nervoso. Era possível ver gotas de suor em sua testa. Por que afinal ele estava...

Oh, Deus, aqueles trechos faziam parte dos pedidos de casamento dos

Provocante 209

livros. Levei a mão à boca, totalmente pasma, comovida com seu gesto, não acreditando no que meus olhos estavam vendo.

Então, ele tirou do bolso do paletó uma pequena caixa de veludo preta. Desviei os olhos dela, encarando os seus, brilhantes e apaixonados. Abriu-a devagar, revelando um belíssimo par de alianças, uma delas com algumas pedras cravadas.

— Me deixe ser o seu personagem favorito, o seu mocinho romântico, o seu homem de atitude! Deixe-me ser o melhor que a vida pode lhe dar! Deixe-me viver para te fazer feliz, completa e realizada. Dê tudo de você para mim. E eu te darei meu tudo. Case comigo, Paola!

"Bon Jovi – Thank you for loving me"

I never knew I had a dream
Until that dream was you

Era impossível falar. As lágrimas já escorriam pelo meu rosto e me travavam a garganta. Era como um sonho. E ele, o mais perfeito personagem dos meus romances. Apaixonado, romântico, sedutor. Ali ajoelhado aos meus pés, lindo como só ele, proferindo palavras encantadoras. Afirmando mais uma vez que eu era tudo para ele e que ele queria ser tudo para mim. Com certeza já era. Muito mais do que um dia eu poderia imaginar.

— Então, meu amor?

Acenei que sim, pois os soluços me impediam de pronunciar algo. Era muita emoção para uma pessoa só.

— Eu quero ouvir, Paola. Você aceita ser minha esposa? — perguntou novamente enquanto tentava em vão secar meu rosto. Procurei me acalmar, respirando profundamente, para pelo menos poder lhe responder.

— Sim! — Foi só o que consegui falar, minha voz saindo abafada e então vi seu olhar suavizar, aliviado.

Ele tirou a aliança da caixa, tomou minha mão direita na sua, retirou minha luva e deslizou-a lentamente pelo meu dedo, nossos olhares acompanhando o movimento.

— Minha noiva! Minha mulher! Futura senhora Lacerda! — Seu sorriso aberto, lindo, aquele que eu tanto amava, estava estampado em seu rosto.

Apesar de retribuir seu sorriso, as lágrimas não me deixavam. Meu peito parecia que ia explodir de tanta felicidade e emoção, tanto amor por aquele homem. Eu estava embasbacada, estupefata, totalmente sem ação.

Ele continuou segurando a caixa, me olhando, estudando minha reação.

— Achei que você poderia colocar a outra aliança em mim — brincou, também emocionado.

Tirei-a daquele berço negro, enquanto ele me estendia sua mão direita e sem desviar do seu olhar, deslizei por seu dedo, me esforçando para controlar minha voz ainda tomada pela emoção.

— Meu noivo! Meu homem e amante, meu futuro marido! — E levando sua mão até os lábios, beijei a aliança.

Vi seus olhos brilharem mais, a emoção também o tomando. Levantou-se e me puxou para si, seus braços me envolvendo, sua boca me tomando com amor e luxúria.

— Quero te sentir inteira, por completo, agora como minha noiva — rosnou entre um beijo e outro, me levando para o outro lado da sala.

O amor estava presente o tempo todo, mas o desejo era muito forte. A saudade que estávamos um do outro, de nos entregarmos por inteiro, era avassaladora, impossível de controlar.

Seus braços apertavam minha cintura, suas mãos deslizando por meu quadril, subindo pelas costas, segurando minha nuca para me manter firme, enquanto sua boca me assediava, sua língua me devorando por todos os cantos. Era inebriante, quente, devasso. Ele me fazia desmanchar com seu toque ousado, possessivo, que tomava para si o que queria, da forma que queria e a hora que desejava.

"Jonh Legend – Made To Love"

Never loved someone like this
We were made to love

— Preciso da minha loba de volta. Gemendo, uivando para mim. Me mostrando o quanto ela gosta de me sentir dentro dela.

Suas palavras me deixavam cada vez mais excitada, me fazendo derreter. Meu corpo ansiava pelo dele, minha pele estava pegando fogo, e eu sentia espasmos de prazer me fazendo contorcer. Era sempre assim. Ele tinha esse dom de me deixar fora de órbita sem que precisasse fazer muita coisa.

Soltei o nó de sua gravata, enquanto ele se livrava do paletó. Desabotoei a camisa rapidamente, afastando-a e já deslizando as mãos por seu tórax firme, os pelos macios que lhe cobriam o peito, descendo em direção ao abdômen, sentindo os músculos bem trabalhados. Sua pele arrepiou quando me detive no cós da calça, infiltrando os dedos ali, constatando o que já havia sentido em meu ventre: sua ereção proeminente.

Ao mesmo tempo, ele movia as mãos pela minha bunda, parcamente coberta pela calcinha fio dental. Primeiro, suave, deslizando apenas os dedos, me arrepiando por completo, então alterando para uma pegada mais bruta, enchendo as mãos, apertando, beliscando, me puxando mais para perto.

— Também preciso do meu garanhão — gemi, quando por apenas uma fração de segundos nossas bocas se desgrudaram.

— Ele está aqui, minha loba, para te comer a noite inteira — rosnou, se afastando por um momento, apenas para descer a calça e a boxer, ficando inteiramente nu para mim.

Aproveitei aquele minuto para mais uma vez admirar seu corpo, no qual eu era fascinada. Mas ele não me deu tempo, logo me virando de costas, me deixando experimentar seu membro teso e rígido, ao se esfregar em minha bunda. Um braço me enlaçou a cintura, me mantendo firme contra seu corpo, enquanto a outra mão afastou meu cabelo para o lado e inclinou meu pescoço, para que ele pudesse ali me morder, chupar, lamber, cheirar. E para me deixar ainda mais embriagada, sussurrava palavras sacanas em meu ouvido, entre uma ação e outra.

— Adoro seu cheiro de fêmea no cio, me chamando, me convidando para te comer. Sinto-o de longe e já te imagino assim, toda quente, derretendo, essa boceta molhada, pronta para me receber, para acolher meu pau até o fundo, me apertando, sugando tudo de mim.

Porra, que homem era aquele! Há alguns minutos, estava todo romântico, amoroso, proferindo palavras apaixonadas enquanto me pedia em casamento. E agora estava todo bruto, lascivo, me envolvendo de modo perverso e pecaminoso.

Ele era assim, completo, intenso, me dando tudo o que sabia que eu queria e gostava.

A mão que estava em minha cintura desceu até o meio das minhas pernas, afastando a calcinha, seus dedos se insinuando lento, torturante, para apenas deslizar pela virilha, provocando, instigando-me a afastar as pernas.

— Diga que é isso que você quer! — Mordeu o lóbulo da minha orelha. — Quero te ouvir dizer que me quer te fodendo gostoso, forte, duro, estocando sem parar, como sei que adora. — Seus dedos finalmente alcançaram meus lábios escorregadios, úmidos de tanta excitação.

— Ahhhh... Quero... Quero você me comendo sem dó... Como só você sabe fazer...

— Isso mesmo, minha loba, só eu sei fazer. Só eu te dou isso. Nunca mais outro homem vai tocar em você. Serei só eu para o resto das nossas vidas!

Enquanto falava, me virou de frente para ele, me puxando para o tapete, seus olhos brilhando em chamas. Ajoelhou-se à minha frente, puxando a calcinha para baixo, enquanto dava beijos em minhas coxas. Ele estava barbeado, então era apenas o contato da sua pele lisa contra a minha, sua língua umedecendo minha superfície escaldante. Deitou-se ali, me sentando em cima do seu corpo.

— Primeiro aqui, minha linda. Quero você sentada aqui, essa boceta deliciosa em minha boca.

— Pedro...

— Vamos, quero começar pela sobremesa. — Sorriu safado e atrevido.

Posicionei-me como ele pediu, meus joelhos ao lado da sua cabeça, totalmente escancarada, aberta na altura do seu rosto. Me olhou devasso, segurando em minhas coxas, me puxando de encontro à sua boca, colocando a língua para fora, apenas para me dar uma amostra do que eu teria. E antes mesmo que me tocasse, eu já me sentia desfalecer, apenas por lembrar tudo o que ele podia me proporcionar com toda a sua experiência.

Como tantas outras vezes, ele me torturava, tocando-me inicialmente apenas com a ponta da língua, demorado, suave, para então aprofundá-la em minha abertura, agora sim, chupando, beijando, mordendo sutilmente. Ia até a virilha, lambia, mordia e voltava a chupar, segurando o clitóris entre os lábios, sugando-o, deixando-o cada vez mais duro e inchado. E fazia isso o tempo todo me encarando, seus olhos escuros de desejo e puro tesão. Eu estava quase lá. Mas não queria me entregar ainda, por isso me ergui sobre os joelhos, afastando-me daquela boca devoradora.

— Não! Fique aqui e me deixe aproveitar.

Sentei-me sobre seu peito e coloquei o dedo sobre seus lábios, silenciando-o.

— Amo você me chupando. Mas quero gozar te sentindo dentro de mim. Você sabe que eu preciso disso — gemi rouca de tanto tesão.

Lentamente, fui descendo em seu corpo, agora sim sentando em seu quadril. Ele segurou minha cintura, ainda de corselete que cobria e sustentava

Provocante 213

meus seios, me ajudando a me posicionar sobre seu membro inchado e rijo. Então, desci sobre ele, suavemente, pouco a pouco o engolindo com minha boceta encharcada, gulosa e esfomeada.

— Caralho! — rugiu, observando onde nossos corpos se encaixavam, enquanto eu subia quase o tirando todo de dentro de mim, para novamente descer, devorando-o.

— Olha para mim, nos meus olhos — supliquei, em completo estado de ebulição.

— Estou olhando, minha loba. — Apertou os dedos em meus quadris, com fome, voraz, começando a aumentar o ritmo. — Porra, como você é gostosa!

Eu sabia que não conseguiria segurar o gozo por muito tempo. Meu homem fazia isso comigo. Eu era uma mulher privilegiada, nunca tive maiores dificuldades em chegar ao orgasmo, mas com Pedro isso era ainda mais fácil. Porque ele sabia o que fazer, como fazer, na hora certa, combinando aquelas palavras quentes e ousadas. Ele era um conjunto completo para proporcionar orgasmos fantásticos a uma mulher.

Aumentei o ritmo também, subindo e descendo, contraindo meu ventre, deslizando firme sobre seu pau cada vez mais inchado e grosso.

— Cacete, que tesão! — gemeu alto. — Não vou aguentar muito mais.

— Então se solta... Vem... Eu vou gozar... Ahh... — E sem conseguir mais segurar, me deixei levar pela devassidão daquele momento.

Sensações desconexas me fazendo delirar, me colocando em órbita, enquanto eu sentia que ele também se entregava, gemendo meu nome, urrando e agarrando em minhas pernas. Flexionou as suas atrás de mim, e me soltei nelas, jogando o peso daquele orgasmo fulminante, percebendo que estava mais molhada pelo jorro do seu líquido espesso em meu interior.

— Ahh... Delícia de mulher! Minha mulher! — rosnou nos últimos espasmos do seu clímax, assim como eu, totalmente tomado por aquele nirvana.

Eu estava entregue, o corpo amolecido, dando graças por ter suas pernas às minhas costas para me apoiar.

— Eu te amo — murmurei ainda ofegante.

— Eu sei. — Ergueu o corpo, sentando-se, minhas pernas abraçando sua cintura, mantendo-se ainda dentro de mim. — E eu te amo também por isso, minha deusa loura. E louca. — Sorriu, enroscando os dedos em meus cabelos, me puxando para si em mais um beijo apaixonado, sedento de amor.

Capítulo 18 – Planos

Paola

Tudo ainda parecia um sonho. Estávamos deitados no tapete macio na sala iluminada pelas velas, uma música suave ao fundo. Pedro, com a cabeça apoiada em uma das mãos ao meu lado, me olhava apaixonado enquanto com a outra mão acariciava meu rosto.

— Precisamos marcar a data o quanto antes.

— Precisamos? — perguntei, surpresa com a sua urgência.

— Sim. Preciso da minha mulher na minha cama, todas as noites.

Eu disse que esse homem não existe!

— Também quero meu homem, na nossa cama, todas as noites. — Sorri, ainda perplexa com a rapidez com que tudo estava acontecendo.

— O que você quer? Alguma igreja em especial? Festa para centenas de pessoas? Você escolhe, meu amor, tudo que você quiser.

— Mesmo? E você, o que quer?

— Quero você! Para sempre ao meu lado. O resto não importa. — Ele não deixava um momento sequer de me tocar com suas palavras.

— Sendo assim, podemos casar apenas no civil.

— Ah, não, quero ver você vestida de noiva.

— Pode esquecer, não vou usar véu e grinalda — comentei, rindo.

— Por que não?

— Ah, Pedro, já passou minha época, né?

— Lá vem você de novo com essa história. Você é solteira e, mesmo que não fosse, não existe época para fazer coisas bonitas e que nos fazem bem. É sério que você não vai me dar esse prazer?

Vi o quanto ele queria aquilo. Não que não fosse importante para mim também, mas acho que já tinha perdido as esperanças de me casar.

— Sendo assim, eu vou me vestir de noiva para você. Mas já digo que prefiro uma cerimônia simples. Com apenas os amigos mais chegados. Nada de dezenas de padrinhos. Em um espaço aberto, uma chácara, talvez.

Provocante 215

— Se é o que quer, então é o que faremos. Começamos amanhã mesmo a procurar um local.

— Tem certeza de que é isso mesmo que você quer? — Estudei seu olhar, procurando por algo que pudesse me confirmar o que eu perguntava.

— Já disse o que quero!

— Não, Pedro, eu falo do casamento. Nos conhecemos há pouco tempo, é seu primeiro relacionamento sério, será que...

— Não termine, Paola! — Colocou o dedo sobre os meus lábios, me interrompendo. — É o que mais quero na vida. Sim, é meu primeiro relacionamento sério, porque ninguém nunca mexeu comigo dessa forma. E eu não saberia mais viver sem isso, sem você! Alguma dúvida ainda sobre o meu amor? Sobre o quanto você é importante e vital para mim? — Lá estava o seu olhar, confirmando suas palavras.

— Não tenho dúvidas do seu amor. Nenhuma. — Puxei-o para lhe beijar, sendo imediatamente correspondida. — Não entenda mal, Pedro, mas é tudo tão novo, tão intenso. Eu também nunca me senti dessa forma. E nunca imaginei que houvesse um amor assim, tão pleno e ardente. Desculpe se às vezes eu questiono, mas é justamente por desconhecer esse sentimento que me consome, queima e alucina. Porque é isso que eu sou, Pedro. Louca por você, totalmente fascinada, viciada.

— Que bom que nos entendemos, então. Eu me sinto da mesma forma, meu amor. Me tornei obcecado pela minha loba. — Sorriu sedutor, descendo os lábios pelo meu pescoço, dando beijos ali. Mas parou de repente, como que se lembrando de algo.

— O que foi?

— Precisamos providenciar algumas mudanças no apartamento, redecorar um dos quartos para Alana. Quero que ela se sinta em casa. — Me olhou agora mais sério. — Sei que ela tem pai, que se dá muito bem com ele. Não tenho pretensão de substituí-lo, de forma alguma, mas quero fazer parte da vida dela também. É uma menina de ouro e gostaria que se sentisse à vontade comigo.

— Claro que vai ficar à vontade, Pedro. Ela te adora, vocês se dão superbem, têm interesses em comum. Tenho certeza de que ela vai adorar essa ideia. Quando souber a respeito do casamento, vai pirar.

— Ela já sabe — confessou um tanto embaraçado.

— Sabe?

— Sim, eu precisei contar para poder te fazer essa surpresa. Ela e Maitê.

— Maitê também?

— Como você acha que consegui os trechos dos livros?

— Claro que teria dedo dela nessa história. Por isso vocês estavam tão amigos de repente. Bem que eu estranhei aquela afinidade toda.

— Acho que depois disso você terá que convidá-la para ser sua madrinha de casamento.

— E você tem dúvida de que eu a chamaria? Ela e Edu — afirmei, já imaginando os dois lado a lado. — E você vai chamar o Rodrigo, suponho.

— Sim. Só não sei com quem. Até tinha pensado na Maitê.

— Mesmo? — Gargalhei, já tendo uma ideia para resolver a situação.

— O que é tão engraçado? — Sorriu também, sem entender o motivo.

— Que tal fazermos o seguinte: deixamos ela decidir ao lado de quem quer entrar. Posso sugerir a Alana para acompanhar quem ela descartar. O que acha? Seria divertido.

— Você faria isso com a sua amiga?

— Sem pensar duas vezes! — Eu já a imaginava me excomungando. — Ela ficou visivelmente interessada no Edu, conheço minha amiga. Mas também tem uma queda muito grande pelo Rodrigo. Deixe-a escolher.

— Minha loba, como você é malvada.

— Não sou malvada. Só estou dando a ela a oportunidade de escolher entre os dois homens que mexeram com ela. No fundo, ela vai adorar.

— Se você acha, então está combinado.

E como um grande felino, de olho em sua presa, se posicionou sobre o meu corpo, tomando cuidado para não pressionar meu tronco; sua intenção já era muito evidente.

— Pedro, tem mais um assunto que precisamos tratar.

— O quê, minha linda? — Sem dar importância ao que eu queria falar, voltou a beijar meu pescoço, sua língua descendo pela clavícula já me incendiando novamente.

— Por favor, é sério. — Era chegado o momento de tocar naquele assunto.

Talvez pelo meu tom, ele se afastou, me encarando um tanto preocupado.

— O que houve, Paola?

Provocante   217

— Vamos nos sentar?

— Você está me assustando. — Seu olhar fixo no meu mostrava agora sua ansiedade.

— Calma, não é assim também. Mas não quero deixar nenhum assunto pendente. Quero fazer a coisa certa desde o começo.

Ele se ergueu, recostando-se no sofá e me puxando para o seu colo, me colocando de frente para ele, minhas pernas ao lado do seu corpo. Tentei me afastar um pouco, mas ele não permitiu.

— Não! Você fica aqui no meu colo. Fale de uma vez, porque você está me deixando nervoso. — Me surpreendi com seu tom de urgência.

— Está lembrado do que o médico falou lá no hospital, a respeito do que eu deveria fazer na tentativa de evitar o surgimento de outros nódulos? A respeito do método anticoncepcional e de prevenir uma gravidez?

— Sim.

— O que você pensa a respeito disso?

— Como assim? Você tem que fazer o que ele orientou. Tudo o que for possível para não passar por mais uma situação como essa, Paola.

— Sim, eu sei, mas e você? Não tem vontade de ter filhos? — Senti sua tensão instantânea ao ouvir aquilo. Era o que eu temia. Para me cuidar, eu o privaria de ser pai. Ou lhe daria essa alegria, me expondo a sabe-se lá quais riscos.

— O que importa é a sua saúde. Nada mais.

— Não foi isso que eu perguntei, Pedro. Por favor, eu disse que quero fazer a coisa certa. Não vamos começar com mentiras ou segredos. Fale-me a verdade. Você gostaria de ser pai, não gostaria? — Senti uma dor no meu peito, sem saber como lidar com ela. E se ele dissesse que sim? Eu poderia lhe negar isso?

Ele intensificou o abraço em minha cintura, os olhos nos meus.

— Sinceramente, nunca pensei a respeito. Talvez porque nunca tenha me visto casado, formando uma família. Não que eu pensasse ser impossível, mas era improvável. Como já disse, nunca me interessei por uma mulher para me ver nessa situação. Você me fez mudar de ideia. E apesar de já estar decidido a te pedir em casamento, não tinha parado para pensar nesse assunto, até aquele dia, quando o médico falou a respeito.

— Eu vi que você ficou meio abalado, mas disfarçou.

218 *PaolaScott*

— Não vou mentir. Ter um filho seu, te imaginar grávida, seria maravilhoso. — Ao ouvir aquilo, me senti desmanchar de dor. — Não entenda mal o que vou dizer agora, por favor. Eu sei que a sua idade não é mais tão favorável a uma gravidez. Não estou te chamando de velha, entenda isso.

— Eu entendo. E você tem toda razão.

— Sei que a medicina está avançada, que é possível ter uma gravidez saudável aos quarenta anos, mas não deixa de existir riscos. No seu caso agora, muito mais. E nós não vamos correr esses riscos.

— Você vai abrir mão de ser pai por minha causa? — Baixei o olhar, desolada, um aperto no peito me sufocando.

— Olhe para mim, Paola. — Ergueu meu queixo, fazendo com que nossos olhares se encontrassem. — Não é uma questão de abrir mão, já que eu nunca tinha pensado nisso. E se tem algo que eu não abro mão é de você! Eu não suportaria te perder, ou te ver sofrer. Portanto, isso nem se cogita. Estamos entendidos? Você é mais importante do que qualquer outra coisa, qualquer outra vontade. Abro mão de tudo o que tenho, ou que possa vir a ter, desde que você esteja comigo.

— Ah, Pedro! — Meus olhos já estavam rasos de lágrimas, a emoção pelas suas palavras me tocando profundamente.

— E depois, eu já me sinto um pouco pai. — Seus olhos denunciavam um amor diferente agora. — Amo Alana como se fosse minha. Se tivéssemos uma, gostaria que fosse como ela. É uma menina especial. Tão parecida com você em tantas coisas. Forte, decidida, inteligente. E pode parecer loucura, mas enxergo algumas características minhas nela também. Quero dizer, temos algumas coisas em comum.

— Sim, muitas — sussurrei, minha voz embargada, me segurando para não cair no choro.

— Veja por outro lado, a parte difícil você já fez. Está vendo como você é completa? Já me deu uma filha criada. — Sorriu, secando com os dedos uma lágrima que descia pela minha face.

— Eu amo tanto você! — Já não conseguia definir a pressão que eu sentia no meu peito.

— Eu também te amo. Mais do que tudo nessa vida! Mais do que um dia imaginei ser possível. Você é tudo para mim! E eu só quero te fazer feliz, minha loba!

— Impossível você me fazer mais feliz do que isso.

— Ah, mas eu posso tentar. Que tal a gente encerrar essa conversa e você me deixar te mostrar tudo o que posso fazer?

Mais uma vez, ele me mostrou todo seu amor e desejo. Nos entregamos novamente, ali mesmo, agora menos ansiosos, mas tão apaixonados como das outras vezes. Ele me amava com sua boca, seu corpo, suas palavras. Me mostrava o quanto eu era importante para ele. Assim como eu também oferecia a ele tudo o que sentia, me desnudando totalmente.

Acordamos no domingo quase meio-dia, afinal, a noite havia se estendido entre conversas, planos e muito sexo. Pedro ainda era todo cuidadoso comigo, apesar de não ser mais necessário. Insistiu em me ajudar no banho, apesar de que eu achava que era com segundas intenções. Fiquei me perguntando se ele seria sempre assim dali em diante. Era muito bom se sentir cuidada e amada, realmente importante para outra pessoa.

Almoçamos fora e depois fomos à caça de um presente para Alana, que faria aniversário no final de semana seguinte. Pedro insistiu em comprar um celular de última geração, pagando uma pequena fortuna. Eu já o via estragando minha filha.

Aproveitei para sondar um pouco mais seu gosto, pensando no que comprar-lhe de presente de Natal. Já estávamos no mês de dezembro e, devido a toda a correria das últimas semanas, eu simplesmente tinha esquecido desse detalhe.

Liguei para Alana, para buscá-la na casa de Guilherme, mas ela achou melhor ficar até o dia seguinte. Tanto pelo pai, como para nos dar mais uma noite juntos, antes de retornarmos à nossa rotina.

Eu já me sentia novamente angustiada por ter que me afastar do Pedro. Sabia que aquela segunda-feira seria difícil, por ficar o dia todo longe dele, depois de termos ficado juntos em período integral por quinze dias. Mas precisávamos retornar às nossas atividades. Senti que ele também estava impaciente.

— Estava pensando — falou ao me abraçar, quando já estávamos deitados. — Você não poderá dirigir por mais uma semana, certo?

— Sim, Dr. Paulo pediu que eu evitasse. Portanto, vou ao trabalho de táxi essa semana.

— Não vai não! Eu vou te levar e te buscar — afirmou.

— E desviar do seu trajeto? Não mesmo.

— Não discuta com seu futuro marido. — Me olhou sério, mas no fundo se segurando para não rir.

— Uau! Você vai se revelar um marido mandão e possessivo? — provoquei, achando graça da sua forma de falar.

— Possessivo sempre fui, pelo menos em relação a você. E depois estive pensando. Já que eu vou te levar e te buscar, facilitaria muito se eu continuasse por aqui essa semana, o que acha?

Olhei-o, encantada com sua maneira de se oferecer para ficar comigo, dormir ao meu lado, me fazendo ainda mais feliz.

— Sendo assim, acho que é muito bom mesmo que você banque meu motorista particular. Inclusive, pensando bem, pode ser que eu precise ficar mais tempo sem dirigir, sabe? — Deitei sobre ele, flexionando minha perna sobre seu quadril.

— Concordo com você. Não vai fazer mal algum prolongarmos esses cuidados. — Segurou minhas coxas, me puxando para sentir sua ereção, enquanto sua boca procurava a minha. Me perdi mais uma vez em seu corpo, satisfeita por saber que o teria em minha cama por mais uma semana.

222　*PaolaScott*

Capítulo 19 – De volta à rotina

Paola

Pedro dirigia concentrado, calado, o semblante sério, porém a mão o tempo todo em minha coxa desnuda pelo vestido, em uma carícia suave.

Chegamos ao escritório pouco antes das oito. Ele fez questão de me acompanhar até lá dentro. Eliane, assim como Edu, já tinha chegado, apesar de estar tudo vazio ali na frente. Imaginei que estivessem repassando algumas informações em sua sala.

— Acho que agora você já pode ir. Estou entregue — falei, me virando para ele ainda na recepção, admirando sua beleza envolta no terno impecável uma última vez antes de nos despedirmos.

— Te acompanho até sua sala. — Segurou meu braço, me indicando o caminho.

Vi sua relutância em me deixar. No fundo, parecíamos dois adolescentes apaixonados e não um casal maduro, na faixa dos quarenta anos.

Deixei que me conduzisse até lá e, assim que entramos, ele fechou a porta e me abraçou firme. Enterrou o rosto em meu pescoço, sussurrando:

— Já estou com saudade.

— Eu também. Mas precisamos trabalhar. Infelizmente não é possível viver somente de amor. — Enlacei seu pescoço, mirando seus olhos.

— Almoçamos juntos?

— Não sei, amor. Preciso ver como estão as coisas por aqui. Dezembro é um mês corrido por causa das festas de fim de ano. Sabe como é, todos querem resolver tudo nestes últimos dias, como se o mundo fosse acabar no dia trinta e um. Eu te aviso, está bem?

Precisávamos ser sensatos. A vida não se resumia a nós dois. Por mais que eu me sentisse da mesma forma que ele, alguém precisava tomar a iniciativa de romper aquela dependência. E pelo visto teria que ser eu.

— Vou ficar esperando. — Me apertou novamente em seus braços. — Mas preciso de um beijo de despedida. — Seu olhar de cachorro pidão me fez rir.

Provocante 223

— Só um? — brinquei, tentando descontrair.

— Por enquanto sim. — Seus olhos foram para os meus lábios, estudando, protelando o contato. Até que os tomou em um beijo atrevido, me aquecendo de imediato.

Porém, uma batida na porta me fez lembrar de onde estávamos. Edu já a abria, entrando em minha sala. Interrompi o beijo, tentando me afastar, mas Pedro fez questão de me manter junto a ele.

— Desculpe, achei que estivesse sozinha. — Meu sócio estava claramente embaraçado.

— Bom dia, Edu — cumprimentei-o, ainda envolta nos braços do meu noivo. — Pedro já estava de saída.

— Eu estava? — Me olhou de cara amarrada. Ah, não, ele não ia começar com seus ciúmes, ia? — Bom dia, Eduardo. — Agora sim ele se afastou para estender a mão e cumprimentar meu sócio.

— Como vai, Pedro?

— Bem. Paola ainda não está liberada para dirigir, portanto, vou trazê-la todos os dias, bem como virei buscá-la.

— Claro! Posso levá-la embora, se quiser. É caminho para mim e assim você não desvia do seu — ofereceu na melhor das intenções, todo amigo, mas óbvio que Pedro não enxergou assim.

— Fique tranquilo, Edu, é meu caminho. Continuo na casa da Paola. Aliás, por que não aproveita que estou aqui ainda, meu amor, e conta a novidade?

Encarei-o, fazendo questão de demonstrar meu aborrecimento.

— Novidade? — Meu sócio também parecia um tanto incomodado com a cena.

Sustentei o olhar de Pedro, mostrando meu descontentamento pela sua atitude. Ele percebeu com certeza, pois sua postura mudou no mesmo instante, talvez se lembrando da nossa conversa no dia anterior.

— Acredito que Paola queira te contar isso ela mesma. — Alterou seu tom para algo mais cortês. — Agora, se vocês me dão licença, preciso trabalhar. — Deu um beijo leve em meus lábios. — Me avise se estiver disponível para almoçarmos juntos.

— Aviso sim. — Foi tudo o que eu disse, ainda um tanto decepcionada.

— Bom trabalho e tome cuidado com movimentos bruscos. — Andou até

Edu. — Até mais, Eduardo, tenha um bom dia.

— Quer me contar qual a novidade? — Edu sentou-se à minha frente. — Me pareceu que Pedro estava ansioso para falar.

— Vamos nos casar — confessei de uma vez. Não adiantava querer prolongar a notícia. Não depois da investida de Pedro.

Não notei surpresa por parte do meu amigo. Reparei que ficou um pouco tenso, mas só isso. Olhou-me demoradamente, sério, compenetrado, me estudando.

— Você está feliz? — Foi só o que perguntou. Imaginava que fosse me dizer que era precipitado, se eu tinha certeza, ou algo do gênero. Mas não.

— Como nunca estive antes — admiti, sorrindo, sendo totalmente sincera.

— Sendo assim, meus parabéns, Paola. — Levantou-se, vindo até mim. Fiquei em pé e aguardei o abraço que eu sabia que viria.

— Obrigada, Edu. — Retribuí seu carinho, também o abraçando.

— Você sabe que eu te quero muito bem. Sabe o quanto te admiro e quero que seja feliz. — Se afastou um pouco, seus olhos cor de piscina me avaliando. — Só espero que isso não mude nada entre nós. Que possamos continuar sendo amigos, sócios e que eu possa estar ao lado da Alana, sempre que possível.

— Nada vai mudar, Edu. Nem comigo nem com Alana. Eu estou muito feliz. Pedro é um homem excepcional. Não ligue se ele às vezes é meio indelicado. É por puro ciúme. Mas ele se acostuma com o tempo.

— Eu sei, já notei isso. E Alana, o que está achando da ideia?

— Está toda feliz também. Ela gosta muito do Pedro, eles se dão bem. Não vejo problemas quanto a isso.

— Minha princesa é uma menina de ouro!

— Gostaria muito que você fosse meu padrinho — falei logo, aproveitando o assunto.

— Me sinto honrado. E quem seria a madrinha? — Ergueu a sobrancelha. Será que ele já fazia ideia?

— Então, estou em dúvida entre Alana e Maitê. — Analisei sua expressão, mas ele não demonstrou nada.

— Por que a dúvida?

— Ah, é que Maitê é minha melhor amiga, porém Alana, como minha filha, acho que seria mais indicado. Estou entre a cruz e a espada, entende?

Provocante   225

— Entendo.

— Já que estamos falando disso, o que achou da ruiva? Não chegamos a comentar a respeito. Sei que na festa não foi possível ter um contato maior, a mesma coisa no hospital. Mas lá em casa puderam conversar melhor.

— Você gosta muito dela, não é?

— Adoro! Amo minha amiga. Maitê tem um coração de ouro e merece muito ser feliz! Mas quero saber de você, gostou dela? — perguntei curiosa.

— Impressão minha ou você está querendo bancar o cupido para cima de mim e da sua amiga? — Edu não era bobo, e percebeu o que eu estava tentando fazer.

— Apenas achei que vocês se dariam bem. Meus dois melhores amigos.

— Ela é uma mulher interessante. Enquanto você estava em uma sessão de sexo com seu noivo na cozinha — arqueou a sobrancelha —, nós três conversamos um pouco. Aliás, o que há entre ela e Rodrigo? Existe algo ali, definitivamente.

Muito bem, agora eu estava em uma sinuca de bico. O que eu deveria revelar a ele? Optei pela verdade. Era muito mais a cara da minha amiga.

— Eles saíram algumas vezes. Ou saem ainda, não sei te dizer ao certo. Maitê afirma não haver compromisso algum entre eles.

— Ela é avessa a relacionamentos? Porque foi o que me pareceu.

— Digamos que ela não acredita muito no amor. — Era tudo que eu podia revelar.

— Alguma grande decepção?

— Ah, Edu, isso diz respeito à privacidade dela. O que posso te afirmar é que ela é uma pessoa excepcional. Você vai comprovar isso quando a conhecer melhor.

— Muito bem, vejamos o que ela tem a me mostrar quando eu a convidar para jantar.

— Certo, e que tal agora você me atualizar sobre os assuntos do escritório?

Ficamos ali por mais meia hora, aproximadamente, enquanto ele me informava sobre os últimos fatos ocorridos, até que Eliane nos interrompeu, batendo à porta.

— Desculpe interromper. — Entrou sorrindo, com um arranjo gigante de rosas brancas. Não era preciso dizer de quem era. — Acabaram de chegar. — Me entregou o buquê com duas dúzias das mais belas flores e um cartão afixado.

226 *Paola Scott*

— Obrigada, Eliane!

— Bem, acho que essa é a deixa para que eu vá para minha sala trabalhar.

Edu saiu, me deixando com aquele mar perfumado em mãos. Eram lindas. E minhas suspeitas a respeito do motivo das flores se confirmaram quando peguei o cartão.

"Desculpe, me comportei como um babaca. Não fique brava comigo, afinal, é tudo culpa sua... Você corrompeu meu coração com seu amor. Mas, se não conseguir me perdoar, permitirei que me castigue..."

Sorri boba com meu garanhão com jeito de adolescente. Ele reconheceu que estava exagerando, como também percebeu que não gostei da sua atitude. Pensei em judiar um pouco dele, deixando para responder bem mais tarde, mas não pude. Com certeza ele estaria ansioso, aguardando um retorno meu. E eu também precisava lhe informar que não poderíamos almoçar juntos.

— Minha loba! — Seu tom era de alívio ao atender. Vi o quanto ele estava se tornando dependente de mim, do nosso amor.

— Acho que não vou conseguir te perdoar.

Não adiantava eu insistir naquilo que ele já tinha admitido como errado. Só iria tornar tudo mais tenso e doloroso. Achei melhor ver o lado bom da coisa e tirar proveito da situação. Ele ficaria me devendo.

— Sério, Paola, saiu sem pensar. Eu simplesmente vi seu sócio ali e...

— Eu disse que não vou conseguir te perdoar — interrompi-o. Não queria levar adiante o assunto. — Isso quer dizer que você merece um castigo.

Ouvi sua risada baixa e notei que ficou mais leve.

— E o que você tem em mente, minha bruxa?

— Não sei ainda. Mas vou pensar em algo condizente com seu delito. Talvez eu peça uma dica a uma insana amiga minha, que é delegada.

— Amiga delegada? Não lembro de você ter comentado nada a respeito comigo.

— Digamos que eu tenha uma carta na manga — murmurei enquanto admirava o buquê. — A propósito, são lindas, obrigada!

— Para te fazer companhia durante o dia de hoje.

— Não vou poder sair para o almoço, Pedro. Tenho muita coisa para colocar em dia. Vamos pedir algo aqui mesmo.

Provocante 227

— Tudo bem, eu já imaginava isso mesmo. — Suspirou resignado. — Mas não deixe de comer, Paola. E cuide-se. Amo você!

— Também te amo! Muito!

Desliguei suspirando, com um sorriso bobo no rosto. Mesmo fazendo coisas erradas, ele era perfeito.

Eduardo

Saí da sala da minha sócia contagiado pela sua felicidade. Apesar de ter ficado chateada com a atitude de seu noivo, que parecia ter urgência em comunicar o fato de que iriam se casar, ela não se deixou abater. Com certeza aquelas rosas eram um pedido de desculpas pelo modo como ele se comportou na minha presença.

Era interessante ver um homem na posição de Pedro e principalmente na idade dele agir daquela forma, cheio de ciúmes, como se fosse um jovem inexperiente. Contudo, não podia dizer que, se eu estivesse em seu lugar, amando loucamente uma mulher, como era o seu caso, não procederia igual.

Eu tive minha cota de experiências sexuais diversas, logo que eu e Paola nos separamos. Na época, o que importava era pegar uma mulher diferente por semana, até mesmo por dia. Justamente por isso nosso relacionamento não foi para frente. Coisa da idade, talvez.

Mas agora isso já não me satisfazia. Queria mais do que apenas sexo. Precisava de conteúdo, bom papo, companhia agradável. No fundo, eu queria o que minha sócia e seu noivo tinham. Aquela felicidade e companheirismo. E esse pacote completo não era tão fácil de se encontrar hoje em dia. Ou eu que estava ficando muito exigente.

Pedro

Desliguei o telefone, por um lado aborrecido, visto que minha loba não poderia almoçar comigo, mas, por outro, satisfeito, pois ela passou por cima da minha atitude imatura de querer esfregar na cara do seu sócio o nosso noivado. Eu que tanto a julguei naqueles primeiros dias logo após sua cirurgia, agora me via agindo da mesma forma. Impaciente, desesperado, dependente.

Eu queria me casar o quanto antes. Não que isso fosse mudar algo no nosso relacionamento, mas eu a queria comigo, dormindo todas as noites ao meu lado, despertando todas as manhãs daquele seu jeito manhoso. Eu tinha me viciado na minha loba. Era quase irracional o que eu sentia.

Mas eu precisava tomar as rédeas da minha vida. Apesar de querer viver somente para ela, em função dela, a realidade era bem diferente. Por isso, saí da minha mesa e fui até a sala do meu sócio e amigo para repassarmos alguns assuntos que ficaram pendentes durante meu afastamento, bem como para lhe contar a novidade.

— Interrompo? — Coloquei a cabeça para dentro da sua sala, após bater na porta.

— Claro que não. — Veio até mim, me dando um abraço. — E então, chega de ser enfermeiro? — Voltou para sua mesa, sorrindo debochado.

— Sinceramente? Eu não me incomodaria de continuar cuidando de uma paciente como a minha — falei orgulhoso.

— Impressão minha ou você está mais feliz do que o normal?

— Pedi Paola em casamento. — Fui direto, não havia por que fazer rodeios com meu amigo.

— Como é que é? Casamento? — questionou, incrédulo.

— Sim, vamos nos casar. O mais breve possível.

— Ela está grávida? — perguntou sério, mas eu não pude deixar de gargalhar com sua pergunta.

— Por que você acha isso?

— Você disse o mais breve possível. Normalmente, quando as pessoas têm tanta pressa em casar, só pode ser isso.

— Não é isso, fique tranquilo. Quero-a como minha esposa, usando meu sobrenome — afirmei veemente.

Meu amigo ficou por um tempo me encarando, me estudando, talvez ainda perplexo com a declaração.

— Para quem dizia que morreria solteiro, você mudou de opinião bem rápido. Tem certeza disso, Pedro?

— Absoluta! Sim, eu sei o que dizia. Mas era porque eu ainda não tinha encontrado minha outra metade. Paola me fez mudar de ideia. Ela é a mulher da minha vida, Rodrigo — falei convicto.

— Sendo assim, só posso lhe desejar parabéns! — Levantou-se novamente, me dando outro abraço. — Desejo que vocês sejam muito felizes. Sabe o quanto

Provocante 229

te quero bem, afinal, você é como se fosse meu irmão.

— Obrigado. Eu sei que seremos. — Sentei novamente. — Não preciso dizer que quero você como meu padrinho, não é mesmo?

— Claro que estarei lá. Estou feliz por você, Pedro. Tenho certeza de que vocês serão felizes. Paola realmente é uma mulher excepcional. — Vi a sinceridade em seu olhar. Ele reconhecia que minha loba era uma mulher séria, digna de se casar de verdade. — Mas, me diga, quem será minha acompanhante nessa missão?

— Então, estamos em dúvida entre Maitê e Alana. — Joguei conforme eu e Paola havíamos combinado.

— Por que em dúvida?

— Paola gostaria de chamar sua melhor amiga para sua madrinha. Ao mesmo tempo, acha que não pode deixar Alana de fora. Sendo assim, quando ela decidir, eu te aviso quem fará par com você — informei, observando sua reação, se me diria alguma coisa. Mas não notei nada. — Tudo bem pra você? Independentemente de quem seja?

— Claro que sim, quem vocês decidirem para mim está ótimo.

— Como você e Maitê estão?

— Bem. — Foi sucinto em sua resposta. Por que eu achava que ele não estava me dizendo tudo?

— Afinal, o que está rolando entre vocês, Rodrigo?

— Já disse, Pedro, é apenas sexo, não temos compromisso algum. Nos encontramos quando estamos a fim da companhia um do outro e pronto. Maitê prefere assim. Não quer se prender a ninguém.

Estranhei, mas ao mesmo tempo lembrei-me da conversar com Paola a respeito desse assunto.

— E você, o que prefere? — perguntei justamente por enxergar algo diferente em meu amigo. Ele não estava confortável naquele arranjo. Pelo menos, não totalmente.

Me encarou sério, como se precisasse de um tempo antes de responder.

— Eu gosto dela. É uma mulher inteligente, decidida. Um tanto voluntariosa, mas acho que isso faz parte do seu charme. E quente, muito quente. — Sorriu confidente.

— Do tipo que sabe o que quer, sem pudores ou frescuras!

230 *Paola Scott*

— Exatamente.

— Coisa de mulher experiente, meu amigo. Bem-resolvida, como diz minha loba. E de uma coisa pode estar certo: depois que você conhece uma assim, não vai querer outra. Bem-vindo ao clube. — Sorri, divertido, enxergando o caminho para o qual meu amigo estava se desviando. E que ainda não tinha seguido, apenas porque era um cabeça-dura. Assim como ela. — É assim mesmo que começa, cara.

— O quê? Não tem nada começando aqui. — Ajeitou-se na cadeira de forma defensiva.

— Tubo bem, Rodrigo, continue tentando. Quem sabe você consegue. — Eu sabia que ele não ia admitir que estava gostando mais do que devia daquela ruiva apimentada.

— Ih, nem vem como esse papo, Pedro. Isso é para você, não para mim.

— Claro. Vamos ao trabalho, então? — Mudei o foco da conversa. Ele iria insistir em dizer que não havia nada. Mas o tempo diria tudo.

Alinhamos alguns assuntos mais urgentes, deixando os mais leves para o horário do almoço, já que eu havia sido dispensado pela minha noiva. Porém, não deixei que ela se esquecesse de mim. Fiz questão de lhe enviar mensagens de hora em hora.

232   PaolaScott

Capítulo 20 - Futuro

Paola

— Eu ainda me emociono quando me lembro da cena, Maitê. Foi lindo, romântico e perfeito. E preciso te agradecer, afinal, você teve uma participação fundamental no ritual todo.

Eu conversava com minha amiga ao telefone, logo após o almoço, enquanto fazia uma pausa antes de retornar às minhas atividades. Ainda não tinha lhe agradecido por sua ajuda no pedido de casamento. Nem contado todos os detalhes.

— Ah, Paola, eu também nem acreditei quando ele me pediu aquilo. Achei tão fofo. Ele queria que fosse inesquecível, especial e único. E foi ideia dele mesmo. — Ela me relatava a conversa deles, no dia da cirurgia, logo que chegamos do hospital. — Ele disse que lembrava de você comentando a respeito de alguns personagens mais marcantes dos romances que tinha lido. Queria saber quais eram e de quais livros, porque ele queria fazer algo que tivesse relação com eles, para que fosse tão memorável quanto.

Enquanto ela me descrevia a cena, fechei os olhos, imaginando-o se ocupando com todos os detalhes, tudo para me fazer feliz. E o amor que eu sentia por ele era tão grande, tão forte, que me dilacerava.

— Foi perfeito, inesquecível e único, Maitê! Nem nos meus melhores sonhos poderia ser melhor. — Senti meus olhos umedecerem, a lembrança daquela noite me emocionando novamente.

— Ai, amiga, estou tão feliz por você! Tenho certeza de que serão muito felizes. Confesso que nunca vi um homem tão apaixonado quanto o Pedro. Ele é bobo por você.

— Quando você pode ir lá em casa? Queremos te agradecer pessoalmente por participar desse pedido, Maitê. — E aproveitaríamos para lhe dar a notícia de que seria nossa madrinha. Restava a ela apenas decidir quem a acompanharia.

— Se não houver problema para vocês, posso passar lá mais tarde.

— Ótimo. Janta conosco, então! Te espero às oito?

Desliguei e imediatamente recebi uma mensagem dele.

> *"Almocei na companhia do meu amigo e sócio, porém o tempo todo pensando na minha noiva. Queria tanto uma sobremesa... Saudades!"*

Ai, Deus, o que eu faria com aquele homem? Seria sempre assim?

> *"Você me estraga cada dia mais... O que será de mim quando você se cansar? Ainda pode ter uma sobremesa após o jantar... Saudades também!"*

Digitei a mensagem, aguardando a resposta que eu sabia que viria.

> *"Seria necessário eu morrer e nascer novamente algumas centenas de vezes antes de me cansar de você! Com certeza terei minha sobremesa e farei de tudo para que seja antes do jantar... Te amo!"*

Apesar da vontade de lhe responder, me contive, pois, do contrário, nenhum de nós trabalharia pelo resto do dia. E eu tinha muita coisa por fazer, assim como ele também, provavelmente.

A tarde passou voando, não me dando oportunidade de resolver nem metade do que havia programado para o dia. Além de muitas interrupções por conta de assuntos a serem adiantados em função das férias de final de ano, de hora em hora eu recebia mensagens do meu noivo delicioso.

Eu estava há algum tempo com Augusto ao telefone. Não havíamos conversado ainda depois da nossa viagem, já que eu me afastei em seguida por conta da cirurgia.

Olhei no relógio, faltavam cinco minutos para as seis horas. Eu sabia que Pedro já deveria estar chegando. Do modo como ele estava com aquelas mensagens, eu duvidava que ele fosse se atrasar para me buscar.

— Então, Paola, em função desses novos contratos, seremos assediados mais rigorosamente na prestação de contas. Por isso queria ver com vocês o que pode ser feito para que tenhamos esses relatórios contábeis disponíveis o mais breve possível. Bem como a questão da possibilidade de abrirmos a filial no Rio de Janeiro.

Enquanto eu o ouvia, bateram à minha porta e eu sabia quem era. Lá estava ele, meu agora noivo, perguntando se podia entrar.

Acenei positivamente, tentando em vão prestar atenção ao que meu cliente falava do outro lado da linha, já que eu estava totalmente concentrada no meu advogado sexy pra cacete ali na minha frente. E quando vi que ele trancou a porta, me desconcentrei de vez.

Porém, eu não podia simplesmente cortar o assunto e dispensar Augusto assim, de repente.

234 *PaolaScott*

Vi Pedro tirar o paletó, pendurando-o no encosto da cadeira à minha frente. Em seguida, afrouxou a gravata, abrindo o botão do colarinho, bem como dos punhos da camisa, dobrando as mangas até quase o cotovelo. Enquanto fazia isso, seu olhar esfomeado me queimava.

Senti minha respiração se alterar, meu coração acelerar e minha boca não comandar mais minhas palavras, quando ele se dirigiu lentamente até mim. Eu precisava encerrar a ligação, mas o cliente não parava de falar.

Ainda estava em minha cadeira, quando ele veio por trás, afastando meu cabelo para o lado, lambendo meu pescoço. Cacete! Enquanto isso, suas mãos foram até minhas coxas, deslizando suavemente, levantando a barra do vestido.

— Paola! Você ainda está aí? — Augusto me chamou, pois eu tinha ficado muda, me deleitando com as sensações proporcionadas pelo meu insano namorado.

— Desculpe, Augusto, estou aqui sim — falei e tentei olhar de cara feia para Pedro, como que lhe chamando a atenção para o fato de que eu ainda estava trabalhando. — Continue.

Ele apontou para o relógio. Seis e cinco. Então me fez levantar, afastando a cadeira e, ainda atrás de mim, levantou meu vestido, expondo minha bunda pouco coberta pela calcinha de renda.

Vi com o canto de olho que ele se abaixava, beijando e mordiscando minhas coxas, subindo lentamente. Dei um tapa em sua mão que segurava meu quadril, para alertá-lo para parar. Em resposta, ganhei outro tapa ardido na bunda.

— Ai! — O murmúrio escapou da minha boca antes mesmo que eu tivesse ciência de ainda estar ao telefone.

— O que houve, Paola? Tudo bem? — meu cliente questionou do outro lado.

— Desculpe, Augusto, bati o joelho na mesa. — Olhei novamente de cara amarrada para Pedro, mas era impossível ficar brava com ele. Não do jeito como me fitava, apaixonado, cheio de luxúria. Se eu não desligasse, o próximo som que meu cliente ouviria seria um gemido de prazer. Não seria nem um pouco profissional. — Como eu disse, vou conversar com Edu e te dou um retorno o mais breve possível.

Era difícil segurar meus gemidos, com Pedro deslizando os dedos por minha umidade, sussurrando obscenidades em meu ouvido.

— Porra, mulher, como você consegue estar sempre assim? Molhada pra cacete! — Inclinou-me um pouco sobre a mesa, me preenchendo com o dedo

Provocante 235

médio, enquanto o polegar ia ao meu clitóris. Aí eu pergunto, como não estar sempre molhada com um homem como aquele?

— Desligue esse telefone porque eu preciso te comer. Não vai pegar bem seu cliente te ouvir gemendo — sussurrou e mordeu meu pescoço.

Puta que pariu. Inferno de homem quente e gostoso!

Augusto continuou falando, mas eu não ouvia mais nada. Estava surda para qualquer outro som que não fosse a voz do meu garanhão e nossos gemidos sufocados.

— Augusto, não me leve a mal, mas eu preciso desligar. Tenho um compromisso agendado e estou em cima da hora. Podemos conversar amanhã? — falei de uma só vez, entre uma respiração e outra.

— Claro, desculpe, Paola. Acabei me empolgando. Aguardo seu retorno.

Desliguei, soltando o gemido preso em minha garganta, no exato momento em que Pedro me penetrou. Senti-o deslizar lentamente seu membro rijo, me preenchendo por completo. Nem me lembro de tê-lo visto ou sentido retirar minha calcinha, ou sua roupa, tão maluco era aquele momento.

— Ahhh... Seu louco — gemi ardente, derretendo em ebulição. Mas ele logo saiu de mim.

— Louco por você! Vire-se, quero te olhar quando estiver gozando. — Me colocou de frente para ele, acomodando minha bunda sobre a beirada da mesa, meu tronco deitado sobre a superfície fria, voltando a estocar firme e forte.

Suas mãos me prendiam pelos quadris, enquanto ele se movimentava naquele vai e vem frenético, seus olhos vidrados nos meus. Abracei sua cintura com as pernas, puxando-o para sentir seu corpo mais junto ao meu. Seu olhar desceu até onde nos encaixávamos, extasiado, e logo sua mão foi ali, novamente seus dedos brincando com meu botão de prazer. Eu me sentia derreter, meu líquido facilitando cada vez mais suas investidas. Estávamos ambos muito próximos do orgasmo, então ele levou seu dedo lambuzado pela minha umidade até meus lábios.

— Sinta como você é gostosa! — Escorregou o dedo para dentro da minha boca, que fiz questão de chupar, como se fosse seu pau.

— Hummm, delicioso — gemi rouca, olhando-o sensualmente.

Ele fazia eu me sentir a mulher mais deliciosa do mundo. Seu olhar escureceu ainda mais depois do que falei e ele intensificou os movimentos. Eu não conseguiria segurar mais. Senti a onda chegar, começando pelo meu ventre e se espalhando rapidamente por todo o meu corpo, minha mente flutuando livre. Ele me acompanhou, me inundando com seu prazer, seu líquido se misturando ao meu, nos lambuzando ainda mais. Gememos roucos, ainda que contidos, nossos olhares revelando um ao outro o amor e a paixão que nos assolava.

— Caralho de mulher gostosa! — rosnou enquanto ainda estocava.

— Sua mulher — afirmei, sabendo o quanto isso soava importante para ele.

— Sim, minha mulher. Somente minha!

Acalmou o movimento, beijando meu abdômen, ainda ofegante.

— O que foi isso? — perguntei e ergui o tronco até ele, ficando sentada, ele ainda dentro de mim, seus braços envolvendo minha cintura.

— Saudade! — Beijou-me os lábios. — Não consegui te tirar da cabeça durante todo o dia. E saber que iríamos chegar em casa e Alana estaria lá e logo mais Maitê, e eu teria que esperar ainda algumas horas para te ter assim, me fez cometer essa insanidade. Mas diga, você gostou, não foi?

— Amei. Acho que você terá que vir me buscar todos os dias. — Sorri satisfeita. — Já disse que você está me deixando muito mal-acostumada.

— Você é uma bruxa, sabia?

Pisquei para ele, enquanto ele se afastava e me colocava em pé, ambos ajeitando as roupas. Saímos da sala, encontrando Edu na recepção. Corei ao lembrar minha situação de pouquíssimos minutos atrás, como se estivesse estampado em meu rosto o que havia acontecido.

— Como vai, Pedro? Parabéns! — Apertou a mão do meu noivo. — Desejo que vocês sejam muito felizes. Paola merece isso.

— Obrigado, Eduardo. Tenho certeza de que seremos. E concordo com você, Paola merece só o melhor. E vou viver para satisfazê-la. — Apertou minha mão, levando-a aos lábios, me deixando emocionada com suas palavras, como sempre.

Fizemos o trajeto até o apartamento conversando sobre as impressões que Rodrigo e Eduardo haviam nos passado sobre minha amiga. Chegamos à conclusão de que, quem quer que ela escolha, nos diria muita coisa.

Alana já estava em casa e nos recebeu efusivamente, rindo e comemorando. Comentamos nosso plano para definir quem seria o acompanhante de

Maitê, e ela aprovou imediatamente, tão perversa quanto eu. Mas queria mais detalhes a respeito dos preparativos para o casamento, da festa, da lua de mel.

— Me contem, por favor, o que vocês têm em mente. Onde será? Quando?

— O mais breve possível, Alana. Por mim, poderia ser hoje mesmo — Pedro falou, sorrindo, me entregando uma taça.

— Creio que teremos que deixar para o meio do ano que vem — falei, bebericando o vinho.

— Meio do ano? Você está louca que vou esperar até lá, Paola. De jeito algum. Já disse, precisa ser o quanto antes.

— Pedro, ou casamos até o início de março, ou somente no meio do ano. Não tenho condições psíquicas e emocionais de cuidar dos preparativos de um casamento, por mais simples que seja, durante a época do imposto de renda.

— Ótimo, então será no início do ano. Você disse que quer algo simples, não quer uma igreja. Não deve ser tão difícil assim ajeitarmos tudo para daqui a um, no máximo, dois meses. Esse tempo também deve ser suficiente para as alterações que teremos que fazer no apartamento, para a acolhida de vocês.

— Que alterações?

— Alguns ajustes na disposição dos móveis, Alana, redecorar um quarto para você, essas coisas. Essa semana ainda daremos um pulo lá e você escolhe qual dos dois quartos prefere. Você poderá mexer no que quiser. Móveis, pintura, papel de parede, enfim, se quiser uma decoradora, é só você me dizer. — Ele discorria sobre o assunto, enquanto eu e Alana nos olhávamos admiradas com seu entusiasmo, bem como sua urgência.

Fiz sinal para que ela não estendesse o assunto, pois não iria adiantar, ele não desistiria. Ela entendeu e logo passou para outro ponto.

— O que você pensa quando fala em um casamento simples, mãe?

— Eu gostaria de uma cerimônia ao ar livre. Existem muitas opções de chácaras para esse tipo de evento. Um juiz de paz e apenas os amigos mais chegados.

— Posso ver com a Giovana. Uma prima dela casou há pouco tempo. Foi uma cerimônia como a que você descreveu.

— O que você decidir para mim está ótimo. — Pedro enlaçou minha cintura. — Só faço questão de ser o quanto antes. E que você esteja de branco.

Abracei-o, ouvindo o interfone. Com certeza era Maitê.

238   *PaolaScott*

Alana atendeu e foi à sala para abrir a porta, enquanto meu noivo me apertava em seus braços, roubando um beijo molhado, com gosto de vinho.

Logo Maitê estava entre nós, bebendo, rindo e palpitando a respeito dos preparativos. Jantamos os quatro descontraídos, entre muita conversa e risadas. E ainda à mesa, enquanto saboreávamos mais uma garrafa de vinho e discorríamos a respeito do pedido de casamento, achei melhor lhe comunicar o fato.

— Então, Maitê, diante disso tudo, gostaríamos que fosse nossa madrinha — falei, lançando um breve olhar para meu noivo.

— Não precisa convidar duas vezes. É claro que eu aceito. — Sorriu feliz, olhando para nós dois. — Mas de qual dos dois, afinal?

— Bem, aí deixamos a seu critério. Você escolhe. — Não pude deixar de sorrir de forma cínica.

— Como assim eu escolho? Nunca vi isso de a madrinha escolher o lado. — Então, talvez percebendo que estávamos jogando com ela, perguntou: — Quem serão os padrinhos?

— Rodrigo e Eduardo — Pedro respondeu, também sorrindo divertido.

— Vocês estão de sacanagem para o meu lado. Justo os dois? E eu que tenho que escolher? Puta que pariu, é assim que me agradecem por eu ter compactuado com esse pedido? Pedro, achei que tivéssemos nos tornado amigos. — Fuzilou-o com o olhar, mas no fundo eu via que ela também estava se divertindo. — E você, Paola? Nem sei o que dizer!

Alana ria muito, divertindo-se com a situação.

— E você ri, Alana? — Maitê virou-se para ela, começando a rir também. — Que belo espécime você está me saindo, hein? Compactuando com sua mãe. Quem será a outra madrinha?

— Alana — afirmei.

— Então, Alana que decida. O que sobrar fica comigo.

— Não mesmo! Não sou eu que estou dividida entre dois homens. — Minha filha entrou na brincadeira.

— E quem disse que estou dividida? Olha só sua filha, Paola. No que você transformou essa menina?

— Pare de enrolar e decida-se, Maitê. Queremos convidá-los também e gostaríamos de já poder informar quem será a acompanhante de cada um.

Provocante 239

— Sendo assim... Eduardo será seu padrinho, não é, Paola, afinal, mesmo com todo o esforço do seu noivo em se relacionar bem com seu ex, tenho certeza de que ainda não chegou ao ponto de serem íntimos para que o convidasse. E apesar de achar que eu era sua amiga, Pedro, depois que te ajudei com o pedido de casamento, vejo que não posso ser sua madrinha. Portanto, vou acompanhar o Eduardo, se você não se importar, Alana.

— De forma alguma. Serei madrinha de um advogado, ao lado de outro advogado, sendo eu uma futura advogada. — Ergueu seu copo de suco em um brinde simbólico, ainda se divertindo.

Ficamos mais algum tempo batendo papo. Maitê foi embora ainda inconformada com nossa brincadeira, mas divertindo-se bastante.

Ela saiu e Alana e Pedro me ajudaram a ajeitar as coisas na cozinha.

— Acho que devemos providenciar uma empregada — Pedro comentou quando já estávamos no quarto, nos preparando para deitar.

— Não vejo necessidade. Antônia dá conta de tudo dois dias por semana — falei, terminando de espalhar o creme em minhas mãos.

— Sim, dá conta nos dias que vem. Mas e os outros? Será sempre assim? Chegar do escritório, preparar algo para jantarmos, lavar a louça, sendo que poderíamos aproveitar esse tempo para nós? — Fiquei olhando para ele, arrumando a cama, ajeitando os travesseiros e já se instalando, sem acreditar no que ouvia. — E aí vai chegar o dia em que estará cansada e não terá disposição para mim.

Observei seu belo corpo estendido sobre os lençóis da cama, a cabeça recostada na cabeceira, me olhando interrogativo. Seu peito definido, os gomos no abdômen e o famoso V, que se estendia até a boxer. E me peguei pensando no que disse. Será que um dia eu estaria tão cansada a ponto de dispensá-lo? Tudo aquilo? Eu achava praticamente impossível.

Tirei o robe que cobria a camisola preta, muito curta e transparente, largando-o sobre a poltrona. Vi seu olhar se acender enquanto eu me dirigia à cama. Subi, me colocando sobre seu colo de frente para ele, as pernas flexionadas ao lado do seu quadril. Imediatamente, suas mãos vieram à minha cintura, me puxando mais para cima da sua ereção já evidenciada. Segurei seu rosto entre as mãos, meus olhos penetrando os seus.

— Existe um ditado que diz que não devemos dizer a palavra nunca. Sendo assim, vou corrigir, falando que acho praticamente impossível eu não ter ânimo para você, ou então dispensá-lo. Portanto, acho bom se preparar com muito treino e vitaminas, porque vou te dar muito trabalho. — Beijei seus lábios suavemente. — Quanto à empregada, não sei realmente se é necessário, mas podemos discutir isso outra hora porque, nesse exato momento, estou cheia de disposição para você! E se eu bem me lembro, você não teve sua sobremesa ainda hoje. — Sorri sedutora, me esfregando em seu membro ainda coberto pela boxer.

— Ah, minha loba safada. O que eu faço com você? — rosnou, descendo as mãos até minha bunda, apalpando-a.

— O que você sempre faz comigo. — Cheguei perto do seu ouvido, sussurrando. — Me ama e me come até me deixar desfalecida. — Ele gemeu e entoei a letra de uma música que me veio à cabeça. — *Me dá o prazer de ter prazer comigo. Me aqueça, me vira de ponta-cabeça... Me faz de gato e sapato e... Me deixa de quatro no ato... Me enche de amor, de amor...*

Ele não me deixou terminar, saqueando minha boca em um beijo para lá de urgente, esfomeado e apaixonado.

Nos amamos mais uma vez, agora, diferente da tarde em meu escritório. Lá havia sido rápido, impaciente, sem deixar, é claro, de ser maravilhoso. Mas ali, na minha cama, na nossa cama, nos entregamos sem pressa, saboreando cada gesto, gemido e olhar. Pedro mais que me amou. Ele me adorou como a um ser acima de qualquer outro. Sua boca devorou todos os cantos do meu corpo, me dando um prazer que só ele era capaz. Assim como eu, que fiz questão de não deixar um centímetro sequer do seu sem beijar ou tocar.

E quando chegamos praticamente juntos ao orgasmo, nossos olhares o tempo todo um no outro, nossas bocas pronunciando juras de amor, não tive como não deixar que as lágrimas descessem, porque o prazer não veio sozinho. Trouxe com ele uma emoção tão forte, tão arrebatadora, que não consegui segurar somente para mim. Eu precisava deixar vazar, transbordar. E meu amado entendeu aquele sentimento, secando-as com beijos e reafirmando incessantemente o quanto me amava e eu era importante para ele.

Ele saiu de mim, se colocando às minhas costas, me abraçando e me puxando para mais perto do seu corpo. Estávamos ambos ofegantes e eu me sentia ainda flutuar, quando o ouvi.

— Me deixe ficar aqui — murmurou próximo do meu ouvido.

— Você está aqui — falei, sorrindo, os olhos fechados, apertando seus braços ao redor da minha cintura.

— Eu quero dizer mais do que apenas essa semana. — Abri os olhos,

Provocante 241

ouvindo sua voz agora receosa. — Me deixe ficar até casarmos, ou até que tenhamos condições de irmos juntos para o nosso apartamento.

Eu estava de costas para ele, mas, mesmo sem ver seu rosto e seu olhar, eu sabia qual era sua expressão naquele momento. Virei-me com cuidado, ficando frente a frente com aqueles olhos verdes, a luz do abajur me permitindo ver todo o seu brilho.

Toquei seu rosto, os dedos passeando por suas feições, e admirei o homem sempre confiante, viril e controlado, de repente, inseguro, hesitante e ansioso.

— Aqui também é nosso apartamento. E onde eu estiver com você, será nosso lar. Portanto, fique o tempo que quiser, de preferência pelo resto da vida.

— Deus, como eu amo você, minha loba! E eu gostaria tanto de encontrar outra palavra para descrever esse sentimento, porque "eu te amo" é pouco para expressar o que eu sinto por você!

— Não é preciso encontrar outra palavra. Suas atitudes comigo, seu carinho, sua atenção e cuidado, tudo isso fala muito mais do que qualquer palavra que possa existir no vocabulário. Então, apesar de para nós não ser o suficiente para expressar o que sentimos um pelo outro, vamos continuar com o "eu te amo".

Beijei seus lábios, enquanto ele me apertava em seus braços.

— Você é perfeita!

— Sim, nós somos perfeitos um para o outro — afirmei, me aconchegando em seus braços, ambos logo embalando no sono.

O restante da semana não foi muito diferente da segunda-feira. Pedro me levava e buscava no escritório, mas, por conta da nossa agenda profissional atribulada, não conseguíamos almoçar juntos, mas eu fazia questão de preparar nosso jantar.

Alana já estava de férias, então, como passava o dia em casa, deixava muita coisa encaminhada para mim, bastando eu finalizar.

As noites eram perfeitas, com nós três na cozinha e depois à mesa, conversando, rindo, comendo e bebendo. E terminavam melhor ainda, com meu garanhão me dando sempre muito prazer.

Na sexta-feira, Pedro me acompanhou ao consultório do Dr. Paulo para finalmente pegarmos o resultado da biópsia, bem como para que ele me examinasse. Naquele dia, meu amor não me acompanhou à sala anexa, optando por aguardar na principal.

Como o médico havia informado no dia da cirurgia, seu diagnóstico foi confirmado e eram realmente benignos os nódulos retirados. Mesmo já tendo o prognóstico no dia da cirurgia, ter o exame em mãos, confirmando o fato, foi o que me deu tranquilidade realmente. E notei que com Pedro foi a mesma coisa. Finalmente podíamos respirar aliviados.

Levantei mais cedo no sábado para receber a cesta de café da manhã que havia encomendado para Alana.

Fui na frente, ao seu quarto, para verificar se ela estava em trajes que permitissem que Pedro também entrasse. Ainda dormia quando nos posicionamos um de cada lado da cama, meu noivo segurando a cesta gigante, que, na verdade, serviria para que nós três a degustássemos, enquanto eu segurava os presentes, meu e dele.

Entoamos os dois um "parabéns pra você", vendo-a abrir os olhos assustada, para logo em seguida sorrir encabulada, sentando-se na cama. Cobriu a boca surpresa e não pude deixar de notar como seus olhos ficaram úmidos.

— Ah, vocês dois são lindos mesmo!

— Parabéns, meu amor! — Larguei os presentes em cima da cama, envolvendo-a em um abraço apertado, cobrindo-a de beijos. — Feliz aniversário! Feliz 17 anos! Que você seja sempre muito feliz, minha linda! Eu te amo muito!

— Ah, mãezinha, obrigada! — Me apertou, agora deixando que lágrimas de alegria descessem por seu rosto. — Eu sou muito feliz. Tenho a melhor mãe do mundo. Também te amo demais!

Enxuguei suas bochechas ainda coradas pelo sono, seus lindos olhos verdes mais brilhantes do que nunca. Então, se virou para o Pedro, que nos observava, ainda segurando a cesta.

— E agora sou ainda mais feliz, porque, além de uma mãe maravilhosa, tenho um padrasto encantador. — Sorriu, se dirigindo a ele, que largou o café da manhã sobre a cama para também lhe abraçar.

— Parabéns, minha gatinha! Muito sucesso e toda a felicidade do mundo pra você. — Abraçou-a apertado, lhe beijando a face. — Só não gostei muito desse padrasto. Acho um termo muito carrasco.

— Ah, mas como devo chamá-lo, então? Chamá-lo de pai deixaria o meu enfurecido. — Arregalou os olhos, sorridente.

Provocante 243

— Estou brincando. Me chame como quiser, Alana. Não tenho a pretensão de substituir ou me igualar ao seu pai, até porque ele está presente na sua vida como deve. — Segurou suas mãos, fixando o olhar no seu, visivelmente emocionado. — Mas quero que saiba que, apesar do pouco tempo que nos conhecemos, tenho um amor muito grande por você. Portanto, a considero uma filha. Também já disse para sua mãe que, se eu tivesse uma, gostaria que fosse como você. Inteligente, carinhosa, forte, determinada.

— Ah, Pedro! — Novamente ela se emocionou, assim como eu, presenciando aquela declaração do homem da minha vida à minha filha.

— Falei para Paola que eu tirei a sorte grande quando a conheci, pois ganhei o pacote completo. Uma mulher estonteante com uma filha sensacional. Saiba que você poderá contar comigo sempre, Alana, para o que precisar. Estarei ao seu lado e vou cuidar de você, assim como da sua mãe.

— Ai, mãe, me diz de que livro ele saiu? — Abraçou-o novamente, enquanto ele sorria divertido e eu tentava segurar as lágrimas de emoção. — Onde eu encontro um namorado assim? De onde você veio tem mais? — Soltou-o e me abraçou novamente. — Demorou para você encontrar alguém, mãezinha, mas valeu a pena. Porque eu concordo quando diz que ele é perfeito. Ele é realmente!

— Entendeu agora por que eu surto às vezes? — justifiquei quando ela se afastou e segurei a mão do Sr. Perfeito ao meu lado, seus olhos cheios de amor para nós duas.

— Desse jeito, eu vou ficar me achando, com vocês duas rasgando elogios para mim. — Piscou e pegou a cesta. — Agora, que tal um café da manhã? Quer ir para a sala?

— Ah, não, vamos ficar aqui. Vocês tomam café comigo, afinal, tem comida para nós três.

— Quer o café primeiro ou os presentes? — Mostrei-lhe as caixas. — Abra o meu primeiro, porque, se abrir o do Pedro, nada mais terá graça.

— Ai, mãe, não acredito! Você comprou! — Me abraçou toda sorridente. — Eu me apaixonei por essa bolsa. E o sapato, então? Me enganou direitinho, hein?

— Tem certeza que é o seu presente que não terá graça? Eu havia me esquecido o quanto as mulheres adoram bolsas e sapatos. — Pedro sorriu como se estivesse magoado, logo lhe entregando o seu.

— Espere e verá! Conheço a filha que tenho.

244 *PaolaScott*

Ela desembrulhou eufórica, não cabendo em si de alegria.

— Ai, meu Deus! Ai, meu Deus! Sério, Pedro? — Abriu a caixa, retirando o celular, suas mãos tremendo de emoção. — Gente, é o último lançamento, top de linha!

— Creio que você já conheça, mas de qualquer forma posso te mostrar depois algumas ferramentas bastante úteis no dia a dia. — Vi o quanto ele estava orgulhoso por ter acertado no presente. Alana pulou novamente em seu pescoço, alegre como uma criança que ganha um brinquedo muito esperado.

— Amei, Pedro. Obrigada, muito obrigada mesmo! Meu Deus, você é louco. Isso aqui é uma pequena fortuna — falou enquanto mexia no aparelho e nos acessórios.

Fiquei observando os dois interagindo daquela forma tão familiar, como se há anos se conhecessem. Eles se davam muito bem mesmo e lembrei-me de Pedro falando que via alguns traços da personalidade dele em Alana, por mais louco que isso pudesse parecer. E era assim mesmo. Eles tinham muitas coisas em comum.

Aquilo, de certa forma, me dava um alívio, já que eu não lhe daria um filho. De alguma maneira, Alana supriria, pelo menos em parte, aquele vazio que eu tinha medo que algum dia ele viesse a sentir. Um vazio que eu nunca saberia como era, já que eu tinha em minha vida as duas formas de amor mais intensas que uma pessoa pode sentir.

— Eu amo vocês dois!

Eles pararam o que estavam fazendo ao ouvirem minha declaração, me olhando ambos apaixonados, cada qual da sua forma.

Alana largou o aparelho e veio até mim novamente, me abraçando.

— Nós também te amamos muito, mãe. E tenho certeza de que, assim como eu, Pedro só é feliz porque tem você ao seu lado.

— Ela sabe que é a minha vida, Alana. — Seu olhar era tão intenso que chegava a me dar nós no estômago de tanto amor que eu sentia por ele.

— Muito bem, que tal deixarmos um pouco desse amor para depois e tomarmos o café da manhã? — Desviei sorrindo, já que, com toda aquela demonstração de afeto, eu me sentia atordoada, com vontade de arrancar meu homem dali e me perder em seus braços.

Provocante   245

"John Mayer – Daughters"

So fathers be good to your daughters
Daughters will love like you do

Para comemorar seu aniversário, Alana preferiu apenas um jantar, querendo só as pessoas mais importantes para ela presentes. Isso incluía além de nós, sua amiga Giovana, Maitê, Eduardo e, claro, seu pai. Pedro iria finalmente conhecer Guilherme.

À tarde, Pedro decidiu ir treinar, já que eu e Alana iríamos para o salão.

— Alana, você já pensou quando for fazer estágio na Lacerda & Meyer? — perguntei quando estávamos lado a lado no lavatório.

— O que tem, mãe?

— Você será vigiada em tempo integral pelo Pedro. Acho que você já percebeu o quanto ele é todo preocupado e cuidadoso comigo e com você também. Às vezes, acho que Edu tem razão. Não sei se é uma boa ideia. Digo nesse sentido, sabe, de ele te superproteger.

— Ai, mãe, será? — Me olhou ansiosa.

— Bem, vamos deixar a coisa rolar. Até porque tem tempo ainda.

— Mãe, estive pensando, você acha que eu deveria convidar o Rodrigo?

— Alana, o aniversário é seu. Fique à vontade para convidar quem quiser.

Ela ligou, convidando-o, e Rodrigo prontamente aceitou.

O restaurante ao qual iríamos era despojado, não exigindo nada muito chique ou formal. Alana usaria o vestido que lhe presenteei, num tom de azul-piscina. Optei também por um vestido, acima dos joelhos, simples, mas elegante, num tom de vermelho-sangue.

Chegamos ao restaurante, nos acomodando à mesa reservada. Logo os demais convidados se juntaram a nós.

Edu e Rodrigo chegaram praticamente juntos, e era difícil dizer qual dos dois estava mais bonito. Sentaram-se um de cada lado de Maitê e não pude deixar de lhe lançar um olhar divertido.

O último a chegar foi Guilherme, acompanhado de Julia, sua namorada.

— Pedro, esse é Guilherme, pai da Alana, e Julia, sua namorada.

— Muito prazer! — Pedro estendeu a mão, cumprimentando-o, bem como a Julia.

— Como vai, Pedro? Alana fala muito a respeito do namorado da mãe. — Retribuiu o aperto de mão.

— Sua filha é encantadora. E, se me permite corrigir, agora noivo.

— Puxa, que rapidez, Paola! Não estava sabendo. — Me olhou interrogativo.

— Pedro me pediu em casamento há uma semana. — Sorri, segurando a mão do meu lindo advogado.

— Sentem-se, por favor. — Pedro fez as honras.

Nos acomodamos e logo estávamos jantando, bebendo e conversando. Cantamos parabéns, com outras pessoas de mesas ao lado também acompanhando. Emocionada, Alana apagou as velinhas do bolo e abriu os presentes. Estava no céu, rodeada de muito carinho de pessoas que a amavam.

De repente, comecei a observar aquela cena como se estivesse fora dela e vi o quanto minha filha era uma moça de sorte. Os quatro homens presentes naquela mesa a amavam. Talvez fosse exagero falar isso quanto a Rodrigo, mas eu via que ele tinha um carinho especial por ela. Com seu jeito espontâneo, sincero e inocente, ela o havia conquistado também. Não duvidava que fizessem qualquer coisa para lhe proteger.

Ao mesmo tempo em que ficava feliz por isso, uma luz se acendia lá no fundo, me indicando que minha filha poderia ter problemas com tanto amor. Eu esperava sinceramente estar errada a respeito disso.

248   PaolaScott

Capítulo 21 – Preparativos

Pedro

Aquele mês de dezembro estava se revelando mais tenso do que qualquer outro. Como Paola já havia dito, todos queriam resolver seus problemas urgentemente, como se o mundo fosse acabar no dia trinta e um.

Eu particularmente estava mais tranquilo devido ao recesso do tribunal, restando poucos assuntos no escritório. Por outro lado, minha loba estava abarrotada de trabalho. Para piorar, ainda havia os preparativos do casamento.

Paola queria mais tempo para poder providenciar tudo com calma, mas, por insistência minha, acabamos optando por nos casarmos antes da temporada do Imposto de Renda. Por sorte, conseguimos uma data disponível para março, a única, na verdade. Seria no primeiro sábado do mês. Isto nos dava menos de três meses até o grande dia.

Ela queria algo simples, com poucos convidados. Vi o quanto se encantou com o local que Alana havia sugerido. Era perfeito. Uma chácara, distante trinta e cinco minutos do centro da cidade, com uma área de vinte mil metros quadrados, cercada por mata nativa, com uma vista panorâmica para lagos, fauna e natureza. Além de um salão principal para eventos e três casas disponíveis para os noivos e hóspedes.

Não pensamos duas vezes em fechar contrato. E, apesar de ela mesma querer cuidar dos preparativos, insisti que contratássemos um cerimonial. Por fim, acabou concordando.

— Eu gostaria de ajudar mais nos preparativos, já que tenho mais tempo livre do que você, mas, sinceramente, meu amor, não sou bom com essas coisas — falei enquanto jantávamos, após batermos perna na caça aos presentes de Natal.

— Você está se ocupando da reforma do apartamento, o que é extremamente estressante. E, depois, foi por isso que contratamos um cerimonial, Pedro. Eu não daria conta de tudo sozinha, por mais simples que seja — comentou, dando um gole no vinho.

— Pois é, e, ainda assim, você insistia em não contratar uma empregada. Já pensou como seria? — recriminei-a delicadamente. — Você emagreceu.

Provocante 249

Precisa se cuidar, Paola.

— Estou bem. E esse é o melhor elogio que uma mulher pode receber, sabia? Eu precisava mesmo perder alguns quilos. — Apesar do sorriso, seu semblante estava cansado.

— Não precisava não. Está abatida e quero continuar tendo onde pegar. Já vi que terei que tomar as rédeas com você.

— Tenho feito muita atividade física. Meu noivo não me dá descanso.

— Então o problema sou eu? O causador do seu cansaço? E não sua mania de perfeição, sua neura por responsabilidade e comprometimento? — Olhei-a sério, pois eu não estava brincando. — Se você achar melhor, posso voltar para meu apartamento. Assim, você tem tempo para descansar do seu noivo.

— Também não é assim, Pedro. Não foi isso que eu disse. — Largou a taça, inquieta, enxugando os lábios com o guardanapo.

— É assim sim, Paola! Você precisa delegar mais. Nessa ânsia de fazer tudo do seu jeito, acaba acumulando muita responsabilidade. Acho que já passou da hora de vocês terem mais uma pessoa dando suporte. Até quando acha que pode dar conta? Você está estressada e isso não é bom para ninguém, principalmente para você!

— Não fale como se eu estivesse doente, Pedro — murmurou com a voz trêmula, desviando o olhar.

— Se continuar assim, vai ficar. Ou se não ficar, vai estar tão esgotada que não vai conseguir desfrutar de tudo o que estamos organizando. É isso que você quer? Pense bem, pois você vai se casar uma única vez na sua vida, Paola. Portanto, sugiro que pare um pouco, desacelere, para poder curtir essa noite que será mais do que especial em nossas vidas.

Sei que fui um tanto ríspido e duro com ela, mas às vezes precisava ser assim para fazê-la enxergar. Seu olhar procurou o meu e vi ali estampado que, no fundo, ela concordava com o que eu tinha falado. Segurei sua mão sobre a mesa, acariciando o dorso.

— Estou aqui, meu amor, para muito mais do que apenas sexo. Por que não fala? Não pede ajuda? Me diga o que eu posso fazer para te aliviar um pouco.

Continuou me observando em silêncio e, aos poucos, seus olhos ficaram úmidos, seus lábios se tornando mais vermelhos e inchados.

Levantei da sua frente e sentei ao seu lado, puxando-a para meus braços, sua cabeça recostada em meu ombro.

— Desculpe! — murmurou.

— Não tem por que pedir desculpas, meu amor. Se não puder desabafar comigo, para que eu sirvo, então? Sou só mais um corpo bonito para você usufruir? — brinquei para descontraí-la, conseguindo arrancar um sorriso dela.

— Apesar de eu amar seu corpo, você sabe que é muito mais do que isso. — Ergueu a cabeça. — Você tem toda razão. Eu preciso mudar, mas não é tão fácil. Obrigada por insistir com a empregada. E não quero que volte para o seu apartamento. Preciso de você ao meu lado. Prometo que vou me cuidar para estar perfeita no nosso casamento.

— Você já é perfeita para mim. Só quero que possa aproveitar. E para isso precisa estar descansada e tranquila. — Beijei seus lábios vermelhos. — Sei que você não queria, mas vamos viajar entre o Natal e o Réveillon.

— Mas, Pedro...

— Não tem "mas", Paola. Está resolvido. Três dias em um local sossegado. Só nós dois. — Mesmo um tanto reticente, acabou concordando.

— Está bem!

— Ótimo! Vamos embora? Tenho que colocar minha mulher na cama. Para dormir, apenas.

— Como se isso fosse possível. — Sorriu mais leve.

Chegamos em casa e levei-a para tomar um banho. Fiz questão de ensaboá-la, aproveitando para lhe massagear as costas, ombros e pescoço. Mas, por mais que eu tomasse cuidado para que o toque não tivesse conotação sexual, era impossível não me excitar com seu corpo deslizando sob minhas mãos, seus gemidos contidos quando meus dedos roçavam sua pele. E ali mesmo, embaixo do chuveiro, nos entregamos ao nosso desejo.

Paola

Os últimos dias antes do Natal foram ainda mais corridos. Pedro tentava me ajudar como podia, sempre atencioso e prestativo, mas era no escritório que as coisas tumultuavam. Acabei concordando com a sugestão dele de contratarmos mais uma pessoa ou trazer outro parceiro para o escritório. Combinei de ver isso com Edu depois das festas.

Por sorte, a reforma que ele insistiu em fazer em seu apartamento estava correndo tranquila, bem como os preparativos para o casamento. O pessoal do cerimonial era realmente muito competente.

Provocante 251

A intenção é que fossem poucos convidados. Eu queria convidar minhas amigas insanas para o casamento. Claro que muitas não poderiam vir, devido à distância ou outros compromissos.

Assim que postei o convite, os comentários começaram a pipocar.

"Meu Deus! Sério, Paola? Parabéns, amiga. Ah, que felicidade."

"Uhuuuu!! Uma insana vai casar!"

"Parabéns, Paola! Pode contar comigo, estarei aí!"

"Cacete, mulher, pegou o garanhão de vez, hein? Não perco esse casamento por nada!"

"Felicidades, Paola! Gostaria muito, mas não sei se poderei ir."

"E como foi o pedido de casamento? Conta aí pra gente!"

Contei resumidamente o pedido que mais parecia saído de um dos nossos romances. Depois daquilo, todas terminaram de se apaixonar por meu sexy advogado. E as brincadeiras logo começaram.

Paola: Amores, eu gostaria que todas vocês estivessem presentes, bem como queria poder acolher todas. Infelizmente, não é possível. Mas confirmem quem poderá comparecer. Algumas podem ficar na minha casa e tenho certeza de que Maitê também tem condições de acolher outras insanas.

"Como assim ficar na sua casa? Com o garanhão aí? Ai, meu Deus! Você se arrisca assim, hein, mulher? Posso agarrar ele enquanto você dorme!"

Paola: Claro que ele não vai ficar aqui, né, Val! Acha que sou louca e não conheço vocês?

"Você vai dispensar seu noivo para acomodar a mulherada?"

Paola: Acontece que a estada de algumas de vocês aqui em casa vai facilitar muito meu plano. Lembram da Chloe e do Bennett? Alguns dias antes do casamento sem transar? Pensei em fazer isso. Então, vocês serão a desculpa perfeita!

"Afff... que megera você é. E usando as insanas para esse plano diabólico? Adoro!"

"Tadinho do Pedro. Ele já sabe disso?"

Paola: Claro que não, né? Se eu falar agora, ele vai aprontar alguma. Vou deixar para contar mais em cima da hora.

Mais algumas insanidades rolaram antes de eu me despedir. Eu realmente gostaria que o grupo todo pudesse vir. Amava aquelas mulheres! Éramos uma família!

Os pais de Pedro moravam na Itália e, como viriam para o casamento, optaram por passar o Natal por lá mesmo. Já meus pais não eram chegados em comemorações, preferindo ficar no interior. Sendo assim, seríamos apenas nós três.

Como Pedro havia prometido, viajamos logo após o Natal, no dia vinte e seis. Ele conseguiu fazer uma reserva em um hotel fazenda próximo da capital. Apesar de a época ser de mais agito em função das férias e festas, conseguimos um chalé mais afastado do prédio principal, nos dando privacidade e certo sossego.

Tudo contribuiu para que pudéssemos descansar. O clima estava maravilhoso, com dias ensolarados e quentes. O lugar era fantástico, com uma estrutura maravilhosa. Fomos cercados de mordomias e gentilezas. Comida de excelente qualidade e acomodações de alto nível.

Tomamos banho de cachoeira, andamos a cavalo, namoramos na rede. Nos amamos sem pressa, nos permitindo dar prazer um ao outro de todas as formas, independente do horário ou do cômodo onde estávamos.

Foram três dias maravilhosos, cercados de paz, verde e tranquilidade. Eu me sentia revigorada.

Pedro me enganou, e, ao invés de voltarmos para casa, fomos direto para seu apartamento na praia. Dois dias não farão diferença, foi o que me falou quando questionei sua atitude.

— Se preferir, podemos voltar no dia primeiro mesmo, mas faço questão de passar o réveillon aqui com você, já que não podemos organizar uma viagem gostosa.

— Eu sei, Pedro. Nosso final de ano foi tumultuado, cheio de preocupações, em grande parte por culpa minha.

— Ninguém é culpado de nada, Paola. Simplesmente era para ser desse jeito. Alana vai passar com o pai. Seremos somente nós dois. Por que não passar no lugar onde tivemos um final de semana espetacular?

Alana tinha passado o Natal conosco. E como todos os anos, nós revezávamos. Portanto, o réveillon seria com o pai.

Como não tínhamos feito nenhum tipo de reserva, acabamos ficando sem ceia. Seria muita pretensão conseguir um hotel ou restaurante que ainda tivesse disponibilidade para aquela noite.

Pedro, perfeito como sempre, disse que não fazia questão dos tradicionais costumes da data.

— Você e uma garrafa de champanhe são o suficiente para que eu comece meu ano com o pé direito.

Mesmo dispensando as outras tradições, fiz questão de vestir branco, assim como ele. Fiz um lanche para comermos em casa mesmo e, por volta das onze horas da noite, descemos para a praia, levando duas taças, uma garrafa e morangos.

Várias plataformas haviam sido montadas na praia para o show de fogos. Ficamos mais afastados por questão de segurança e, enquanto esperávamos, namoramos, como nos últimos dias. Era só o que fazíamos.

Logo o tumulto começou em torno da contagem regressiva. Alguns apressados já se abraçavam, outros já brindavam.

Pedro ficou em pé, me puxando para si, seus braços apertando minha cintura, seus olhos fixos nos meus, um sorriso lindo nos lábios. Quando a contagem começou, contamos juntos e entre cada uma ele me deu um beijo até o cronômetro zerar.

— Feliz ano novo, meu amor! — Me beijou de verdade, tomando minha boca, sua língua invadindo possessivamente, quente, em movimentos sensuais. Aprofundei o contato, me colando ainda mais ao seu corpo, enroscando os dedos em sua nuca, afagando seus cabelos.

— Feliz ano novo, meu sexy advogado — sussurrei junto a seus lábios, interrompendo o beijo.

— Que todas as nossas dificuldades, decepções, mágoas e doenças fiquem para trás. Que nesse ano que se inicia tenhamos somente surpresas boas. Que nosso casamento seja perfeito, que você me ame eternamente. — Ele falava, me deixando sentir a intensidade de suas palavras.

— Que toda tristeza fique no passado. Que seja um ano repleto de saúde e boas notícias. Que eu consiga te fazer tão feliz quanto você me faz. Que você me ame por toda a vida.

Entregamo-nos a mais beijos apaixonados. Depois, Pedro abriu o champanhe, enchendo nossas taças, e brindamos enquanto assistíamos ao show de fogos.

Alana ligou para nos desejar feliz ano novo, assim como eu também, emocionada.

Ficamos mais um tempo por ali, bebendo e nos deliciando com os morangos, mas logo Pedro me levou de volta para o apartamento.

— Quero saborear esses morangos de outra forma. — Sorriu sedutor.

E as primeiras horas daquele ano não poderiam ser desfrutadas de forma melhor. Fui amada e adorada como só ele era capaz de fazer.

Após as festas, Pedro ainda teria um período de recesso, mas eu voltei ao escritório com carga total. E o primeiro assunto a tratar era a contratação de alguém para nos ajudar.

— Eu sei, Edu, que a gente não tinha essa ideia inicialmente, mas acho que não vamos dar conta. Quer dizer, talvez a gente até consiga, mas a que preço? Tenho medo de perder a mão, sabe, de cair a qualidade do nosso serviço por estarmos muito abarrotados. E tenho que confessar que tenho me sentido sobrecarregada ultimamente.

— Concordo plenamente com você, Paola. Eu também estou assim. Só acho que temos que ter cuidado ao escolher quem vem trabalhar conosco. Tem que ser uma pessoa de confiança, capacitada realmente, que venha somar. Mas tente não se preocupar demais com isso agora. Sei que você está com a cabeça a mil por causa do casamento. Também não é para tanto assim. A gente dá um jeito por aqui.

O tempo voou naquele começo de ano. Estávamos no início de fevereiro e mais uma prova do vestido estava marcada para a segunda-feira. Eu queria algo que combinasse com a cerimônia ao ar livre. Nada de véu e grinalda. O vestido seria branco sim, como Pedro gostaria, porém discreto. Um decote generoso nas costas, em tecido rendado. Cabelos presos, enfeitados apenas com uma presilha de pedras. Era lindo, elegante e charmoso ao mesmo tempo. Estava perfeito, do jeito que eu imaginei.

No final de tarde em casa, cada um em uma espreguiçadeira na sacada saboreando um vinho, começamos a discutir os últimos detalhes.

— Tem certeza de que quer entrar sozinha? — mais uma vez ele me questionou, achando ainda que eu deveria entrar com meu pai.

— Já disse que sim, Pedro.

— Vai entrar com a marcha nupcial?

— Não.

— Não? Com o quê, então? Ave Maria?

— Eu lá tenho cara de Ave Maria, Pedro!

— As quatro estações?

— Não!

— O quê? Um tango? Funk?

— Surpresa. Você só saberá na hora.

— Paola, o que você vai aprontar? Não esqueça que não seremos só nós dois!

— Não se preocupe, eu não vou envergonhá-lo, Dr. Pedro Lacerda. — Acentuei seu nome, olhando-o intensamente.

— Não fale assim. Sabe o que causa em mim quando repete o modo como me chamou no dia em que nos conhecemos. — Retribuiu meu olhar.

— E os votos? — perguntei, meu pé fazendo uma carícia em sua perna.

— Presumo que podemos fazer nossos próprios votos, já que você não quer nada tradicional. — Desceu o olhar para o meu pé, que se dirigia à sua coxa.

— Ah, com certeza quero fazer os meus. Não quero ninguém me dizendo o que devo prometer ou declarar ao meu futuro marido. — Subi mais um pouco o pé, agora muito próximo de sua virilha.

— Também quero fazer os meus. E escolher a música, que, aliás, você não saberá qual é.

— Hum, vingança? Estou ganhando, porque a minha também é segredo. Sendo assim, dois a um. — Esfreguei meu pé no meio de suas pernas, um olhar indecente em sua direção.

— Eu posso virar esse jogo, sabia? — Largou a taça ao lado, sustentando meu olhar.

— Duvido. — Sorri muito cínica para ele. — O máximo que vai conseguir fazer é empatar. O que ainda acho difícil.

— Vem cá. — Segurou meu pé, me olhando sério.

— Não posso. Você está me segurando.

Então me soltou, ainda me encarando.

— Eu disse venha aqui. Agora!

— Ah, você sabe que eu gosto quando você é mandão assim, né?

— Se você não levantar essa bunda da cadeira e vier aqui agora, pode ter certeza de que vai se arrepender.

— Hummm... vou adorar me arrepender.

— Por que você faz isso? Me provoca desse jeito?

— Porque você adora que eu seja provocante!

— Porra, você não tem jeito mesmo!

Levantou, me puxando em direção ao quarto. E lá, daquele jeito viril e sedutor, me jogou na cama, me devorando como só ele sabia fazer. Óbvio que eu ainda saí ganhando, pois ele me deu mais de um orgasmo estarrecedor.

Estávamos deitados, conversando depois do que ele chamou de "fazer eu me arrepender", quando decidi lhe contar a respeito das minhas amigas insanas que viriam para o casamento e ficariam em minha casa.

— Então, por causa disso, eu queria saber se você se incomoda de ficar no seu apartamento esses dias.

— Espere aí. Você vai me colocar para fora para receber suas amigas? Por que não fazemos o contrário e elas ficam no nosso apartamento? Eu continuo aqui.

— Ah, amor, fica chato, né? E faz tempo que a gente não se vê. Vão querer colocar o papo em dia, sair para passear. Ficarão mais à vontade aqui comigo. Serão só três ou quatro dias, amor.

— Impressão minha ou você quer me dispensar antes do casamento?

— Pensei que, já que eu terei hóspedes e serão dias corridos, pudéssemos nos abster.

— Como é que é? Eu entendi direito? Você quer ficar sem transar antes do casamento? — Ergueu-se sobre o braço, me olhando surpreso.

— Ah, amor, pensa como vamos estar na noite de núpcias: pegando fogo.

— Como se precisássemos de uma pausa para pegar fogo. Por que isso agora? Você quer me castigar? Se vingar ou algo parecido?

— Não tem nada a ver com castigo. Simplesmente acho que seria excitante. — Toquei seu rosto, uma ruga em sua testa tinha se formado pela sua contrariedade.

Continuou me olhando, como que analisando minha proposta.

— Dois dias. É tudo que posso te dar.

— Eu tinha pensado em cinco. — Sorri maliciosa.

— Três e não se fala mais nisso. Se não quiser que eu te amarre na cama e não te dê nada.

— Eu adoraria ser amarrada à cama por você. — Fiquei por cima dele, esfregando meu quadril no seu.

— Tenho certeza que sim. — Então, se virou bruscamente, fazendo com que eu ficasse embaixo do seu corpo, possuindo meus lábios, fazendo eu me perder novamente.

Algumas das minhas amigas chegaram na quarta-feira. Outras, como Pietra, por exemplo, chegariam somente na sexta à noite. O cargo de delegada da minha amiga carioca não lhe permitia o luxo de se ausentar durante a semana.

Conseguimos acomodar algumas na casa de Maitê, outras ficariam em um hotel. Das que ficariam comigo, Luciana foi a única que chegou naquele dia. Fazia tempo que não nos víamos pessoalmente, desde a última bienal. Naquela noite, ficamos até tarde conversando.

— Então é isso, Paola. Sou uma mulher desempregada. Mas do jeito que estava simplesmente não dava mais. Eles me sugavam de tudo que é forma. E reconhecimento nada. Eu já estava ficando doente. Para piorar, tem a situação da minha família, que você já sabe.

Luciana era minha amiga do peito. Assim como com muitas outras mulheres daquele grupo, formamos uma amizade verdadeira. Era doce, meiga, um pouco tímida e muito romântica. Tinha uma família que se aproveitava do seu bom coração. Desde seu pai até seus irmãos, todos se jogavam nas suas costas, muitas vezes a fazendo bancar todos por um bom período.

— E o que pretende fazer agora, Lu? Quero dizer, você não tem nada em vista? Nenhuma proposta?

— Nada. Sei que foi loucura pedir demissão assim, de uma hora para outra, sem me planejar. Mas, como disse, eu estava enlouquecendo. Tenho uma grana guardada para me manter por um tempo. Claro que minha família não faz ideia disso. Sei que preciso me mexer, mas estou meio desgostosa dessa minha vida, sabe? Queria fazer algo diferente, com pessoas diferentes, mudar de ares.

— Diferente no sentido profissional? Você sempre trabalhou com contabilidade, Lu, será que partir para outro ramo seria a solução?

— Não sei. Só preciso sair daquela vida. Até pensei em me mudar para outra cidade.

E foi como um clarão. Sim, poderia dar certo.

— O que acha de vir morar em Curitiba? E continuar trabalhando com contabilidade?

— Morar aqui? Como assim?

Expliquei a ela que estávamos em busca de um profissional na área urgentemente. Seria perfeito.

— Não sei, Paola. — Hesitou. — É uma mudança e tanto.

— Não era isso que você queria? Trocar de ares? Você não vai mudar radicalmente de profissão. A diferença é que aqui não vai cuidar de uma só empresa. E pode aproveitar e se afastar um pouco da sua família.

— É tentador realmente. — Esboçou um sorriso tímido. — Mas eu teria que pensar.

— Faça isso, Luciana. Tenho certeza de que conseguiremos acertar uma boa proposta para você. E se aceitar, já tem onde morar — incentivei-a.

— Já? Onde? — perguntou surpresa.

— Aqui. Eu e Alana vamos morar com o Pedro. Já falei que não quero alugar o apartamento, pelo menos não por enquanto. Então, você pode ficar até decidir o que quer fazer.

— Mesmo?

— Claro que sim. Pense com carinho. Acho que seria bom para todos nós.

260   PaolaScott

Capítulo 22 – Despedida de solteira

Maitê

Combinei com nossas amigas de fazermos uma surpresa para Paola: uma despedida de solteira. Eu sabia que, se a consultasse, ela não iria aceitar. E com certeza Pedro também não aprovaria. Mas isso não ia nos impedir de nos divertir.

Contei meu plano para Alana, afinal, precisaria da ajuda dela para colocá-lo em prática. Como eu sabia que não conseguiria tirar Paola de casa na sua última noite como solteira, resolvi improvisar no salão de festas do seu prédio, que, por sorte, estava vago para aquela sexta-feira. Praticamente todas as insanas que confirmaram presença no casamento já teriam chegado até a hora da bagunça.

— Então, amiga, combinei com as meninas de nos reunirmos para um bate-papo, trocar figurinhas antes que você se torne uma mulher de respeito. — Fiz de propósito de avisá-la no meio da tarde.

— E agora você me fala isso, Maitê? Preciso providenciar comes e bebes para essa mulherada.

— Fique tranquila, já pensei em tudo. Tomei a liberdade de falar com Alana e ela conseguiu reservar o salão de festas para nós. Assim ficamos mais à vontade.

— Tudo bem, então, se Alana está te ajudando, fico sossegada. Preciso terminar algumas coisas aqui, mas quero ver se saio mais cedo.

Mal sabia ela que a filha estava de conchavo comigo e era tão insana quanto as amigas.

Avisei Alana que era provável que sua mãe chegasse antes do horário em casa.

As meninas estavam todas lá, ajudando na decoração. Eu já havia providenciado comida e bebida, bem como alguns brinquedos e uma surpresa especial. Ah, sim, e uma câmera para filmar tudo. Talvez eu enviasse um vídeo para o noivo, como uma vingança por sua brincadeira de mau gosto me fazendo escolher o padrinho. Se bem que minha amiga estava junto naquele plano. Depois eu decidiria sobre isso.

Provocante   261

Paola

Cheguei em casa quase no final da tarde. Até tentei sair antes do escritório, mas acabei me envolvendo em uma ligação que me atrasou. Eu deveria ter ouvido o conselho do meu noivo. Ele bem que insistiu para que eu não trabalhasse naquele dia, mas eu era teimosa e persisti.

Alana não estava em casa. Imaginei que já devia estar com minhas amigas no salão de festas. Mas assim mesmo liguei para confirmar.

— Oi, mãe. Onde você está? — Ouvi vozes ao fundo.

— Acabei de entrar, filha.

— Estamos aqui no salão de festas. Você vai descer logo?

— Me dê meia hora. Quero tomar um banho primeiro.

— Claro. Estamos te esperando.

Desliguei e fui para o banheiro. Uma ducha iria me recompor do cansaço do dia, pelo menos em parte.

Coloquei um vestido fresco e desci para encontrar minhas amigas. Seria bom conversar, falar besteiras e dar muita risada.

As persianas estavam baixas, mas eu pude perceber o movimento lá dentro. E assim que abri a porta, me surpreendi com o que me aguardava.

— Surpresa! — gritaram em coro.

Aquelas loucas tiveram o trabalho de decorar todo o salão. Balões, flores e outros adornos, tudo em vermelho e preto. Até os utensílios, pratos, copos e taças. As mesas também estavam enfeitadas, tudo dentro do tema: sacanagem. Uma mesa central estava repleta de brinquedos eróticos. Seria bagunça na certa!

— O que vocês aprontaram? — Eu ria divertida e ao mesmo tempo apreensiva. Pedro e eu tínhamos combinado que não haveria esse tipo de festa. Para nenhum dos dois.

— Ah, Paola, sua última noite como solteira não poderia passar em branco. — Luciana veio até mim, me abraçando.

— Isso é ideia sua, né, Maitê?

— Não vale dizer que não gostou. Todas se esmeraram para fazer essa surpresa. Preparamos tudo em tempo recorde. — Veio até mim também, me puxando pela mão.

Já havia uma música tocando e algumas já se remexiam, dançando e brincando. Até minha filha tinha entrado na dança.

— Até você, Alana? Não acredito que participou disso.

— Ah, mãe, elas precisavam ter acesso a tudo. Então eu dei uma mãozinha.

Percebi que a minha taça estava sempre cheia. Mal eu chegava à metade e logo vinha alguém reabastecer com mais vinho. Elas queriam me embebedar na véspera do meu casamento?

— Muito bem, meninas, chega de brincadeira. Vamos agora ao que interessa. — Maitê começou a comandar o grupo.

— Isso mesmo. Paola, venha até aqui. Temos algumas tarefas para você. — Val me puxou, me levando até uma cadeira no centro do salão.

— Olha lá o que vocês vão fazer ou falar. Há uma menor no recinto — falei, olhando para Alana.

— Fique tranquila. Não é nada que ela ainda não tenha visto ou que não saiba. E como é sua filha, devemos iniciá-la no caminho da insanidade.

Aquilo já tinha virado uma bagunça só. Não se entendia mais nada. Era muita mulher junta, falando ao mesmo tempo, além de música alta.

— Muito bem, Paola. Agora você, por favor, fique quietinha. Vou te vendar, mas não se assanhe porque não é o Sr. Grey, muito menos seu advogado sexy — Val falou enquanto colocava uma faixa sobre os meus olhos.

— Não acredito que vocês vão fazer isso. Gente, eu combinei com o Pedro que não haveria despedida de solteira.

— Ai, credo, Paola, que caretice. O que tem demais em nos reunirmos para brincar um pouco? — Suzana já estava ao meu lado.

— Ou ele acha que nós faremos mal a você? — Ouvi a voz da Mari mais próxima também.

E então começaram. Piadas, perguntas íntimas, castigos. Me fizeram adivinhar o conteúdo de caixas e pacotes de presentes, ou melhor, me fizeram apalpar brinquedos, lançando palavras insinuantes, quase obscenas.

Não podia negar que estava me divertindo muito. E já um pouco alegre, além do limite, eu diria, já que elas insistiam em manter minha taça sempre cheia.

— Agora vamos incrementar um pouco a brincadeira. Além de vendada, você será algemada. — Era Pietra quem falava, no seu tom todo mandão.

— Ai, ai, ai, o que vocês estão aprontando? — falei, já tendo os braços puxados para trás da cadeira, me deixando imobilizada.

Provocante 263

Em seguida, ouvi gritos e assovios. Lá vinha sacanagem. E das grandes, com certeza.

— Então, Paola, agora temos um presente relativamente grande para você — Val sussurrou perto do meu ouvido.

— Ah, meu Deus! Vocês me pagam! — Apesar de um tanto apreensiva com o que estavam preparando, não conseguia deixar de rir descontroladamente. A bebida já tinha me afetado.

Eu até imaginava o que vinha pela frente. E me pegava pensando no que aconteceria se Pedro descobrisse. Eu teria sérios problemas.

Senti um perfume amadeirado me envolver. Puta que pariu, elas contrataram um garoto de programa?

A música de Joe Cocker começou a tocar. Cacete, o cara no mínimo ia fazer um strip ali para elas e mexer comigo. Mesmo um pouco embriagada, eu ainda raciocinava o suficiente para achar que era demais para Alana.

— É seguro Alana ficar aqui? — perguntei em meio ao barulho de conversas, gritos e música.

— Estou subindo, mãe. Assim você fica mais à vontade.

Os gritos continuaram e eu sentia alguém próximo a mim. Algumas vezes tocando meu rosto, em outros momentos, minhas pernas ou cheirando o meu pescoço. Mas eu só conseguia rir.

Maitê

O celular de Paola começou a tocar. Pedro! Ai, que merda! Mas eu precisava atender. Do contrário, ele seria capaz de ir até lá para saber se estava tudo bem. Me afastei um pouco, tentando abafar o som, e aceitei a ligação.

— Oi, Pedro!

— Maitê? Por que você está com o celular da Paola? — Seu tom era apreensivo.

— Fique tranquilo, está tudo bem. É que ela não pode atender agora. Está um pouco ocupada. — Olhei para onde estava minha amiga, sendo cercada por 1,90m de puro musculo e gostosura.

— Ocupada? Com o quê? E que barulho é esse? Onde vocês estão?

— Nós fizemos uma reunião surpresa para a Paola aqui no salão de festas. Último dia de solteira, sabe como é. — Agora era aguentar o rojão.

— Despedida de solteira? É isso que você está me dizendo? Nós combinamos que não haveria isso. — O cara já estava puto.

— Mas ela não sabia, Pedro. Acabei de dizer que fizemos uma surpresa.

— Me deixe falar com ela, Maitê — pediu impaciente.

— Já disse, ela está ocupada, Pedrinho.

— Maitê, passe o telefone para ela agora! — berrou, já fora de si.

— Epa, epa, epa, Dr. Pedro Lacerda. Olha lá como fala comigo. Paola está se divertindo. E não está fazendo nada de mais. Fique tranquilo que ela não está te traindo.

— Porra, Maitê, você me paga! Pode estar certa disso — rosnou, desligando o telefone.

Paola

As loucuras não paravam. O cara deveria ser um gostoso, disso eu não tinha dúvida. Vindo daquela mulherada, ou melhor, de Maitê, só podia ser carne de primeira.

Ele continuou me tocando, apesar de nada muito íntimo. Chegou a sentar no meu colo, se esfregando e me permitindo sentir toda sua robustez. Sussurrava palavras sacanas no meu ouvido, mas nada comparado com o meu noivo, é claro. Tanto que eu só conseguia rir. Ele deveria estar fazendo caras e bocas, porque volta e meia as meninas soltavam palavras obscenas.

Mais uma música terminou, com uivos e saudações ao show. Mas logo fez-se um silêncio estranho, seguido por um murmurinho.

— O que houve? — perguntei curiosa.

— Bem, Paola, como você se comportou muito bem, achamos que você merece outra surpresa. — Ouvi Val bem perto, conferindo minha venda.

— Porra, o que vocês vão aprontar agora? Eu estou dizendo, vou me encrencar quando o Pedro souber disso.

— Só se você contar. De outra forma, não tem como ele ficar sabendo. — Ouvi a voz de Suzana.

— A não ser que ele veja o vídeo. — Era Pietra, se acabando de rir.

— O quê? Vocês estão filmando? Puta que pariu, eu deveria ter desconfiado.

Então outra música começou, essa muito mais sexy e intensa.

Provocante 265

Beth Hart and Joe Bonamassa - Ain't No Way

Oh, then baby, baby, baby
Don't you know that I need you?

Senti outro perfume, diferente do primeiro. Era o mesmo que Pedro usava. E uma presença muito próxima a mim. Outro stripper? Mas dessa vez elas estavam quietas, só a música tocava ao fundo. Porra, o que vinha dessa vez?

Então senti um toque muito sutil e delicado. Uma pena, talvez uma pluma, que deslizou pelo meu pescoço lentamente em direção ao colo. Ah, meu Deus, esse com certeza era mais erótico do que o primeiro.

— Porra, isso vai dar merda, meninas. — Suspirei quando um arrepio me percorreu.

— Por que, Paola? — Maitê perguntou, mas seu tom estava diferente.

— Como por quê? E por que vocês estão tão quietas? — Me remexi na cadeira, quando a pena ou o que quer que fosse passeou pelas minhas coxas desnudas pelo vestido curto.

— Apenas para que você possa aproveitar mais intensamente. — A voz de Luciana também soou estranha.

Senti que o homem circulou à minha volta, como se me estudasse. Sua respiração quente junto ao meu ouvido me fez arrepiar novamente. E por mais que eu não quisesse, me senti excitada.

Os murmúrios continuaram, a música e o homem me cercando. Senti que parou à minha frente. A presença dele era muito forte, totalmente diferente do primeiro. Ele emanava uma virilidade, um domínio; mesmo sem vê-lo eu sentia que era um conquistador.

Então suas mãos vieram aos meus joelhos e os afastaram lentamente. Elas estavam cobertas por luvas, mesmo assim o toque era muito quente. Foi deslizando em direção às minhas coxas. Pelo amor de Deus! Que calor infernal. O cara tinha pegada.

— Acho que já está bom, meninas. Vamos parar por aqui — falei, fechando as pernas, me sentindo molhada.

— Por que, Paola, por acaso está gostando? — Pietra falou ao fundo.

— Sério, gente, chega! Não quero mais.

— Só mais um pouquinho. Deixe-o terminar o que veio fazer aqui.

— Ah, meu Deus!

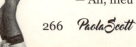

Eu sentia que seu rosto estava muito perto do meu, sua respiração junto ao meu pescoço. Minha boca estava seca. Porra, eu estava para lá de excitada e me sentia como se estivesse traindo meu futuro marido. E quando sua língua fez uma trilha da minha clavícula até o lóbulo da minha orelha, achei que fosse desmaiar. Aquele toque me fez lembrar dele.

Eu não podia sentir aquilo. Era errado! Pedro! Se ele soubesse, se ele visse... Um pânico começou a tomar conta do meu corpo, juntamente com a excitação que eu tentava em vão bloquear.

Afastei meu rosto do contato.

— Por favor, meninas, chega. Não quero mais, não posso — afirmei com a voz embargada.

Então ele recuou. Luciana e Suzana vieram até mim, me acalmando.

— Tudo bem, Paola. Vamos parar, está bem? Não precisa ficar assim.

— Me soltem, por favor — falei, tentando me acalmar.

Talvez para me distrair, colocaram uma música mais animada. Mas eu ainda estava abalada pelo que senti com o estranho, que ao mesmo tempo me fez ter sensações muito parecidas com as que eu tinha quando estava com meu amor. E me senti péssima, uma traidora.

Elas me soltaram e retiraram a venda. Demorei alguns segundos para me acostumar com a claridade. Olhei ao redor, mas não vi sinal de nenhum homem.

— Quem era esse homem? O último? — perguntei ainda impressionada.

— Um cara que a gente contratou, Paola. Por quê? Parece que ele mexeu com você. — Maitê estava de volta ao meu lado.

— Sério, ele tinha alguma coisa diferente. Muito intenso. Vocês filmaram? Deixem-me ver. — Eu não precisava perguntar se era bonito, pois, do contrário, elas não teriam contratado.

— Esse a gente não filmou.

— Por quê?

— Era a condição dele. Não filmar.

Suspirei aliviada por um instante, por saber que Pedro não poderia ver aquela cena, pois tenho certeza de que, se a visse, perceberia como fiquei mexida.

Ficamos mais um tempo por ali, mas eu já não me sentia mais à vontade. Pelo contrário, estava realmente incomodada. Por isso, pedi licença a minhas amigas, alegando que no dia seguinte eu teria que estar descansada, pois era meu dia.

Provocante 267

Não era tão tarde, apenas onze da noite, mas estranhei que Pedro ainda não tivesse me ligado. Não nos víamos desde quarta-feira, mas nos falávamos todos os dias, várias vezes.

Após tomar mais um banho, resolvi ligar. Eu precisava falar com ele, saber que estava tudo bem, mesmo que aquilo fosse só uma coisa da minha cabeça.

— Olá, minha loba!

— Pedro. — Um nó se instalou em minha garganta; eu me sentia uma covarde.

— E então? Divertiu-se? — Sua voz era calma.

— Você sabia?

— Liguei para Alana e ela me disse que você estava em um bate-papo animado com suas amigas.

— Elas me fizeram uma surpresa — falei apreensiva. — No salão de festas. Brincadeira de mulher, sabe?

— Que tipo de brincadeira? — Ele parecia tranquilo demais. — Como uma despedida de solteira? Com direito a stripper? Não combinamos que não haveria isso, Paola?

— Eu não sabia de nada, Pedro. Foi coisa da Maitê. Você pode...

— Tudo bem, não precisa me falar mais nada. — Suspirou.

— Sério, Pedro, eu...

— Já disse que não quero saber, Paola! — Foi firme. — Confio em você.

Puta que pariu! Que merda! Aquilo só fazia eu me sentir mais culpada ainda. Não que eu tivesse feito alguma coisa. Mas senti. Engoli o nó na garganta e resolvi encerrar a conversa.

— Acho melhor dormir agora. Amanhã preciso estar descansada. E você também.

— Claro, meu amor. Descanse e durma bem. Amanhã será o nosso dia. Não vejo a hora de ter você em meus braços de novo. Estou morrendo de saudade.

Desligamos e, mesmo tentando evitar ao máximo, não consegui segurar as lágrimas, que cessaram somente quando o sono me venceu.

Pedro

Encerrei a ligação com Maitê já catando as chaves do carro e descendo em disparada. Porra, eu não podia acreditar. Nós combinamos que não haveria festa de despedida de solteiro para nenhum de nós dois. Sabendo da insanidade daquelas mulheres e o quanto eram fogosas com todas aquelas leituras, com certeza rolaria um gogo boy.

Mas, se Paola estivesse sabendo, ela teria me falado alguma coisa. Tenho certeza de que não iria esconder aquilo de mim. Só podia ser coisa da Maitê. Ah, aquela ruiva apimentada ia me pagar. Eu ia acabar com a brincadeira delas.

Cheguei em poucos minutos no prédio da Paola. Eu tinha entrada liberada desde que passei a viver com ela ali nos últimos meses. Fui direto para o salão de festas, mas parei um instante, tentando observar alguma coisa antes de entrar. Por uma fresta de uma das persianas, consegui ver onde Paola estava. Sentada e pelo visto amarrada a uma cadeira no meio do salão. Ah, e estava vendada também, enquanto um brutamonte musculoso de sunga preta se esfregava nela. Puta que pariu!

Ele saiu da sua frente, se colocando atrás da cadeira, enquanto erguia seu cabelo, falando alguma coisa ao seu ouvido. Ela desviou e sorriu. Não parecia afetada por ele, apenas se divertindo. Com certeza também já estava levemente embriagada.

Vê-la vendada e amarrada à cadeira me excitou instantaneamente. Lembrei-me das vezes em que a tomei daquela forma. E tive uma ideia no mesmo instante. Eu queria participar daquilo, estar no lugar daquele dançarino, sem que ela soubesse que era eu. Será que me reconheceria? Meu cheiro, meu toque, minha presença? Não pensei duas vezes.

Entrei lentamente, ninguém percebendo devido à algazarra que estava. Maitê estava ali perto e puxei-a para fora rapidamente.

— O que você está fazendo aqui, Pedro? Não acredito que vai estragar a brincadeira. Porra, deixa ela se divertir, não tem nada de mais.

— Fique quieta e me ouça, Maitê! Cacete de mulher que não para de falar.

Expliquei a ela o que tinha em mente. Claro que ela concordou, afinal, aquela ruiva gostava de ver o circo pegar fogo. Independentemente de com quem fosse.

Ela entrou na frente para avisar algumas mulheres. Entrei em seguida, me dirigindo à mesa cheia de acessórios, enquanto olhares me avaliavam. Fiz um sinal, reforçando para que todas se mantivessem quietas a respeito da minha presença. O mesmo para o musculoso que terminava seu exibicionismo para minha deliciosa noiva.

Provocante   269

Maitê colocou outra música para tocar, enquanto eu tentava enfiar minhas mãos em uma luva que achei. Peguei uma pena de pavão. Precisava ser rápido e improvisar.

Ela estranhou o silêncio repentino e ficou visivelmente incomodada ao saber que estavam filmando, preocupada com minha reação se viesse a descobrir.

Aproximei-me dela, deslizando a pena pelo seu pescoço lentamente em direção ao colo. E senti como se arrepiou.

Ela continuou preocupada, questionando o silêncio das amigas, enquanto algumas delas colaboravam com a ideia, apenas fazendo insinuações.

Circulei-a, estudando sua reação, como naquela noite no hotel, quando também a vendei. Ela estava excitada. Seu corpo demonstrava isso, pela respiração que se tornou mais acelerada, o peito arfante, o rubor tomando conta da sua face. Posicionei-me às suas costas, aproximando a boca de seu ouvido, apenas deixando minha respiração tocá-la. Não havia como negar que estava com tesão. Ao mesmo tempo, vi que não queria se entregar, se permitir sentir aquilo.

Voltei à frente, agora colocando as mãos em seus joelhos, afastando-os lentamente e deslizando em direção às coxas. Até onde ela permitiria?

Ela estava muito abalada. Testando mais um pouco seu limite, deslizei a língua da sua clavícula até o lóbulo da orelha, sentindo-a estremecer e tentar conter o gemido. Cacete, como eu queria continuar aquele jogo. Eu estava ardendo de tesão pela minha loba, cheio de saudade do seu corpo, do seu gosto. E agora aquilo, para me deixar mais louco ainda. Mas fui eu que comecei. Não podia culpá-la. E também não podia continuar com aquela insanidade ali na frente de todos.

As amigas foram acalmá-la, enquanto eu pegava meu celular com Maitê, que estava filmando a meu pedido, e saí.

Talvez ela não tivesse noção, mas eu sabia que só eu conseguia lhe proporcionar aquelas sensações. E foi isso que a deixou perturbada. Sentir seu corpo reagir ao toque de um desconhecido, como reagia ao meu.

Agora eu estava curioso para saber se ela me contaria alguma coisa. De qualquer forma, eu só revelaria o segredo depois do casamento.

Decidi não ligar para ela, mas não demorou muito e meu celular tocou.

Contive o sorriso, percebendo sua voz cheia de incertezas. Não levei adiante a conversa, nem deixei que se explicasse mais. Fui firme, mas ao mesmo tempo calmo, dizendo a ela que precisava descansar para o dia seguinte.

Aquele seria seu castigo por ter me dado três dias de recesso.

Capítulo 23 – O Casamento

Paola

Eu observava o pôr do sol pintando o céu com tons de laranja e vermelho vibrantes da janela do quarto, no chalé em que estava instalada, onde passei o dia me preparando. Tive todos os luxos e mimos a que uma noiva tem direito. Massagens, banho com sais aromáticos, cabelereiro, manicure. Até a comida foi preparada especialmente para o dia. Leve, saudável, nada que pudesse me indispor. Enfim, eu estava tendo um dia de princesa. Alana me fazia companhia, tão nervosa quanto eu.

Era uma sensação estranha, diferente de tudo que eu já havia sentido. Expectativa, ansiedade, alegria, tensão, tudo se misturava, causando um alvoroço dentro de mim. Nós já tínhamos vivido tanta coisa em apenas seis meses. Não havia mais segredos e nos conhecíamos intimamente. Mas, ainda assim, era como se tudo fosse novidade, como se estivéssemos iniciando nosso relacionamento naquele instante.

Imaginar que a partir dali seríamos marido e mulher, para a vida toda, dividindo nossos sonhos e desejos, compartilhando nossas alegrias e frustrações, por mais que já estivéssemos vivendo assim, era como se antes fosse de brincadeira e agora a coisa seria real. Ah, nossa mente nos pregando peças.

Lembrei-me do meu garanhão, também nervoso e ansioso por esse dia. Ainda mais depois da minha insanidade em pedir para não nos vermos nos três dias antecedentes ao casamento.

E pensar nisso me trouxe à mente a noite anterior: a surpresa da minha festa de despedida de solteira. Fiquei muito abalada com o que aconteceu com o segundo homem contratado por minhas amigas. E por isso mesmo muito culpada, como se tivesse traído meu noivo somente pelas sensações que tive. Talvez eu me sentisse melhor se contasse ao Pedro.

Ele também já estava lá, porém em outro chalé, bem distante do meu. Teria direito a um dia do noivo, assim como eu. E já o imaginava lindo dentro do smoking, seu sorriso encantador, seu olhar esfomeado. Sim, porque o olhar dele para mim era sempre esse.

Agora eu estava ali, sozinha, nos meus últimos minutos como solteira.

Provocante 271

Ouvi baterem à porta, provavelmente Maitê vindo conferir se estava tudo em ordem.

— Pode entrar.

Virei-me em direção à entrada, com um sorriso nervoso no rosto, que morreu no instante em que vi de quem se tratava. Eu não conseguia acreditar. Como?

— O que você está fazendo aqui? — perguntei seca, tentando esconder meu nervosismo e apreensão. — Não me lembro de você ter sido convidada.

— Não preciso de convite — falou sarcástica enquanto fechava a porta. — É o casamento do meu melhor amigo, do homem que esteve ao meu lado desde que me entendo por gente, até você aparecer.

Silvia estava parada à minha frente, elegantemente trajada em um vestido preto. Bem condizente com o sentimento dela, provavelmente. O que ela queria? Estragar nosso casamento? Fazer um escândalo? Pedro sabia que ela estava ali? E Rodrigo?

— Talvez ele tenha sido seu melhor amigo, Silvia, mas não creio que continue sendo. Não depois do que você aprontou. — Minha voz queria começar a falhar, mas eu precisava me manter firme. Não podia fraquejar.

— O que eu aprontei, Paola? Apenas quis mostrar a ele que você não era a mulher ideal. Pedro merece uma mulher à sua altura. Jovem, dinâmica, moderna. Não uma coroa que traz na bagagem uma filha adolescente.

— E você acha que essa mulher com todas as qualidades que citou seria você? — Agora era minha vez de sorrir sarcástica. — Parece que, apesar de todo o tempo que esteve ao lado dele, como você disse, não foi o suficiente para conhecê-lo realmente. Pedro não se deixa impressionar por esse tipo de coisa. É um homem inteligente, que sabe que beleza e modernidade se compra e podem acabar a qualquer momento. Já conteúdo, minha querida, isso não está à venda. Mas creio que você não entenda disso, não é mesmo?

— Você se acha muito esperta, né? Acredita mesmo que Pedro vai se contentar com você por muito tempo? — Veio até mais perto de mim, faíscas saindo de seus olhos. — Talvez ele ainda esteja enfeitiçado, mas não demorará para acordar e perceber a besteira que fez. Ele não é o tipo de homem que se prenda a uma mulher. Quando menos você esperar, estará buscando prazer nos braços de outra.

— Você fala com tanta propriedade. Me diga, ele já fez isso com você? Te trocou por outra? — Eu poderia não estar totalmente à vontade com aquela conversa, mas não ia deixar que ela me intimidasse. — Ah, não, esqueci que ele nunca te tocou, não é? Mesmo com todas as suas investidas, ele nunca quis nada com você.

— Sua cadela infame! Você vai se arrepender por isso.

Vi seus olhos arderem de fúria. Tudo bem, era preciso admitir que eu estava com medo do que ela poderia fazer ali comigo. Mas eu tinha começado e agora iria até o fim.

— Por que tudo isso, Silvia? Reflexo do trauma que você carrega pela morte súbita e prematura dos seus pais? Não acha que está na hora de esquecer essa sua paixão desenfreada de adolescência e partir para algo que realmente possa te fazer feliz? Entenda de uma vez por todas, Pedro não te ama.

— Mas pode vir a me amar. E quem disse que carrego algum trauma? Foi ele que te contou a respeito dos meus pais?

A mulher definitivamente era louca. Ainda insistia na sandice de que ele poderia se apaixonar por ela!

— Você precisa de tratamento, Silvia. Não é normal essa sua fixação pelo Pedro. — Meu celular tocou. Com certeza eu já estava atrasada.

— Você por acaso está insinuando que eu sou louca? É isso?

— Apenas perturbada — afirmei, desejando que alguém aparecesse, pois eu estava vendo a situação se complicando.

— Talvez eu seja realmente. Sabe que pessoas assim loucas ou perturbadas são capazes de qualquer coisa. — Tive medo ao sentir seu olhar. Não era mais furioso, mas sim frio e calculado.

— Mas você é inteligente, Silvia. — Como eu ia sair dali, com aquela maluca na minha frente? Me atracaria com ela? Bancaria a louca também? — Não vai fazer nada que possa se arrepender. Ou decepcionar ainda mais o Pedro.

Acho que mencionar seu amigo a fez parar um instante. E para minha sorte, bateram à porta. Era Maitê.

— Escute, acho...

Olhou-me surpresa, em seguida para a mulher ali parada. Elas não se conheciam pessoalmente.

— Desculpe, não sabia que estava acompanhada — falou apreensiva, pois deve ter percebido meu estado. — Você está atrasada, Paola.

— Silvia já estava de saída. — Fiz questão de enfatizar seu nome, e minha

Provocante 273

amiga entendeu no mesmo instante.

— Talvez eu queira ficar e assistir a cerimônia — afirmou sarcástica.

— Vou pedir educadamente para você se retirar. — Maitê colocou-se entre nós, já me defendendo.

— Precisando de defensores, Paola? — Sorriu irônica.

— Quem eu devo chamar? O segurança? Seu irmão, talvez? — Quando minha amiga mencionou Rodrigo, vi que ela ficou na defensiva, talvez pensando melhor.

— Não pense que isso terminou aqui, Paola. — A louca ainda ameaçou antes de nos dar as costas e sair, batendo a porta.

Se antes eu estava tremendo de nervoso, agora era de susto e pânico. Entendi a ameaça.

— O que foi isso, Paola? A mulher é doida varrida!

— Eu preciso de água, Maitê — falei, me sentando na cama. Meu corpo inteiro tremia.

— Como ela entrou? Quem a convidou? Fazia tempo que estava aqui? — questionou enquanto pegava um copo.

— Ninguém a convidou. Veio de metida para me confrontar.

Contei resumidamente o ocorrido, enquanto me acalmava.

— Porra, Paola. Que vaca essa mulher! — Segurou minhas mãos. — Mas esquece isso agora. Vamos, você está atrasada, Pedro já está impaciente te esperando.

— Não comente isso com ele, Maitê. Aliás, com ninguém — pedi enquanto ela me ajudava a ajeitar o vestido.

— Mas e se ela estiver lá? Se a virem?

— Não acho que ela vá ficar. Pelo menos não à vista. Eu senti que ela não quer decepcionar o Pedro.

— Meu Deus, Paola, você precisa contar para ele. Talvez não hoje, mas depois precisa alertá-lo. Ela não bate bem dos pinos.

— Não quero mais falar disso, amiga. Deixe-me tomar um ar e me recompor.

Ela me acompanhou até o salão principal e foi para o seu lugar ao lado de Edu. Respirei fundo e me esforcei para jogar bem para o fundo da minha mente aquele episódio. Eu precisava me concentrar agora.

Coloquei-me em posição, pronta para entrar, apenas aguardando o início da música. Estava curiosa para ver a cara do meu noivo, bem como dos outros convidados quando a ouvissem. Afinal, não era nada tradicional para a entrada de uma noiva. E era muito forte, intensa e, por que não dizer, altamente erótica. Uma cantata, parte da composição de Carl Orff, datada de 1936.

Carmina Burana – O Fortuna

A porta se abriu no instante em que a música começou. O cenário era de sonho. Cadeiras estavam dispostas de ambos os lados de um caminho trilhado por velas, terminando em um altar montado debaixo de uma árvore, cascatas de luzes caindo de seus galhos. Eu tentei, juro que tentei, observar as pessoas que ali estavam, mas meu olhar foi capturado pelo homem à minha espera a alguns metros, me fazendo esquecer qualquer outro assunto.

Pedro levou as mãos à boca, visivelmente surpreso e emocionado. Seu sorriso, que eu tanto amava, estava lá, enfeitando seu belo rosto. Estava simplesmente estonteante. Eu também sorria, porém, junto ao meu sorriso, lágrimas já desciam dos meus olhos. Era impossível contê-las pela emoção que me tomava. Sentia meu corpo inteiro tremer, um medo enorme de tropeçar, já que minhas pernas estavam moles como gelatina.

Eu havia ensaiado e cronometrado minha entrada para que minha chegada à sua frente, no altar, coincidisse com o final estrondoso da música. Por isso, caminhei lentamente até ele, o buquê de flores amarelas sacudindo levemente pelo tremor de minhas mãos. Não consegui reparar em mais nada, pois estava hipnotizada por seu olhar e sua presença.

Nunca havia sentido uma felicidade como aquela. Eu tinha a experiência e o corpo de uma mulher de quarenta anos, mas, naquele momento, me sentia uma jovem de vinte.

Deus tinha sido bom demais comigo. O fato de eu não querer casar em uma igreja, ou ter um padre ou pastor para realizar a cerimônia, em nada tinha a ver com a minha fé. Porque para mim Ele estava em meu coração, sempre presente em minha vida, cuidando de mim e das pessoas à minha volta. E com certeza Ele estava ali naquele momento, abençoando nossa união.

Cheguei até Pedro, que não se continha em si, sorridente, feliz, radiante, seus olhos visivelmente úmidos. Segurou minha mão direita, levando-a aos lábios, logo em seguida dando um beijo em minha testa.

— Magnífica! — Foi a única palavra que pronunciou, sua voz visivelmente emocionada.

Eu apenas sorri, pois não tinha condições de emitir qualquer som, enquanto ele delicadamente secava minhas lágrimas.

Posicionamo-nos conforme o protocolo diante do celebrante, porém, não conseguíamos tirar os olhos um do outro.

— Vocês poderiam, por gentileza, olhar para mim? Para que possamos iniciar a cerimônia? — o celebrante perguntou. — Fique tranquilo que ela não vai fugir. — Dirigiu-se ao meu noivo, que ainda me olhava.

Após algumas palavras proferidas, chegou a vez de fazermos os votos, o momento mais emocionante. Ficamos um de frente para o outro, segurando as mãos. E quando a música que Pedro escolheu para fazer seus votos começou, achei que meu coração sairia do peito. As lágrimas não desciam mais silenciosas, pois os soluços as acompanhavam.

"John Legend – All of me"

Cause all of me
Loves all of you

— Eu sempre terei que agradecer o fato de precisar dos serviços de um profissional de contabilidade. Mais precisamente de uma contadora pretenciosa, que bancou a difícil e quase não quis me atender. Lembro como se fosse hoje do dia em que coloquei os olhos em você. E soube ali que eu estava encrencado. O tempo só me confirmou isso. — Ouvi risos pela forma como ele contava como nos conhecemos.

— Paola, você é o sonho mais real que Deus me fez viver. Sei que com você ao meu lado nunca estarei sozinho. Você me completa de todas as formas, com todos os tipos de felicidades possíveis. Não existe vida longe de você ou do seu amor. Te quero ao meu lado, para sempre e mais, se for possível. — Fez uma breve pausa, seus olhos fixos nos meus. — Comprometo-me a ajudá-la a amar a vida, a sempre abraçá-la com ternura e a ter a paciência que o amor exige. Prometo falar quando as palavras forem necessárias e compartilhar o silêncio quando não forem. E viver no calor do seu coração. Prometo chamar de lar o espaço entre os seus braços e te beijar todos os dias pela manhã. Prometo te fazer feliz e te querer feliz, mesmo longe de mim. Amo você! Além da vida!

Como conseguir falar depois daquela declaração? Eu deveria estar acabada de tanto chorar, impossível controlar as lágrimas. Fiz um gesto, indicando que eu precisava de um tempo para me recompor. Precisei desviar o olhar do meu noivo para poder tomar ar. Tentei me acalmar, respirando profundamente.

"Shania Twain – From this moment"

I do swear that I'll always be there
I'd give anything and everything and

Minha vez tinha chegado e tentei manter a voz firme.

— A vida une as pessoas certas no momento certo. Foi isso que aconteceu conosco. Quando eu achava que não seria mais possível encontrar alguém que me completasse, alguém para amar e que me amasse incondicionalmente, você surgiu na minha vida. Com seu charme, suas atitudes sedutoras e palavras encantadoras. E, naquele momento, os meus sonhos se tornaram realidade. Eu me lembro de lhe dizer que eu só queria o melhor para minha vida. E você me provou que é o melhor para mim. Você mostrou, muito antes do casamento, o homem extraordinário que é, cuidando de mim, sendo paciente, assumindo o controle quando era preciso. Não me canso de dizer o quanto você é perfeito e me faz feliz. Mas as palavras não conseguem expressar o amor que sinto por você. Elas não existem, não fazem justiça para o que sentimos um pelo outro.

Inspirei profundamente mais uma vez para continuar.

— Eu prometo, aconteça o que acontecer, para qualquer coisa, para tudo, para enfrentar a vida, o amor, as possibilidades e responsabilidades, que eu estarei sempre ao seu lado. Seus sonhos agora são meus sonhos. Quero acordar todas as manhãs e ver o olhar do único que realmente me ama, do único que não colocaria nada no mundo acima de mim. Prometo te amar não apenas enquanto eu viver, mas muito além! Eternamente!

Pedro

Minha loba nunca deixaria de me surpreender. Conseguiu arrancar lágrimas dos meus olhos, se declarando de forma tão completa, tão intensa e apaixonada.

Encantou-me com suas palavras, seu jeito doce em um corpo quente. E sua entrada, então? Triunfal! Agora estava ali, parada à minha frente, lindíssima naquele vestido branco, os cabelos presos revelando ainda mais a beleza de seu rosto. Perfeita era pouco para descrevê-la.

Estávamos ambos muito emocionados. Nunca imaginei me sentir daquela forma. Sempre questionava os suspiros e lágrimas de um casamento. E agora era eu quem estava lá, tentando controlá-los. Nem parecia um homem de quarenta e dois anos e sim um adolescente apaixonado.

Toda aquela emoção era visível pelo meu tom, no momento da troca das alianças.

— E pelo poder a mim concedido, eu vos declaro marido e mulher.

Finalmente. Nunca esperei tanto um momento como aquele. Tê-la como minha esposa.

— Minha mulher!

— Meu marido!

Então a beijei suavemente. Mas não me contentei com apenas um toque, eu precisava de mais. E não me importando onde estávamos, aprofundei o beijo, invadindo sua boca, tomando sua língua, me deliciando com seu gosto inigualável. Paola trouxe suas mãos até minha nunca, puxando-me mais próximo, tão aflita e saudosa de contato como eu.

Só a soltei quando ouvi alguns assovios, sinal de que tínhamos passado dos limites para a ocasião.

Após as assinaturas, estávamos liberados. Paola segurou em meu braço para deixarmos o local da cerimônia, enquanto nossos convidados nos felicitavam aplaudindo.

A moça que conduzia o cerimonial queria que seguíssemos para outro local, para tirarmos algumas fotos, mas eu precisava de mais um pouco da minha mulher antes de dividi-la com o restante dos convidados.

— Nos dê alguns minutos, por favor — falei e puxei minha esposa para um local reservado, longe dos olhares curiosos.

Cerquei-a em um canto, totalmente abalado pela sua aura de beleza e sedução, encarando seus lindos olhos, seus traços perfeitos e aqueles lábios levemente inchados por causa do choro.

— Deus, como você é linda! — sussurrei, admirando-a demoradamente.

— Você é lindo! E perfeito... e agora só meu! — Sorriu extasiada, enlaçando meu pescoço.

— Carmina Burana? — Arqueei a sobrancelha, questionando sua escolha.

— Te surpreendi?

— Você sempre me surpreende.

— Achou muito forte, muito chocante? — Trouxe sua boca muito perto da minha, seu hálito me inebriando.

— Com certeza muito intenso, quente e sensual. Tudo a ver com você — Deslizei as mãos pelo seu tronco. — Preciso da minha loba! — cochichei em seu ouvido, descendo os lábios por seu pescoço, seu perfume tomando conta de mim.

— Ah, também preciso do meu garanhão. Mas temos convidados, temos uma festa. Não podemos simplesmente ignorá-los.

— É claro que podemos. Hoje o dia é nosso. A noite é nossa. E você me deve, me deixou três dias de castigo. Estou dolorido, minha linda. — Deslizei a mão por suas costas nuas, sentindo o arrepio que a percorreu.

— Espere, preciso te contar uma coisa. — Afastou-me, a voz angustiada.

— O que foi, minha linda? — Estudei seus olhos e imaginei o que vinha.

— Sobre ontem à noite. A surpresa das meninas. — Vi que começou a ficar nervosa. — Prefiro que você saiba por mim. Elas contrataram um gogo boy. Dois, na verdade.

— Dois? — Ergui a sobrancelha, questionando. — Tem certeza de que quer me contar isso, Paola?

— Tenho. Eu preciso falar, Pedro. — Puxou ar para continuar, desviando do meu olhar. — Elas me vendaram e me algemaram na cadeira. Então, o primeiro cara começou a dançar, encostando-se em mim eventualmente. Foi divertido apenas, nada que me abalasse.

— E o que mais? — Coloquei o dedo sob seu queixo, erguendo seu rosto para que me encarasse.

— Ele terminou o seu show e eu continuei lá do mesmo jeito. Então, veio o segundo... — Senti como aquilo era difícil para ela.

— E? — Levei a boca para a lateral da sua cabeça, meus lábios em seus ombros.

— Eu não sei explicar o que aconteceu, Pedro, mas eu... — Ela estava visivelmente constrangida. E eu já estava me achando um canalha por permitir que se sentisse assim.

— Você o quê? — Deslizei a língua em uma trilha da sua clavícula até o

Provocante 279

lóbulo da orelha, exatamente como na noite anterior, tentando lhe causar a mesma sensação. Senti o arrepio que a percorreu.

— Espere! — Me afastou e não pude conter o sorriso cínico, o olhar divertido. — Você? Está de brincadeira, né? Era você? — Olhou-me incrédula.

— Algum outro homem poderia fazer você se sentir daquele jeito? — Então saquei o celular, mostrando o vídeo.

— Eu não acredito nisso! Como? De quem foi a ideia? — perguntou enquanto continuava assistindo.

— Eu te liguei e Maitê atendeu, me contando o que estava acontecendo. Confesso que fiquei muito puto e fui para lá para acabar com a festa. Mas, quando cheguei e te vi imobilizada daquele jeito, quis participar. E aí está!

— Puta que pariu! E eu me sentindo culpada. E quando te liguei mais tarde, você deixou que eu me sentisse daquele jeito! — Seu olhar agora não era nada apaixonado, mas sim furioso.

— Desculpe, amor, mas eu não resisti. — Tirei o aparelho de suas mãos, ainda sorrindo.

— Pedro, você sabe o que fez? Como eu estava angustiada com isso?

— Ei, não é para tanto. Era eu o tempo todo, minha loba. E só não continuei porque não estávamos sozinhos. Mas eu estava muito excitado, assim como você. Isso só prova o quanto estamos conectados.

— Você se divertiu às minhas custas! — falou ainda indignada e eu precisava contornar a situação. Não podia estragar a noite.

Então a encostei novamente na parede, atacando de forma mais luxuriosa, um beijo indecente, escaldante.

— Vou te mostrar o que é diversão mais tarde. Agora diga que você está com saudade, que assim como eu também está ardendo. — Distribuí beijos pelo seu rosto, ombros, colo, minha mão descendo até sua bunda.

— Deixe-me te mostrar como estou ardendo — sussurrou, largando minha nuca, uma mão puxando parte do vestido para cima, a outra segurando a minha e a levando ao meio de suas pernas.

— Encharcada como sempre! — rosnei em sua boca.

— Isso prova para você o quanto eu estou com saudade? — Seus olhos semicerrados me fitavam com desejo evidente.

Sentindo toda a sua umidade, deslizei um dedo em sua boceta, que instantaneamente se contraiu, me deixando ainda mais duro.

— Sua megera provocadora. Você adora se insinuar desse jeito, não é mesmo? — Continuei brincando com seu clitóris, já tão excitado, enquanto meu dedo continuava massageando-a internamente.

— Ahh... Mais rápido, antes que chegue alguém — gemeu, seu gozo já muito próximo. Mas decidi que não seria daquele jeito. Ela estava quase lá quando parei, retirando o dedo, seus olhos arregalados me fitando aturdida.

— Não pense que seu primeiro orgasmo como casada será assim. Eu também tenho direito. Portanto, você só goza quando eu puder gozar também. — E levei os dedos à boca, chupando seu gosto.

— Seu cretino! Eu estava quase lá! — Me olhou de cara amarrada, ainda ofegante, ajeitando o vestido.

— Exatamente. Pense como estaremos mais tarde, na nossa noite de núpcias. Não foi isso que você me falou quando me deu três dias de gelo? Chumbo trocado não dói, meu amor. — Apertei meus braços em sua cintura. — Vamos, temos convidados nos esperando.

— E eu que sou a provocadora? — Sorriu, já recuperada.

Fizemos algumas fotos antes de voltarmos ao salão principal, onde fomos recebidos com aplausos por nossos convidados, dando seguimento à festa.

Conheci os pais de Paola naquele dia mesmo, pouco antes da cerimônia. Eram simples, muito educados e, como minha mulher já havia comentado, bastante reservados, conversando pouco, apenas o necessário.

Já meus pais, muito falantes, se encantaram com minha loba, enchendo-a de perguntas e tecendo elogios rasgados a ela e a Alana.

— Devo dizer que, no fundo, eu tinha esperança de que Pedro encontraria alguém. Uma mulher que pudesse cuidar dele. — Lá vinha a Sra. Beatriz Lacerda com seu discurso de mãe preocupada. — Principalmente pelo fato de ser filho único, sabe. Nunca gostei do estilo de vida dele, sempre sozinho.

— Mãe, era uma opção minha. Ou melhor, eu estava esperando a mulher certa aparecer. Agora me digam se não valeu a pena?

— Sim, meu filho, você se superou. Além de uma mulher lindíssima, já deu para perceber que é também muito íntegra. E já deu a você uma filha criada e tão linda quanto a mãe. — Meu pai estava muito orgulhoso e aparentemente já apaixonado pela nora.

— Alana é uma menina extraordinária, pai. Você precisa conhecê-la melhor. Ela fará Direito também e vai estagiar conosco.

— Ah, então teremos uma neta advogada? Espero que não se importe, Paola. Podemos considerá-la como nossa neta, não?

— É claro que sim, Beatriz, afinal, Pedro a trata como se fosse sua filha. Nada mais justo. E só tenho a agradecer o amor de vocês.

— Espero que venham nos visitar logo, Paola. Conhece a Itália?

— Não conheço, Sr. Raul. Mas Pedro já disse que na primeira oportunidade iremos sim.

O restante da noite foi permeado por muita diversão. Os poucos convidados eram pessoas muito íntimas e queridas, tornando a ocasião inesquecível.

Jantamos, dançamos, tiramos fotos. A ansiedade e o nervosismo do início da cerimônia deram lugar à alegria e à descontração. Paola estava radiante, o sorriso não deixava seu rosto.

Adorei ver sua interação com suas amigas insanas, como elas se denominavam. Mulheres alegres, divertidas, bem-humoradas, brincando com Paola e comigo também o tempo todo. Algumas mais contidas, outras bastante efusivas.

Estávamos conversando com algumas dessas amigas quando Eduardo se aproximou.

— Com licença. Será que eu poderia ter a honra de uma dança com a noiva? — perguntou diretamente para Paola, em seguida, se voltando para mim. — Se você me permite, é claro, Pedro.

Minha vontade era negar o pedido. Mas eu precisava controlar meus ciúmes. Paola agora era minha esposa. E eu sabia o quanto aquela amizade era importante para ela.

— Fique à vontade para uma dança, Eduardo — concordei, olhando para minha loba, a felicidade estampada em seus olhos.

— Vamos, Edu! — Saiu de braços dados com ele, me deixando na companhia de suas amigas. Será que eu sempre me sentiria assim em relação a ela e qualquer outro homem? Principalmente em relação ao seu sócio? Fiquei com raiva de mim mesmo por me permitir sentir aquilo. Ela era minha, definitivamente. Não havia mais chances nem para ele nem para ninguém.

Capítulo 24 – A festa

Paola

Edu me conduzia pela pista, muito cavalheiro e gentil, como sempre. Estava lindíssimo, arrancando olhares e suspiros de muitas mulheres, inclusive das casadas. Minhas amigas, então, estavam babando pelo meu amigo.

— Você está linda, Paola. Acho que é a noiva mais bonita que já vi.

— Obrigada, Edu. Você também está maravilhoso. Já percebeu o quanto está chamando a atenção das mulheres? — Olhei para os lados, e ele fez o mesmo.

— Não é para tanto. — Sorriu.

— Ah, é sim. Minhas amigas estão encantadas por você.

— Você não me apresentou a elas ainda. Pelo menos, não me lembro de nenhuma.

— Desculpe minha indelicadeza. É tanta coisa para tão pouco tempo. São quase todas de fora. Algumas do Rio, outras de São Paulo, Minas... — Percebi que ele olhava na direção de onde elas estavam.

— Quem é aquela morena de vestido azul com Maitê e Rodrigo? — Me virei, olhando na direção que ele focava.

— É a Luciana, de São Paulo. Um doce de pessoa. Ela também é contadora.

— Sério?

— Por que perguntou dela? — Minha amiga havia despertado seu interesse?

— Curiosidade apenas.

— Então, eu a convidei para vir trabalhar conosco.

Contei a ele parte da nossa conversa, deixando-o saber somente o que interessava no campo profissional.

— E ela aceitou? — indagou sério.

— Ficou bastante entusiasmada, mas disse que precisa pensar. Afinal, não deixa de ser uma mudança um tanto radical, não?

— Por que não me apresenta a ela?

— Vai dar um jeito de convencê-la?

Provocante 283

— Quem sabe? — Sorriu enigmático. Por que eu achava que havia segundas intenções ali?

— Vamos lá, então? — Coloquei meu braço sobre o seu e fomos na direção de onde eles conversavam.

Maitê estava lindíssima também, em um vestido verde-musgo, realçando a cor dos seus cabelos. Eu não tive tempo de conversar com minha amiga para saber a quantas andava a amizade dela com Edu. Apesar de que, pela forma como olhava para Rodrigo, eu duvidava que pudesse haver algo entre ela e meu sócio.

— Paola, estávamos comentando o quanto Pedro está feliz. — Rodrigo estava entre as duas mulheres. — Fico contente em ver meu amigo assim.

— Eu também estou muito feliz, Rodrigo. E pode ficar tranquilo que vou cuidar bem dele. — Então, me virei para meu sócio.

— Eduardo, deixe-me apresentá-lo a uma amiga muito querida. Luciana, este é meu sócio e amigo de longa data.

Edu cumprimentou-a, segurando em sua mão e beijando-lhe o rosto, logo se colocando ao seu lado.

— Prazer em conhecê-la, Luciana. Paola me contou a respeito da possibilidade de você vir trabalhar conosco.

— Sim, ela me convidou. Mas eu preciso pensar, avaliar algumas coisas. Quer queira ou não, mudar de cidade envolve bastante coisa. Minha família toda está em São Paulo.

— Já falei para a Lu que não vamos deixá-la sentir saudade de casa — Maitê falou sorridente, sendo examinada detalhadamente por Rodrigo.

Eu sabia que havia mais do que envolvimento sexual entre aqueles dois, por mais que nenhum deles quisesse admitir. Aquele advogado a olhava com muito mais do que desejo. Mas minha amiga era osso duro de roer. Não iria se entregar fácil.

— É só isso que te impede de vir, Luciana? A família? — Edu questionou, avaliando minha outra amiga. — Um namorado, talvez?

— Basicamente só a família. Não tenho namorado — confessou, ruborizando levemente.

— Talvez seja mais um motivo para você se mudar. — Edu continuou, com um olhar mais atento agora. — Quem sabe aqui não encontra alguém para lhe fazer companhia?

284 *PaolaScott*

Espera aí? Eu estava vendo e ouvindo direito? Edu ia dar em cima da minha amiga? Olhei de um para o outro, e percebi admiração mútua evidente. Definitivamente, eu estava sobrando naquele círculo.

Por sorte, Pedro se aproximou, me dando motivo para deixá-los a sós.

— Vocês nos dão licença? — Segurou-me pela mão. — Preciso conduzir minha esposa em mais uma dança.

Levou-me dali, já segurando em minha cintura, me fazendo deslizar pela pista.

— Você tem amigas muito interessantes — cochichou no meu ouvido.

— Interessantes em que sentido? — Me afastei um pouco para olhar em seus olhos.

— Calma! Interessantes no sentido de mulheres maduras, determinadas, experientes. — Sorriu. — Conheci a delegada. Durona ela, não?

— Pietra? Ah, sim, nesse sentido, eu diria que ela é mais macho do que muito homem por aí. É uma mulher de fibra, apesar de ainda ser bem nova. Passou por muita coisa na vida. Mas no fundo é muito amável. Tem um coração de ouro. — Voltei a olhar para o grupo, desviando em seguida para onde estavam os dois casais de amigos.

— Rodrigo fala do relacionamento deles com você? — questionei meu marido, curiosa.

— Ele não é de se abrir muito nesse campo, meu amor. Mas tenho certeza de que está mais envolvido do que gostaria. Acho que a ruiva o pegou de jeito, ele só não quer admitir.

— Pois eu acho que ela também não quer admitir que está caidinha por ele. Tem muito mais ali do que química sexual. Pode apostar!

Dançamos mais um pouco, brindamos e logo me chamaram para jogar o buquê. As solteiras se amontoaram, menos minha amiga ruiva, que fez questão de ficar sentada ao fundo. Aguardei até que todas se acalmassem para então lançá-lo.

Mas o destino nos surpreende o tempo todo, e o buquê foi parar justamente no colo daquela que não o queria: Maitê!

Olhei para trás, mas, ao contrário de qualquer outra mulher, que naquele momento estaria radiante por tê-lo pegado, minha amiga estava paralisada. Seus olhos estavam fixos nas flores em suas mãos, uma expressão de pânico tomando conta do seu semblante.

Provocante 285

Rapidamente, fui até ela, enquanto as outras solteiras se lastimavam. Ela continuava lá, imobilizada, respirando com dificuldade.

Sentei-me ao seu lado, tirando o buquê de suas mãos e colocando-o sobre a mesa.

— Maitê, você sabe que isso é só uma brincadeira. Olhe para mim. — Toquei seu braço, preocupada com sua expressão.

— Eu não quero isso, Paola. Você sabe que eu não posso — murmurou estremecida.

— Eu sei, amiga. Esqueça isso agora e venha se divertir. — Tentei puxá-la pela mão, mas ela não se moveu.

Vi Rodrigo se aproximando e soube que tinha que tirá-lo dali.

— Então você é a próxima, Maitê? — perguntou sorridente e olhou para mim. No mesmo instante, percebeu que havia algo errado.

Fiz sinal para que não continuasse. Ele entendeu, entretanto, não saiu dali, pelo contrário, puxou uma cadeira, sentando-se ao lado da minha amiga.

— Ei, Maitê, está tudo bem?

Ela não se manifestou. Estava quase em estado de choque. Era muito difícil aquilo acontecer, ela era sempre muito controlada, dificilmente algo a abalava ou despertava aquelas lembranças. Talvez tenha sido emoção demais para um dia só.

— Maitê está apenas cansada, Rodrigo. — Acenei para ele e tentei transmitir através do olhar para que a deixasse.

Deve ter entendido, pois logo se levantou, com o semblante preocupado. Acenou para mim também e se afastou.

Fiz sinal para o garçom e peguei duas taças de champanhe. Seria bom que ela ingerisse um pouco de álcool, talvez a despertasse daquele torpor.

— Beba, Maitê. E esqueça isso. Vamos nos divertir mais um pouco, aproveitar que as meninas estão aí.

Eu sabia que de nada adiantaria querer conversar naquele momento. O melhor a fazer era tentar distraí-la. Mais tarde, no outro dia, talvez, ela estivesse aberta a falar.

Ela virou a taça, esvaziando-a. Olhou-me ainda um pouco insegura. Então a abracei, tentando passar um pouco do meu carinho e compreensão.

— Venha. — Puxei-a pela mão em direção às insanas.

Precisava desviar o foco dela. Aos poucos, foi se soltando, logo entrando na brincadeira e voltando a sorrir.

Não sei que horas eram, mas eu realmente estava cansada. Toda a ansiedade pelo dia, mais a festa, regada a muita dança e bebida, tinham me deixado exausta. Mas me mantive firme até o último convidado ir embora.

Passaríamos nossa noite de núpcias ali mesmo. O chalé que Pedro tinha ocupado foi preparado para a noite, durante a festa. No dia seguinte, logo após o almoço, embarcaríamos para Buenos Aires. Decidimos por um lugar mais próximo, que nos tomaria pouco tempo de viagem, já que teríamos apenas cinco dias de lua de mel.

Ele fez questão de me carregar no colo até o interior do chalé. Tudo estava perfeito. Apenas luz de velas e pétalas de rosas espalhadas por todo o caminho até a cama.

Colocou-me no chão, sua gravata solta em volta do pescoço, a camisa aberta nos dois primeiros botões. Assim como eu, ele também estava levemente embriagado.

— Está feliz? — Seu olhar nublado me avaliou.

— Como nunca estive em toda a minha vida.

— Agora não tem mais volta. Você é minha para sempre. — Deslizou as mãos pelas minhas costas, me causando arrepios.

— Que bom saber disso, porque você também é meu para sempre. — Enrosquei os dedos em sua nuca.

Suas mãos alcançaram as alças do vestido, na tentativa de afastá-las, mas eu o contive.

— Eu gostaria de tomar um banho.

— E eu gostaria de despir minha mulher.

— Mas eu comprei uma lingerie especial para essa noite. Se você me despir, não poderei usá-la.

Estávamos ambos em um grau elevado de excitação, mas eu queria aproveitar aquela noite ao máximo.

— Tudo bem. — Suspirou resignado. — Vou deixá-la se trocar. Mas, por favor, não demore.

— E você, por favor, não tire esse smoking. — Pisquei para ele e me dirigi ao banheiro.

Fui rápida, dentro do possível, e vesti o conjunto composto por espartilho e cinta-liga branca. Joguei por cima um robe de renda, também branco, deixando-o entreaberto, e fui para o quarto.

Pedro me aguardava, de costas para mim, servindo mais champanhe.

— Demorei?

Virou-se em minha direção, parando abruptamente.

— Deus, eu morri e fui para o céu!

Andei até ele, que me devorava com os olhos. Entregou-me uma taça, já erguendo a sua em um brinde.

— À mulher da minha vida!

— Ao homem da minha vida!

Ele deu um gole, assim como eu, e, sem demora, retirou a taça da minha mão, colocando as duas sobre a mesa.

Suas mãos alcançaram o robe, afastando-o, fazendo-o deslizar por meus ombros até o chão.

— Não me peça para ser paciente, porque acho que não consigo. Pelo menos, não nessa primeira vez.

— Primeira vez? — indaguei curiosa.

— Espero ter forças para te amar a noite inteira, minha loba.

Oh, Deus, provavelmente, eu não conseguiria andar de manhã.

Puxou-me pela nuca, possessivo, ardente, atacando minha boca, com um beijo sedento, me deixando sem ar, enquanto a outra mão deslizava pelo meu corpo, apalpando, beliscando.

Ele colocou toda a sua fome naquele ataque, culpa dos três dias longe. Foi me direcionando para a cama, até que senti a beirada atrás das minhas pernas. Me fez sentar, já inclinando meu tronco sobre o colchão, partindo para beijar meu colo, descendo pelo abdômen ainda recoberto pelo espartilho, suas mãos em minhas coxas. Tudo muito urgente, me enlouquecendo com seu toque faminto.

Ficou de joelhos no chão, no meio das minhas pernas, e lentamente puxou a calcinha, admirando meu corpo.

288 *PaolaScott*

— Linda! Você... É... Linda! — falou pausadamente enquanto distribuía beijos em minhas coxas, já as afastando e lambendo a virilha.

— Oh, Deus! — gemi quando sua boca chegou ao destino e sua língua começou a me lamber sem dó, me deixando cada vez mais molhada e arfante.

Pedro definitivamente era um homem sem igual. Tive poucos homens em minha vida, e nenhum se comparava a ele. O prazer que conseguia me proporcionar era indescritível. Ele transmitia sua adoração por mim em cada toque, cada gesto, cada palavra.

— Minha loba deliciosa! — Subiu, sentando sobre meu quadril, puxando o paletó para fora dos ombros, rapidamente arrancando a camisa, seu torso nu à minha frente.

— Meu marido gostoso! — sussurrei extasiada com a visão do seu corpo.

Soltou o cinto, já abrindo a calça. Levei a mão até sua ereção pulsando dentro da boxer. Ele parou, apenas para desatar a fita que mantinham o espartilho fechado à frente do meu corpo, automaticamente expondo meus seios.

— Minha deusa loura e louca! — Agarrou-os, apalpando e beliscando os mamilos, tornando-os ainda mais rijos, enquanto sua boca atacava a minha novamente.

Acabei entrando naquela urgência, tão necessitada quanto ele em aplacar aquele tesão, aquela fome. Ajudei-o a se livrar da calça e da boxer, minhas pernas já envolvendo sua cintura, suas mãos segurando meus braços no alto da cabeça. Desceu os lábios até meu colo, pescoço, seios, mordendo o mamilo quase no limite da dor.

— Ah, meu garanhão insaciável — gemi em seu ouvido.

— Porra, mulher, você me enlouquece. — E falando aquilo me penetrou, firme e forte, de uma só vez. Não foi paciente, pois ele sabia que eu também estava por um fio.

— Amo você, amo você — rosnou enquanto estocava cada vez mais rápido, seus olhos nos meus, seu amor tão evidente, sua paixão tão presente.

E assim eu me senti chegar lá, um mundo de cores explodindo à minha frente, meu corpo todo estremecendo num gozo sem fim, extasiante, fulminante. E o seu veio junto, se fundindo ao meu, rascante, intenso, voraz.

— Eu te amo! — sussurrei, ainda hipnotizada por seu olhar profundo.

— Também amo você, minha esposa. — Então abriu um sorriso tímido.

Ficamos ali nos admirando, estudando nossas feições, um amor que não cabia dentro do peito.

— Promete que você será sempre assim?

— Assim como?

— Apaixonada... Gostosa... Quente... Sedutora... — falou enquanto beijava meus lábios.

— Não posso te prometer isso, meu amor. Eu vou envelhecer, não terei o mesmo corpo...

— Você sabe que isso nada tem a ver com beleza. Isso está em você, na sua personalidade, no seu jeito, na sua atitude.

— Bem, então, se está na minha personalidade, acho difícil mudar. Sendo assim, não posso fazer nada, a não ser continuar sendo gostosa... quente... e sedutora — falei pausadamente, enquanto me posicionava em cima dele, começando a distribuir beijos pelo seu peitoral. — Se você gosta disso em mim...

— Amo isso em você, além de milhares de outras coisas.

— Milhares? — perguntei enquanto descia mais, chegando ao caminho da felicidade. — Acho que terei que arrancar essas outras coisas à força de você. — E abocanhei-o, ouvindo seu gemido rouco.

— Ah... Minha loba provocante!

Epílogo

Paola

Silenciei o celular assim que ele apitou, antes que Pedro despertasse. Eu deixaria que ele dormisse mais um pouco, enquanto eu tomava banho. Levantei imediatamente, pois, se ficasse mais aqueles minutinhos da soneca na cama, com certeza embalaria no sono novamente. Tudo culpa da hora avançada em que fomos dormir, regada a vinho e muito sexo.

Eu tinha desistido de frequentar a academia pela manhã, já que meu marido insistia em me saborear no seu desjejum, fazendo com que eu me atrasasse sempre. Não que eu estivesse reclamando, é claro.

Entrei no banho e, enquanto me ensaboava, deixei que meus pensamentos vagassem.

Iríamos completar um ano de casados em menos de um mês. E nada havia mudado entre nós. Nosso amor, o fogo que nos consumia, continuava o mesmo. Pedro parecia cada dia mais apaixonado, sempre preocupado se eu estava bem, feliz e realizada. Eu costumava lhe dizer que sua tarefa era me estragar, me mimando, fazendo todas as minhas vontades. Não que eu fosse uma mulher extravagante, cheia de caprichos, mas era bom saber dessa sua fraqueza. Algumas vezes era muito útil.

Seu excesso de zelo às vezes me sufocava. E esse normalmente era o motivo dos nossos desentendimentos. Sim, nossa vida não era somente flores. Havia momentos de discussão e divergências. Mas não permitíamos que isso nos afetasse. Uma das coisas que prometemos, durante nossa lua de mel, é que nunca iríamos dormir brigados. Quaisquer que fossem os motivos de nossa discussão, sempre resolveríamos no mesmo dia.

Uma das questões que tinha se tornado frequente em nossas desavenças era sua superproteção em relação à Alana. Comigo ele também exagerava algumas vezes. Mas com minha filha chegava a ser quase uma neura. Eu sentia que teríamos sérios problemas agora que ela trabalharia com ele, afinal, boa parte do dia estaria sob suas vistas. Eu já a tinha alertado a respeito. Cheguei até a sugerir que não fosse estagiar na Lacerda & Meyer, mas Pedro ficou indignado com minha ideia.

— Fugindo de mim? — Ouvi sua voz grave me despertar dos meus pensamentos, se colocando atrás do meu corpo embaixo do chuveiro.

— Bom dia! Pensei em te deixar dormir mais uns minutos, já que ficamos acordados até tarde ontem. — Me virei para ele, dando-lhe um selinho.

— Por um bom motivo. — Me puxou pela cintura. — E isso é beijo de bom dia que se dê em seu marido?

Apertou-me mais, trazendo os lábios até os meus num beijo apaixonado, inclinando o quadril em direção ao meu, sua ereção evidente. Meu Deus, aquele homem não cansava nunca?

— Agora sim, isso é um bom dia digno. — Soltou meus lábios, deixando uma trilha de beijos em meu pescoço, se esfregando cada vez mais em mim, me deixando excitada.

— Pedro, não se esqueça de que hoje é o primeiro dia da Alana no escritório. Não seria prudente se atrasar. As pessoas poderiam começar a falar que ela tem privilégios por ser sua enteada e isso não seria bom para ela — falei enquanto ele descia sua boca até meus seios.

— Deixe as pessoas falarem. — Mordeu um mamilo, arrancando um gemido de mim, sua mão viajando para o meio das minhas pernas.

— Ah, Deus! — Minha respiração começava a falhar. — Achei que você estaria satisfeito depois de ontem à noite. — Agarrei em seus ombros, me equilibrando, enquanto seus dedos brincavam em minha umidade.

— Não aprendeu ainda que eu nunca me sacio de você? E que eu necessito de uma dose da minha loba no café da manhã?

Então, substituiu seus dedos por seu membro ereto e teso, deslizando lentamente para dentro da minha cavidade encharcada.

Encarando-me de forma lasciva, me encostou contra a parede, aos poucos intensificando os movimentos.

— Segure-se nas barras — ordenou.

Dentre as reformas que ele fez no apartamento, uma delas foi em nosso banheiro. Ele mandou instalar barras nas paredes do box para que eu pudesse me apoiar ou segurar, dependendo da sua pegada. E essa era uma que exigia que eu me apoiasse.

— Ohhh... Pedro...

— Vamos, minha loba, goza pra mim — rosnou esfomeado.

Eu estava muito excitada, mas sabia quando estava perto do orgasmo, o que não era o caso naquele momento.

— Ainda não — gemi em seu ouvido.

— Vamos, Alana está esperando. — Continuou estocando vigorosamente, mas sua lembrança daquele detalhe em nada me ajudou.

Eu queria mais tempo, eu precisava de mais tempo.

— Pedro...

— Você já foi mais rápida, meu amor!

Eu ouvi direito o que ele disse? Filho da puta!

— Talvez você já tenha sido mais eficiente. — E mal terminei de falar, já me arrependi, pois ele estagnou no mesmo instante.

Ainda segurando meu quadril, afastou seu rosto, me lançando um olhar frio e enfurecido ao mesmo tempo. Muito bem, acho que exagerei, mas ele pediu, né?

Eu ainda estava ofegante, sustentando seu olhar, quando ele me soltou, saindo de mim e se virando em direção ao jato de água, em seguida me deixando sozinha.

Ah, não, lá se ia uma segunda-feira. Pedro ficaria emburrado por todo o dia. Era assim quando discordávamos de alguma coisa. Apesar de que aquilo ali não foi bem discordar.

Ele se enrolou na toalha, indo em direção ao quarto. Desliguei o chuveiro e o segui.

— Desculpe, eu não quis dizer aquilo. Saiu sem pensar. — Fui até ele, que me afastou.

— Você quis dizer exatamente o que disse, Paola — resmungou enquanto ia até o closet e começava a se vestir.

— Tudo bem, quer dizer que você pode questionar minha capacidade e eu tenho que ficar quieta?

Fiquei ali parada, olhando-o, enquanto ele me ignorava, terminando de se aprontar.

Terminei de me enxugar e vesti a calcinha e o sutiã que estavam separados, pensando que, se eu tivesse ficado de boca fechada, poderíamos agora estar ajudando um ao outro a se vestir, como gostávamos de fazer quando havia tempo. Eu e minha boca grande. Eu detestava quando ficava aquele clima pesado.

Provocante 293

Mas me surpreendi quando, ainda em silêncio, ele veio até mim, me puxando pelo braço até o quarto e me jogando sobre a cama, nada delicado.

— Ei, o que é isso? — perguntei aturdida.

Me arrastou em direção aos travesseiros, puxando meus braços para cima com uma das mãos, enquanto a outra sacava de algum lugar às suas costas um par de algemas, prendendo minhas mãos nas barras da cabeceira. Sim, aquelas barras ali também foram parte da reforma.

— Pedro, me solte, não temos tempo para isso. Alana está esperando e eu preciso ir trabalhar.

Ainda mudo, saltou da cama, vestiu seu paletó e ajeitou a gravata.

— O que você está fazendo? Não está pensando em ir trabalhar e me deixar aqui, não é? — Puxei meus braços, sentindo a algema beliscar meus pulsos.

— Se eu fosse você, não faria isso. Pode se machucar — falou e voltou, se inclinando sobre mim, seu rosto muito próximo.

— Não seja louco de me deixar aqui, Pedro. Eu já pedi desculpa. E você me insultou primeiro. — Minha voz saiu mais alta e eu não conseguia definir seu olhar. Cínico? Furioso? Ofendido?

— Vou levar Alana até o escritório e volto para cuidar de você. — Deslizou o olhar sobre o meu corpo vestido apenas com a lingerie, sua mão desenhando uma trilha do colo até minhas coxas. — Devo demorar meia hora, quarenta minutos, no máximo. Até lá, te aconselho a usar bem esse tempo para pensar a respeito do que falou. — Aproximou a boca do meu ouvido, sussurrando: — Bem como se preparar para o que te aguarda.

E então saiu, me deixando ali, muda, perplexa com a sua atitude.

Minha Nossa Senhora das Calcinhas Molhadas, como diriam minha amigas insanas. Eu estava ferrada!

Alana

Sempre fui fã da minha mãe. Não só por ser minha mãe, mas pela mulher que ela é. Forte, decidida, independente, bem-resolvida. Muitos dizem que sou seu espelho, tenho essas características no meu DNA. Talvez sim. Mas acho que, na verdade, isso se deve à criação, aos valores que ela sempre me passou. Apesar de separada, nunca me deixou faltar nada. Não que meu pai não tenha participado, mas a parte difícil sempre ficou com ela. Tenho consciência de que ela deixou muito da sua vida de lado para se dedicar a mim. Ela diz que isso é natural e que no dia em que eu for mãe vou entender.

Não me considero uma garota mimada. Esse foi mais um dos cuidados que minha mãe teve: não permitir que eu me tornasse uma mulher fútil, leviana, imprudente. Sempre me fez enxergar o valor das coisas e das pessoas, principalmente. Insistia em me cobrir de carinho, sem, entretanto, deixar de me corrigir quando eu estava errada. E quanto aos bens materiais, me proporcionou sempre o necessário, o essencial para que eu tivesse conforto, me mostrando o quanto cada coisa custava.

Era protetora na medida certa, sempre atenta para que essa segurança comigo não extrapolasse os limites do aceitável. Como ela dizia, seu maior desejo era me ver feliz. E para isso, eu precisava viver a vida de forma responsável, mas sem deixar de usufruir dos prazeres da vida. Liberdade com responsabilidade.

Eu a amava. Sim, sei que todo filho ama seus pais. Mas eu tinha verdadeira adoração pela minha mãe. Claro que tínhamos nossas diferenças e nossas desavenças. Mas nem mesmo nesses momentos eu deixava de admirá-la, meu maior medo era decepcioná-la.

Ver hoje como estava feliz e realizada em seu casamento me fazia extremamente feliz também. Ela merecia isso. E eu precisaria agradecer eternamente ao meu padrasto. Ele a amava demais. Era uma coisa fora do comum o que ele fazia para ela e por ela. Por vezes, o flagrava admirando-a, sem que ela percebesse. Era um olhar de adoração, devoção total, como se estivesse idolatrando uma peça rara. Me perguntava se seria sempre assim ou se era apenas porque tudo ainda era muito recente. Em menos de um mês, eles fariam um ano de casados. Pedro queria comemorar em grande estilo, já minha mãe preferia algo mais íntimo. Ainda estavam discutindo isso. Mas eu tinha a impressão de que minha mãe venceria, afinal, ele sempre fazia suas vontades.

Ele a mimava. Aliás, fazia isso comigo também. Era natural dele, apesar de que minha mãe achava que uma boa parte desse paparico se dava porque ele havia transferido sua frustração em não ser pai para mim. Ela acreditava que o fato de não engravidar, por orientação médica, em função do seu problema de saúde, afetava Pedro de alguma forma, por mais que ele negasse.

Ele me tomou como sua filha, trouxe essa responsabilidade para si de tal forma que chegava a ser sufocante. Seu excesso de proteção comigo era por vezes descabido. E esse era o grande receio da minha mãe, agora que eu iria trabalhar com ele.

A partir de hoje saberíamos se sua teoria iria se confirmar ou não, afinal, era meu primeiro dia na Lacerda & Meyer. Eu estava começando minha vida

Provocante 295

profissional. Um estágio apenas, mas na área que escolhi para minha profissão, que por acaso era igual à do meu padrasto.

Finalmente, minha hora havia chegado: entrar na faculdade, no tão sonhado curso de Direito. E para completar essa felicidade, o estágio em um renomado escritório de advocacia.

Agora eu estava ali, aguardando-o. Eu ainda dependeria dele por mais alguns dias para ir e vir do escritório e faculdade, até que minha carteira de motorista chegasse. E que eu tivesse um carro também.

— Pronta, gatinha? — Chegou à sala já atrasado, elegante como sempre. Mais uma coisa que eu havia herdado da minha mãe: fetiche por homens de terno. Ainda bem que eu estava no ramo certo.

— Pedro, você não vai me chamar de gatinha lá no escritório, né? Por favor, já fui clara que lá dentro não sou sua enteada.

— Sim, eu prometo me policiar quanto a isso. — Pegou as chaves, dirigindo-se à porta.

— E a mamãe? Não vai trabalhar? — perguntei, estranhando que ela não tivesse saído do quarto com ele.

— Ela vai se atrasar um pouco — respondeu. — Vamos?

— Deixe-me dar tchau para ela, então.

— Não entre naquele quarto, Alana. — Seu tom foi firme, mas seu sorriso me disse tudo.

— Ai, meu Deus! Tá, não precisa entrar em detalhes. Vocês e suas loucuras. Depois eu ligo pra ela.

— Ela só vai poder te atender bem mais tarde — explicou enquanto esperávamos o elevador.

— Sério isso? Às vezes, me pergunto quem tem dezoito anos aqui. — Sorri ao ver o brilho de felicidade e safadeza em seu olhar.

Esse era meu padrasto. O mocinho dos sonhos da minha mãe!

Pedro

Deixei Alana aos cuidados de Viviane, minha secretária. Elas já se conheciam de outras vezes que minha enteada visitou o escritório. Então, era só uma questão de adaptação.

Acelerei alguns assuntos, com a desculpa de que precisava fazer uma visita a um cliente que havia recebido uma intimação e que eu tentaria retornar ainda antes do meio-dia. Também liguei para o escritório de Paola, me certificando de que ela não tinha nenhum cliente agendado para o período da manhã.

Então voltei ao apartamento, onde minha loba me aguardava, algemada à cama. Com certeza estaria espumando de raiva. Talvez eu tivesse exagerado, afinal, era um bom tempo para ficar presa na mesma posição. Mas não me contive. Eu precisava castigá-la, mostrar-lhe que eu não tinha perdido o jeito.

Sei que ela falou aquilo no calor do momento, ofendida pela minha indelicadeza ao questionar sua rapidez em gozar. Reconheço que errei. Mas já estava feito. E, no final das contas, nós dois iríamos nos divertir.

Cheguei ao quarto já excitado. Primeiro, porque eu não tinha conseguido aliviar o tesão matinal. Segundo, porque só de imaginá-la daquela forma, entregue e submissa a mim, eu ficava em um estado de completa euforia.

Ela estava imóvel, os olhos fechados. Se não a conhecesse, diria que estava até tranquila.

— Demorei? — Tentei não parecer tão ansioso.

— Eu preciso trabalhar, Pedro — falou, abrindo os olhos. Raiva era o que estava estampado ali. E eu adorei.

— Liguei avisando que você não iria trabalhar pela manhã — informei enquanto me dirigia ao closet. Eu precisava de alguns acessórios.

— Você o quê? — Agora ela estava possessa. — Você ficou louco? Pensa que pode interferir no meu trabalho desse jeito? Só pelo que eu disse? Lembre-se, quem fala o que quer ouve o que não quer! Me solte, Pedro. Não estou a fim de brincadeira.

— Eu faço você ficar a fim — falei, retornando ao quarto com algumas coisas muito úteis na mão.

— Pedro, é sério. — Sua voz falhou ao ver o que eu trazia.

— Pode ter certeza que é, meu amor. Vou te provar quão eficiente eu ainda sou. Espero que esteja preparada — falei enquanto tirava minha roupa.

Eu daria à minha loba uma manhã inesquecível.

Silvia

Eu estava preparando a minha volta. Não podia mais continuar daquele jeito. Afinal, eu tinha direito. Também era sócia da Lacerda & Meyer. Um percentual pequeno, mas era meu. E não era justo que, por um capricho de Pedro, eu continuasse afastada, com a desculpa de tratar dos assuntos relacionados ao escritório em outro estado.

Sabia que a situação não seria nada fácil. Tinha consciência de que Pedro ainda iria me ignorar, se recusando a trabalhar comigo. Ele havia me excluído totalmente da sua vida depois do episódio em sua sala. Tudo por causa daquela contadora infame. Ah, como eu odiava aquela mulher. Ela o tirou de mim. Meu amigo, meu amor.

E agora, para piorar, a cria daquela ordinária iria estagiar lá! Mãe e filha o afastando cada vez mais de mim? Não, eu não ia permitir.

Eu iria retomar meu lugar. No escritório e na vida de Pedro. A qualquer custo. E aquelas duas não iriam me impedir!

Fim

Agradecimentos

Pois é, a brincadeira ficou séria! E graças a quem? A todas as pessoas que participaram desse sonho, algumas sem nem se dar conta. Pequenos ou grandes gestos, todos foram importantes para que Provocante chegasse até aqui. Se eu fosse citar todas essas pessoas, muitas páginas seriam acrescidas ao livro. Porém, algumas são impossíveis não mencionar.

Primeiramente, preciso agradecer à minha família! Ah, o marido reclamou que na primeira parte eu o deixei por último! Obrigada, meu amor, por me incentivar sempre, por acreditar, talvez mais do que eu mesma, que isso daria certo. Por me proporcionar condições para escrever, por demonstrar seu orgulho a todos! Eu não conseguiria sozinha. Audrey e Matheus, meus filhos amados, obrigada por serem tão especiais! Amo vocês!

Celma Maria Jacyntho, minha querida amiga, que me carregou para cima e para baixo todas as vezes que estive em São Paulo! E me acolheu no conforto da sua casa e da sua família!

Bárbara Andrade, minha DJ linda, sempre se oferecendo para me ajudar com as playlists.

Ana Lúcia Alves! Eu ainda pensava a respeito de um título para essa história e você, em um comentário no post que fiz de uma cena isolada, bem lá no início de tudo isso, citou o quanto ela era provocante. E caiu como uma luva!

Aline Natália Rodrigues, do Blog Relíquias. Seu trabalho é primoroso e você sempre foi além do profissionalismo. Foi amiga! Te adoro!

Diana Medeiros, do Blog Meu Vício em Livros! Ahhh, que outra pessoa faria o que você fez? Teve muita paciência com uma autora desconhecida. Sem palavras para agradecer todo seu carinho e apoio! Amo suas resenhas!

Giselle Moraes!!! Minha carioca linda, cheia de charme, que me arrancou risos e lágrimas com suas resenhas maravilhosas! Adoro voltar lá e reler! Obrigada mais uma vez!

Karina Vieira Fernandes Neves e Wislem Leisse, da WK Fotografia Profissional. Vocês foram um presente mais do que especial na minha vida! Nunca terei como agradecer todo empenho, carinho e dedicação!

Minhas paoletes amadas!!! Amo todas vocês. Adoro nossas bagunças, nossas loucuras! Algumas já tive o prazer de abraçar, mas, independente de estar perto ou longe, tenho um carinho imenso. Todas moram no meu coração!

Meninas do zap, paoletes também! Talvez as mais loucas??? Com certeza!

Minhas mosqueteiras! Sim, aquelas amigas virtuais, algumas que fui conhecer pessoalmente só depois que essa história já estava concluída e que hoje são amigas do coração. Melhores amigas, pau pra toda obra, como costumamos dizer. Pois é, elas me acompanham sempre! Andréa Curt, Camila de Moraes e Roseana Silva. Mas eu sou gulosa, não contente com essas três mulheres maravilhosas, fui lá e convidei mais duas insanas para fazer parte dessa deliciosa bagunça. E juntaram-se ao time Ana Helena Dal Forno e Mari Barros. E eu pergunto: o que seria de mim sem vocês? Nada! Obrigada por aguentarem minhas neuras!

Equipe da Editora Charme! Mais uma vez obrigada por acreditar e tornar esse sonho realidade! Verônica Góes, minha editora linda que abriu as portas da sua casa para me receber! Como não se sentir mimada desse jeito?

A história de Pedro Lacerda e Paola Goulart foi contada. Mas, calma, eles não saem de cena não. O #casalluxo sempre dará o ar da graça nas histórias dos seus amigos. É só aguardar.

Beijos e divirtam-se!

Provocante
Volume 1 - Primeira Parte

Sinopse:

Paola, quarenta anos, muito bem resolvida, separada e com uma filha adolescente. Acostumada a viver dentro das regras, mas cansada dos pré-julgamentos, decide dar um basta em relacionamentos insossos e em homens de mentirinha, que não conseguem acompanhar o seu ritmo e compartilhar suas fantasias.

Pedro, solteiro, experiente, viril, bem-sucedido e que não admite que ninguém intervenha em seus hábitos, gosta de viver suas aventuras sexuais com mulheres mais jovens, sem se deixar envolver.

Numa época em que os homens se sentem ameaçados pelo sucesso feminino nos mais diversos ramos, que romances eróticos expõem os desejos mais íntimos das mulheres e fazem com que estas sonhem com os sedutores personagens desses livros. E que, apesar da modernidade, ainda sejam censuradas e condenadas por uma sociedade hipócrita. O que acontece quando estas duas pessoas vividas e experientes se encontram?

Pedro, na ânsia de conquistar uma mulher diferente de todas as que está acostumado, resolve utilizar meios escusos para se aproximar. Mas, sem dar-se conta, se vê apaixonado por esta fêmea sensual e provocante.

Pode uma mulher, à procura do amor verdadeiro, perdoar uma violação à sua privacidade? E afinal, seria mesmo amor? Ou o tempo todo foi apenas uma fantasia?

Provocante 303

Entre em nosso site e viaje no nosso mundo literário.
Lá você vai encontrar todos os nossos
títulos, autores, lançamentos e novidades.
Acesse www.editoracharme.com.br

Além do site, você pode nos encontrar em nossas redes sociais.

https://www.facebook.com/editoracharme

https://twitter.com/editoracharme

http://www.pinterest.com/editoracharme

http://instagram.com/editoracharme